KB119472

선과 악의 학교

마지막 해피엔딩

The School for Good and Evil
: The Last Ever After

제3부

선과 악의 학교

THE SCHOOL FOR GOOD & EVIL

마지막 해피엔딩

소만 차이나니 지음

신윤경 옮김

문학수첩

이제 더 강해진 그들의 사랑 안에는 증오와 공포와 혼란의 씨앗이 함께 자라고 있다. 사랑은 증오와 함께 서로를 먹이 삼으며 공존할 수 있고, 그러한 사실이 가장 커다란 분노를 낳기 때문이다.

T.H. 화이트, 《과거와 미래의 왕》

옛날부터 그 숲에는

선과 악의 학교가 있었지

쌍둥이처럼 닮은 두 개의 탑

하나는 맑고 순수한 이를 위한 것

다른 하나는 사악한 이를 위한 것이지

달아나려 해 봤자 결과는 실패

그곳을 나가는 방법은 오직 하나

동화 속으로 들어가는 것뿐이라네

제 **1** 장

1
교장과 왕비

아무리 사랑하는 사람일지라도, 그 사람이 젊은지 늙었는지 모
르면 의심이 생기기 마련이다.

'분명히 젊어 보이기는 해.' 소년은 웃통을 드러낸 채 사그라져
가는 햇살을 받으며 은색 탑 창밖을 바라보고 있었다. 소피는 털 없
이 매끈한 하얀 피부, 꼭 맞는 반바지, 눈처럼 하얗고 뾰족뾰족 숱
많은 머리카락, 핏줄이 팽팽하게 드러난 두 팔과 얼어붙은 듯 파르
스름한 두 눈을 꼼꼼히 살펴보았다. 기껏해야 열여섯 살 정도로밖
에 보이지 않았다. 하지만 이 낯선 소년의 아름다운 몸속 어딘가에
는 그보다 훨씬 나이 많은 영혼이 존재했다. 지난 3주 동안 소피가
그의 반지를 거절한 데에는 그런 이유가 있던 것이다. 교장이 이 아
이 몸속에 들어 있는데, 어떻게
그와 미래를 약속할 수 있겠
는가?

하지만 아무리 보아도 그
에게서 교장의 흔적은 찾을
수 없었다. 소피에게 청혼
하는 사람은 분명 젊음의
생기가 넘치는 아름다운
소년이었다. 광대뼈는

날카롭고 입술은 도톰했으며, 그 어떤 왕자보다 잘생기고 힘이 넘쳤다. 게다가 이름도 떠올리기 싫은 또 다른 왕자와는 달리 그는 소피의 왕자님이었다.

갑자기 소피의 얼굴이 붉어졌다. 철저하게 혼자인 자신의 처지가 떠오른 것이다. 모두 그녀를 버렸다. 선한 사람이 되려고 그토록 노력했건만 모두 그녀를 배신했다. 소피에게는 더 이상 가족도, 친구도, 미래도 없었다. 그녀 앞에 서 있는 이 매혹적인 소년은 그녀가 사랑을 이룰 수 있는 마지막 희망이었다. 공포가 밀려와 온몸을 휩쓸고 목구멍을 조였다. 선택의 여지가 없다. 소피는 마른침을 삼키고 천천히 그를 향해 걸음을 옮겼다.

'잘 봐. 나랑 동갑이나 되려나? 내가 꿈꾸던 모습 그대로잖아.' 소피는 불안한 마음을 달래며 맨살이 드러난 그의 어깨를 향해 바들바들 떨리는 손을 내밀다가…… 도중에 멈추고 말았다. '이 남자아이를 되살려 낸 건 마법이잖아. 그 마법이 얼마나 오래 지속될까?' 소피는 내민 손을 서둘러 소매 아래로 감추었다.

"그런 질문은 아무 의미가 없어. 마법은 시간의 구애를 받지 않거든."

소피는 부드러운 목소리에 고개를 들었지만 소년은 그녀를 보고 있지 않았다. 그의 시선은 아침 안개를 뚫고 나올 힘조차 남아 있지 않은 누르스름한 태양에 고정되어 있었다.

"언제부터 제 생각을 읽었죠?" 소피가 불안한 표정으로 물었다.

"그럴 필요 없지. 독자들 생각은 어차피 뻔하니까." 소년이 대답했다.

소피는 소년의 곁에 다가섰다. 소년은 검은 망토를 입고 있었지만, 대리석 같은 그의 피부에서는 냉기가 뿜어져 나오고 있었다. 소피는 문득 테드로스의 구릿빛 피부가 떠올랐다. 그의 피부는 늘 땀에 젖어 뜨거운 온기를 머금고 있었다. 순간 찌릿한 고통이 그녀의 몸을 타고 흘렀다. 분노나 후회, 혹은 그 비슷한 어떤 감정이었다. 소피는 고통을 잊으려는 듯이 소년에게 더욱 가까이 다가섰다. 그녀의 팔이 소년의 창백한 가슴에 스치듯 닿았다.

하지만 소년은 여전히 소피에게 눈길을 주지 않았다.

"무슨 걱정 있어요?" 소피가 물었다.

"태양이 매일 조금씩 약해지고 있어." 소년은 옅은 안개 뒤에서 위태롭게 깜빡이는 태양을 바라보며 대답했다.

"태양을 빛나게 할 힘은 없나 보네요. 그것만 해결되면 하루하루가 즐거울 텐데." 소피가 중얼거렸다.

소년이 마침내 고개를 돌려 날카로운 눈으로 그녀를 노려봤다. 소피는 온몸이 굳어 꼼짝할 수 없었다. 그녀와 가장 친했던 친구와 달리 이 새로운 구혼자는 선인도 아니고 다정하지도 않다는 사실을 깜빡 잊고 있었다. 그녀는 얼음처럼 차가운 바람에 몸서리를 치며 재빨리 창밖으로 시선을 돌렸다. "걱정도 참! 원래 겨울에는 햇빛이 약해지는 법이에요. 마법사가 아니라도 그 정도는 안다고요."

"그렇게 똑똑하면 이것도 좀 설명해 보시지요, 독자님!" 소년이 방 한구석의 하얀 돌 테이블로 미끄러지듯 움직이며 말했다. 테이블 위에는 이야기 책 한 권이 펼쳐져 있었고, 뜨개질바늘처럼 길쭉하고 끝이 날카로운 펜이 그 위를 맴돌고 있었다. 소피는 몸을 돌려 책을 보았다. 마지막 페이지에 젊음을 되찾은 교장과 키스하는 자신의 모습, 그리고 왕자와 함께 고향으로 사라지는 아가사의 모습이 그려져 있었다.

끝

"이야기꾼이 우리 이야기의 결말을 쓴 지 3주가 지났어. 원래대로라면 결말 며칠 후에 사랑이 악의 편에 선 새 이야기를 시작했어야 하지. 모든 이야기에서 사랑이 선을 파괴하고, 이야기꾼은 악에 내린 저주가 아니라 무기가 되었어야 한다고." 소년이 두 눈을 가늘게 뜨며 말을 이었다. "하지만 그런 일은 일어나지 않았어. 이야기꾼은 이미 결말이 지어진 책을 다시 펼치고 그 위에 저렇게 자리를 잡아 버렸거든. 연극이 다 끝났는데 무대 위로 커튼이 내려오지 않는 것처럼 말이야."

소피는 마지막 페이지에 그려진 아가사와 테드로스의 모습에서 눈을 뗄 수 없었다. 두 사람은 서로를 다정하게 껴안은 채 사라져 가고 있었다. 속이 뒤틀리고 얼굴에 후끈 열이 올랐다. "자, 됐죠?" 소피는 거친 목소리로 말하며 책을 탁 덮었다. 그리고 《개구리 왕자》, 《신데렐라》, 《라푼젤》 등 이미 완벽하게 끝맺음된 책들 옆에 이 선홍색 동화책을 쑥 밀어 넣었다. 마음이 좀 가라앉는 것 같았다. "이제 커튼 내렸어요."

바로 그 순간, 책이 선반에서 튀어나와 소피를 향해 돌진했다. 두꺼운 책에 얼굴을 얻어맞은 소피가 벽에 부딪히며 털썩 쓰러졌고, 책은 돌 테이블로 날아가 다시 마지막 페이지를 펼친 뒤 사뿐히 내려앉았다. 이야기꾼은 더욱 도전적인 태도로 빛을 발하며 책 위에 자리 잡았다.

"이건 우연이 아니야." 소년이 빨갛게 부풀어 오른 뺨을 문지르는 소피를 향해 다가서며 말했다. "이야기꾼이 새로운 이야기를 계속 써야 이 세계가 유지되는데, 지금 너희 이야기에 묶여 움직이지를 않고 있어. 새 동화가 시작되지 않으면 태양은 매일 천천히 죽어 갈 거고 숲은 어둠에 파묻히겠지. 결국 우린 모두 사라질 거야."

소피는 고개를 들어 희미한 햇빛을 등지고 선 소년을 바라보았다. "이야기꾼은 뭘 기다리는 걸까요?"

소년이 허리를 숙이고 소피의 목을 만졌다. 뽀얗고 발그레한 피부에 얼음같이 차가운 손가락이 닿는 순간, 소피는 깜짝 놀라 책꽂이 쪽으로 몸을 움츠렸다. 소년은 미소를 짓더니 몸으로 햇빛을 가로막으며 더욱 바싹 그녀에게 다가섰다. "의심 때문이다. 내가 너의 진정한 사랑이 맞는지, 네가 정말 악의 편이 된 것인지, 네 친구와 그녀의 왕자는 영원히 사라진 게 맞는지 확신하지 못하는 거야." 소년이 달콤하게 속삭이듯 말했다.

소피는 천천히 고개를 들어 검은 그림자를 바라보았다.

"네 마음속에 의심이 있단 말이다." 교장이 손을 내밀었다.

소피는 고개를 숙이고 소년의 차가운 손에 들린 금반지를 보았다. 반짝거리는 표면에 잔뜩 겁에 질린 그녀의 얼굴이 비쳤다.

3주 전 소피는 소년의 모습을 한 교장에게 키스했고, 가장 친한 친구를 집으로 보내 버렸다. 아가사는 테드로스와 함께 조용히 사라졌고, 소피는 한동안 승리했다는 안도감에 취해 있었다. 그녀의 친구는 그녀 대신 왕자를 선택했지만, 가발돈에서 왕자란 아무 의미 없는 존재였다. 아가사는 남들과 하나 다를 바 없는 평범한 소년과 그저 그런 삶을 살다가 죽을 테지만, 그녀는 멀고 먼 다른 세상에서 영원한 행복을 누릴 것이다. 진정한 사랑의 팔에 안겨 은색 탑을 향해 날아오르는 순간, 소피는 행복해질 마음의 준비를 하고 있

었다. 그녀는 승리를 통해 동화를 자신의 것으로 만들었고, 그 결과
는 당연히 영원한 행복이었기 때문이다.

하지만 어두침침한 방에 도착한 순간 소피는 불안해지기 시작했
다. 그녀의 단짝이자 소울메이트인 아가사는 이제 곁에 없었다. 그
녀가 소녀일 때에는 영원한 사랑이 되기를 갈망했고, 소년의 모습
일 때에는 진정한 친구로서 마음을 터놓았던 소년도 아가사와 함
께 사라졌다. 소피가 진정으로 안다고 말할 수 있는 유일한 사람인
테드로스는 아가사의 차지가 되었고, 언제나 함께일 것이라고 믿
었던 단 한 사람인 아가사는 테드로스의 공주가 되었다. 소피 곁에
는 아름다운 소년이 있었지만, 내면 깊은 곳까지 악의 어둠에 물들
어 있다는 사실 외에 그에 대해 아는 것은 하나도 없었다. 젊은 왕
자의 모습을 한 교장이 자신만만한 미소를 지으며 다가오는 순간,
그녀는 자신이 실수를 저질렀음을 깨달았다.

하지만 때는 이미 늦었고 상황은 되돌릴 수 없었다. 소피는 창밖
을 바라보았다. 아가사가 사라지며 남긴 불꽃이 깜빡이며 꺼져 가
고 있었다. 두 성은 모두 시커멓게 변했고, 남학생과 여학생들은 서
로를 죽일 듯 덤벼들었으며, 교수들은 학생들과 다른 교수들을 향
해 주문을 쏘아 댔다. 깜짝 놀란 소피는 다시 몸을 돌려 교장을 바
라보았다. 머리카락이 서리처럼 새하얀 미소년이 한 손에 반지를
들고 그녀 앞에 한쪽 무릎을 꿇고 있었다. 소년은 소피가 반지를 받
아야 2년 동안 계속돼 온 전쟁이 멈출 것이라고 말했다. 선과 악, 소
년과 소녀 사이의 경쟁은 사라지고 교장과 그의 왕비만이 유일한
승리자로 존재하게 된다는 것이다. 소년은 그 반지가 그녀에게 마
침내 영원한 행복을 가져다줄 것이라고 장담했다.

하지만 소피는 반지를 받지 않았다.

교장은 그녀를 탑에 혼자 남겨 두고 방을 나갔다. 그녀가 탈출하지 못하도록 창문도 잠갔다. 그리고 매일 아침 10시가 되면 찾아와 반지를 내밀었다. 그는 신기하게도 매일 다른 옷을 입고 나타났다. 하루는 앞섶을 끈으로 여미는 셔츠, 또 어떤 날은 느슨한 튜닉을 입었고, 몸에 꼭 맞는 조끼나 풍성한 옷깃 주름으로 늘씬한 근육질 몸을 감싸기도 했다. 헤어스타일 역시 변덕스러웠다. 구름같이 새하얀 그의 머리카락은 매끈하게 머리에 달라붙은 날이 있는가 하면 마구 흐트러지거나 곱슬곱슬 말린 날도 있었다. 젊은 교장은 선물도 가지고 왔다. 그는 아름다운 보석 장식 드레스, 탐스러운 꽃다발, 라벤더 향수, 크림과 비누와 약초 등을 내밀며 다음 선물로 무엇을 원하는지 물었다. 하지만 소피는 매번 고개를 저었고, 교장은 불만 가득한 사춘기 소년처럼 부루퉁해진 얼굴로 아무 말 없이 그녀를 쏘아보고는 방을 나갔다. 소피가 홀로 갇힌 방 안에는 책꽂이를 가득 채운 동화책들과, 이제는 낡은 유물이 된 듯 벽에 설치된 옷걸이에 아무렇게나 걸린 교장의 파란색 가운과 은색 마스크가 있을 뿐이었다. 음식은 마법에 의해 하루 세 번 준비되었다. 소피가 배고픔을 느낄 때 그녀가 원하는 음식이 정확하게 필요한 양만큼 나타났다. 뼈로 만든 접시 위에 삶은 채소와 과일, 생선 요리 등이 마련되었고 때로는 베이컨과 콩이 담긴 커다란 그릇이 등장하기도 했다(소피는 소년 시절의 식성을 완전히 버리지 못했다). 밤이 오면 역시 마법의 힘으로 커다란 침대와 피처럼 붉은 벨벳 시트, 그리고 새하얀 레이스 캐노피가 생겨났다. 처음 며칠 동안 소피는 잠을 이루지 못했다. 어둠 속에서 교장이 나타날까 봐 두려워서였다. 하지만 교장은 늘 다음 날 아침이 되어서야 소피를 만나러 왔고, 침묵 속에서 선물을 내밀고 거절하는 일이 매일 반복되었다.

두 번째 주가 되자 소피는 두 학교 일이 궁금해지기 시작했다. 그녀가 교장의 청혼을 거절해서 남학생과 여학생 사이의 전쟁이 계속되고 있으면 어떡하지? 혹시 죽은 사람이라도 있으면? 그녀는 친구들, 특히 헤스터, 도트, 아나딜과 호트가 어떻게 됐는지 물었지만 교장은 아무런 대답도 하지 않았다. 대답을 원하면 반지를 수락하라는 뜻이었다.

교장이 무엇인가 말을 한 것은 그녀가 방에 갇힌 후 오늘이 처음이었다. 교장 옆에 서서 사그라지는 태양을 바라보던 소피는 시간이 흐를수록 상황이 악화될 뿐이라는 사실을 깨달았다. 마침내 그와의 이야기를 마무리 지어야 할 때가 된 것이다. 그러지 않으면 그녀 역시 저 태양처럼 서서히 죽음을 맞이하게 될 것이다. 교장의 손에 들린 금반지는 그녀에게 새로운 삶을 약속하듯 평소보다 밝게 빛났다. 소피는 가슴을 드러낸 아름다운 소년을 바라보았다. 청혼을 받아들일 이유가 하나쯤은 있지 않을까⋯⋯. 하지만 소년은 한없이 낯설기만 했다. "안 되겠어요. 전 교장 선생님에 대해 아무것도 아는 게 없어요." 소피는 책 선반에 바짝 몸을 붙이며 한숨을 쉬듯 말했다.

교장은 어금니를 악문 채 소피를 빤히 바라보더니, 반바지 주머니에 도로 반지를 집어넣었다. "무엇을 알고 싶으냐?"

"일단 이름부터 알려 주세요. 여기서 둘이 같이 살려면 뭐라고 부를지 정해야죠."

"교수들은 나를 '교장 선생님'이라고 부른다."

"난 싫어요!" 소피가 발끈하듯 받아쳤다.

교장은 화가 난 듯 이를 악물었지만 소피는 꿈쩍도 하지 않았다. "원하는 결말에 이르려면 제가 꼭 필요하잖아요." 교장이 입을 열기 전에 소피가 다시 쏘아붙이듯 말을 시작했다. "제가 없으면 교장 선생님은 그냥 평범한 소년일 뿐이에요. 물론 탄탄한 몸에 얼굴은 말도 안 되게 잘생겼지만…… 아무리 그래도 그냥 소년일 뿐이라고요! 그러니 저를 마음대로 휘두를 생각은 마세요. 겁을 준다고 진정한 사랑이 생겨나지는 않으니까요. 잘생기고 부유하면 뭐 해요? 권력자면 또 뭐 하냐고요? 테드로스도 그 정도 조건은 갖추고 있었어요. 하지만 결과가 어땠죠? 제가 원하던 것과는 거리가 멀었어요. 저는 저를 행복하게 해 줄 사람을 만나야 해요. 적어도 아가사만큼은 행복하게 해 줘야죠. 아가사가 테드로스를 평생 '왕자님'이라고 불러야 할까요? 아니요! 왜냐? 테드로스는 다른 모든 소년들처럼 이름이 있거든요. 교장 선생님도 마찬가지예요. 그러니 전 교장 선생님 이름을 부르겠어요. 저랑 잘해 보고 싶으시면 제 뜻을 따르세요!"

교장의 얼굴이 진홍색으로 달아올랐지만 소피는 더욱 열변을 토했다. "그래요. 결정권을 쥔 쪽은 바로 저예요! 이 지옥 같은 학교는 선생님 마음대로 쥐락펴락했지만 저는 결코 그렇게 되지 않을 거예요. 교장 선생님도 알고 계시잖아요. 이야기꾼이 기다리는 건 제 결정이지 선생님 결정이 아니에요. 청혼을 승낙할지 말지, 이 이야기를 끝낼지 말지, 이 세계를 파멸시킬 것인지 아니면 다시 살려 낼 것인지는 제 결정에 달려 있어요. 만약 왕비가 아니라 노예가 될 거라면 차라리 이 세상이 불타 재가 되는 모습을 지켜보겠어요."

교장은 말없이 그녀를 노려보았다. 귀신같이 하얀 그의 목에서 굵은 핏줄이 벌떡거렸다. 그는 소피를 잡아먹기라도 할 듯 입술을 힘껏 깨물었고, 순간 소피는 겁에 질려 뒷걸음질을 쳤다. 하지만 교장은 분노를 내보내듯 숨을 크게 내쉬고는 시선을 돌렸다. 그리고 두 주먹을 꽉 움켜쥔 채 한동안 아무 말도 하지 않았다.

"라팔이다. 그게 내 이름이야." 마침내 그가 낮은 목소리로 대답했다.

'라팔!' 소피는 깜짝 놀랐다. 교장이 지금까지와는 사뭇 다르게 보였다. 우윳빛 아이 피부, 생기 넘치는 소년의 눈동자, 근육이 불룩 솟은 단단한 가슴 모두 거친 젊음을 담고 있는 그의 이름과 너무나 잘 어울렸다. '라팔.' 대체 이름이 뭐기에 이렇듯 갑자기 사람이 달라 보일 수 있단 말인가?

소피의 가슴속에서 욕망의 불꽃이 화르르 타올랐다. 그녀는 라팔을 뜨겁게 끌어안고 싶었지만 금세 정신을 차렸다. 그녀의 선택이 어떤 의미를 가지는지 기억해 냈던 것이다. 눈앞의 소년은 악을 위해 자신의 친형제를 무참히 살해했고, 그녀 역시 충분히 그렇게 할 수 있는 사람이라고 믿고 있다. 소피는 마음을 가라앉히고 다시 입을 열었다.

"형 이름은요?"

교장이 고개를 홱 돌리고 날카로운 눈으로 그녀를 바라보았다. "나를 더 잘 알고 싶다면서 그런 건 왜 묻지?"

소피는 더 이상 따져 묻지 않았다. 그때 교장의 등 뒤에서 안개가 걷히며 저 멀리 초록색 연무에 휩싸인 두 개의 검은 성이 모습을 드러냈다. 바깥을 볼 수 있을 정도로 창문을 오래 열어 둔 것은 3주 만에 처음이었다. 하지만 두 학교는 고요하기만 했다. 지붕이나 발코니에도 사람의 움직임은 전혀 보이지 않았다. "다, 다들 어디 있어요?" 소피는 어느새 원래 모습을 회복해 두 성을 잇고 있는 다리 위를 가는눈으로 바라보며 조심스럽게 입을 열었다. "여자애들은 다 어떻게 됐어요? 남자애들이 죽으려고 했는데……."

　　　　선과 악의 학교 3

"왕비는 자신이 다스리는 학교에 대해 얼마든지 질문할 수 있지만, 넌 아직 왕비가 아니다."

소피는 교장의 딱 맞는 반바지 주머니 속에서 볼록 솟아오른 반지를 흘끗 보고 헛기침을 했다. "저기, 옷은 왜 매일 바꿔 입어요? 이상……하잖아요."

순간 소년의 얼굴에 처음으로 불편한 기색이 어렸다. "네가 계속 거절을 하니까, 네가 그렇게 좋아하는 왕자들처럼 입으면 일이 좀 풀릴까 해서 그랬다. 그런데 생각해 보니 아서왕의 아들은 셔츠를 그다지 좋아하지 않았지." 교장은 빨래판 복근을 괜스레 긁적이며 대답했다.

소피는 완벽한 그의 맨몸을 애써 외면하며 코웃음 쳤다. "전능하신 분께서 그런 고민을 하실 줄은 몰랐네요."

"내가 정말 전능했다면 네가 날 사랑하게 만들었을 거다!" 교장이 버럭 화를 내며 소리 질렀다.

소피는 잔뜩 토라진 그의 목소리를 듣는 순간, 이룰 수 없는 사랑에 빠져 소녀의 마음을 얻기 위해 갖은 애를 다 쓰는 평범한 사춘기 소년을 보는 듯한 기분이 들었다. 하지만 그는 결코 평범한 소년이 아니었다. "세상 누구도 남이 자신을 사랑하게 만들 수는 없어요. 저는 누구보다 쓰라린 경험을 통해 그 사실을 깨달았죠. 만에 하나 제가 당신을 사랑하게 만들 수 있다 쳐도, 당신은 저를 사랑하지 못할 거예요. 당신은 악을 선택해 받아들였고 세상 무엇도 사랑하지 못해요. 당신 형이 죽은 것도 그 때문이잖아요." 소피가 날카롭게 받아쳤다.

"하지만 날 되살린 건 진정한 사랑의 키스였다."

"그건 내가 속아서……."

"넌 끝까지 입술을 떼지 않았어."

소피의 얼굴이 창백해졌다. "그 키스는 진심이 아니었어요!"

"그래? 내가 이렇게 젊은 몸으로 되살아난 걸 보면…… 우리 둘다 진심으로 키스한 게 분명한데?" 교장은 당황한 소피의 얼굴을 뚫어지게 바라보며 싱긋 웃음 지었다. "네 가장 친한 친구가 가르쳐 주지 않았니?"

소피는 아무 말도 하지 않았다. 교장의 말은 모두 옳았다. 아가사가 테드로스의 손을 잡을 수도 있었지만 결국 소피를 선택했던 것처럼, 소피에게도 선택의 기회가 있었다. 그녀는 교장을 다시 무덤을 돌려보낼 수 있었지만 그러지 않았다. 젊고 아름다운 모습으로 서로를 마주한 두 사람은 진심을 담은 키스의 결과물들이었다. 소피는 더 이상 부정할 수 없었다. 그날 밤 소피는 왜 그를 꼭 붙들었던 것일까? 상대의 정체를 알아차린 후에도 그녀는 키스를 멈추지 않았다. 도자기처럼 매끈한 그의 얼굴을 올려다보며, 오직 그녀를 얻기 위해 죽음을 이기고 시간을 거스르며 그가 한 모든 일들을 생각했다. 가족이나 친구, 심지어 어떤 왕자도 주지 못하는 커다란 행복을 그가 줄 수 있다고 굳게 믿었다. 그는 누구도 그녀를 원하지 않을 때 그녀에게 다가왔고, 믿는 사람이 아무도 없을 때에도 그녀에 대한 믿음을 놓지 않았다. 소피는 마음속에 꾹 눌러 담았던 질문을 드디어 입 밖으로 꺼내 쉰 목소리로 물었다. "왜 그렇게 간절히 날 원하죠?"

소피를 빤히 바라보는 교장의 턱에서 힘이 빠지고, 그의 입술이 가볍게 움직이기 시작했다. 순간 소피는 테드로스를 떠올렸다. 마음의 경계를 늦추고, 어떻게 해야 하는지도 모르면서 어른 흉내를 내려고 하는 소년의 모습이 테드로스와 닮아 있었다. "왜냐하면 아주 오래전에 나도 꼭 너 같았기 때문이다." 부드러운 목소리로 대답한 그는 과거의 추억 속으로 빠져드는 듯 빠르게 눈을 깜빡였다. "난 형을 사랑하려고 노력했다. 내게 주어진 운명을 벗어나 보려 했지. 어떨 때는 진짜로 내가……." 교장은 갑자기 하려던 말을 멈추었다. "하지만 시간이 지날수록 난 더욱 고통스러워졌고, 더욱 악해졌다. 너도 사랑을 갈구할 때마다 같은 결말에 이르렀지. 네 엄마와 아빠, 가장 친한 친구, 그리고 왕자님도 마찬가지였어. 네가 빛을 좇을수록 더 짙은 어둠이 널 덮어 버렸다. 그런데도 넌 악이 네 자리가 아니라고 생각하는 거냐?"

교장은 잔뜩 긴장한 소피의 턱을 손끝으로 부드럽게 들어 올렸다. "지난 수천 년 동안 선은 우리에게 사랑이 무엇인지 가르쳤다. 우리는 그들이 가르친 방식대로 사랑해 보려고 노력했지만 돌아오는 건 고통뿐이었어. 하지만 만약 사랑에도 다른 종류가 있다면 어떨까? 고통을 힘으로 바꿀 수 있는 암흑의 사랑, 오직 우리 두 사람만 이해할 수 있는 그런 사랑 말이다. 소피, 네가 키스를 중단하지 않은 건 바로 그 때문이다. 난 너를 있는 그대로 보고 사랑하니까. 세상 누구도 그러지 않았거든. 우리는 서로를 위해 선이 가늠조차 하지 못할 희생을 치렀다. 그들이 이것을 사랑이라 부르지 않는다 해도 상관없다. 가시도 꽃잎과 마찬가지로 장미의 일부이듯, 이것 또한 사랑이라는 사실을 우린 알고 있으니 말이다." 교장은 허리를 숙여 소피의 귓가에 입술을 바짝 대고 다시 입을 열었다. "소피, 난 네 영혼을 비추는 거울이다. 날 사랑하는 건 곧 너 자신을 사랑하는 거야." 속삭이듯 말을 마친 교장은 그녀의 손을 입가로 가져가 가볍게 입을 맞춘 뒤 부드럽게 내려놓았다.

소피는 가슴이 미어지듯 아팠다. 마치 교장이 그녀의 심장을 쥐고 비트는 것만 같았다. 그녀는 완전히 벌거벗겨진 기분에, 검은 망토 속으로 몸을 잔뜩 웅크렸다. 하지만 비현실적일 정도로 완벽하게 대칭을 이룬 그의 얼굴을 가만히 들여다보면서, 소피는 조금씩 안정을 되찾았다. 호흡이 가라앉자 낯설지만 따스한 안정감이 밀려들었다. 어두운 영혼을 지닌 이 소년은 그녀를 진정으로 이해하고 있었다. 그의 사파이어색 눈동자 뒤로 끝없이 이어지는 깊은 어둠이 그녀를 빨아들이는 듯했다. 소피는 순간 꿈에서 깨듯 정신을 차리고 고개를 가로저었다. "난 당신이 진짜 소년인지조차 모르겠는걸요."

교장이 그녀를 향해 미소 지었다. "너도 동화를 통해 이미 배웠을 텐데! 세상은 네가 바라보는 대로 존재한다."

"무슨 말인지 하나도 모르겠네……." 소피는 얼굴을 찌푸리며 중얼거렸다. 하지만 마음속 깊은 곳에서는 그 말의 의미를 이해하고 있었다.

소년은 고개를 돌려 학교 건물 위에 떠 있는 흐릿한 태양을 바라보았다. 그에 대한 질문을 할 수 있는 시간은 이제 끝이 났다. 그가 주머니에 손을 넣는 모습을 물끄러미 바라보는 소피의 온몸이 바들바들 떨렸다. 저항할 수 없을 정도로 거센 폭포 밑으로 온몸이 끌려 들어가는 듯한 느낌이었다.

"우리도 테드로스와 아가사만큼 행복할 수 있을까요?" 소피가 갈라지는 목소리로 물었다.

"소피, 네 이야기를 믿어야 한다. 이야기가 결말에 이른 데에는 다 이유가 있지. 하지만 지금은 너 스스로 믿음을 가져야 할 때야." 교장이 그녀를 향해 고개를 돌리고 대답했다.

소피는 그의 손에 들린 금반지를 내려다보았다. 숨이 다시 가빠졌다. 그녀는 온몸에 흐르는 전율을 느끼며 강하게 소년을 밀쳤다. 소년이 그녀를 향해 손을 뻗었지만, 소피는 다시 한 번 벽을 향해 그를 밀어붙이고는 손바닥으로 탄탄한 그의 가슴을 짓이기듯 눌렀다. 그녀의 손이 그의 심장을 향해 움직이는 동안, 소년은 저항하지 않았다. 그녀의 눈빛은 거칠고 숨소리는 점점 빨라졌다. 소피는 자신이 왜 그런 행동을 하는지 이해할 수 없었지만, 어느 순간 찾던 것을 발견하고는 온몸이 얼음처럼 굳어 버렸다. 소년의 가슴 위에 올린 그녀의 손이 들렸다가 내려오고, 또다시 들렸다가 내려왔다. 그의 심장이 힘차게 쿵쾅거리고 있었다. 소피는 희망에 가득 찬 강한 심장박동을 느끼며 천천히 고개를 들어 그를 바라보았다. 소년의 심장은 그녀의 것과 다르지 않았다.

"라팔." 소피가 소년에게 생명을 불어넣듯 조용히 속삭였다.

소년은 손끝으로 그녀의 얼굴을 쓰다듬었고, 소피는 처음으로 그 차가운 손끝을 피해 몸을 움츠리지 않았다. 소년이 그녀를 가까이 끌어당기는 순간, 소피의 마음속에 있던 의심이 녹아내리며 두려움이 믿음으로 바뀌었다. 그녀의 검은 망토가 새하얀 그의 피부에 맞닿고, 두 사람은 완벽한 균형을 이룬 두 마리 백조처럼 서로를 마주 보았다. 소피는 확신에 찬 표정으로 왼손을 들어 햇빛 아래 펼쳤고, 라팔은 금반지를 그녀의 손가락에 끼웠다. 따뜻한 반지는 그녀의 피부를 미끄러지듯 타고 내려와 마침내 자신이 있어야 할 자리에 멈추었다. 소피는 크게 숨을 내쉬었고, 눈처럼 새하얀 소년은 그녀를 뚫어지게 바라보며 미소 지었다.

교장과 왕비는 서로를 껴안은 채, 동화 책 위에 떠 있는 마법의 펜을 향해 고개를 돌렸다. 이제 곧 마법의 펜이 그들의 사랑을 축복하고 마침내 동화를 끝낼 것이다.

하지만 펜은 움직이지 않았다.

책 역시 펼쳐진 채 꼼짝하지 않았다.

쿵쾅대던 소피의 심장이 차갑게 식었다. "무슨 일이죠?"

소피는 라팔의 시선을 따라 누런 태양을 바라보았다. 태양은 어
느새 더욱 어두워져 있었다. 라팔은 은색 마스크만큼이나 차갑게
굳은 얼굴로 천천히 입을 열었다. "펜이 의심한 건 우리 두 사람의
해피엔딩이 아니었나 보군."

2

해피엔딩 그 이후

"**너**는 나를 눈곱만큼도 몰라!" 테드로스가 퀴퀴한 냄새가 나는 베개로 공주의 얼굴을 후려치며 소리쳤다.

아가사는 기침을 하며 또 다른 베개로 즉각 반격했다. 왕자는 검은색 침대 틀을 향해 나가떨어졌고, 하얀 깃털이 베개에서 터져 나와 그 위로 쏟아졌다. 리퍼는 흩날리는 깃털을 잡기 위해 테드로스의 얼굴 위로 펄쩍 뛰어올랐다. "모른다고? 너무 잘 알아서 문제다!" 아가사가 으르렁거리며 테드로스의 파란 옷깃 아래 엉성하게 감긴 붕대를 확 움켜쥐었다.

테드로스는 그녀를 거칠게 밀쳐 냈고, 아가사는 다시 그를 공격했다. 순간 테드로스가 리퍼를 잡아 그녀의 머리를 향해 던졌다. 아가사는 재빨리 몸을 숙였고, 리퍼는 털이 다 벗겨진 주름진 발을 허공에 휘저으며 그대로 화장실을 향해 날아가 변기에 고꾸라지듯 처박혔다. "네가 날 조금이라도 안다면, 내 일은

내가 알아서 한다는 것도 알 텐데!" 테드로스가 벌어진 옷깃을 여미며 씩씩댔다.

"내 고양이를 나한테 던져? 상처 난 데 덧날까 봐 도와주려고 했더니!" 아가사가 벌떡 일어나 소리쳤다.

"저 고양이는 악마야." 테드로스가 리퍼를 바라보며 낮은 목소리로 말했다. 흠뻑 젖어 버린 고양이는 변기를 기어오르려고 발버둥 치다가 다시 미끄러지기를 반복하고 있었다. "네가 정말로 날 안다면 내가 고양이를 싫어한다는 것도 알았겠지." 테드로스가 다시 아가사를 향해 말했다.

"아, 넌 개를 좋아하는구나! 침이나 질질 흘리는 단순한 애들 말이야. 지금 보니 너랑 똑같네."

"붕대 하나 때문에 그런 말까지 해야겠어?" 테드로스가 으르렁거리듯 말했다.

"벌써 3주나 지났는데 상처가 낫지를 않잖아. 치료하지 않으면 곪을지도 모른다니까……." 아가사는 변기에서 허우적거리는 리퍼를 들어 올려 소매로 물기를 닦아 주며 강조하듯 또박또박 말했다.

"공동묘지 스타일이 따로 있는지는 모르겠지만, 내가 살던 곳에서는 붕대 하나면 다 해결됐어!"

"그렇게 엉성하게 싸매 놓고 그런 마법이 일어나길 바란다고?" 아가사가 비웃으며 대꾸했다.

"사라지는 순간 자기 칼에 찔릴 뻔해 봤어? 내가 이렇게 살아 있는 게 행운인 줄 알아! 1초만 늦었어도 두 동강이……."

테드로스가 흥분한 듯 말을 쏟아 냈지만 아가사는 잽싸게 그의 말을 가로챘다. "1초만 시간이 더 있었으면 네가 얼마나 못된 인간인지 기억하고 널 거기 버려 두고 왔을 거야."

"이런 촌구석에서 나 같은 남자 만나는 건 꿈도 못 꿀 일이야!"

"조용히 혼자 있을 공간을 위해서라면 너 같은 남자쯤은 기꺼이 포기⋯⋯."

"나도 너보다는 제대로 된 식사랑 따뜻한 목욕이 더 좋아!" 테드로스가 아가사의 말을 끊고 소리쳤다.

아가사는 바들바들 떠는 리퍼를 품에 안은 채 조용히 테드로스를 노려보았다.

마침내 한숨을 푹 내쉰 테드로스는 멋쩍은 표정을 지으며 셔츠를 벗고 양팔을 쫙 펼쳤다. "마음대로 하시지요, 공주!" 그가 침대에 걸터앉으며 말했다.

그 후 약 10분 동안 두 사람은 한 마디도 나누지 않았다. 아가사는 왕자의 가슴을 깊게 가로지른 10센티미터 넘는 상처를 장미 기름과 위치하젤(한때 마법의 힘을 가진 것으로 여겨지기도 한 허브 추출액으로, 보통 방부제 및 진통제로 사용된다 – 옮긴이) 그리고 하얀 작약으로 닦아 냈다. 약초 물병을 담아 놓은 엄마의 수레에서 가져온 것들이었다. 하마터면 테드로스의 심장을 가를 뻔한 이 무시무시한 상처가 생긴 순간을 떠올리자 가슴이 철렁 내려앉았지만, 아가사는 이내 마음을 다잡고 작업에 집중했다. 밤마다 꿈속에서 그 끔찍한 순간을 보는데 깨어 있는 동안 굳이 그 일을 떠올릴 필요는 없다. 젊은 이의 모습으로 되살아난 교장, 나무에 묶인 테드로스를 바라보며 웃음 짓던 그의 얼굴, 붉은 눈을 번뜩이며 칼을 휘두르던 순간⋯⋯. 테드로스는 이렇게 끔찍한 일들을 겪고도 어떻게 악몽에 시달리지 않을 수 있을까? 아가사는 도저히 이해할 수 없었다. 어쩌면 이것이 동화 속 왕자님과 독자의 차이인지도 모른다. 영원의 숲에서 온 이 소년에게 죽음의 위협은 그저 일상에 불과할 테니까.

아가사가 상처 위에 삶은 강황 가루를 뿌리자 테드로스는 이를 악물고 낮은 신음을 내뱉었다. "상처가 하나도 안 나았으니 아프지." 아가사가 중얼거렸다.

테드로스는 아가사를 향해 사자처럼 으르렁거리고는 이내 고개를 돌려 버렸다. "너희 엄마는 나 엄청 싫어하셔. 그래서 집에도 안 들어오시는 거야."

"환자 찾아다니느라 바빠서 그래. 먹고살아야 되잖아." 아가사가 노란 가루를 상처에 문지르며 대답했다.

"약 수레를 집에 놓고서 환자를 찾아다니신다고?"

테드로스의 가슴 위에서 움직이던 아가사의 손이 얼어붙은 듯 굳어 버렸다. 아가사 역시 같은 생각을 했다. 엄마는 약 수레도 없이 대체 어디를 이렇게 오래 돌아다니고 있는 것일까? 다시 움직이기 시작한 아가사의 손끝에 힘이 들어갔고, 왕자는 얼굴을 찡그렸다. "다시 말하지만, 엄마는 너 안 싫어하셔."

"아가사, 우리가 이 집에 갇혀 산 지 벌써 3주야. 그동안 내가 한 일이라고는 음식을 바닥내고 화장실을 막히게 한 것밖에 없어. 청소도 잘 못하는 데다 너랑 매일같이 싸우기만 하지. 설사 너희 엄마가 지금은 날 싫어하지 않으신대도 곧 그렇게 될 게 분명해."

"상황이 복잡한데 네가 일을 더 꼬이게 만든다고 생각하시는 거야."

"아가사, 마을 사람들은 우리를 보는 즉시 죽이려고 할 거야. 상황은 복잡할 게 하나도 없어." 테드로스가 몸을 일으켜 무릎을 꿇고 앉았다. "내 말 좀 들어 봐. 한 달 후면 난 열여섯 살이 될 거야. 왕실 고문단으로부터 카멜롯의 왕권을 넘겨받게 될 거라고. 물론 왕국이 많이 쪼그라들긴 했어. 백성들 반은 사라지고 곳곳이 폐허가 됐지. 하지만 우리 둘이 다 바꿀 수 있어! 거기가 바로 우리 집이 야, 아가사! 그러니까 카멜롯으로 돌아가서…….”

“안 되는 거 알잖아, 테드로스.”

“그래, 당연히 안 되겠지. 너희 엄마랑 영원히 헤어질 순 없으니 까. 내게는 가족이 없지만 너에게는 있으니 네 말대로 해야지.” 테 드로스가 고개를 돌리며 말했다.

“테드로스…….” 목이 벌겋게 달아오른 아가사가 입을 열었다.

“굳이 설명할 필요 없어. 나도 아버지가 살아 계셨다면 절대 그 곁을 떠나지 않았을 거야.” 테드로스가 낮은 목소리로 말했다.

아가사가 왕자에게 가까이 다가섰지만, 그는 여전히 공주를 바 라보지 않았다. “테드로스, 카멜롯에 네가 꼭 필요하다면…… 넌 돌 아가야지.”

그녀가 힘겹게 입을 떼자 왕자는 지저분한 양말에서 실오라기 하나를 뽑아내며 한숨을 내쉬었다. “아가사, 난 절대 널 떠나지 않 아. 설사 내가 가려고 한다 해도 갈 방법도 없고. 영원의 숲으로 돌 아가려면 둘이 함께 소원을 빌어야 하잖아.”

순간 아가사의 얼굴이 돌처럼 굳었다. 테드로스는 그녀를 남겨 두고 혼자 숲으로 돌아갈 생각까지 했단 말인가? 아가사는 침을 꿀 떡 삼키고 그의 팔을 꼭 붙잡았다. “테드로스, 난 숲으로 돌아갈 수 없어. 우리 둘 다 거기에서 끔찍한 일들을 당했잖아. 살아서 탈출한 건 정말 행운…….”

“행운이라고? 이렇게 사는 게?” 숨을 헐떡이며 열변을 토하는 공 주를 향해 마침내 테드로스가 고개를 돌리고 입을 열었다. “아가사, 우리가 이 집에 갇혀서 얼마나 지낼 수 있을 것 같아? 이 죄수 같은 생활을 얼마나 할 수 있을 것 같으냐고?”

아가사의 얼굴이 다시 한 번 뻣뻣하게 굳었다. 테드로스로서는 당연히 할 수 있는 질문이었지만, 아가사도 그 답을 알지는 못했다. "영원한 행복이 어디에 있는지는 중요하지 않아. 우리 둘이 함께 있다는 게 중요하지. 예전에 어떤 교수님이 그렇게 말씀하셨잖아." 아가사는 최대한 밝은 목소리를 내려 했지만 테드로스는 미소조차 짓지 않았다.

아가사는 자리에서 일어나 침대 기둥에 걸린 깨끗한 수건을 집어 들어 길게 한 조각을 찢어 냈다. 테드로스는 조용히 입을 다문 채 선인장처럼 두 팔을 활짝 벌리고 침대에 벌렁 드러누웠고, 아가사는 찢어 낸 수건 조각으로 그의 상처를 동여맸다.

"필립이 그리울 때가 있어." 테드로스가 낮은 목소리로 말했다.

아가사는 깜짝 놀란 표정으로 그를 바라보았다. 테드로스는 벌게진 얼굴로 손톱을 만지작거리고 있었다. "그놈…… 그 아이가 우리한테 한 짓을 생각하면 이러면 안 되는 거 알아. 미워해도 모자랄 판인데 말이야. 하지만 남자끼리만 통하는 것들이 있어. 여자들은 알 수가 없지. 물론 걔가 진짜 남자는 아니었지만……." 테드로스는 잠시 말을 멈추고 아가사의 표정을 살폈다. "못 들은 걸로 해."

"지금 입 다문다고 내가 네 마음을 모를 거라고 생각해?" 아가사가 상처받은 얼굴로 말했다.

테드로스는 사실대로 말해야 할지 거짓말을 해야 할지 고민하듯 잠시 숨을 고르더니 마침내 다시 입을 열었다. "지난 2년 동안 우리는 함께여야 한다는 이상을 좇느라 실제로 함께하는 데에는 소홀했어. 반면 필립과는 너보다 훨씬 가까운 사이가 됐지. 통행금지 시간이 지난 후에도 함께 시간을 보내고, 만찬실에서 양고기를 훔치고, 옥상에 앉아 이야기를 나누기도 했어. 가족 얘기도 하고, 뭘 무서워하는지 어떤 파이를 좋아하는지 등등 평범한 것들에 대해서도 얘기했지. 그 후에 일어난 일들은 중요하지 않아. 필립은 나의 첫 번째 진정한 친구였어." 테드로스는 차마 아가사를 바라보지 못했다. "너랑은 사실 친구 사이라고도 할 수 없잖아. 서로를 부르는 애칭도 없고, 우린 정신없는 와중에 스치듯 몇 번 만난 게 전부였고, 사랑이 모든 것을 해결해 줄 거라는 믿음으로 여기까지 왔어. 그런데 지금 상황을 좀 봐. 3주째 좁은 집 안에 갇혀서 혼자 있을 시간도 없고 산책이나 사냥, 수영을 즐길 공간도 없어. 잠잘 때나 먹을 때, 그냥 숨 쉬고 있을 때조차 상대방이 감시하듯 주변을 서성거리고 있지. 그런데도 우린 여전히 서로가 어색하잖아. 난 정말 할아버지가 된 기분이야." 테드로스가 아가사의 얼굴을 흘끗 쳐다봤다. "솔직히 말해 봐. 너도 그렇잖아. 우리 두 사람, 마치 고리타분한 늙은 부부 같아. 전부터 네 마음에 안 들었던 내 사소한 단점들이 지금은 한 천 배 정도 더 거슬릴 거야."

아가사는 공감하는 표정을 지어 보였다. "넌 내 어떤 부분이 거슬리는데?"

"안 되지. 지금 그런 얘기는 꺼내지 말자." 테드로스가 몸을 굴려 침대에 엎드리며 말했다.

"궁금해서 그래. 넌 내 어떤 부분이 불편해?"

왕자가 아무 말 하지 않자 아가사는 그의 등에 강황을 던졌다.

"첫째, 넌 날 바보 취급해!" 왕자가 화가 난 듯 몸을 홱 돌리며 말했다.

"말도 안 돼……."

아가사가 대꾸했지만 테드로스는 잔뜩 찡그린 얼굴로 그녀를 바라보았다. "궁금하다며. 말해, 아님 말아?"

아가사는 입을 다물고 팔짱을 꼈다.

"넌 날 바보 취급해." 테드로스가 다시 이야기를 시작했다. "내가 얘기 좀 하려고 하면 바쁜 척을 하고. 내가 집을 떠나온 걸 아무렇지도 않게 생각하는 것 같아. 사실 공주가 왕자를 따라가야 하는 건데 말이야. 네가 그 못생긴 신발을 신고 코끼리처럼 쿵쾅거리면서 돌아다니는 것도 난 싫어. 너 씻고 나면 욕실 바닥이 젖어 있는 건 알고 있니? 요즘은 미소를 지어 보려는 노력도 안 하더라. 네가 한 말이나 행동에 대해 내가 무슨 말이라도 하면, 넌 감히 해선 안 될 일을 한 것처럼 굴지. 네가 무슨…… 네가 마치……."

"내가 뭐?" 아가사가 테드로스를 노려보며 다그쳤다.

"절대 선이나 되는 것처럼 말이야."

"이제 내 차례지? 첫째, 넌 꼭 포로가 된 것처럼 굴더라. 내가 널 제일 친한 친구한테서 떼어 내 여기로 납치라도 한 것처럼 말이야. 그 친구는 실제로 존재하지도 않는데……."

"화난다고 아무 말이나……."

"넌 내가 죄책감을 느끼게 만들고 있어. 네 목숨을 구하느라 여기 데려온 건데 내가 마치 큰 잘못을 저지른 것처럼 말이야. 넌 섬세하고 정중한 척은 다 하면서 입으로는 공주가 왕자를 '따라가야' 한다는 말을 아무렇지 않게 내뱉지. 넌 충동적이고, 땀을 너무 많이 흘리고, 잘 알지도 못하면서 대충 싸잡아 아는 척을 하고, 뭐든 부술 때마다 사과하는 대신 이 집 탓을 하고……."

"너무 좁아서 걸어 다닐 수가 없으니까……."

"넌 궁전에 살았잖아! 부속 건물에 알현실에 하인들이 즐비한 곳에서 말이야." 아가사가 마침내 폭발한 듯 소리쳤다. "송구하지만 이제 궁전 같은 건 없어요, 왕자님! 여긴 현실이니까! 난 어떻게 하면 우리 둘이 살아남을 수 있을지 하루 종일 그 걱정뿐이야. 우리 두 사람의 해피엔딩이 정말 행복한 결말이 되려면 어떻게 해야 할지 고민하고 있어. 광대처럼 히죽거리거나 카푸치노를 앞에 두고 우아하게 대화 나눌 시간이 없는 이유를 알겠니? 모르겠지! 넌 생각도 안 해 봤을 거야. 넌 카멜롯의 테드로스니까! 나이도 안 먹을 것 같은 영원의 숲 최고의 미남 왕자님!"

테드로스가 싱긋 미소 지었다. "그래? 그렇게 잘생겼단 말이지?"

"너보다는 소피가 나았어. 두 번씩이나 날 죽이려 했던 애가 차라리 나았다고!" 아가사가 베개에 얼굴을 묻고 소리쳤다.

"그럼 숲에 가서 소피를 데려오면 되겠네!" 테드로스가 항변하듯 말했다.

"필립이 그렇게 좋으면 너도 가서 걔 데려오든가!" 아가사도 소리쳤다.

얼굴이 붉게 달아오른 두 사람은 더 이상 아무 말도 하지 않았다. 같은 사람에 대해 이야기하고 있다는 사실을 깨달았던 것이다.

테드로스가 공주 곁으로 다가가 그녀의 허리를 감싸 안자, 아가사는 눈물을 참으며 왕자의 따뜻한 품에 몸을 기댔다.

"우리 어쩌다 이렇게 됐지?" 그녀가 낮은 목소리로 말했다.

교장에게서 테드로스를 구해 내는 순간, 아가사는 자신의 동화에서 빠져나오는 데에 성공했다고 생각했다. 그녀는 죽음의 위기에서 벗어나 왕자의 목숨을 구하고 영원의 숲을 떠날 수 있게 되었고, 거짓말과 배신을 일삼던 그녀의 친구는 그 세계에 남았다. 두 세계 사이에서 하얀 불빛에 둘러싸여 진정한 사랑을 움켜잡은 그녀는 해피엔딩을 맞이했다는 안도감에 젖어들었다. 마침내 테드로스를 차지한 것이다. 그녀가 테드로스를 사랑하는 만큼 그도 그녀를 사랑했고, 입술에는 여전히 그의 달콤한 키스가 느껴졌다. 테드로스와 함께라면 그녀는 영원히 행복할 것이다.

바로 그때, 그녀의 얼굴이 흙더미에 풀썩 처박혔다.

아가사는 어리둥절한 얼굴로 두 눈을 떴다. 주변이 칠흑처럼 어두웠다. 그곳은 가발돈의 눈 덮인 공동묘지였고, 그녀는 왕자의 몸을 깔고 엎어져 있었다. 이 작은 마을에 남겨 두고 떠난 옛 기억들이 순식간에 물밀듯 밀려들었다. 딸을 꼭 데려오겠다고 했지만 결국 지키지 못한 스테판 아저씨와의 약속, 그녀를 죽이려 했던 위협적인 원로회, 광장에서 화형당한 마녀 이야기⋯⋯. '침착하자. 내 동화는 해피엔딩이야.' 아가사는 마음을 진정시키며 숨을 골랐다. '더 이상 나쁜 일은 생기지 않아.'

그녀는 눈을 가늘게 뜨고 눈 쌓인 언덕 꼭대기의 경사진 지붕을 바라보았다. 마녀 모자같이 생긴 지붕을 보는 순간 마침내 집에 돌아왔다는 생각에 마음이 부풀어 오르기 시작했다. 엄마는 행복에 겨운 얼굴로 그녀를 맞이할 것이다. 그녀는 미소 띤 얼굴로 왕자를 내려다보았다. '엄마가 너무 놀라 기절하지나 않으면 다행이지.'

"테드로스, 일어나!" 아가사가 속삭였다. 하지만 대회 복장인 검은 망토를 입은 테드로스는 그녀의 팔에 안겨 축 늘어진 채 꼼짝하지 않았다. 까마귀 몇 마리가 벌레를 쪼는 소리와 출입문에 걸어 놓은 횃불이 타닥거리는 소리만이 간간이 들려왔다. 아가사는 왕자를 깨우기 위해 셔츠 앞자락 줄을 잡아당겼다. 그때 그녀의 손에 뜨듯하고 끈적거리는 것이 느껴졌다. 아가사는 천천히 횃불의 불빛 아래로 손을 들어 올렸다.

피였다.

아가사는 미친 듯이 달리기 시작했다. 뽀득거리는 흰 눈을 힘차게 밟으며 삐죽삐죽 솟은 무덤들과 날카로운 잡초 사이를 가로질러 마침내 현관에 이르렀지만 항상 밝혀져 있던 촛불이 보이지 않았다. 아가사는 천천히 손잡이를 돌렸다. 끼익 소리와 함께 침대에 누워 있던 형체가 벌떡 일어나 하얀 시트로 몸을 감싼 채 허둥지둥 그녀를 향해 다가왔다. 잠시 후 시트 사이로 삐죽이 얼굴을 내민 캘리스가 커다란 딱부리눈을 깜빡이며 아가사를 바라보았다. 너무 오랫동안 떠나 있던 딸을 다시 만난 그녀의 얼굴에 행복이 번졌다. 하지만 아가사의 얼굴에 어린 공포를 눈치챈 캘리스는 이내 창백해졌다. "너…… 너 본 사람 있니?" 캘리스가 더듬거리며 물었다. 아가사는 고개를 저었다. 캘리스는 안도의 미소를 지으며 딸을 안기 위해 다가섰지만 겁에 질린 아가사의 표정은 변하지 않았다. 걸음을 멈춘 캘리스의 얼굴에서도 미소가 사라졌다. "무슨 일이 있었니?" 캘리스가 숨을 헉 들이마시며 물었다.

두 사람은 어둠 속에서 그레이브스힐을 내려갔다. 아가사는 축 늘어진 검은색 잠옷 차림의 엄마를 테드로스가 있는 곳으로 데려갔고, 두 모녀는 왕자의 팔을 하나씩 잡고 낑낑대며 하얀 눈밭 위에 움푹한 길을 만들어 냈다. 아가사는 흘끗 눈을 들어 엄마를 바라보았다. 헬멧을 뒤집어쓴 것 같은 검은 머리에 창백한 피부가 마치 미래의 그녀 모습을 보는 것 같았다. 아가사는 엄마가 동화 속 왕자님의 등장에 당황했을 것이라고 생각했지만 캘리스는 어둠에 잠긴 마을을 바라볼 뿐이었다. 평소라면 그 이유를 물었을 테지만 아가사에게는 그럴 여유가 없었다. 지금은 오직 왕자를 살리는 데에 열중해야 했다.

집 안에 들어서자마자 엄마는 테드로스를 바닥 깔개 위에 눕히고 젖은 셔츠를 열어젖혔다. 도꼬마리 열매가 온몸에 덕지덕지 붙은 왕자는 정신을 잃은 채 꼼짝하지 않았고, 아가사는 벽난로에 불을 피웠다. 잠시 후 몸을 돌려 다시 왕자를 본 아가사는 너무 놀라 그대로 쓰러질 것만 같았다. 테드로스의 가슴에 난 상처가 너무 깊어 심장이 펄떡이는 게 보일 정도였다.

아가사의 눈에 눈물이 차올랐다. "괜…… 괜찮겠지? 그래야 하는데……."

"마취하기에는 너무 늦었어." 캘리스가 실을 찾기 위해 서랍을 뒤지며 말했다.

"데려올 수밖에 없었어, 엄마. 죽게 내버려 둘 수는 없……."

"그 얘기는 나중에 하자." 캘리스의 차가운 대꾸에 아가사는 벽에 바싹 몸을 붙였다. 캘리스는 왕자의 상처 위로 몸을 잔뜩 웅크린 채 다섯 바늘을 꿰맸고, 치료가 거의 끝나 갈 무렵 테드로스가 갑자기 고통에 찬 비명을 지르며 정신을 차렸다. 그는 낯선 여자가 바늘을 들고 있는 모습을 보자, 가까운 곳에 있는 빗자루를 집어 들고는 조금이라도 가까이 오면 머리통을 날려 버리겠다고 위협했다.

그 사건 이후 왕자와 캘리스는 제대로 눈을 마주친 적이 없었다.

아가사가 어찌어찌 왕자를 다독여 재우고, 다음 날 아침이 되자 캘리스는 딸을 조용히 부엌으로 불렀다. 왕자는 상처를 다 꿰매지도 못한 채 새근새근 숨소리를 내며 자고 있었다. 캘리스가 침실이 보이지 않도록 검은 천을 치는 순간, 아가사는 주변에 가득 찬 긴장감을 느낄 수 있었다.

"엄마, 쟤는 날 처음 봤을 때도 죽여 버리겠다고 으르렁댔어." 아가사가 찬장에서 쇠 접시 두 개를 꺼내며 먼저 입을 열었다. "걱정 마. 점점 좋아하게 될 거야."

캘리스는 가마솥에 끓인 뽀얀 스튜를 국자로 퍼 그릇에 담았다. "쟤 떠나기 전에 입을 셔츠 몇 벌 만들어 놓으마."

"저기 엄마, 마법의 동화 나라에서 온 진짜 살아 있는 왕자가 지금 우리 집 바닥에서 자고 있는데 셔츠 얘기가 나와?" 아가사가 삐거덕거리는 스툴에 걸터앉으며 말했다. "엄마는 내가 세상에 태어난 날부터 동화가 진짜라고 말했잖아. 내가 남자아이 근처 3킬로미터까지만 가도 마을 잔치를 벌이겠다고 말한 것도 기억나는데, 그런 건 일단 접어 두자고. 엄마는 얘가 누군지 궁금하지 않……" 말을 멈춘 아가사의 두 눈이 휘둥그레졌다. "엄마 방금 뭐라고 했지? 떠나기 전이라고? 테드로스는 가발돈에서 살 거야……. 앞으로 쭉."

캘리스는 음식이 담긴 그릇을 아가사 앞에 내밀었다. "두꺼비 수프는 따뜻할 때 먹어야 해."

아가사가 용기를 내어 다시 입을 열었다. "엄마, 세 사람이 살기에는 집이 좁다는 거 알아. 하지만 테드로스랑 내가 마을에서 일을 좀 해 볼게. 생각해 봐. 돈을 많이 모으면 더 큰 집으로 이사 갈 수도 있잖아. 호숫가 집을 살 수 있을지도 모르지. 엄마, 이웃들이 생긴다는 거 생각이나 해 봤……."

싱긋 웃음을 지으며 말을 이어 가던 아가사가 갑자기 조용해졌다. 캘리스의 차가운 갈색 눈동자가 어딘가에 고정되어 있는 것을 발견한 것이다. 아가사는 엄마의 시선을 따라 싱크대 위 끈적끈적한 때가 긴 작은 창문을 향해 고개를 돌렸다. 그녀는 한 숟가락도 뜨지 않은 음식 그릇을 내려놓고 의자에서 일어나, 선반에서 젖은 행주를 집어 들었다. 그리고 유리창에 바짝 다가서서 먼지와 기름, 흰곰팡이가 뒤섞인 거무튀튀한 때를 벗겨 내기 시작했다. 잠시 후 깨끗해진 창을 통해 햇살 한 줄기가 쏟아져 들어왔고, 아가사는 너무 놀라 뒷걸음을 치고 말았다.

눈 쌓인 언덕 아래 광장의 가로등마다 빨간 깃발이 매달려 펄럭이고 있었다.

"마녀라고?" 아가사가 자신의 얼굴이 그려진 수백 개의 깃발을 바라보며 목멘 소리로 말했다. 광장 너머로 비슷비슷한 색깔의 돌로 지어진 요새 같은 집들이 보였다. 숲에서 공격을 받기 전에는 동화책에 나올 법한 알록달록한 집들이 있던 자리다. 오두막집이 모인 골목과 숲 주변을 검은색 긴 망토에 검은색 강철 마스크를 쓴 경비대원들이 창을 들고 순찰하고 있었다. 아가사는 가슴속에 차오르는 공포를 느끼며 구부정한 시계탑 근처로 눈을 돌렸다. 그녀와 소피의 동상이 반짝거리던 바로 그 자리에는 나무로 만든 단상과 거대한 자작나무 더미, 그리고 두 개의 횃불이 걸린 화형대가 보였고 두 횃불 사이에는 그녀와 소피의 얼굴이 그려진 현수막이 걸려 있었다.

아가사는 가슴이 철렁 내려앉았다. 학교에서 처형당할 위기를 피해 도망쳐 왔는데, 고향 사람들 역시 그녀를 처형시키려 하고 있었다.

"내가 경고했잖니, 아가사." 등 뒤에서 엄마의 목소리가 들려왔다. "원로회는 소피가 마녀고, 그 아이 때문에 숲에서 공격을 받았다고 생각해. 그래서 그 아이를 공격자들에게 넘겨주기로 한 날 너에게 그 아이를 따라가지 말라고 명령했지. 하지만 넌 명령을 어겼고, 그 순간 너 역시 마녀가 된 거야."

아가사는 후들거리는 다리로 몸을 돌려 엄마를 바라보았다. "그래서 날 화형시키겠다고?"

"너 혼자 돌아왔다면 원로회가 널 살려 주려고 했을지도 모르지. 물론 벌은 받았을 거야. 내가 네 탈출을 도와서 벌을 받은 것처럼." 캘리스가 테이블에 앉아 두 손으로 머리를 감싸고 말했다.

아가사의 등줄기가 서늘해졌다. 그녀는 엄마를 유심히 바라보았지만 매부리코가 불거진 얼굴이나 깡마른 팔다리 어디에도 상처는 보이지 않았고, 잘려 나간 손가락이나 발가락도 없었다. "무슨 벌을 받았는데?" 아가사가 공포에 질린 얼굴로 물었다.

"너희 둘이 발각되면 겪게 될 일에 비하면 아무것도 아니야." 잠시 말을 멈춘 캘리스가 고개를 들고 아가사를 똑바로 바라보았다.

"원로회는 늘 우리를 경멸했어. 넌 어쩜 이렇게 멍청한 짓을 할 수가 있니! 숲에서 누굴 데려오다니!"

"동화책에서 '끝'이라고 했단 말이야." 아가사가 더듬더듬 말을 이었다. "엄마가 그랬잖아. 책에 '끝'이라고 나오면 이야기는 해피엔딩으로 끝나는…….."

"해피엔딩? 쟤하고?" 캘리스가 자리에서 벌떡 일어서며 소리쳤다. "아가사, 두 세계가 분리된 데에는 다 이유가 있어. 그래야만 하는 이유가 있다고. 저 아이는 여기에서 절대 행복할 수 없어! 넌 독자고 쟤는…….."

캘리스가 갑자기 말을 멈췄고, 아가사는 엄마를 뚫어지게 바라보았다. 캘리스는 재빨리 싱크대로 자리를 옮겨 펌프로 주전자에 물을 담기 시작했다.

"엄마……." 아가사는 가슴이 서늘해지는 것을 느끼며 힘겹게 입을 뗐다. "저들이 우리를 독자라고 부르는 거 어떻게 알아?"

"음, 시끄러워서 잘 안 들리네."

"'독자'라는 말! 그 말 어떻게 아느냐고…….." 펌프가 움직일 때마다 거친 쇳소리가 났지만 아가사는 지지 않고 더 크게 외쳤다.

"책에서 봤든가 뭐 그랬겠지…….." 캘리스도 더욱 거칠게 펌프질을 하며 대답했다.

"책? 무슨 책…….."

"애도 참, 당연히 동화책이지."

'당연하지.' 아가사는 안도의 한숨을 내쉬었다. 엄마는 늘 동화 세계에 대해 잘 알고 있는 것 같았다. 가발돈의 모든 부모는 도빌 씨네 서점에서 줄을 서 가며 책을 사고, 교장에게 납치된 아이들에 대한 조그마한 단서라도 있을까 기대하며 열심히 책을 파고들었다. '어떤 책에선가 독자라는 말이 나왔을 거야.' 아가사는 스스로를 설득하듯 다시 한 번 생각했다. 그래서 엄마가 '독자'라는 말을 썼을 것이다. 동화책을 열심히 보았으니 왕자를 보고도 놀라지 않은 것이다.

아가사는 고개를 들어 자신에게 등을 돌린 채 펌프질을 하고 있는 엄마를 바라보았다. 주전자에는 이미 물이 가득 차 흘러넘쳤지만, 엄마는 허공을 바라보며 손에 힘을 꽉 주고 점점 더 빠르게 펌프 손잡이를 움직였다. 마치 세찬 물줄기로 기억을 씻어 내려는 사람 같았다. 아가사는 다시 가슴이 조여 왔다. 점점 짙어지는 서늘한 기운이 그녀에게 속삭이고 있었다. 엄마가 테드로스를 보고도 당황하지 않은 것은 동화책을 많이 읽었기 때문이 아니라…… 그 세계에서 사는 게 어떤 것인지 알기 때문이다…….

"저 아이는 일어나는 즉시 숲으로 돌아가야 해." 마침내 펌프에서 손을 뗀 캘리스가 말했다.

"숲으로 돌아간다고? 나랑 쟤랑 겨우 살아서 도망쳐 나왔는데 거길 다시 가란 말이야?"

"넌 말고, 저 아이만." 캘리스는 여전히 등을 돌린 채 대답했다.

"엄마는 진정한 사랑이 뭔지도 모르니까 그런 말을 하는 거야!" 충격을 받은 아가사가 발끈해 소리쳤다.

캘리스는 돌처럼 굳어 버렸고, 무거운 침묵 속에 해골 시계의 바늘 소리만 째깍째깍 울렸다.

"아가사, 이게 정말 네 해피엔딩이라고 생각하니?" 캘리스가 딸을 바라보지 않고 물었다.

"그래야만 해, 엄마. 난 쟤를 다시는 떠나지 않을 거야. 엄마랑 헤어지지도 않을 거고." 아가사가 간청하듯 말했다. "예전에는 숲에 가면 행복해질 수 있지 않을까 생각했어. 현실에서 벗어날 수 있으니까……. 하지만 아니었어. 내가 원한 건 동화가 아니었어. 난 매일 아침 엄마랑 내 가장 친한 친구가 있는 이곳에서 눈을 뜨고 싶어. 왕자가 내 가장 친한 친구가 될지 누가 알았겠어?" 아가사는 감정이 벅차오르는 듯 눈가를 문질러 닦았다. "우리 둘이 함께하기 위해서 어떤 일을 겪었는지 엄마는 상상도 못 할 거야. 우리가 누구랑 싸우다 왔는지도 모르겠지. 테드로스랑 내가 이 집에 갇혀서 100년을 살아야 한대도 난 상관없어. 적어도 우린 함께이고, 행복할 테니 말이야. 우리한테 기회를 줘, 엄마."

그을음투성이 부엌에 다시 침묵이 내려앉았다.

캘리스가 마침내 딸을 향해 몸을 돌렸다. "그럼 소피는?"

"걘 이제 없어." 아가사가 차가운 목소리로 대답했다.

캘리스는 아가사를 뚫어지게 바라보았다. 광장에서 시계탑 종소리가 희미하게 들려오다가 바람에 묻혀 버렸다. 캘리스는 물이 가득 담긴 주전자를 들고 난로로 향했다. 아가사는 숨을 죽이고 엄마를 바라보았다. 엄마는 주전자 밑에 불을 붙이고 스피겔리아 잎 몇 개를 넣은 뒤 국자로 그 안을 휘휘 저었다. 잎이 다 녹아 없어진 뒤에도 엄마는 멈추지 않았다.

"달걀이 좀 필요하겠군. 왕자들은 두꺼비 수프 같은 거 안 먹거든." 캘리스가 마침내 입을 열었다.

아가사는 안도감에 온몸의 힘이 빠져나가는 것 같았다. "아, 고마워, 엄마! 정말 고마워……."

"매일 아침 내가 마을에 갈 때는 문을 잠가 놓을게. 우리가 조심하기만 하면 경비대가 여기까지 오는 일은 없을 거야."

"엄마도 쟤를 좋아하게 될 거야. 아들처럼……." 아가사가 갑자기 말을 멈추고 얼굴을 찌푸렸다. "마을에 내려간다고? 환자도 없다면서."

"벽난로에 불 피우지 말고 창문도 열지 마." 캘리스가 컵 두 개에 차를 따르며 명령조로 말했다.

"경비대가 여기는 왜 안 와? 이 집이야말로 제일 먼저 찾아봐야 하는 곳 아니야?" 아가사가 다그치듯 물었다.

"누가 와도 문 열어 주면 안 돼."

"잠깐…… 스테판 아저씨가 오면? 아저씨는 원로회에 우리 편을 들어줄……."

캘리스가 깜짝 놀란 듯 몸을 홱 돌렸다. "스테판은 더더욱 안 돼!"

엄마와 딸은 부엌을 사이에 두고 서로를 뚫어지게 바라보았다.

"너의 왕자님은 이곳 사람이 아니야, 아가사. 누구든 자신의 운명으로부터 도망치려면 그 값을 치러야 하지." 캘리스가 낮은 목소리로 말했다.

툭 불거진 엄마의 두 눈에 아가사가 한 번도 보지 못한 두려움이 담겨 있었다. 엄마가 걱정하는 것은 더 이상 왕자의 존재가 아닌 듯했다.

아가사는 부엌을 가로질러 엄마에게 다가가 따뜻하게 그녀를 껴안았다. "약속할게. 테드로스도 나만큼이나 여기에서 행복할 거야. 이렇게 서로 사랑하는 두 사람을 두고 내가 괜한 걱정을 했구나 싶은 날이 분명 올 거라고!" 아가사가 속삭였다.

그때 침실에서 쨍그랑 덜커덕 소리가 들려왔다. 두 사람의 등 뒤에서 커튼이 열리는가 싶더니 아예 풀썩 바닥에 떨어지면서 테드로스가 모습을 나타냈다. 그는 벌건 눈에 피 묻은 침대 시트 조각을 상처에 너덜너덜 매달고 멍한 표정으로 느릿느릿 걸음을 옮겼다. 조리대 앞에 앉아 수프 냄새를 맡은 그가 구역질을 하고 그릇을 멀리 밀쳐 냈다. "튼튼한 말 한 마리와 강철 검, 사흘치 빵과 고기가 필요해." 말을 마친 테드로스는 잠이 덜 깬 얼굴로 아가사를 향해 미소 지었다. "작별 인사는 이미 마쳤겠지? 성으로 갈 때가 됐어."

첫 주 동안 아가사는 이것 역시 동화 주인공이 겪어야 하는 시련이라고 생각했다. 머지않아 장작더미는 치워지고, 사형 선고는 취소되고, 테드로스는 평범한 삶에 적응할 것이라고 믿었다. 곰 인형 같은 잘생긴 왕자, 사랑하는 그와 함께라면 이 집에 얼마나 오래 갇혀 살든 상관없었다. 그들은 결국 행복을 찾게 될 것이 분명했다.

두 번째 주가 되자 집이 붐빈다는 생각이 들기 시작했다. 음식과 컵, 수건 등 모든 것이 조금씩 부족했고, 리퍼와 테드로스는 친형제처럼 이성을 잃고 싸워 댔다. 왕자의 작은 습관들, 예를 들면 비누 하나 다 써 버리기, 우유 병째 마시기, 쉴 새 없이 운동하기, 입으로 숨쉬기 같은 것들이 하나둘씩 아가사의 눈에 거슬리기 시작했다. 캘리스는 이 두 10대 아이를 먹여 살리느라 고군분투했지만 아이들은 그런 건 안중에도 없었다. (테드로스는 눈물이 나도록 하품을 하며 "차라리 학교가 여기보다 낫겠어"라고 투덜거렸고, 아가사는 "그럼 돌아가자. 가서 칼에 찔려 죽지 뭐"라고 대답했다.) 세 번째 주가 되자 테드로스는 혼자 럭비를 하기 시작했다. 보이지 않는 상대 팀 선수를 피하며 상황을 중얼중얼 중계하고, 우리에 갇힌 동물처럼 몸부림을 치기도 했다. 아가사는 침대에 누워 베개로 얼굴을 덮고 오직 한 가지만 생각했다. 별에서 요정 할머니가 뚝 떨어지는 것처럼 그들에게도 어느 순간 갑자기 행복이 찾아오리라는 기대였다. 하지만 그녀의 머리 위로 뚝 떨어진 것은 공을 받으려고 몸을 날린 테드로스였고, 채 아물지 않은 그의 상처는 다시 쩍 벌어지고 말았다. 아가사는 베개를 들어 있는 힘껏 그를 쳤고, 테드로스 역시 베개로 반격했다. 그리고 잠시 후 리퍼가 화장실 변기에 처박혔다. 두 사람은 베개에서 터져 나온 깃털에 뒤덮인 채 침대에 벌렁 드러누웠고, 물이 뚝뚝 떨어지는 리퍼는 방 한쪽 구석에 몸을 웅크렸다.

"우리가 어쩌다 이렇게 됐지?"

아가사는 아무리 생각해도 답을 찾을 수 없었다.

넷째 주가 되자 테드로스와 아가사는 서로 거리를 두게 되었다. 테드로스는 더 이상 미친 운동선수처럼 굴지 않고, 부엌 창문 앞에 구부정하게 앉아 조용히 영원의 숲을 바라보았다. 그는 면도도 하지 않고 씻지도 않았다. 향수병에 걸린 것이다. 적어도 아가사는 그렇게 믿었다. 아가사가 그의 세계에 있을 때 그녀 역시 그랬으니 말이다. 하지만 테드로스의 얼굴은 매일 조금씩 더 어두워졌고, 아가사는 그 안에 깃든 고통이 단순한 향수병이 아니라는 사실을 깨달았다. 그는 죄책감을 느끼고 있었다. 멀리 떨어진 어느 나라에서 왕관을 물려받을 계승자가 사라져 버렸기 때문이다. 하지만 아가사는 어떤 위로의 말도 할 수 없었다. 그녀가 무슨 말을 하든 이기적이거나 진부하게 들릴 것이 분명했다. 아가사는 침대보 밑에 몸을 묻고 오래된 동화책들을 읽고 또 읽었다.

아름다운 공주와 멋진 왕자의 키스 장면을 볼 때마다, 아가사는 자신의 해피엔딩이 왜 이렇게 변해 버렸는지 생각하지 않을 수 없었다. 그녀가 읽는 동화들은 모두 만족스럽고 깔끔하게 마무리되어 있는데 그녀 이야기의 결말에는 구멍이 숭숭 뚫려 있었다. 동화 경연 대회에서 목숨을 걸고 도와준 도트, 헤스터, 아나딜은 어떻게 되었을까? 애릭과 남자아이들을 상대로 전쟁에 뛰어든 여학생들에게는 어떤 일이 벌어졌을까? 교장이 살아 돌아왔는데 레소 부인과 더비 교수는 무사할까? 아가사의 가슴이 죄어 왔다. 교장이 다시 가발돈에서 아이들을 납치하기 시작하면 어떡하지? 그녀의 머릿속에는 딸과 아들을 잃게 될 부모들의 모습이 떠올랐다. 그리고 트리스탄……. 그의 부모님은 아들의 죽음을 어떻게 받아들였을까? 숲의 균형은 죽음과 악을 향해 기울었고, 한때 그녀와 가장 친했던 악인 친구는 홀로 그 숲에 남겨졌다…….

'소피.'

이제 그 이름을 생각해도 화가 나지 않았다. 그 이름은 마음속 동굴 문을 여는 암호처럼 다시 한번 그녀의 마음속에 메아리쳤다.

'소피.'

선할 때나 악할 때나, 남자일 때나 여자일 때나 그녀가 변함없이 사랑했던 소피, 젊어서나 늙어서나 죽음이 그들을 갈라놓을 때까지 반드시 지켜 주겠다고 맹세했던 친구…….

그런 친구를 어떻게 배신할 수 있단 말인가? 그런 친구를 저버리고 떠나는 게 가능한 일인가?

'다 남자 때문이야.'

아가사의 두 뺨이 수치심에 붉게 물들었다.

'날 꼴도 보기 싫어하는 남자아이 하나 때문에 친구를 배신했어.'

아가사의 가슴은 조약돌처럼 딱딱하고 조그맣게 쪼그라들었다. 지금껏 그녀는 해피엔딩에 이르기 위해 소피와 테드로스 중 하나를 선택해야 한다고 생각했다. 하지만 둘 중 한 사람을 택할 때마다 이야기는 예상치 못한 방향으로 뒤틀렸고, 세상은 균형을 잃고 흔들렸다. 최악의 악당과 단둘이 탑에 남겨진 소피를 생각할 때마다 아가사의 마음속에서는 죄책감과 두려움이 커졌다. 그녀는 자신이 만들어 낸 지옥에 갇혀 버린 것 같았다. 제일 친한 친구 대신 왕자를 선택했기 때문이 아니었다. 둘 중 한 사람만 선택한다는 것 자체가 잘못이었다.

"나도 개 생각해."

아가사는 고개를 돌려 창가에 선 테드로스를 바라보았다. 그는 입술을 파르르 떨며 아가사를 바라보고 있었다. "우린 그 애를 버리고 온 거야." 테드로스의 두 눈에 눈물이 차올랐다. "물론 좋은 친구는 아니었지. 악인이란 것도 알아. 필립은 가짜였고……. 하지만 우린 개를 버렸어……. 그 괴물과 거기 두고 온 거야. 우린 모두를 저버렸어. 학교 전체를 내팽개쳤지……. 우리 두 사람 살자고 말이야. 왕자가 어떻게 그런 짓을 하지? 아버지가 날 보면 뭐라고 하실까?" 굵은 눈물방울이 거칠거칠하게 수염이 난 뺨을 타고 흘렀다. "나도 네가 엄마와 헤어지는 거 원치 않아. 정말이야. 하지만 우린 행복하지 않잖아, 아가사. 악당이 아직 살아 있고 우리는 영웅다운 행동을 하지 못했어. 우린…… 겁쟁이일 뿐이야."

아가사는 눈물로 얼룩진 왕자의 얼굴을 바라보았다. 진심 어린 테드로스의 표정을 보니 그를 사랑하게 된 이유가 새삼 떠올랐다. "이건 우리의 해피엔딩이 아닌 것 같아." 아가사가 나직이 말했다.

미소를 띤 테드로스의 얼굴이 오랜만에 밝게 빛났다.

두 사람이 집에 돌아온 후 처음으로, 아가사 역시 그를 향해 미소 지었다.

3

새것과 옛것

"**눈**을 감고 해 보자." 테드로스가 말했다.

"아예 파자마 차림으로 덩실덩실 춤을 추면서 둥글게 돌자고 하지 그러니." 아가사가 툴툴거렸다. 리퍼는 그녀의 무릎에 누워 잠들어 있었다. "저녁 시간 지났잖아. 배고파 죽겠는데 몇 번이나 더 해야 해?"

"아, 그러세요? 이것 말고 다른 중요한 볼일 있으면 가 보시든가!"

아가사는 바퀴벌레 한 마리가 바닥을 어슬렁어슬렁 기어 이중 잠금장치가 되어 있는 현관문 밑으로 쏙 사라지는 것을 물끄러미 바라보았다. "알았어. 네 말대로 해 보자."

아가사가 두 눈을 감자 테드로스 역시 감정을 추스르며 눈을 감았다. "좋아. 하나…… 둘…… 셋!" 두 사람은 각각 검지로 상대방을 가리키며 얼굴에 잔뜩 힘을 주었다. 그리고 동시에 숨을 내쉬며 눈을 떴다.

두 사람의 손끝은 빛나지 않았다.

"너 손톱 너무 물어뜯는다." 아가사의 손가락을 유심히 바라본 테드로스가 먼저 입을 열었다.

"지금 그런 말할 때야? 마법을 쓰지 못하면 숲에 돌아갈 수 없다고!" 아가사가 주머니에 손을 쑤셔 넣으며 소리쳤다. "마법은 감정을 따라간다고 했어. 학교에서 배웠잖아. 너도 그렇게 말했고! 우리 둘이 동시에 같은 소원을 빌면 숲으로 가는 문이 열려야 하는데……."

"둘 중 한 명이 의심을 품은 거야."

"너네, 너. 그거 하나 극복 못 하니?" 아가사가 발끈 화를 내며 자리에서 일어섰다. "내일 아침에 다시 하자. 엄마가 이렇게 늦은 적이 없는데. 곧 돌아오실 테니까……."

"아가사."

테드로스가 한쪽 입가를 올려 빙긋 웃고 있었다. 아가사가 아무리 숨기려고 해도 그는 이미 그녀가 무슨 생각을 하는지 정확하게 알고 있다는 뜻이었다.

"보기보다 똑똑하네." 아가사가 투덜거리며 다시 자리에 앉았다.

"이래서 사람은 겉만 보고 판단하면 안 되는 거야." 테드로스가 그녀 곁에 바싹 붙어 앉았다. "아가사, 엄마한테 작별 인사를 하고 싶으면……."

"그럼 마음이 더 혼란스러워질 거야. 엄마한테 다시는 못 볼 거라는 말을 어떻게 해?" 아가사가 중얼거렸다.

"나야 모르지. 우리 엄마는 아무 말 없이 그냥 날 떠났으니까." 테드로스가 대답했다.

아가사는 테드로스를 바라보았다. 갑자기 바보가 된 것 같은 기분이 들었다. 테드로스는 아가사 곁으로 더욱 가까이 다가앉으며 다정한 목소리로 물었다. "말해 봐, 아가사. 뭐가 두려운 거야?"

아가사는 두려움에 휩싸였다. 그녀 힘으로는 도저히 막을 수 없는 무엇인가가 그들을 향해 다가오고 있었다.

"내가 문제면 어떡하지?" 아가사가 툭 내뱉듯 입을 열었다. "내가 행복해지려고 할 때마다 일이 꼬였어. 처음에는 소피와, 그다음에는 너와 그랬지. 우리가 잘못된 게 아니라 내가 잘못됐다는…… 그런 생각이 들어. 난 어떤 이야기든 다 망치는, 결국 혼자일 수밖에 없는 사람이 아닐까? 그래서 엄마를 떠나는 게 두려워. 내가 너와 함께할 운명이 아니면 어떡하지, 테드로스? 엄마처럼 이곳에서 혼자 살다 죽는 게 내 이야기라면?"

테드로스는 깜짝 놀라 꼼짝하지 못했다.

아가사는 가슴을 짓누르던 커다란 바위가 사라진 듯, 천천히 폐 속으로 들어오는 공기를 느꼈다.

왕자는 바닥 벽돌 사이를 손가락으로 더듬으며 마침내 입을 열었다. "아가사, 우린 결말이 난 이야기만 보잖아. 해피엔딩에 이르기까지 얼마나 많은 시련이 존재하는지는 모르지. 생각해 봐. 넌 숲을 떠날 때마다 이전의 삶으로 돌아오려고 애썼어. 하지만 이번은 다르잖아. 우리 이야기의 진정한 결말에 이르면 넌 나와 함께 새로운 삶을 살게 될 거야. 우린 왕국을 수호하면서 함께 늙어 가고, 다음 세대에게 그 자리를 물려주겠지. 나의 아버지가 그랬고, 그 아버지와 그 이전 모든 조상이 그랬던 것처럼 말이야."

아가사는 왕자를 물끄러미 바라보며, 그를 이곳에 붙잡아 두려했던 자신이 얼마나 이기적이고 편협했는지 깨달았다.

"약속할게. 이번에는 정말 행복해질 거야." 왕자가 그녀의 손을 꼭 잡으며 말했다.

"좋아. 선과 악의 학교로 돌아간다고 쳐. 그다음 계획은 뭐야?"
아가사가 왕자의 제안을 받아들이며 말했다.

"잘못된 걸 바로잡아야지." 테드로스는 자신감 넘치는 얼굴로 대
답했다. "소피를 구하고, 교장을 죽이고, 엑스칼리버를 되찾고, 학
생들을 풀어 주고, 그런 다음 내 열여섯 살 생일에 맞춰서 너랑 카
멜롯으로 가서 왕이 될 거야. 끝!" 그가 잠시 말을 멈췄다. "이게 진
짜 결말이야."

아가사가 기침인지 재채기인지 알 수 없는 소리를 냈다.

"좋아, 네가 그렇게 나온다면 소피도 데려가지, 뭐." 왕자가 한숨
을 내쉬었다.

"사랑하는 테드로스." 아가사가 냉정한 표정으로 입을 열었다.
"학교에 들어가서 교장을 죽이는 일을 제과점 가서 사탕 사는 것처
럼 간단하게 말하는데……."

"지금 같아서는 제과점 가서 뭐든 사는 일이 훨씬 어려울 것 같
은데." 테드로스가 문에 설치된 삼중 잠금장치를 보며 말했다.

아가사는 테드로스의 손을 뿌리치고 다시 전투태세를 갖췄다.
"첫째, 교장은 강력한 마법사야. 죽음에서 살아 돌아오는 모습을 우
리 두 눈으로 봤고, 전보다 젊어진 데다 네 검으로 널 찔렀지. 둘째,
알려진 바로는 교장이 선인들을 죽였고 이제 모두가 교장 편이 됐
어. 셋째, 넌 생각도 못 하고 있는 것 같은데 교장 주위에는 보초들
과 함정이……."

"대마법사 멀린께서 이런 말씀을 하셨지. 걱정해 봤자 해결되는
건 없다. 골치만 아플 뿐!" 테드로스는 따분하다는 듯이 아가사의
말을 끊었다.

"보기보다 똑똑하다는 말 취소야." 아가사가 신음에 가까운 말을 내뱉자 그녀의 팔에 안겨 있던 리퍼가 꿈지럭거리며 몸을 움직이더니, 테드로스의 무릎에 침을 한 번 빠르게 내뱉고 그녀의 품을 비틀비틀 기어 나왔다. 왕자는 고양이를 내리칠 기세로 팔을 높이 들어 올렸고, 리퍼는 아가사를 날카롭게 노려보며 자리를 피했다. 어디에서 저따위 인간을 데려왔냐고 원망하는 듯한 표정이었다.

"전에는 날 꽤 사랑했는데." 아가사가 죽은 카나리아 머리를 물어뜯는 리퍼를 바라보며 말했다.

"아가사, 나 좀 봐."

"테드로스, 넌 계획은 고사하고 칼도 없잖아. 금방 죽을 거야."

"아가사, 나 좀 보라니까."

아가사는 팔짱을 끼고 테드로스를 바라보았다.

"동화는 계획에 따라 만들어지는 게 아냐. 누구랑 사랑에 빠질지 계획할 수 없는 것처럼 말이야. 설사 그럴 수 있다 치더라도, 다 계획한 대로 되면 사는 게 무슨 재미야? 확실한 건 하나 있지. 선이 언제나 이긴다는 것. 그러니까 선이 악을 물리치지 못한 이상 우리 이야기는 끝나지 않았어. 우리가 소원을 비는 순간 우리는 당연히 있어야 할 곳으로 돌아갈 거고, 그곳에서 해피엔딩을 찾게 될 거야. 우리 이야기를 믿어야 해, 아가사. 우리가 무엇을 해야 할지는 때가 되면 다 알 수 있을 거야."

"그럼 소피는 어떻게 하지? 우리를 용서하지 않으면 어떡해?" 아가사가 물었다.

테드로스는 잠시 생각에 잠겼다. "소피가 한 행동은 모두 너나 나와 가까워지기 위한 것이었어. 우린 누구나 실수를 하지. 그건 분명해. 선이든 악이든, 남자든 여자든 우리 셋은 이 이야기에서 함께야. 그러니 우리가 행복해지지 않는다면 소피 역시 행복을 찾을 수 없을 거야." 테드로스가 아가사와 눈을 맞추며 말을 마무리했다.

아가사는 아무 말도 하지 않았다. 어두컴컴한 좁은 방은 그녀와 왕자를 꼼짝 못 하게 가두었지만, 동시에 두 사람을 멀어지게 만들고 있었다.

아가사는 가장 친한 친구를 만나기 오래전부터 남몰래 도빌 씨네 가게에서 동화책을 사서 읽었다. 그녀는 서점 문이 열리면 아직 아무도 없는 시간에 가서 엄마가 군것질거리 사라고 준 동전들로 책을 샀다. 그리고 그 동화책에 담긴 교훈들, 모든 이야기가 똑같이 말하는 교훈을 핫초코 들이마시듯 마음 깊숙이 받아들였다. 해피엔딩에 이르기 위해 수백 명의 진정한 사랑이 있을 필요는 없다는 것, 단 한 명이면 족하다는 것이 바로 그 교훈이었다. 마을 사람들이 모두 그녀를 괴짜나 마녀, 혹은 흡혈귀라고 불러도 아무 상관 없었다. 그녀를 진심으로 사랑해 줄 한 사람, 단 한 사람만 있으면 그녀는 공주가 누리는 모든 것을 누릴 수 있게 된다. 심지어 끔찍한 핑크 드레스를 입거나 꼴 보기 싫은 금발을 치렁치렁 늘어뜨릴 필요도 없고, 넋이 나간 것 같은 멍한 표정을 짓지 않아도 된다.

소피가 아가사를 찾아온 순간부터 그녀는 아가사의 '단 한 사람'이 되었다. 소피 덕분에 아가사는 평범한 사람이 된 기분을 느꼈고, 누가 자신을 필요로 하는 기분이 무엇인지도 알게 되었다. 소피는 아가사를 무척이나 좋아했다. 소피가 아무리 감추려 애써도 아가사의 눈에는 다 보였다. 그 당시 아가사는 둘이 영원히 함께하기 위해서 최선을 다했다. 가장 친한 친구를 남자에게 빼앗길 수는 없었다. 하지만 정작 그 남자와 사랑에 빠진 사람은 아가사였다. 그리고 바로 그 순간, 이야기는 역전되고 말았다. 이제 친구와 남자 사이를 갈라놓기 위해 무슨 짓이든 서슴지 않는 사람은 소피였다. 소피는 이 불행한 삼각관계에서 없어져야 할 꼭짓점이었고, 결국 아가사와 테드로스는 그녀를 떼어 놓는 데에 성공했다. 그렇게 삼각형은 직선이 되었고, 왕자와 공주는 마침내 하나가 되었다. 아가사의 침대 밑에 잔뜩 쌓인 동화책 속 이야기들과 똑같은 결말이었다. 하지만 어둠 속에 가만히 앉아 생각에 잠긴 아가사는 점점 공동묘지에 살던 예전의 소녀로 되돌아갔다. 그녀가 소피를 그리워하는 이유는 어쩌면 너무나 간단하지 않은가? 소피는 그녀와 테드로스를 떼어 놓는 힘이 아니라 두 사람을 연결하는 힘으로 작용했던 것이다.

소피가 없었다면 그녀는 결코 마음을 열지 못했을 것이고, 사랑하는 법도 배우지 못했을 것이다. 결국 아가사와 테드로스가 하나가 되는 일도 일어나지 않았을 것이다.

"공주님? 무슨 생각해?"

아가사가 천천히 고개를 들어 왕자를 바라보았다. 그녀의 두 눈이 생기 있게 빛나고 있었다. "우리 두 사람의 가장 친한 친구를 되찾으러 가자!"

테드로스는 깜짝 놀라 두 눈을 껌뻑였다. 두 볼은 핑크색으로 물들고 목젖은 차오르는 감정을 삼키듯 빠르게 위아래로 움직였다. 그는 한 손을 등 뒤로 숨기고 입을 열었다. "우리 이야기가 다시 시작되기를 빌어 보자."

아가사도 미소를 지으며 한 손을 등 뒤로 가져갔다. "우리 이야기가 다시 시작되기를!"

테드로스는 두 눈을 감았다. "하나······."

"둘······." 아가사 역시 눈을 감았다.

두 사람은 동시에 숨을 들이마시고 손가락을 쭉 내밀었다. "셋!"

문이 활짝 열리며 날카로운 부츠 굽 소리가 들려왔다. 아가사는 벌떡 자리에서 일어섰다.

원로회 경비대원 한 명이 현관을 가로막고 서 있었다. 까만 밤을 배경으로 검은 망토의 실루엣이 보이고 강철 마스크가 달그락거리는 소리가 들렸다.

테드로스는 즉시 아가사를 부엌 벽 쪽으로 홱 잡아당기고, 자신의 몸으로 가려 보호했다. 그리고 싱크대에서 고기 자르는 큰 칼을 들어 경비대원을 향해 휘둘렀다. "한 걸음만 더 오면 목을 따 버리겠다!"

"숨어! 둘 다!" 경비대원이 문을 꽝 닫더니 낮은 목소리로 두 사람을 향해 말했다.

아가사는 경비대원의 마스크 뒤에서 반짝이는 커다란 갈색 눈을 발견했다. "엄마?"

"어서 숨으라고!" 캘리스는 몸 전체로 문을 막아서며 날카롭게 소리쳤다.

하지만 아가사는 꼼짝도 하지 않았다. 눈앞에서 벌어지는 일을 하나도 이해할 수 없었다. 엄마는 그녀를 죽이라는 명령을 받은 마을 경비대원과 똑같은 유니폼을 입고 있었다. "대체…… 무슨 일……."

그때 발자국 소리가 들려왔다……. 목소리도 들렸다……. 그들이 오고 있다…….

아가사는 테드로스를 밀어 바닥에 눕혔다. 깜짝 놀란 왕자가 칼을 떨어뜨려 다시 주우려고 팔을 뻗었지만, 아가사가 왕자의 벨트 버클을 잡고 그를 침대 밑으로 홱 끌어당겼다. 테드로스는 아가사 쪽으로 딸려가는 중에 가까스로 칼을 낚아챘다.

바로 그때 문이 활짝 열리고 경비대원 둘이 캘리스를 뒤에서 붙잡아 벽을 향해 밀쳤다.

"안 돼!" 아가사가 숨을 헉 들이마시며 뛰쳐나가려 하자, 테드로스가 한 손으로 그녀를 붙잡으며 다시 한 번 칼을 놓쳤다. 그가 칼을 향해 한 손을 쭉 뻗었지만, 아가사의 엉덩이에 부딪친 칼은 침대 밖으로 멀찌감치 미끄러져 나가고 말았다. 겁에 질린 두 사람은 번뜩이는 칼날이 진흙투성이 가죽 부츠 뒤축에 부딪쳐 멈춰 서는 것을 보고, 천천히 눈을 들어 부츠 주인을 훑었다.

키 큰 경비대원이 복면 사이로 이를 드러낸 채 집 안을 어슬렁거리고 있었다. 그는 주머니에서 달걀 한 움큼을 꺼내더니 커다란 손 안에서 구슬처럼 굴려 대기 시작했다.

"처음 달걀 훔치는 걸 발견하고는 요즘 사정이 좀 안 좋은가 보다 생각했지. 두 번째 봤을 때도 배가 고파서 그런가 보다 했어. 하지만 세 번째가 되니까……." 잠시 말을 멈춘 경비대원이 손에서 힘을 빼자 달걀들이 캘리스의 발치에 떨어져 깨져 버렸다. "대체 누구 때문에 도둑질을 하나 궁금해지더라고."

경비대원이 홱 몸을 돌려 침대를 걷어차자 무기 하나 없이 두 주먹을 꼭 쥔 테드로스의 모습이 드러났다. 경비대원은 잔혹한 눈빛으로 왕자를 노려보았다.

"남자답게 일대일로 결투하자. 나의 공주는 건드리지 마!" 테드로스가 위협하듯 말했다.

경비대원은 이상하게 그를 바라보다가 천천히 뒤쪽으로 시선을 옮겼다. 순간 경비대원의 눈동자가 차갑게 얼어붙었다. 테드로스 뒤에 엎드려 있는 아가사를 발견한 것이다.

경비대원은 눈 깜짝할 사이에 테드로스를 옆으로 밀쳐 냈다. 왕자가 바닥에 내동댕이쳐져 뒹굴었지만 경비대원의 시선은 아가사에게만 고정되어 있었다.

경비대원은 흰자와 노른자를 피처럼 줄줄 흘리고 있는 깨진 달걀을 부츠로 치르밟으며 아가사에게 다가왔다. 그리고 바들바들 떠는 그녀의 목에 더럽고 뾰족한 부츠 끝을 가져다 댔다.

"약속 지키기는 물 건너갔군." 복면을 벗고 얼굴을 드러낸 스테판이 으르렁거리듯 말했다.

쇠창살 우리는 한 사람용이지 세 사람이 들어갈 크기는 절대 아니었다. 양팔로 리퍼를 감싸 안은 캘리스는 아가사와 바짝 붙어 서 있어야 했다. 테드로스가 시커멓게 멍든 눈을 감싸 쥔 채 바닥에 쭈그리고 앉아 있었기 때문이다. 조금 전 집에서 아가사는 테드로스를 말렸다. 저항하지 말라고 그렇게 붙잡았는데도 테드로스는 미래 카멜롯의 왕은 무장 경비대원 여섯 명 정도는 맨손으로도 쓰러뜨릴 수 있다고 장담하며 그녀의 손길을 뿌리쳤다.

그의 생각은 완전히 틀렸다.

아가사는 덜컹거리는 우리 안에서 균형을 잡기 위해 녹슨 쇠창살을 꼭 붙잡았다. 고삐를 쥔 스테판은 어두운 묘지를 지나 광장을 향해 말을 몰았다. 불붙은 장작더미 앞에 마을 사람들이 몰려들고 있었다. 그들은 죄수들보다 한발 앞서 언덕을 내려오는 경비대원들을 바라보았다.

"내가 도망치도록 놔뒀다고 엄마한테 벌을 줬구나. 그렇지? 원로회가 엄마를 경비대에 넣었지?" 아가사가 엄마에게 고개를 돌리고 물었다.

"그래서 우리 집은 한 번도 수색을 안 한 거야. 엄마가 경비대원이니까. 자기 딸로부터 이 마을을 보호하는 일을 하고 있었으니 말이야."

캘리스는 창백한 얼굴로 저 멀리 장작더미를 바라보았다. 화형대 양옆에서 커다란 횃불이 휘몰아치듯 타오르고 있었다. "마을 사람들은 너랑 소피 때문에 마을이 공격받는다고 생각했어. 그래서 원로회에서 나랑 스테판을 새 순찰대 대장으로 임명하고, 너희 둘이 돌아오면 즉시 잡아들이는 임무를 맡겼어. 우리 충성심을 확인하기 위해서였지. 우리는 자식을 반역자 취급하고 화형에 처하겠다고 맹세해야 했어. 그러지 않으면 우리가 똑같은 일을 당해야 했거든." 캘리스가 아가사를 바라보았다. "하지만 나와는 달리 스테판은 진심으로 맹세했던 거야."

"스테판 아저씨는 어떻게 자기 딸을 배신할 수 있지? 마을을 공격한 자들에게 소피를 넘겨준 건 원로회잖아. 나쁜 놈은 원로회 사람들이라고! 아저씨가 왜 그런 놈들 말을 듣고……."

그때 쇠창살 우리가 삐걱거리며 달빛 밝은 광장에 들어섰고, 아가사는 자신의 질문에 대한 답을 찾을 수 있었다. 과부 오노라와 그녀의 두 아들 제이콥과 아담이 점점 늘어나는 군중 뒤편에 서서 죄수들을 붙잡아 오는 스테판을 바라보고 있었다. 아가사는 소피의 아버지에게 이 두 남자아이가 얼마나 중요한지 알고 있었다. 그는 자기 딸보다 이 두 소년을 훨씬 사랑하는 것 같았다. 하지만 아가사의 시선을 붙잡은 것은 그 아이들이 아니었다. 오노라의 왼손 약지에서 반짝거리는 금반지였다.

"스테판은 명령을 따를 수밖에 없었어. 원로회가 예전 가족과 새 가족 중 하나만 선택하게 했거든." 캘리스가 조용히 말했다.

아가사는 깜짝 놀란 눈으로 엄마를 바라보았다.

"나한테 맡겨." 두 모녀 아래쪽에서 툴툴대는 목소리가 들렸다.

테드로스는 아가사와 캘리스 사이로 비틀비틀 일어서며 두 사람을 양옆 쇠창살로 밀어냈다. "잠자는 사자를 깨우다니! 우리 머리카락 하나 건드리지 못하게 해 주겠다." 테드로스가 부어오른 눈을 껌뻑이려 애쓰며 울분을 토해 냈다.

그때 왕자 뒤에서 우리 문이 활짝 열리더니 두 경비대원이 그의 입에 더러운 천을 물리고 팔을 하나씩 붙잡아 들어 올렸다. 잠시 후 그들은 캘리스도 같은 방식으로 끌고 나갔다. 아가사가 겁에 질려 꼼짝 못 하고 있는 사이, 이번에는 스테판이 우리 안으로 뛰어들어 그녀를 붙잡았다.

"아저씨, 제 말 좀 들어 보세요. 소피를 구해야 해요." 아가사는 스테판의 손에 이끌려 군중 사이를 걸어가며 호소했다. 마을 사람들은 그녀에게 음식 쓰레기를 던지며 "마녀!", "반역자!"라고 소리쳤다. "새 가족이 생긴 건 알지만 그렇다고 딸을 포기할 순……."

"포기한다고? 내가 포기했다고 생각해? 내 자식을?" 분노에 휩싸인 스테판은 아가사를 화형대에 오르는 계단 앞에 세웠다. 이미 그곳에 도착한 테드로스는 재갈 사이로 웅웅거리며 끈질기게 경비대원들과 몸싸움을 벌이고 있었다. "아가사, 넌 분명히 약속했어. 그 아이를 구하겠다고 말했지. 그래 놓고 그 아이를 죽게 내버려 두고 왔어. 이제는 네가 당할 차례다."

"아저씨, 아직 소피를 구할 수 있어요! 테드로스랑 제가 함께요!" 아가사가 씩씩거리며 말했다.

"난 늘 내 딸이 언젠가 남자 때문에 널 배신할 거라고 생각했어. 내가 완전히 잘못 생각했던 거지."

스테판은 긴 밧줄로 아가사의 몸통을 화형대에 묶었고, 경비대원 둘은 테드로스를 그녀 옆으로 밀었다. 머리 위에서 타오르는 횃불의 열기가 두 사람에게 전해졌다.

"아저씨, 믿어 주세요! 소피를 구할 수 있는 건 우리 둘뿐⋯⋯."

스테판이 검은 천으로 그녀의 입을 막았다. 하지만 그가 천을 동여매기 전에 아가사는 가까스로 한마디를 더 내뱉었다.

"소피가 교장한테 잡혔어요!"

스테판의 손이 멈췄다. 그는 휘둥그레진 파란 눈으로 아가사를 똑바로 바라보았다. 그때 사람들 사이에서 쉬쉬 소리가 들려왔고, 아가사는 때가 되었음을 직감했다.

원로들이 온 것이다.

4

사형장에서의 죽음

"**OH**석하게도 화형대에는 자리가 둘뿐이다." 가장 수염이 긴 원로가 아가사와 테드로스를 향해 싱긋 웃으며 천천히 앞으로 걸어 나왔다. 회색 망토를 입고 정장용 모자를 손에 든 그는 마을 사람들 앞에 서 있는 캘리스를 음흉한 눈으로 바라보았다. 캘리스는 두 손이 묶인 채 검은 모자에 회색 망토를 걸친 다른 두 원로 사이에 서 있었다. "어미는 화형을 지켜보며 자기 차례를 기다리게 합시다." 가장 나이 많은 원로의 말이 끝나자 다른 두 원로가 캘리스를 군중 속으로 끌고 들어갔다.

아가사는 엄마 품에서 빠져나와 그레이브스힐로 뛰어가는 리퍼의 그림자를 발견했다. 고양이의 이 사이에 종잇조각 같은 것이 물려 있었다. 아가사는 몸부림을 쳐 보았지만 소용없었다. 머리 위 횃불의 열기 때문에 온몸에서 땀이 흘렀다.

엄마가 집에 조금

만 늦게 들어왔더라면 그녀와 테드로스는 마법의 힘을 회복해 지금쯤 영원의 숲에 있었을 것이다. 그러면 엄마가 험한 일을 당하지는 않았을 텐데. 아가사는 눈물을 참으며 다시 엄마를 찾아 사방을 두리번거렸지만, 어둠이 내린 광장에서 사람들은 모두 검은 그림자일 뿐이었다. 그들은 아가사가 태어난 순간부터 그녀를 마녀라 부르면서 화형당할 운명이라고 말했다. 이제 잠시 후면 그 말들이 현실이 될 것이다. 볼이 발그레한 아이 몇이 무리 제일 앞줄에 서서 얼빠진 표정으로 테드로스를 바라보았다. 그들은 동화책이 그 소년으로부터 자신들을 보호해 주는 부적이라도 되듯 가슴에 꼭 껴안고 있었다.

"우린 야만인이 아니다. 범죄를 저지른 자만 정의의 심판을 받지." 원로가 포로들을 향해 돌아서며 말했다.

사람들은 초조한 듯 웅성거리기 시작했다. 어서 결판나는 것을 보고 집으로 돌아가고 싶은 눈치였다.

"숲에서 오신 손님을 만나 봐야겠군." 원로가 두 눈을 반짝이며 테드로스를 바라보았다. "이름이 뭐냐?"

경비대원이 입에 물린 재갈을 벗기자 입이 자유로워진 왕자가 소리쳤다. "저 여자 건드리면 다 죽을 줄 알아!"

원로는 눈썹을 으쓱 치켜들었다. "아, 그래?" 테드로스와 아가사 사이를 가만히 응시하던 원로가 다시 입을 열었다. "지난 200년 동안 숲속 존재들은 우리 아이들을 납치하고 가정을 파괴하고 집까지 공격했다. 200년간 숲이 우리에게 준 것이라고는 두려움과 고통뿐이었어. 그런데 그 숲에서 나와 처음으로 우리 앞에 선 인물이 우리 아이들 중 하나를 목숨 걸고 지키겠다고 소리치는군. 정말 희한한 일이지……." 원로는 아가사를 향하는 테드로스의 시선을 유심히 바라보다가 한층 부드러운 목소리로 말을 이었다. "그 말이 사실이라면 자비를 베풀어야 할지도 모르겠네. 젊은이들의 사랑을 모른 체할 정도로 비정한 사람은 흔치 않으니 말이야."

군중 사이에서 웅성거리는 소리가 커졌다. 그들은 숲이 내린 모든 저주에 복수하기 위해서라면 심장이라도 꺼내 던질 기세였다. 하지만 미소를 띤 원로의 얼굴은 사뭇 다정해 보이기까지 했다.

"우리를 살려 주겠다는 말인가?" 테드로스가 확인하려는 듯이 물었다.

아가사는 왕자가 자신들의 목숨을 구해 낸 것이기를 간절하게 기도하며 마음을 졸였다.

원로는 쭈글쭈글 주름진 손으로 테드로스의 가슴을 쓰다듬었고, 왕자는 아직 아물지 않은 상처에 손이 닿자 얼굴을 찌푸렸다. "넌 젊고 잘생겼다. 앞날이 창창하지. 우리를 공격한 자들에 대해 말해 봐라. 그러면 널 해치지 않으마." 원로가 달콤한 목소리로 말했다.

순간 아가사의 가슴이 철렁 내려앉았다. 저 목소리! 전에도 들어본 적이 있다. 공격자들로부터 소피를 안전한 곳으로 피신시키겠다고 말한 목소리와 똑같았다.

하지만 그때 그들은 소피를 죽음으로 내몰았다.

아가사는 주먹 쥔 손으로 테드로스의 갈비뼈를 지그시 눌렀다. 원로의 계략에 말려들면 안 된다…….

"테드로스, 그게 내 이름이다." 왕자가 원로를 향해 말했다.

아가사는 움찔하며 더욱 힘을 주어 왕자를 밀었다.

"좋아, 테드로스. 우리 사랑스러운 아가사와는 어떤 사이지?" 원로가 가까이 다가서며 다시 한 번 부드러운 목소리로 물었다.

"아가사는 나의 공주다." 테드로스가 아가사의 주먹을 다정하게 감싸 쥐며 대답했다. "곧 카멜롯의 왕비이자 아서왕의 후손이 될 것이다. 그러니 당장 우리를 풀어 주어라."

마을 사람들은 믿을 수 없다는 표정으로 말을 멈췄고, 아이들은 동화책을 더욱 꼭 끌어안았다. ("저런 애가 왕비라니, 숲에는 인물이 어지간히도 없나 봐." 빨강머리 래들리가 입을 떡 벌린 채 멍한 얼굴로 아가사를 바라보며 중얼거렸다.)

"진짜 왕자님이라니!" 원로가 뒤로 물러서며 외쳤다. 그는 자신이 살고 있는 세상보다 더 큰 세상의 존재 가능성을 인정할 수밖에 없는 상황에 처한 듯, 처음으로 불안한 모습을 내보였다. "귀한 몸께서 어찌 이곳까지 오셨습니까?"

아가사는 테드로스의 시선을 자신에게 돌리기 위해 그의 손에 잡힌 주먹을 꿈지럭거렸다.

"난 공주를 숲속에 있는 나의 성으로 데려가려고 한다. 그대들에게는 어떤 위협도 되지 않을 것이다." 테드로스가 원로를 똑바로 바라보며 대답했다.

"하지만 불과 몇 개월 전 숲의 암살자들이 이곳을 공격했습니다. 아직도 그 피해가 곳곳에 남아 있지요." 원로의 말에 마을 사람들이 다시 수군거리기 시작했다.

"공격은 끝났다. 그대들의 마을은 이제 안전하다." 테드로스가 맞받아쳤다.

아가사가 발꿈치로 왕자의 발을 쿡 찔렀지만, 왕자는 그녀의 발을 밀어냈다.

"아, 그렇습니까? 왕자님이 되면 예지력도 생기나 보지요?" 원로가 조롱하듯 말하자 군중 틈에서도 비웃음이 새어 나왔다. "공격이 끝났는지, 이 마을이 안전한지 대체 어떻게 압니까?"

선과 악의 학교 3

아가사는 소리쳐 왕자를 말리고 싶었지만 재갈 문 입으로 할 수 있는 일은 없었다.

"내가 지시한 일이기 때문이다." 결국 테드로스는 말해 버리고 말았다.

사방이 고요해졌고, 아가사는 빨랫줄에 널린 빨래처럼 축 늘어졌다.

테드로스를 조용히 노려보던 원로는 조금씩 생기를 되찾는가 싶더니 웃음을 짓기 시작했다. "우리 귀한 손님께서 우리가 알아야 할 것을 다 말씀해 주셨군요." 원로는 왕자를 향해 잔인한 미소를 보인 후에 화형대를 빠져나가며 날카로운 눈으로 스테판을 노려보았다. "마녀부터 처리하게."

사람들이 함성을 터뜨리며 장작더미 주변으로 몰려들었다.

"저자가 우릴 살려 주겠다고 약속했잖아!" 테드로스가 아가사를 바라보며 소리쳤다.

계단을 내려가던 원로가 그를 향해 고개를 돌렸다. "왕자님, 모든 동화에는 교훈이 있지 않습니까? 이번 동화의 교훈은 왕자님이 동화를 믿기에는 너무 나이가 많다는 거 아닐까요?"

테드로스의 온몸에서 땀이 비 오듯 쏟아지기 시작했다. 경비대원들은 그의 입에 다시 재갈을 물렸고, 왕자는 밧줄에 묶인 채 미친 듯이 몸부림쳤다. 공주를 풀어 주려는 노력이었지만, 그가 몸을 움직일수록 오히려 밧줄은 더욱 강하게 그녀를 조였다. 아가사는 숨이 막혀 캑캑거리며 엄마를 찾아 사방을 두리번거렸지만 여전히 엄마의 모습은 보이지 않았다. 아가사는 스테판을 향해 시선을 돌렸다. 이제 죽음을 피할 방법은 없었다.

하지만 스테판은 화형대 한쪽에 서서 그녀를 뚫어지게 바라볼 뿐 꼼짝도 하지 않았다.

"스테판, 왜 그러나?" 계단을 내려가 군중 앞에 선 원로가 물었지만 스테판은 아무 대답 없이 아가사를 바라보았다.

"저들 대신 자네 새 가족을 화형대에 세워야겠나?"

원로가 다시 소리치자 스테판은 그제야 군중 쪽으로 몸을 돌렸다. 오노라와 제이콥, 아담이 경비대에 붙들려 있었다.

스테판은 입을 다문 채 이를 악물었다. 그의 표정이 순식간에 어두워졌다. 그는 아가사를 향해 걸음을 옮겼지만 그녀를 차마 똑바로 바라보지 못했다. 아가사 곁에 이르자 스테판은 그녀와 몸을 붙인 채 머리 위에 걸린 횃불을 향해 손을 쭉 뻗었다. 횃불이 그녀를 스쳐 내려오는 동안 아가사는 그 열기를 피해 몸을 웅크렸다. 연기 때문에 눈을 뜰 수도 없었다. 재갈을 문 테드로스의 고함과 군중의 외침은 성난 뱀처럼 쉭쉭 소리를 내는 횃불의 울부짖음에 파묻혔다. 아가사는 슬며시 눈을 뜨고 눈물 사이로 스테판을 보았다. 그의 가슴은 거친 숨으로 들썩였고, 횃불을 쥔 손은 미세하게 떨렸으며, 두 볼은 붉게 얼룩져 있었다.

"제발요……."

아가사가 재갈 사이로 숨을 헐떡이며 말했지만 스테판은 여전히 그녀를 바라보지 못했다. 횃불을 든 손이 너무 떨려 주변에 흩날린 불씨가 아가사의 옷에 작은 구멍을 냈다.

"스테판……." 원로가 위협적인 목소리로 다시 한 번 그의 이름을 불렀다.

스테판은 눈물과 땀이 뒤섞인 얼굴로 고개를 끄덕였다. 그가 화형대 기둥을 향해 몸을 기울이자 광장에 무거운 침묵이 흘렀다. 스테판은 아가사의 머리 위 나무토막들을 향해 횃불을 들어 올렸다.

"날 데려가요!" 불꽃이 긴 혀를 날름거리며 나무에 옮겨 붙으려는 순간, 괴로움에 찬 캘리스의 목소리가 적막을 뚫고 울려 퍼졌다. "제발요, 스테판! 나도 딸과 함께 죽겠어요!"

스테판은 돌처럼 굳어 버렸다. 불꽃이 너무 가까워 아가사의 입에 쑤셔 넣은 천 조각이 검게 그을리고 있었다. 아가사는 숨을 죽인 채 스테판이 굳은 얼굴로 고민하는 모습을 지켜보았다.

잠시 후 그는 한 걸음 뒤로 물러서서 원로를 향해 몸을 돌렸다.

"어미의 마지막 소원입니다." 스테판이 콧방귀를 뀌며 말했다. "저 여자도 반역자 딸과 함께 불에 처넣어 녹여 버립시다. 둘이 함께 고통에 몸부림치게 해 주자고요."

살기등등하던 마을 사람들조차 당황한 표정으로 원로를 바라보았다.

원로는 날카로운 눈으로 스테판을 바라보다가 못마땅하다는 듯이 입술을 일자로 오므렸다.

"대신 서두르게."

"안 돼요!" 아가사가 재갈을 뱉어 내며 소리쳤다.

경비대원들은 군중 속에서 캘리스를 끌어내 화형대로 데려가 아가사 옆에 밀어 넣고 기둥에 허리를 묶었다. 테드로스는 밧줄을 풀기 위해 팔뚝이 터지도록 몸부림쳤지만 소용없었다.

"내 잘못이야……. 다 내가 잘못해서……." 아가사가 흐느꼈다.

"딸, 눈을 감으렴. 순식간에 지나갈 거다." 캘리스가 울음을 참으며 다독였다.

아가사는 고개를 들어 스테판을 바라보았다. 횃불을 든 그의 손은 더 이상 떨리지 않았다. 그는 침착하게 그녀와 캘리스를 향해 다가왔고, 너울거리는 불꽃은 다시 한 번 기둥을 향해 긴 혀를 날름거렸다. 스테판은 알 수 없는 슬픔에 가득 찬 얼굴로 마침내 아가사의 두 눈을 바라보았다.

"다른 세상에서 혹시나 내 딸을 다시 만나면…… 사랑한다고 전해 다오."

"지금이네, 스테판!" 원로의 명령이 떨어졌다.

겁에 질린 아가사는 테드로스의 손을 꼭 잡고 엄마의 어깨에 고개를 기댔다. 캘리스를 바라보는 스테판의 입술이 가볍게 떨렸다.

"미안…… 미안해요." 스테판이 속삭였다.

"스테판, 예전에 당신이 날 살려 줬잖아요. 당신한테 큰 빚을 졌어요." 캘리스가 슬픈 미소를 지으며 대답했다.

"아니, 못 하겠어요." 스테판의 목소리가 흔들렸다.

"해야만 해요." 캘리스는 결심을 굳힌 듯 단호했다.

"어서 하게!" 원로의 목소리가 광장에 울려 퍼졌다.

스테판은 괴로움에 울부짖으며 캘리스를 향해 횃불을 내밀었고, 아가사는 비명을 질렀다.

바로 그때 캘리스가 밧줄 아래에서 손가락을 내밀어 횃불을 향해 초록색 빛을 쏘았다. 횃불은 초록색으로 변하며 장작에 맞고 튕겨 나가 스테판을 화형대 밖으로 밀쳐 냈다. 포로들만 남은 화형대는 곧 초록색 불꽃에 둥글게 휩싸였다.

캘리스는 숨 돌릴 틈도 없이 다시 손가락을 움직여 아가사와 테드로스를 밧줄에서 풀어 주었다. 그리고 아가사를 붙잡고 초록색 불꽃 벽 너머에서 들려오는 군중의 고함을 뛰어넘는 큰 소리로 말했다.

"주문이 오래 못 버틸 테니, 잘 들어라. 아가사, 스테판은 내 존재를 알아. 네가 소피를 찾으러 간 그날 밤부터, 우린 너희가 돌아올

경우 원로회로부터 너희를 구할 계획을 세워 놓았어. 그런데 네가 소피를 두고 혼자 돌아왔으니 스테판에게는 새 가족을 위험에 빠뜨리면서까지 그 계획을 실행할 이유가 없어진 거야. 하지만 아직 소피에게 네가 필요하다면 스테판도 생각을 바꿀 수밖에…… 아가사, 내가 스테판에게 진 빚을 네가 갚아야 한다. 스테판이 널 살렸으니 너도 소피를 살려야 해. 알겠니? 절대 실패하면 안 된다. 자, 이제 죽을힘을 다해서 그레이브스힐로 뛰어라……."

"엄마가 마, 마녀……." 아가사는 숨을 헐떡이며 더듬더듬 말을 꺼냈다. "계속 마녀…… 마녀였단 말이……."

"두 백조 사이의 무덤으로 가라. 도움을 줄 존재가 기다리고 있을 거야. 너무 늦기 전에 무덤을 찾아야 한다." 캘리스가 아가사의 말을 끊고 말했다.

테드로스는 멍한 표정으로 아가사를 바라보았다. 자신과 달리 그녀는 캘리스가 무슨 말을 하는지 알아듣고 있기를 바라는 마음이었다. 하지만 아가사는 온몸이 마비된 것처럼 꼼짝하지 않고 앞을 바라보았다. 테드로스는 다시 캘리스를 향해 돌아섰다. "누구요? 누가 기다리고 있다는……."

순간 테드로스는 자신의 공주가 무엇을 바라보고 있는지 깨닫고 말을 멈추었다. 화형대를 둘러싼 초록색 불꽃 벽이 사라지고 있었다. 캘리스의 주문이 마침내 힘을 잃고 만 것이다. 아가사는 불꽃 벽 너머로 스테판을 바라보았다. 바닥에 쓰러졌지만 다친 곳은 없어 보였다. 그때 검은 그림자 무리가 스테판을 넘어 화형대를 향해 달려오기 시작했다. 테드로스와 아가사는 동시에 눈을 돌려 그들을 바라보았다. 손에 창을 든 경비대원들이 마을 사람들을 지나 죄인들을 향해 돌진하고 있었다.

캘리스는 두 손으로 아가사의 얼굴을 감싼 뒤 이마에 입을 맞추었다. "아가사, 뒤돌아보지 마라. 무슨 일이 있어도 절대 뒤돌아보지 않겠다고 약속하렴."

아가사는 공포에 질려 비명을 지르며 엄마의 손을 잡았다. 하지만 왕자는 어느새 그녀를 화형대 끄트머리로 끌고 가고 있었다. 경비대가 달려오는 반대 방향이었다. 그는 한 팔로 그녀를 감싸 안고 화형대 밖으로 풀쩍 뛰어내렸다. 하지만 아가사는 엄마의 손을 놓지 않았다. 그녀는 남은 힘을 모두 쥐어짜 끝까지 엄마를 붙잡았다.

캘리스는 약해지는 초록 불꽃 속에서 아가사를 향해 미소 지으며 그녀의 손을 놓았다.

아가사는 흙바닥에 떨어지며 발목을 삐었지만, 테드로스가 어둠 속에서 그녀를 일으켜 세우고 그레이브스힐 방향으로 잡아끌었다. "안 돼……. 엄마…… 엄마를 두고 갈 순 ……." 아가사는 테드로스의 손길을 뿌리치며 쉰 소리로 외쳤다.

"뒤돌아보지 마. 어머니한테 약속했잖아." 테드로스는 몸부림치는 아가사를 더욱 꼭 붙잡고 앞으로 이끌었다. "아가사, 어머니를 믿어야 해. 어머니는 강력한 마녀야. 지금 목숨이 위태로운 쪽은 우리라고."

테드로스의 말에 아가사는 저항을 멈추고 걸음을 옮겼다. 뒤에서 경비대의 외침이 들려왔지만 그녀는 그레이브스힐에 시선을 고정한 채 테드로스를 따라 절뚝절뚝 걸었다. '뒤돌아보지 말자. 뒤돌아보면 안 돼…….' 그녀는 자신을 꼭 붙잡은 테드로스의 힘을 느끼며 스스로를 타일렀다.

하지만 아가사는 몇 걸음 못 가 고개를 돌렸다. 세 명의 경비대원이 점점 사라지는 불꽃 벽을 뛰어넘어 캘리스를 향해 달려가더니 창을 높이 치켜들었다. 캘리스는 한 걸음도 물러서지 않고 자리를 지켰다.

"엄마가 왜 저러지?" 아가사는 공포에 몸이 굳어 목멘 소리로 말했다.

"아가사, 안 된다니까!" 테드로스가 소리쳤다.

아가사는 테드로스를 밀치고 화형대를 향해 뛰기 시작했다. "**대체 왜 안 움직이는……**"

"죽여라!" 멀리서 원로의 외침이 들렸다.

캘리스는 경비대원들을 환영하듯 두 팔을 들어 올렸다.

세 경비대원이 달려들자 캘리스는 그 자리에 쓰러졌다.

"**안 돼!**" 아가사가 목구멍을 찢을 듯이 날카롭게 외치며 그레이브스힐 기슭에 풀썩 무릎을 꿇었다. 눈앞은 부옇고 심장은 멈춰 버렸다. 얼마 남지 않은 초록 불꽃이 사그라지자 더 많은 그림자 무리가 엄마를 뒤덮었고, 곧 어둠의 군대는 재에 남은 작은 빛까지 까맣게 덮어 버렸다.

"일부러 그런 거야……. 엄마는 죽을 걸 알면서 일부러……." 아가사가 속삭였다.

잠시 후 무릎에 닿은 흙의 축축한 기운이 느껴지며 단검처럼 날카로운 고통이 아가사의 가슴을 파고들었다. 그녀에게는 더 이상 가족이 없었다……. 유일한 가족이 그녀를 떠나 버렸다……. 이제 집에 돌아가도 그녀를 기다리는 사람은 아무도 없다. 아가사는 몸을 둥글게 말고 분노에 찬 눈물을 쏟아 냈다. 인간은 마녀의 상대가 되지 않는다. 엄마는 다른 주문을 사용할 수도 있었다. 강력한 마법으로 저 사람들을 갈기갈기 찢어 버릴 수도 있었다! 아가사는 울고 또 울었다. 그런데 떨리는 호흡 사이사이, 이상한 메아리가 들려왔다. 누군가가 그녀의 이름을 속삭이고 있었다.

아가사는 고개를 들었다. 겁에 질린 아름다운 소년이 한쪽 눈이 잔뜩 부은 얼굴로 그녀 앞에 서 있었다. 아가사는 그가 누구인지 전혀 알아보지 못했다. 하지만 잠시 후, 소년의 두 다리가 휘청거리는 것을 본 그녀는 마침내 그녀의 왕자가 무엇인가를 말하려고 애쓰고 있다는 사실을 알아차렸다. 테드로스는 흔들리는 손으로 천천히 그녀의 머리 너머를 가리켰고, 아가사는 뒤를 돌아보았다.

경비대원 여섯 명이 횃불과 창을 들고서 광장에서 그들을 향해 달려오고 있었다.

"도망쳐야 해. 지금 당장 일어나서 뛰어야 한다고." 테드로스가 거친 목소리로 말했다.

아가사는 여전히 속이 울렁거려 꼼짝도 할 수 없었다. "엄마가 어떻게 그럴 수……."

"널 구하려고 그러신 거잖아, 아가사." 왕자는 점점 가까워지는 경비대원을 보며 간청하듯 말했다. "지금 우리가 달아나지 않으면 어머니가 하신 모든 일, 아니, 너희 어머니와 소피 아버지가 한 모든 일이 무의미해질 거야."

아가사는 눈물이 가득 고인 그의 두 눈을 바라보았다. 갑자기 모든 상황이 명확해지는 것 같았다. 엄마는 그녀와 함께 있기를 바라지 않았다. 엄마는 그녀가 가발돈으로 돌아오기를 원하지 않는다. 아가사가 친구를 구하고 왕자와 함께 행복한 삶을 누리기를, 이 세상을 버리고 저 멀리 다른 세상에서 살기를 바라는 것이다.

이곳에는 그녀의 해피엔딩이 존재하지 않는다. 애초부터 여기가 아니었다.

엄마는 그녀를 자유롭게 풀어 주기 위해 자신을 희생했다.

'실패하면 안 돼.'

그녀는 자신의 진짜 결말을 찾아야만 한다.

그러기 위해 당장 일어나서 달려야 한다.

아가사는 자신을 향해 달려오는 경비대원들을 바라보았다. 그들이 든 창이 횃불 빛을 받아 번쩍였다. 그녀의 혈관을 타고 끓어오른 분노가 근육을 뜨겁게 달구었다. 이제 그녀를 붙잡을 것은 아무것도 없었다. 아가사는 벌떡 일어나 그레이브스힐의 경사진 길을 달려 올라가기 시작했다.

"서둘러! 묘지에서 경비대를 따돌리자."

두 사람은 녹슨 묘지 정문을 활짝 열어젖히고 넓은 어둠 속으로 뛰어들었다. 칠흑 같은 어둠 속에서도 아가사는 약삭빠른 다람쥐처럼 묘비 사이를 빠르게 움직였지만, 테드로스는 걸음을 옮길 때마다 묘비에 부딪치며 벌레들도 놀라 달아날 정도로 거친 욕설을 쏟아 냈다.

아가사는 정신없이 헤매는 왕자를 붙잡아 묘비가 가득 모여 있는 곳으로 끌고 갔다. 원로회는 이미 그녀의 가족을 빼앗았다. 왕자까지 빼앗길 수는 없었다.

"백조 사이의 무덤이라고 했어." 테드로스가 기억을 더듬으며 말했다. "거기 가면 도움을 받을 수 있을 거라고 어머니께서……."

"백조?" 아가사가 당황한 듯 말했다. "가발돈에는 백조가 없는데!"

테드로스는 고개를 돌려 언덕 아래를 내려다보았다. 경비대원들이 횃불을 들고 달려오고 있었다. "아가사, 30초야! 30초 안에 찾아야 해!"

아가사는 백조의 흔적을 찾아 묘비와 명판을 샅샅이 뒤졌다. "대체 뭘 찾아야 하는 거야?"

"20초 남았어!" 테드로스가 큰 소리로 외쳤다.

아가사는 더 이상 왕자를 바라보고 있을 수 없었다. 그녀는 몸을 휙 돌리고 마음을 진정시켰다. 가발돈에서 그녀가 본 새라고는 희끄무레한 오리와 뚱뚱한 비둘기가 전부다. 진짜 백조는 단 한 번도 본 적이 없다. 더군다나 그레이브스힐에서는…….

갑자기 아가사의 심장이 두근거리기 시작했다.

그녀는 분명 백조를 본 적이 있다. 백조는 선과 악의 학교의 상징이고, 하얀 백조와 검은 백조는 두 교장을 나타낸다……. 균형을 이룬 선한 형제와 악한 형제…….

캘리스가 마녀라면 그녀는 이 선과 악의 백조에 대해 알았을 것이다. 그녀가 학교에 대해 그렇게 잘 알고 있던 것도 다 설명이 된다. 캘리스는 직접 보았던 것이다…….

"10초 남았다!" 테드로스가 소리쳤다.

아가사는 두 눈을 감고 집중했다. 관자놀이가 지끈거렸다.

'백조…… 학교…… 스테판 아저씨…….'

"당신이 날 살려 줬잖아요." 캘리스는 스테판에게 이렇게 말을 했다.

무슨 뜻이었을까? 캘리스와 스테판 사이에 숨겨진 사연이 있다면, 백조는 이 두 사람을 연결하는 무엇인가와 관련되어 있을 것이다. 두 사람 모두 가지고 있는 무엇…… 혹은 두 사람이 같이 아는 누군가…….

순간 아가사는 심장이 멎는 것 같았다. 그녀는 두 눈을 번쩍 뜨고 달리기 시작했다.

"왜 그래?" 테드로스가 외쳤지만, 아가사의 그림자는 이미 그레이브스힐 꼭대기 집을 향해 더 깊은 어둠 속으로 사라지고 있었다.

"여기야! 여기 있어!"

테드로스는 어둠에 파묻힌 희미한 실루엣을 찾아 그녀를 뒤쫓았다. 뒤를 돌아보니 경비대원들이 창을 번뜩이며 묘지 정문을 박차고 들어오고 있었다. 테드로스는 반구형 돌 뒤 흙바닥에 바짝 엎드렸다. 경비대원들은 횃불을 치켜들고 줄줄이 늘어선 무덤 위를 차례로 비추었다. 고개를 삐죽 내밀고 그들을 지켜보던 왕자가 재빨리 머리를 숙였다. "숲보다 여기가 더하네." 그는 바닥을 기어 아가사를 따라가느라 숨을 헐떡였다. "후어어얼씬 더……."

그때 아가사의 모습이 나타났다. 그녀는 집에서 얼마 떨어지지 않은 무덤 마지막 줄 묘비 앞에 웅크리고 앉아 있었다. 테드로스는 흙 위를 미끄러지듯 기어 그녀 곁으로 다가갔다. "놈들이 오고 있어, 아가사!"

"소피 엄마야. 두 사람의 연결 고리." 아가사는 바닥에서 솟아오른 넓적한 묘비를 붙잡고 말했다. 묘비에는 "사랑하는 아내이자 어머니"라는 글귀가 새겨져 있었다. 양옆에는 그보다 작은 무덤이 마치 날개처럼 자리 잡고 있는데, 둘 다 두껍게 먼지가 앉아 있었지만 한쪽은 색깔이 좀 더 밝고 다른 한쪽은 어두웠다. "소피가 태어나기 전에는 아이가 없었대. 사내아이 둘을 사산하셨어."

아가사는 둘 중 밝은 쪽 묘비를 손으로 쓱 문질렀다. 아가사의 손이 두꺼운 먼지를 벗겨 내자 아무 이름도 없는 묘비 표면에 작은 검은 백조의 모습이 드러났다. 눈이 휘둥그레진 테드로스가 이번에는 어두운 무덤 쪽으로 손을 뻗었다. 묘비에서 이끼를 떼어 내자 하얀 백조가 나타났다. 테드로스와 아가사는 두 백조 사이에 우뚝 솟은 가운데 무덤으로 다시 고개를 돌렸다.

"소피 엄마는 아이를 가질 수 없어서 우리 엄마를 찾아왔대. 소피가 말해 줬어." 아가사의 말이 빨라졌다. "모든 게 서로 연결되어 있어. 소피의 엄마…… 우리 엄마가 마녀라는 사실…… 엄마가 스테판 아저씨한테 진 빚……. 어떻게 된 건지는 모르겠지만 분명 연결 고리가……."

그때 불빛이 두 사람의 머리 위를 쓸고 지나갔다.

아가사와 테드로스는 바닥에 바짝 엎드려 고개를 두리번거렸다. 경비대원들이 다섯 줄 아래까지 와 있었다.

"백조도 찾았고 무덤도 찾았어……." 테드로스가 휘둥그레진 눈으로 가운데 큰 묘비를 바라보며 겁에 질린 표정을 지었다. "그런데 누가 도움을 준다는 거지?"

아가사는 고개를 저었다. "마법의 힘이 없으면 경비대원들과 싸울 수 없어. 소원을 빌어야 해!"

왕자가 침을 꼴깍 삼켰다. "셋 세면 우리 이야기가 다시 시작되기를 비는 거다! 손을 등 뒤로……." 그가 말을 멈췄다.

오른 손가락 끝이 이미 황금색 불빛을 내뿜고 있었다.

아가사는 자신의 손을 내려다보았다. 거의 똑같은 색의 빛이 뿜어져 나오고 있었다.

"네가 소원 빌었어?"

테드로스의 질문에 아가사는 고개를 저었다.

"나도 아닌데. 왜 손가락 끝에 빛이 나지?" 테드로스가 혼란에 빠진 듯 중얼거렸다.

그때 햇불이 두 사람의 얼굴을 비췄다.

"여기 있다! 찾았어!" 경비대원 하나가 큰 소리로 외쳤다.

아가사는 고개를 돌렸다. 검은 그림자들이 마지막 줄 무덤을 뛰어넘어 두 사람을 향해 다가오고 있었다. "우리 집에서 소원 빌 때 엄마가 갑자기 뛰어 들어오지 않았다면 어땠을까? 아니면 처음 소원을 빌었을 때 통했다면? 우리 이야기는 이미 다시 시작된 거 아닐까?"

아가사가 유령처럼 창백한 얼굴로 왕자를 바라보았다. "테드로스, 우린 동화 속에 들어와 있어. 경비대원들한테 발각되었을 때 이미 이야기 속에 있던 거야……."

테드로스가 고개를 들었다. 날카로운 창들이 두 사람의 심장을 향해 날아들고 있었다. "아가사, 우리 둘이 죽는 게 이 이야기 결말인가 봐!"

두 사람은 겁에 질려 두 손을 꼭 잡고 백조가 새겨진 묘비를 향해 뒷걸음쳤다.

그때 창백한 손이 무덤에서 쑥 나와 두 사람을 잡아당겼다.

5

돌아온 공주

무덤은 죽은 사람을 위한 공간이고, 죽은 이들은 앞을 보거나 숨 쉬거나 화장실에 갈 필요가 없다. 하지만 불행히도 아가사는 이 세 가지를 모두 해야 했다. 아가사와 테드로스는 땀범벅이 된 팔다리가 서로 뒤엉킨 채 어두운 땅속에 갇혀 입안 가득 흙을 삼켰다. 아가사는 왕자의 얼굴을 알아볼 수 없었지만 겁에 질려 헐떡이는 숨소리는 들을 수 있었다.

"그러다가 산소 바닥나겠어." 아가사가 화난 목소리로 속삭였다.

"무덤에는 시체가…… 죽은 사람이 있잖아……."

테드로스가 무슨 말을 하려는지 알아챈 아가사의 얼굴이 핼쑥해졌다. 그녀는 손을 더듬어 테드로스의 몸 어딘가를 꼭 움켜쥐었다. "소피 엄마가…… 소피 엄마가 우릴 끌어당긴 걸까?"

"아무것도 안 보여. 하지만 소피 어머니도 우리 바로 옆에 있을걸."

"마법! 마법을 쓰자!" 아가사가 쌕쌕 숨을 몰아쉬며 말했다.

테드로스는 숨을 한 번 삼키고 두려움이라는 감정에 온 정신을 집중했다. 잠시 후 그의 손끝이 촛불처럼 황금색 불빛을 내뿜어 무덤 안을 비추기 시작했다. 무덤은 얕았지만, 큰 침실이라고 해도 될 정도로 넓었다. 테드로스와 아가사는 서로 뒤엉킨 채 천천히 오른쪽으로 고개를 돌렸다.

흙뿐이었다.

시체도 뼈도 보이지 않았다.

온통 흙이었다.

"소피 엄마는 어디 있지?" 아가사가 테드로스의 몸에서 굴러 내려오며 잠긴 목소리로 말했다. 테드로스는 끙끙 신음을 내며 가슴을 문질렀지만, 아가사는 개의치 않고 왕자의 손목을 낚아채 그의 손가락 불빛으로 무덤 오른쪽을 비추었다. 한쪽 구석에서 흙덩어리를 두고 싸움이 붙은 쇠똥구리 한 쌍이 보일 뿐이었다. 아가사는 당황해 고개를 흔들며 테드로스의 손을 왼쪽으로 돌렸다.

순간 두 사람은 돌처럼 굳어 버렸다.

닌자 복면 사이로 반짝이는 두 갈색 눈동자가 그들을 똑바로 바라보고 있었다.

아가사와 테드로스가 비명을 지르려 입을 벌리는 순간, 닌자 복면을 쓴 존재는 가느다란 손으로 두 사람의 입을 틀어막았다.

"쉿! 밖에 다 들리겠다!" 정체를 알 수 없는 존재는 숨소리가 잔뜩 섞인 낮은 목소리로 말했다.

테드로스는 입을 떡 벌린 채 헐렁한 검은 가운을 걸친 닌자 복면을 바라보았다. "당신이…… 혹시 소피의 어머니……."

닌자 복면은 소리를 죽여 낄낄 웃었다. "말도 안 되는 소리! 이제 조용히!"

아가사는 긴장했다. 저 키득거리는 웃음소리를 어디에서 들었더라? 그녀는 테드로스도 자신과 같은 생각을 하지 않을까 기대하며 눈을 맞추려 했지만, 왕자는 이 미지의 존재를 질식시킬 듯이 꼭 끌어안고 있었다.

"이럴 수가! 우린 세상에서 제일 더럽고 작은 집에 한 달 동안이나 갇혀 있다가 화형대에서 불타 죽을 뻔했어요. 그러다가 경비대원들 창에 찔려 죽을 찰나였는데 당신이 우리를 이곳으로 끌어당겼죠! 이제 우리를 밖으로 내보내 주겠죠? 우린 선과 악의 학교로 가서 가장 친한 친구를 구해야 하거든요. 물론 잘 알고 계시겠죠. 머머링마운틴 근처인데……."

닌자 복면은 주먹으로 왕자의 입을 틀어막았다. "고양이도 너보단 말을 잘 알아들을 거다."

"말해 뭐 하겠어요." 아가사는 공기가 부족해 어지러웠지만 진심을 담아 맞장구쳤다.

그때 머리 위에서 긴 칼로 땅을 가르는 듯한, 날카롭게 치직거리는 소리가 들려왔다. 무덤이 미세하게 떨리며 머리 위에서 흙덩어리가 떨어져 내렸다.

"하나하나 다 확인해!" 걸걸한 목소리가, 머리 위 땅이 더욱 날카롭게 흔들렸다. "13인 연맹으로부터 메시지를 가로챘다. 그들이 무덤을 통해 들어올 거라는 내용이었어!"

아가사는 가슴이 철렁 내려앉았다. 그 목소리는 원로의 것이 아니었다.

"더 자세히 알아봤어야지! 무덤은 수천 갠데 난 배고파 죽겠다고." 굵고 아둔한 목소리가 대꾸했다. "우리도 남들처럼 우리 이야기를 고쳐 써야 되는데 여기에서 무덤이나 파고 있으니, 원! 그 둘이 뭐가 그리 중요하다고 이 난리야?"

"교장이 둘을 원하잖아. 그걸로 이유는 충분하지." 걸걸한 목소리와 함께 날카로운 치직 소리가 또 한 번 들려왔다. "교장은 조만간 우리 이야기에도 변화를 줄 거야."

아가사와 테드로스는 서로를 향해 고개를 돌렸다. 교장의 부하들이 가발돈에 온 것일까? 경비대원들은 어떻게 따돌렸지? 머리위 땅이 더 심하게 흔들리며 흙덩어리가 후드득 떨어졌다.

"교장이 상으로 선인 아이를 잡아먹게 해 줄까?" 아둔한 목소리가 물었다.

"둘 다 먹으라고 할 수도 있지." 걸걸한 목소리가 깔깔 웃으며 대답했다.

그때 까만 털로 뒤덮인 발이 머리 위 흙더미를 뚫고 들어와 칼처럼 날카로운 다섯 개의 발톱을 좌우로 휘둘러 댔다. 아가사와 테드로스는 터져 나오려는 비명을 가까스로 참으며 닌자 복면을 따라 흙벽에 바짝 몸을 붙였다. 날카로운 발톱은 테드로스의 반바지 안쪽 솔기를 머리카락 한 올 차이로 놓치고 공중을 휘젓더니 몇 번 더 헛발질을 했다.

"여긴 아무것도 없어." 마침내 발톱을 접어 넣은 걸걸한 목소리의 주인공이 말했다. "그만하고 뭐 좀 먹자. 오크우드에 가면 통통한 남자아이 하나 정도는 찾을 수 있을지도 몰라."

발톱을 휘두르던 자가 빈손으로 자리를 뜨자 묵직하게 쿵쾅대는 발소리가 그 뒤를 따랐다.

숨 막히는 침묵이 흐르고, 테드로스와 아가사는 머리 위에 난 작은 구멍으로 입을 내밀고 공기를 들이마시기 시작했다. 잠시 후 아가사는 정신을 차리고 테드로스가 괜찮은지 확인하기 위해 그를 바라보았다. 왕자 역시 그녀를 걱정할 거라 기대했지만, 테드로스는 고개를 푹 숙이고 반지를 이쪽저쪽으로 잡아당기고 있었다. 옷이 무사한 것을 확인하고 마음이 놓인 왕자가 마침내 고개를 들고 미소 지었지만, 아가사는 잔뜩 찌푸린 얼굴로 그를 마주 보았다.

"왜?" 테드로스가 물었다.

아가사는 왕자에게 중요한 게 대체 무엇이냐고 따지려 했지만 그럴 수 없었다. 밖에서 들리던 발소리가 갑자기 멈췄기 때문이다. 목소리도 들리지 않았다. 아가사는 두 눈을 휘둥그렇게 뜨고 왕자를 향해 달려들었다. "테드로스, 조심해!"

검은 발톱이 머리 위 흙더미를 뚫고 들어오더니 아가사를 왕자에게서 떼어 내 무덤 밖으로 끄집어냈다. 테드로스는 그녀의 다리를 붙잡으려 뛰어올랐지만 너무 늦었다. 그는 겁에 질려 고개를 길게 빼고, 작은 생쥐처럼 검은 발톱에 대롱대롱 매달린 채 까만 밤하늘을 향해 끌려 올라가는 공주를 바라보았다.

아가사는 뼈가 앙상하게 드러난 키 큰 늑대의 핏발 선 노란 눈을 똑바로 바라보았다. 두 발로 서 있는 늑대의 얼굴은 털과 살이 벗겨져 나가 구멍이 숭숭 뚫려 있었다.

"여기 봐라! 공주가 돌아왔어." 늑대가 걸걸한 목소리로 으르렁대자 구멍 난 피부 사이로 광대뼈가 튀어나왔다.

아가사는 창백해졌다. 이 늑대가 조금 전 교장에 대해 얘기한 그놈인가? 악한 늑대가 어떻게 가발돈으로 넘어왔지? 경비대원들은 어디로 갔을까? 아가사는 어둠 속을 두리번거렸지만 비뚤어진 묘비들이 군데군데 흩어져 있을 뿐이었다. 늑대가 손을 너무 꽉 잡고 있어 손가락 끝에 불을 밝힐 수도 없었다.

"이야기꾼이 이야기를 쓰지 않고, 이 세계는 죽어 가고, 군대가

모이고…… 이 모든 게 너 때문이란 거지?" 늑대는 나긋한 목소리
로 말하며 두 눈으로 아가사의 창백한 피부와 짙은 머리카락을 훑
었다. "공주라기보다는…… 스컹크 같군. 선이 어쩌다가 이런 꼴이
됐지? 그 조그만 빨간 망토 아이도 이보다는 먹음직스러웠는데."

아가사는 늑대가 무슨 말을 하는지 종잡을 수 없었지만, 이미 많
은 일을 겪은 그날 밤 얼굴 피부가 다 벗겨지다시피 한 이 볼품없는
늑대에게 외모 지적을 받는 일만은 참을 수 없었다.

"그 조그만 빨간 망토 아이가 늑대에게 한 수 제대로 가르쳐 줬
다는 건 알고 있지?" 아가사는 왕자가 가까운 곳에 있을 것이라 믿
고 늑대에게 큰소리를 쳤다. "선인한테 까불었다가 사냥꾼이 그놈
배를 갈라 버렸잖아."

"배를 갈라?" 늑대가 질겁하며 말했다.

"그것도 맨손으로!" 아가사는 테드로스에게 신호를 보내려고 큰
목소리로 거짓말을 해 댔다.

"그럼 그 늑대는…… 죽었어?"

"당연히 죽었지. 그러니까 내 사냥꾼이 오기 전에 꺼져!" 아가사
가 소리치며 다시 한 번 테드로스에게 등장 신호를 보냈다.

"완전히 죽어 버린 거야?" 늑대가 조바심을 내며 물었다.

"그렇다니까! 완전히, 완전히 죽었어." 아가사는 버럭 화를 내며
두 눈을 가늘게 뜨고 왕자를 찾았다.

"죽었구나. 완전히, 완전히, 완전히 죽었어." 늑대는 이 비극적인
운명에 대해 곱씹듯 중얼거렸다. "만약 그 말이 사실이라면……."
늑대가 갑자기 커다란 두 눈을 반짝였다. "어떻게 내가 여기 살아
있지?"

늑대는 다른 한쪽 발로 배 위에 난 흉측한 십자 모양 상처를 톡

톡 두드렸다. 아가사는 온몸의 피가 빠져나간 듯 창백해졌다. "말도…… 안 돼……."

"이놈은 내가 먹어도 돼?" 등 뒤에서 들려온 아둔한 목소리에 아가사는 고개를 돌렸다. 키가 3미터 정도 되는 대머리 꼽추 거인이 테드로스를 거꾸로 든 채 흔들고 있었다. 거인 역시 얼굴에서 살점이 벗겨져 나가 이곳저곳을 꿰매어 놓은 상태였다. "잭이 콩나무 타고 올라왔을 때 이후로 이렇게 탄탄한 살은 처음이야." 거인이 테드로스의 몸 구석구석을 꼬집으며 말했다.

아가사는 심장이 입 밖으로 튀어나올 것만 같았다. 빨간 망토 이야기 속 죽은 늑대……. 잭과 콩나무 이야기 속 죽은 거인……. 그들이 살아 있다고? 아가사는 거꾸로 매달린 테드로스와 눈이 마주쳤다. 그 역시 같은 질문을 마주하고는 겁에 질려 얼굴이 잿빛이 되어 있었다.

"말했잖아. 교장이 산 채로 데려오라고 했어." 늑대가 투덜댔다.

거인은 실망한 듯 한숨을 푹 내쉬었다.

"하지만 몇 군데 부러뜨리는 건 괜찮겠지." 늑대가 능글맞게 히죽거리며 아가사를 쥔 손에 더욱 힘을 주었다.

아가사와 테드로스는 동시에 비명을 질렀다. 거인과 늑대가 마치 돼지갈비를 먹듯 두 사람을 높이 들어 올렸다가 쩍 벌린 입을 향해 천천히 내려놓았다.

"별로 좋은 생각 같지는 않군." 어디에선가 나긋한 목소리가 들려왔다.

늑대와 거인은 먹이를 향해 입을 쩍 벌린 채 닌자 복면을 보며 눈을 껌뻑였다. 늑대는 아가사를 입에서 꺼낸 뒤 복면 쓴 자를 향해 미소 지었다. 더 큰 먹잇감을 위해서라면 군것질거리는 잠시 미뤄

둘 수 있었다. "복면 쓰신 분께서는 왜 그런 말을 하실까요?"

"설명해 주지. 너희가 두 사람을 놓아주면 이곳을 무사히 빠져나가게 해 주마."

"안 놔주면?" 거인이 입안 가득 테드로스를 물고 말했다. 왕자는 날카로운 이 사이에서 바들바들 떨고 있었다.

"그러면 너희는 수많은 적들에 둘러싸여 비참한 최후를 맞이할 거다." 닌자 복면이 대답했다.

"희한하네……." 늑대가 한 손에 아가사를 들고 닌자를 향해 어슬렁어슬렁 걸음을 옮겼다. "왕자와 공주는 우리 손에 있으니, 넌 혼자고 우린 둘인데 말이야." 늑대가 달빛 아래에서 닌자 복면을 내려다봤다. "적에 둘러싸일 사람은 바로 너라고."

닌자 복면이 천천히 고개를 들고 복면을 벗었다. 아몬드 모양 눈과 올리브색 피부가 달빛 아래 드러나고, 검은 머리가 바람에 넘실거렸다.

우마 공주가 미소 지었다. "좀 자세히 보시지!"

그녀가 이 사이로 바람을 불어 날카로운 소리를 내자, 사방 어둠 속에서 짐승 울음소리가 울려 퍼지며 발아래 땅이 지진 난 듯 들썩거렸다. 늑대와 거인은 당황한 표정으로 사방을 두리번거렸다. 동서남북 모든 곳에서 거친 포효가 그들을 향해 쏟아져 나왔다. 둘은 결국 들고 있던 먹잇감이 뜨거운 감자라도 되는 듯 바닥에 툭 내던졌다. 흙바닥에 쓰러진 아가사는 반짝이는 손가락을 들어 올려 주변을 살폈다. 황소 무리가 우르르 몰려와 그녀를 지나치더니 볼링공이 핀을 맞추듯 늑대와 거인을 들이받았다. 테드로스의 머리 위를 훌쩍 뛰어넘은 말과 곰 들은 말굽과 커다란 발로 두 괴물을 공격했다. 왕자와 공주가 힘겹게 균형을 잡고 일어설 즈음, 늑대와 거인은 거대한 짐승 무리에 파묻혀 겨우 고개만 내밀고 목숨을 구걸하고 있었다. 우마 공주가 경쾌한 휘파람으로 감사 인사를 전하자 동물 군단은 노래하듯 으르렁거리며 화답했다. 잠시 후 이들 무리가 사라진 자리에 늑대와 거인의 모습은 더 이상 보이지 않았다.

아가사는 우마 공주를 향해 홱 돌아섰다. 한때 그녀가 무력하고 수동적이며 약해 빠졌다고 조롱했던 선의 학교 교수가 지금 그녀와 테드로스의 목숨을 구한 것이다. "왕자들 손에 돌아가신 줄 알았어요!" 아가사가 소리쳤다. "새더 학장이 교수님을 숲에서 죽게 내버려 뒀다고 헤스터가 말해 줬거든요. 다들 교수님이 돌아가신 줄 알고……."

"〈동물과 대화하기〉 수업 담당 교수가 숲에서 죽는다고?" 우마 공주가 손가락을 한 번 휘두르자, 그녀의 느슨한 검은 가운이 가슴에 은색 백조 문장을 수놓은 핑크색 드레스로 바뀌었다. "너희 엄마는 날 만난 적이 없는데도 그보다는 나를 잘 아셨단다."

"교수님이…… 엄마를 아세요?" 아가사가 물었다. 이미 돌아가셨다는 말이 혀끝에 맴돌았지만 차마 입 밖으로 꺼낼 수는 없었다.

"연맹에 보내신 메시지를 봤어." 우마 공주가 대답했다.

"연맹? 무슨 연맹요?" 테드로스가 끼어들었다.

"당연히 13인 연맹이지." 우마는 더 설명할 생각이 없다는 듯 짧게 대답했다. "그분은 우리에게 보낸 마지막 메시지에서 세 가지를 말씀하셨어. 첫째, 우리가 너희를 보호해야 하고 둘째, 너희를 소피에게 데려가야 한다고 했지. 마지막으로 너희를 여기에서 만나면 된다고 적혀 있더구나."

테드로스와 아가사는 교수의 시선을 따라 텅 빈 무덤을 바라보았다. 분명 소피 엄마 무덤이던 그 자리에 전과는 다른 묘비가 세워져 있었다. 커다란 직사각형 돌판 대신 가운데 길게 금이 간 넓적한 타원형 돌판이 보였고, 그 위에 두꺼운 검은 글씨가 새겨져 있었다.

"바네사는 소피 어머니 성함이야. '나비'라는 뜻일 거야, 아마." 테드로스가 묘비를 유심히 바라보며 생각에 잠긴 듯 말했다. "소피가 필립일 때 얘기해 줬어."

"나한테는 엄마 이름을 얘기해 준 적이 한 번도 없는데." 아가사는 상처받은 표정을 지었다.

"물어보지 않았으니 그랬겠지." 말을 멈춘 테드로스의 표정이 돌변했다. "잠깐! 아까는 묘비에 이름이 없었잖아. 게다가 '사랑하는 아내이자 어머니'라는 글자는 아예 없어졌어." 테드로스는 가는눈을 뜨고 주변의 비뚤어진 묘비들을 둘러보았다. "우린 똑같은 공동묘지에 있어. 정확히 같은 자리에 있다고. 그런데 말이 안 되잖아. 묘비가 저절로 변할 수는 없는데……."

"같은 묘지가 아니기 때문이지." 우마 공주가 두 사람 뒤에서 대답했다.

아가사와 테드로스가 몸을 돌려 교수를 바라보자 우마는 하늘을 향해 하얀 빛을 쏘아 올렸다. 사방에서 반딧불이 수천 마리가 신호에 맞춰 웅웅 날갯짓을 시작하더니 왕자와 공주의 머리 위로 몰려들었다. 그들의 날개에서 녹색 네온 불빛이 뿜어져 나와 거대한 빛 구름을 만들었고, 그 밝은 빛 아래에 사방으로 뻗은 거대한 땅이 드러났다. 왕자와 공주는 드넓은 묘지를 바라보았다. 수백만 개의 묘비들이 황량한 경사지를 뒤덮고 있었다. 아가사는 잠시 그레이브스힐이 마법의 힘으로 넓어진 것인가 생각했다. 하지만 묘지 너머를 본 순간, 그녀는 아찔해졌다. 울퉁불퉁한 시커먼 가지를 끝없이 펼쳐 내는 나무들이 원시의 괴물처럼 밤하늘을 찌를 듯 높이 솟아 있었다.

그곳은 그레이브스힐이 아니었다.

가발돈의 어딘가도 아니었다.

"숲에 들어왔구나." 아가사가 잠긴 목소리로 말했다.

그녀는 문득 발아래 수많은 시체가 있다는 사실을 깨달았다. 그리고 바로 그 순간, 꾹꾹 눌러 왔던 이미지들이 폭발하듯 터져 나와 그녀를 덮쳤다. 경비대원들, 번뜩이는 창, 쓰러진 엄마…… . 아가사는 휘청거리며 허리를 숙였다. 금방이라도 토할 것만 같았다.

그때 테드로스가 그녀의 팔을 잡았다. "내가 곁에 있어."

그의 목소리에 정신을 차린 아가사는 목을 타고 넘어온 신물을 꿀꺽 삼킨 뒤 왕자의 셔츠 레이스를 움켜잡고 허리를 곧게 폈다. 그녀는 다리에 힘을 주고 눈앞에 펼쳐진 묘지를 똑바로 바라보았다. 그냥 무덤일 뿐 다른 의미는 없다…… .

"잠깐! 여기 와 본 적 있는데." 테드로스가 주변을 유심히 살피며 말했다.

"1학년 때 숲 그룹별로 미어벌레 찾기 수업을 진행하니까, 아마 유바 교수님이 너희를 여기 데려왔을 거야." 우마 공주가 대답했다.

"선과 악의 정원이에요. 교수님이 그때 그렇게 말씀하셨어요."
테드로스가 기억을 떠올리며 말했다. "선인이든 악인이든 동화 속
에서 역할을 한 사람은 죽은 뒤 여기 묻힌다고 했죠."

반딧불이가 만들어 낸 빛 구름 아래에서, 그는 언덕의 한쪽 경사
면을 가득 채운 수천 개의 관과 보석으로 뒤덮여 번쩍이는 기념비
들을 유심히 바라보았다. 살았을 때와 마찬가지로 죽어서도 하나
인 선인 커플들을 위한 것이었다. "저쪽은 선인 구역이야. 위대한
영웅들을 위한 곳이지." 테드로스가 말했다. "물론 아버지는 여기
안 계시지만."

아가사는 왕자를 바라보며 그가 이야기를 이어 가기를 기다렸
다. 하지만 왕자는 선인 구역에서 시선을 돌려 그녀를 마주 보았다.
"우린 아마도 소피 어머니 무덤의 다른 쪽 출입구로 나왔을 거야.
무덤의 한쪽은 가발돈과 연결되고 또 다른 쪽은 숲으로 이어졌겠
지. 그러면 이 상황이 다 설명되거든. 하지만 너희 어머니는 그 무
덤이 두 세계를 연결하는 통로라는 걸 어떻게 아셨을까?"

아가사는 무덤 양옆을 지키던 검은 백조와 하얀 백조를 떠올렸
다. "우리 엄마가 알게 된 건 그렇다 치고, 소피 엄마의 무덤이 왜
두 세계를 연결하게 되었을까?"

"얘들아, 그런 거 말고 제대로 된 질문을 던져야지."

아가사와 테드로스는 고개를 들어 우마 공주를 바라보았다.

"무덤이 왜 비어 있을까 하는 질문 말이야."

두 사람을 빤히 바라보던 우마 공주가 손가락으로 공중에 원을
그리자 반딧불이들이 만든 빛 구름이 그들의 머리 위를 휩쓸 듯 지
나가며 발아래 경사면을 환히 비추었다. 황폐한 검은 흙더미 위로
뾰족뾰족 튀어나온 갈라지고 곰팡이 핀 묘비들이 초록 불빛 아래

모습을 드러냈다.

"죽음의 산등성이야. 최강의 악당들이 묻히는 곳이지." 테드로스가 말했다.

"소피 엄마가 악인이란 말이야?" 아가사가 혼란에 빠진 표정으로 물었다.

"우리가 알아본 바에 따르면 그렇지도 않아. 13인 연맹에서는 숲 너머 마을에서 온 바네사가 학교를 다녔다거나, 동화에 등장했다거나, 혹은 이곳에 묻혔다는 어떤 증거도 찾지 못했단다." 우마는 무덤에서 끈적끈적한 회색 미어벌레들을 떼어 내 주머니에 넣으며 말했다. "그런데 가장 유명한 악인들이 묻힌다는 이곳에 그 사람 무덤이 떡하니 있으니!"

"교수님, 계속 연맹 말씀하시는데, 전 들어 본 적이 없거든요……." 테드로스가 참았던 질문을 꺼냈다.

"당연하지." 우마 교수는 이번에도 아무런 설명을 덧붙이지 않았다. "아가사, 내 말 잘 들으렴. 지금 네가 겪는 고통은 어떤 말로도 위로가 안 되겠지만, 너희 어머니는 연맹이 필요로 하는 답을 전달하지 못하고 돌아가셨어. 그러니 잘 생각해 봐. 죽음의 산등성이에 있는 이 묘비에 바네사라는 이름이 새겨진 이유를 혹시 짐작할 수 있겠니? 시체는 어디 있을까?"

"연맹에 대해 아무것도 모르는데 왜 우리가 연맹을 도와야 해요?" 테드로스가 투덜거렸다.

하지만 아가사는 혼란에 빠져 갈피를 잡을 수 없었다. 그녀의 엄마 캘리스는 마녀였고, 아가사는 물론 가발돈 사람 누구에게도 들키지 않고 두 세계를 오갔다. 캘리스는 악인에게 어울리는 모든 특징을 가지고 있었다. 결혼하지 않았고, 비밀스러웠고, 사람들과 어울리지도 않았다……. 아가사가 눈치채지 못했다는 게 오히려 이상할 정도로 엄마는 분명한 악인이었다. 하지만 소피의 엄마는? 소피는 엄마를 늘 황홀하게 묘사했다. 그녀는 바람피우는 못된 남편을 죽을 때까지 사랑했고, 어느 모로 보나 아름답고 사랑 넘치는 어머니이자 아내였다. 그런데 그런 그녀의 이름이 어떻게 악인 무덤에 새겨져 있을 수가 있단 말인가? 아가사는 더 이상 생각이 풀리지 않아 고개를 흔들었다. 하지만 잠시 후 그녀의 두 눈에 화르르 불꽃이 일었다.

"묘지기는 알고 있을 거예요!"

아가사는 암청색 피부에 굵직한 레게 머리를 땋은 거인의 모습을 찾아 사방의 지평선을 눈으로 훑었다. 무덤을 파고 시체를 묻는 일이 그 거인의 역할이라고 학교에서 배웠다. "호트가 묘지기 혼자 시체를 다 묻는다고 했어요. 다른 사람은 절대 못 끼어든다고요. 그래서 호트의 아빠도 오랫동안 땅에 묻히지 못하고 차례를 기다리신다고요. 그러니까 묘지기는 이 묘비에 왜 소피 엄마의 이름이 새겨져 있는지 알……." 사방을 둘러보던 아가사의 목소리가 점점 작아졌다. 언덕에는 아무도 없었다. 독수리 몇 마리가 맴돌고 있을 뿐이었다. "묘지기는 어디……."

고개를 돌려 우마 공주를 마주 본 아가사가 그녀의 표정을 눈치채고 다시 말을 멈췄다.

아가사는 천천히 독수리를 향해 시선을 돌렸다.

독수리의 아래쪽 바닥에 거대한 암청색 시체가 흙을 잔뜩 뒤집어쓴 채 널브러져 있었다. 뼈는 부러졌고, 갈라진 목에서 흘러나온 피가 엉겨 붙어 있었다. 멀리서도 커다랗게 뜬 그의 눈 흰자가 보였다. 죽음 자체보다 자신을 죽이러 온 존재에 대한 충격이 더 큰 것 같았다.

아가사는 테드로스가 땀이 흥건한 손으로 자신의 손을 꼭 쥐는 것을 느꼈다. 더 끔찍한 장면이 기다리고 있다고 경고하는 몸짓이었다. 아가사는 몰려오는 두려움에 맞서며, 묘지기의 시체에서 시선을 돌려 죽음의 산등성이를 채우고 있는 200개의 묘비를 찬찬히 바라보았다. 그제야 아가사는 동화에서 가장 유명한 악당들의 안식처인 그곳에 잔디를 뒤덮을 정도로 흙무더기가 많은 이유를 알 수 있었다. 악명 높은 인물들의 무덤이 모두 파헤쳐져 있었고, 그 안에는······.

"아무도 없어." 아가사가 말했다. "악당들의 무덤이 텅 비었어."

"빨간 망토 이야기의 늑대······ 잭과 콩나무 이야기의 거인······ 그보다 더 못된 놈들도······." 시체가 사라져 버린 무덤을 바라보는 테드로스의 다리가 후들후들 떨렸다.

아가사의 얼굴이 창백해졌다. 빨간 망토 이야기의 늑대가 누구의 지시를 따르는지 기억났다. "모두 교장의 명령에 따라 움직이고 있지."

우마 공주가 두 사람 뒤로 다가왔다. "수백 년 동안 악은 모든 이야기에서 졌어. 선에게 사랑이 있었기 때문이지. 사랑은 악이 감히 필적할 수 없는 힘과 목적을 선에게 주었단다. 하지만 그런 해피엔딩은 악이 사랑할 수 없을 때에만 유효했지. 지금은 상황이 바뀌었어. 교장이 자신을 사랑해 주는 사람을 찾았거든. 교장 역시 그 사람을 사랑하지. 악이 모든 동화를 다시 써도 될 자격이 있다는 걸 교장이 증명한 거야. 그래서 이미 결말이 난 동화 속 악당들에게도 새로운 기회가 주어졌어. 죽은 악당들이 다시 생명을 얻었지."

'진정한 사랑? 교장이?' 아가사는 이해가 되지 않아 고개를 흔들었다. 대체 누가 교장을 사랑할 수 있다는 말인가?

그때 바네사의 텅 빈 무덤이 그녀의 시선을 사로잡았다. 심장이 멈추는 것 같다. "잠깐······. 소피 엄마······ 시체가 없는데······ 그렇다면······ 설마······."

"그분은 애초에 여기 묻히지 않았다니까." 우마 공주가 아가사의 말을 끊었다. "그분 시체가 어딘가에 묻히기는 한 건지, 그것조차 확실치 않아. 하지만 어찌되었든 묘지기는 유명한 악인들 한가운데에 소피 어머니의 자리를 마련해 뒀어. 이야기꾼 외에는 누구에게도 대답하지 않는 묘지기가 말이야! 그가 왜 이 무덤 자리를 잡아 놨는지 알아낸다면, 교장이 어떻게 새 왕비를 선택했는지도 알 수 있을 거야."

차가운 어둠이 아가사의 가슴을 파고들었다. 묻고 싶은 게 너무나 많았다. 그녀의 엄마와 소피의 엄마, 연맹과 그 연맹에 전달되었다는 메시지, 텅 빈 무덤과 되살아난 악당들······. 하지만 정말 중요한 질문은 단 하나였다.

"왕비요? 누군데요?" 아가사가 천천히 고개를 들고 속삭이듯 물었다.

"소피가 교장의 반지를 받아들였어. 이제 그 아이가 교장의 진정한 사랑이야." 우마가 아가사를 똑바로 바라보며 대답했다.

아가사는 아무 말도 할 수 없었다.

"하지만······ 우린 교장으로부터 소피를 구하려고 온 건데요." 테드로스가 당황한 표정으로 말했다.

"꼭 성공해야 한다. 물론 쉽지는 않을 거야. 소피의 키스로 교장이 살아 돌아오긴 했지만, 지금 그 키스의 힘이 계속 유지되는 건 바로 그 아이 손가락에 끼워진 반지 때문이야. 소피가 교장의 반지를 끼고 있는 한 교장은 죽지 않아. 하지만 얘들아, 키스의 효력을 없애는 방법이 한 가지 있단다. 교장을 완전히 파괴하는 길이기도 하지. 그 방법이 우리의 유일한 희망이야." 우마 공주의 목소리는 불이 붙은 듯 점점 급박해졌다. "소피를 설득해서 교장의 반지를 그 아이 손으로 파괴하게 만들어야 해. 소피가 직접 반지를 파괴하면 교장은 반지와 함께 영원히 사라질 거야."

아가사는 여전히 명한 표정으로 말이 없었다.

"하지만 조심해야 한다. 너희가 《소피와 아가사의 이야기》의 진정한 결말을 찾으려는 것처럼, 교장 역시 자신만의 결말을 얻으려고 노력하고 있으니까."

테드로스는 아가사를 바라보았지만, 그녀는 아무 소리도 들리지 않는 듯 허공을 응시할 뿐이었다. "교장은 어떤 결말을 원하는데요?" 테드로스가 물었다.

우마는 굳은 표정으로 왕자를 향해 살짝 몸을 굽혔다. "늑대와 거인이 나타난 건 우연이 아니다. 전쟁이 일어날 거야, 테드로스. 소피가 교장의 반지를 끼고 있는 한 선한 존재는 과거의 사람이든 현재의 사람이든, 젊은이든 늙은이든 모두 끔찍한 위험에 빠져 있어. 너와 네 공주가 소피를 선한 쪽으로 데려오지 않으면…… 우리가 알고 있는 선은 영원히 사라져 버릴 거다. 그게 교장이 바라는 결말이야."

아가사의 귀에는 자신의 심장이 쿵쾅거리는 소리 외에 아무것도 들리지 않았다.

옛날 옛적 그녀와 소피는 둘 사이를 갈라놓은 최강의 악당을 처치했다.

그런데 그녀의 가장 친한 친구가 바로 그 악당에게 자신의 진심을 주었단 말인가?

"하지만 교장은 악인이잖아요. 소피도 그걸 알아요……. 소피는 이제 악인이 아닌데…… 왜 교장과 함께하려는 거죠?" 아가사가 고개를 들고 나지막한 목소리로 물었다.

"너와 네 왕자가 함께하려는 것과 같은 이유지." 우마가 슬픈 미소를 지었다. "행복해지기 위해서란다."

우마 공주가 손가락으로 다시 원을 그리자 반딧불이 무리가 사라졌다. 공주는 언덕 너머 어두운 숲을 향해 서둘러 걸음을 옮기기 시작했다. "선인들아, 어서 가자." 그녀가 무덤에서 미어벌레 몇 마리를 더 뜯어내며 말했다. "학교까지 가려면 이틀은 걸릴 텐데, 소피를 만나기도 전에 그놈들에게 발각되면 안 되니까."

천천히 뒤를 따르던 테드로스가 얼굴을 찡그렸다. "그놈들이 누군데요?"

"누구긴?" 우마 공주는 믿을 수 없다는 표정으로 뒤를 홱 돌아보았다. "저 빈 무덤 주인들이지!"

6

파랗지 않은 파란 숲

라팔은 자기 방에서 잠을 자는 일이 없었다. 그래서 어느 이른 새벽, 이야기꾼이 마침내 글을 쓰기 시작했을 때 그 광경을 목격한 사람은 소피뿐이었다.

그녀는 교장의 반지를 받은 후 여섯 밤을 앓았다. 열이 펄펄 끓고 뼈가 얼얼할 정도로 오한이 들어 침대에서 일어날 수 없었다. 그녀는 담요에 파묻힌 채, 테드로스와 아가사가 마을 곳곳을 신나게 돌아다니는 모습을 상상했다. 둘이 바터스비 씨네 가게에서 컵케이크를 사 먹고('테드로스가 뚱보가 돼 버리면 좋겠네.') 호숫가에서 노을을 바라보겠지('아님 물에 빠져 죽어도 괜찮고.')! 반면 거무튀튀한 탑에 갇혀 훌쩍거리며 바들바들 떨고 있는 소피의 모습은 콧물 범벅이 된 라푼젤 같았다. 매력 하나 없는 라푼젤 따위 아무도 좋아하지 않는데!

"전에…… 말했잖아요……. 학교 보게 해 주겠다고……." 그날 아침 소피는 라팔에게 더듬더듬 말했다. 그녀의 옷은 땀에 젖어 있었다. "헤스터도 보고 싶고…… 아나딜도……."

"지금 앓는 병을 그 아이들에게 옮기려고?" 라팔은 놀리듯 말하며 보송보송한 새 담요로 그녀의 몸을 감쌌다.

소피는 조금 더 우겨 보고 싶었지만, 그러기에는 그가 너무 정성을 다해 그녀를 돌보고 있었다. 낮 시간 동안 라팔은 그녀 곁에 붙어서 이마에 젖은 수건을 올려 주고, 뼈를 우린 수프를 떠먹여 주고, 온몸을 칭칭 휘감는 헐렁한 검은 잠옷도 가져다주었다. 그녀가 테드로스와 아가사에 대해 지껄여 대는 온갖 헛소리를 참아 내는 것도 그의 몫이었다. 소피는 질투심이 폭발하느냐 잠잠하냐에 따라, 둘이 깨가 쏟아질 것이라거나 혹은 별 볼일 없이 시시하게 살 것이라고 혼자 열심히도 떠들어 댔던 것이다. 얼마 지나지 않아 소피는 라팔이 곁에 없는 밤 시간이 두려워지기 시작했다. 그가 찾아오던 매일 아침이 두려웠던 때와는 정반대였다. 높은 열로 정신이 혼미한 와중에도 소피는 자신을 부드럽게 감싸 안는 대리석 같은 그의 팔이 그리웠다. 싱그러운 10대 소년의 향과 불타오르는 그녀의 피부에 닿는 차가운 손길, 그리고 악몽에서 구해 주는 그의 맑은 목소리도…….

"내 생각에는…… 당신 때문에 내가 아픈 거예요. 그러니까…… 날 보살펴 줘요." 라팔이 떠나려는 순간, 소피가 웅얼웅얼 말했다.

젊은 교장은 뒤를 돌아보고 미소 지었다.

열이 심해질수록 소피의 악몽은 점점 선명해졌다. 그날 밤 소피는 꿈속에서 끝에 하얀 빛이 밝혀진 칠흑같이 어두운 터널을 보았다. 터널 안에 거대한 금반지가 둥둥 떠 있었는데, 안쪽에 날카로운 이가 둘러진 반지는 공중에서 빙글빙글 돌며 그녀의 앞을 가로막았다. 그녀가 가까이 다가가자 반지는 더욱 빠른 속도로 회전했고, 날카로운 이에 뿌옇게 비친 그녀의 모습이 보이기 시작했다. 하지만 거리가 조금 더 가까워지자 소피는 그 모습이 자신이 아니라는 사실을 깨달았다. 지금껏 한 번도 본 적 없는 낯선 남자의 얼굴이 반지에 비치고 있었다. 멋대로 자란 갈색 머리카락에 짙고 거친 피부, 두툼한 매부리코가 보였다. 혼란에 빠진 소피는 반지를 향해 몸을 기울였다. 조금 더…… 조금만 더……. 그때 갑자기 남자가 잔뜩 충혈된 검은 눈을 들고 위협적인 미소를 지어 보였다.

그리고 손을 쑥 뻗어 소피의 머리를 날카로운 이 사이로 잡아당겼다.

소피는 혼비백산하여 숨을 헉 들이마시며 잠에서 깨어났다.

그녀는 꼼짝도 하지 않았다. 누군가가 방에 있었다. 검은 고양이가 발톱을 갈듯 조용히 바스락거리며 긁는 소리가 들려왔다.

심장이 두방망이질했지만 소피는 조심스럽게 가는눈을 떴다. 이른 새벽빛을 받은 방 안에는 아무도 없었다. 그녀는 안심하며 천천히 고개를 돌렸다. 소리를 낸 것은 사람이 아니었다. 흐릿하게 빛을 발하는 강철 막대기가 뱅그르르 회전하고 있었다. 아직 잠에서 덜 깬 그녀는 그것이 물렛가락이라고 생각했다. 하지만 물렛가락은 잠자는 숲속의 미녀 앞에 나타나는 것 아니었나? 동화 역사상 가장 별 볼일 없는 그 공주는 지금쯤 분명 죽었을 것이다. 늙은 사람은 죽기 마련이고, 그 공주는 늙었으니까. 나는 늙은이도 아니고 죽지도 않았는데……. 생각이 여기에 이르자 소피는 마침내 침대에서 일어났다.

소피는 두 눈을 몇 번씩이나 깜빡였다. 자신이 헛것을 보는 게 아니라는 사실을 확인해야 했다. 바스락거리며 긁는 소리를 낸 것은 다름 아닌 이야기꾼이었다. 아무것도 쓰지 않아 영원의 숲을 어둠으로 뒤덮은 바로 그 펜이 눈앞에서 글을 쓰고 있었다.

'어떻게 된 일이지?' 소피는 생각에 잠겼다. 이야기꾼은 그녀와 아가사의 이야기 마지막 페이지 위에 멈춰 선 채 몇 주째 꼼짝하지 않았다. 그녀가 교장의 반지를 받아들였을 때도 마찬가지였다. 그렇다면 이야기꾼이 의심을 품은 것은 그녀의 결말이 아니라…….

소피의 심장박동이 빨라졌다. '그럴 리가 없어…….'

그녀는 헐렁한 검은 잠옷 위로 담요를 두른 채, 작은 소리도 나지 않도록 발끝으로 조심조심 걷기 시작했다. 가까이 가서 보니 이야기꾼은 글을 쓰는 것이 아니라 반대로 깎아 내고 있었다. 벽돌공이 벽돌을 하나씩 떼어 내듯, 마지막 줄의 잉크 자국을 날카로운 펜촉으로 긁어내 '끝'이라는 글자 전체를 깨끗이 없애 버린 것이다. 일을 마친 이야기꾼은 타오르듯 시뻘건 빛을 내며, 고치에서 나와 자유롭게 날아오르는 나비처럼 공중에서 빙그르르 몸을 돌린 후에 다시 책을 향해 돌진했다. 그리고 이야기가 끝난 지점부터 새로운 이야기를 쓰기 시작했다. 강철 펜은 잉크를 뿜어내며 새하얀 종이 위에 수십 개의 그림을 그려 넣었다. 그 속도가 너무 빨라 눈으로 따라가기도 힘들 정도였다. 에메랄드색 불꽃 벽…… 검은 복면을 쓴 경비대원들…… 백조가 그려진 무덤…… 시체 같은 늑대와 거인…… 그리고 빈 종이 위에 펼쳐진 짙은 황록색 소용돌이…….

비쩍 마른 두 사람이 키 크고 몸통이 비틀린 파란 숲의 나무들에 둘러싸여 있었다. 소피는 마법 펜이 두 사람의 얼굴을 완성해 가는 모습을 지켜보았다. 남자의 짙은 파란색 눈과 도톰한 입술……. 여자의 납작한 눈썹과 푹 꺼진 볼……. '말도 안 돼!' 소피는 자신의 눈을 믿을 수 없었다. 그녀는 이야기꾼이 자신의 잘못을 깨닫고 곧 수정하리라 기대하며 계속 지켜보았지만, 그림은 소피의 기억에서 튀어나온 듯 점점 생생해졌다. 이야기꾼이 숲에 절대 있을 수 없는 두 사람의 모습을 그려 넣자, 소피는 이 모든 것이 꿈이 아닌가 생각했다. 두 사람은 자신들의 해피엔딩을 찾아 이미 다른 곳으로 떠나지 않았던가! 소피는 잠에서 깨어나려 팔을 힘껏 꼬집었다. 하지만 그림 속 인물들의 얼굴은 더욱 선명해졌다. 활짝 펼쳐진 책 속에서 아가사와 테드로스가 그녀를 바라보고 있었다. 커다랗게 뜬 그들의 눈은 그녀를 책 속으로 부르고 있는 것만 같았다.

'얘들이…… 돌아왔다고?' 소피는 가슴이 부풀어 오르고 숨이 멎는 듯했다. 질투와 배신감과 고통은 얇은 달걀 껍질처럼 순식간에 바스러지고, 따뜻한 희망의 파도가 억누를 새도 없이 그녀의 가슴에 밀려들었다. 그녀는 책 속에서 자신을 바라보고 있는 가장 친한 친구 둘을 손끝으로 쓰다듬었다. 그동안 숨겨 왔던 감정이 마침내 새어 나오고 말았다.

'아가사, 보고 싶어. 테드로스, 보고 싶어.'

소피는 눈물을 흘리며 두 사람 사이의 빈 공간에 자신이 서 있는 모습을 상상했다.

하지만 이야기꾼은 그 자리에 아가사와 테드로스가 마주 잡은 손을 그려 넣었다. 두 선인은 검은 그림자를 따라 어두운 숲 속으로 들어가고 있었다.

소피는 꼭 마주 잡은 두 사람의 손을 빤히 바라보았다. 그녀가 낄 자리는 전혀 없어 보였다.

"널 보러 오는 거다." 등 뒤에서 목소리가 들려왔다.

소피는 몸을 돌려 끈 달린 검은 셔츠에 검은 가죽 바지를 입고, 10대 반항아처럼 멋진 자세로 창문을 등지고 선 라팔을 보았다.

"전에도 얘기했듯 이야기꾼이 의심한 건 우리 두 사람의 결말이 아니었어." 라팔이 말했다. "너 없이는 네 친구들도 행복하지 못했던가 보다. 이들은 널 나에게서 구해야 한다고 생각하고 있어. 네가 그들과 함께 결말을 맞아야 한다고 믿는 거지.”

소피는 다시 이야기꾼을 바라보았다. 아가사와 테드로스의 그림 아래에 새로운 글이 쓰이고 있었다.

그들은 더 이상 사랑만으로 만족할 수 없었다. 두 사람에게는 그들의 가장 친한 친구가 필요했다.

소피는 얼빠진 표정으로 책을 바라보았다. 시간만 나면 아가사와 테드로스를 생각한다고 그토록 스스로를 나무랐는데…… 두 사람도 그녀를 생각하고 있었다니! 감동적이었다. 소피는 미소를 지었다. 하지만 잠시 후 그녀의 얼굴에서 미소가 사라졌다.

“세 사람이 어떻게 해피엔딩을 맞죠?” 소피가 물었다.

라팔은 그녀를 주의 깊게 바라보았다. “한 사람이 혼자서도 행복할 수 있다면, 그것도 가능하지.”

“다른 두 사람은 짝이 되고요?” 소피가 얼굴을 찡그렸다.

“시간이 지나면 익숙해질 거다. 둘이 벽난로 앞에서 키스하는 모습을 지켜보고…… 저녁 식탁에서는 다정하게 얼굴을 비벼 대는 친구들을 보며 혼자 밥을 먹고…… 정원을 산책할 때는 목줄 한 강아지처럼 두 사람 뒤를 졸졸 따라가고……. 그렇게 한 해 한 해 눈치 없는 들러리 신세에 안주하게 될 거야.” 라팔이 소피를 향해 미끄러지듯 다가왔다. 하지만 그의 얼굴은 아직도 반이 그림자에 가려 있었다. “물론 카멜롯에서 새로운 남자를 만날 수도 있겠지. 거긴 이제 왕국이라 부르기에는 좀 초라한 곳이 되었지만 그래도 젊은 소작농들은 꽤 있을 테니까. 얼굴은 햇볕에 타고, 이는 누렇고,

엉덩이는 투실투실하고, 주머니에 동전 한 닢 없지만 분명 평범하고 착한 아이들일 게야. 중요한 건 그거 아니겠니?" 라팔이 그녀를 품 안으로 끌어당겼다. "다 쓰러져 가는 집에서 염소와 돼지를 기르면서 쭈글쭈글한 노모를 모시고 사는 남자를 만나면, 넌 평범한 삶을 살게 되겠지. 남편 먹을 고기를 기름에 튀기고, 늙은 시어머니를 씻기고, 햇볕에 꺼멓게 탄 투실투실한 아들을 키우고……."

소피는 온몸이 팽팽하게 긴장돼 숨을 쉴 수 없었다. "그런 일은 절대 일어나지 않을 거예요!" 그녀가 낮은 목소리로 말하는 순간 몸에서 긴장이 풀렸다.

"그래, 그럴 줄 알았다." 라팔도 낮은 목소리로 대꾸했다. 길고 새하얀 그의 손가락이 그녀의 어깨를 지나 목으로 올라가자 소피의 피부가 파르르 떨렸다. 그녀가 상황을 조작하지 않고도 이렇게 그녀를 껴안은 남자는 한 번도 없었다. 그녀의 마음속에 폭풍 같은 분노가 있는데도 그녀를 부드럽게 어루만지는 남자는 지금껏 본 적이 없었다. 무사마귀를 비롯해 온갖 흉한 꼴을 다 보고서도 사랑해 주는 남자는 라팔이 처음이었다.

소피는 고개를 들고 밝은 빛 아래 드러난 그의 얼굴을 바라보았다. 진주같이 하얗고 깨끗한 피부, 옅은 푸른색 눈동자, 감미로운 핑크색 입술이 서리의 요정 잭 프로스트 같았다. 빛을 내뿜듯 새하얗고 잘생긴 라팔 앞에서 소피는 문득 자신이 더 못생긴 것 같은 기분이 들었다. "지금은 절 좋아하실지 모르지만 제가 늙으면 어떻게 될까요? 그때도 저를 원하실까요?"

소피의 물음에 라팔이 미소 지었다. "나의 형과 나는 서로를 사랑하는 한 늙지 않을 수 있었다. 내가 약속을 깨는 순간 난 나이를 먹기 시작했고, 악은 사랑할 수 없다는 사실을 증명한 다른 모든 악당처럼 죽고 말았지. 하지만 소피, 네 키스 덕에 난 젊음을 되찾았다. 너의 사랑은 내 형제의 사랑이 그러했듯 나에게 영원한 삶을 허락할 것이다. 나의 형제가 젊음을 유지하며 살아 있던 것도 나의 사랑 때문이었지. 그러니 네가 나의 반지를 끼고 있는 한 너는 나와 마찬가지로 늙지 않을 것이다."

소피가 그에게 고개를 돌렸다. "제가 영원히 산다고요?"

라팔이 다시 한 번 그녀를 품 안으로 끌어당겼다. "우리 둘이 함께."

'영원히 산다?' 소피는 생각이 잘 정리되지 않았다. 늙었는데 젊고…… 젊지만 늙었다……. 그녀를 안고 있는 이 아름다운 소년이 바로 그러했다. 누군가를 영원히 사랑하는 일은 어떤 것일까? 소피는 호숫가에서 영원한 우정을 맹세했던 아가사를 떠올렸다. 테드로스는 달빛이 밝은 다리 위에서 영원히 그녀의 왕자가 되겠다고 약속했다. 그리고 아가사와 테드로스는 '영원히 행복하게 살자'고 서로에게 다짐하며 입을 맞췄다.

하지만 '영원'은 그리 오래가지 않았다.

소피는 라팔의 탄탄한 가슴에 몸을 기대고 그의 손가락에서 반짝이는 금반지를 바라보았다. 그녀의 손에 있는 것과 짝을 이루는 반지였다. 그녀는 자신을 버린 두 친구에게 깊은 상처를 받았고, 그 두 사람이 자신을 잊은 채 영원한 행복을 위해 제 갈 길을 가 버렸다고 생각했다. 하지만 그들은 '영원한 행복'을 버리고 그녀에게 돌아왔다. 그녀가 행복해지기를 바라기 때문이었다. 소피는 자신 안에서도 그들과 같은 마음이 생겨나기를 기다렸다. 비록 눈치 없는 들러리가 될지라도 가장 친한 친구들을 선택하려는 마음이 느껴지기를…….

하지만 소피는 처음부터 변함없이 자신에게 충실한 아름다운 소년의 탄탄한 두 팔 외에는 아무것도 느낄 수 없었다. 그가 말하는 '영원'은 정말 영원히 지속될 것 같았다.

소피는 고개를 들어 라팔에게 입을 맞췄다. 그의 차가운 입술에 그녀의 입술을 대고 천천히 오랫동안 키스를 나누었다. 그녀는 마음속 무엇인가가 자신을 막아서지 않는지 살폈지만 그런 일은 일어나지 않았다. 마침내 두 사람의 입술이 떨어진 순간, 이야기꾼은 새로운 페이지를 만들어 화려한 색으로 두 사람의 키스 장면을 그리고 다음과 같이 썼다.

하지만 소피는 더 이상 우정으로 만족할 수 없었다. 그녀에게는 사랑이 필요했다.

소피가 라팔을 바라보았다. 라팔은 송골송골 땀이 맺힌 그녀의 이마에 손을 올렸다.

"다행이군. 열이 많이 내렸어."

두 사람은 구름 뒤에서 미끄러지듯 빠져나온 태양을 바라보았다. 소피는 태양이 찬란한 빛을 되찾았을지 모른다고 내심 기대했지만…… 얼굴을 드러낸 태양은 차가운 푸른색 아침 하늘을 배경으로 여전히 창백한 노란 빛을 발하고 있었다. 오히려 더 약해진 것 같기도 했다. 하지만 빛이 약해진 것은 문제도 아니었다. 태양은 한여름의 고드름처럼 작은 노란색 덩어리들을 하늘에 한 방울 한 방울 떨어뜨리고 있었다. 소피는 두 눈을 동그랗게 뜨고 창을 향해 한 걸음 다가갔다. 의심할 여지가 없었다.

태양이 녹고 있었다.

그녀는 교장을 향해 뱅글 몸을 돌렸다. "전에 나한테 말했잖아요. 이야기꾼이 글을 쓰기 시작하면……."

"새로운 이야기라고 했다. 우리 이야기가 아직 결말나지 않았어." 라팔이 침착하게 대답했다. "네 친구들이 돌아왔으니 우리 동화는 못 끝나지. 그들은 다른 결말을 생각하고 있을 거야. 선이 이기고 악이 죽는……."

라팔이 잠시 말을 멈추고 소피의 에메랄드색 눈동자를 똑바로 바라보았다.

"소피, 그들은 날 죽이려 할 거다."

소피는 멍하니 라팔을 마주 보다가 고개를 숙여 그녀를 구하러 숲으로 들어온 아가사와 테드로스의 그림을 바라보았다. 그들은 악한 교장에게서 친구를 구해 내는 이야기를 생각하고 있을 것이다. 하지만 소피 입장에서 보면 두 선인 친구는 그녀를 사랑해 주는 유일한 소년을 죽이려 하고 있었다. 영원한 행복을 누리는 두 사람 곁에서 그녀가 들러리 서 주기를 바라는 것이다.

'들러리.' 그들은 그런 결말이 그녀에게 어울린다고 생각한다.

금반지를 바라보던 소피의 마음속에서 분노가 치솟았다. 그녀는 왕비였다!

"걔들이 당신을 해치지 못하게 할 거예요." 소피가 이를 악물며 말했다.

"날 위해 그러겠다는 거냐?" 교장의 소년 같은 얼굴이 복잡한 감정으로 일그러졌다. "네 친구들과 맞서 싸우겠다고?"

소피는 갑자기 긴장했다. "걔들이랑 싸, 싸운다고요……? 전 그냥……."

"네가 말로 타이르면 그 아이들이 우릴 이대로 두고 순순히 떠날 거라고 생각하니?" 라팔이 다정하게 물었다.

"솔직히 아가사랑 싸울 순 없어요. 분명 다른 방법이……."

소피가 다급하게 말을 이었지만, 교장의 눈빛은 이미 딱딱하게 굳어 있었다. "방법은 전쟁뿐이다."

소피는 순식간에 바뀐 교장의 목소리에 움찔했다. 하지만 그의 말은 옳았다. 젊은 교장이 테드로스를 칼로 죽일 뻔했으니 왕자는 복수를 원할 것이고, 아가사는 당연히 왕자를 도울 것이다. 곧 벌어질 전쟁에서 소피는 어느 쪽에 설 것인지 결정해야 했다.

소피는 아가사와 테드로스가 한 팀이 되어 자신과 싸웠던 과거의 상황을 하나씩 생각해 보았다. 탤런트 서커스 때, 그리고 악의 회관에서, 그 후 아가사가 몰래 테드로스를 만나 키스하려고 했을 때, 마지막으로 남녀 전쟁이 일어나고 아가사가 마침내 동화 세계에서 사라졌을 때가 떠올랐다. 소피의 피가 끓어올랐다. 그때 파란 숲에서 아가사는 소피가 마녀로 변하고 있다고 생각하고 그녀보다 테드로스의 말을 믿었다. 모든 것이 새더 학장의 마법 때문이었는데 말이다. "이건 내가 아니야." 소피는 눈물을 흘리며 진실을 봐 줄 것을 간청했지만, 그녀의 친구는 왕자 곁에 꼭 달라붙어 꼼짝하지 않았다.

소피에게도 이제 한편이 생겼다. 이 선택 때문에 가장 친한 친구와 싸워야 한다고 해도 어쩔 수 없는 일이었다. 아가사가 왕자를 보호하려 했듯, 그녀 역시 자신의 진정한 사랑을 보호할 것이다.

"바로 그거였네요. 그 둘이 죽든 우리가 죽든…… 결국 선과 악의 대결이에요. 동화는 다 그렇게 끝나니까요." 소피가 녹아내리는 태양을 바라보며 속삭였다.

소피는 라팔의 가슴이 부풀어 오르는 것을 보았다. 두 사람의 의

견이 마침내 일치해 안도하듯, 그는 크게 숨을 들이마시고 있었다. "네 친구들은 우리 이야기가 끝나는 것을 자신들이 막을 수 있으리라고 생각하지." 교장의 목소리가 다시 다정해졌다. "미래를 막을 수 있다고 생각하는 거야. 하지만 너무 늦었다."

그는 모래시계를 유심히 바라보듯 약해져 가는 태양을 보았다. "선과의 전쟁은 이미 시작됐다."

라팔이 고개를 돌려 소피를 바라보았다. 그의 얼굴에 교활한 미소가 어려 있었다. 소피는 그가 돌아온 것이 키스와 반지 때문만은 아니라는 생각이 들기 시작했다. "하지만 결국 선이 늘 이기잖아요." 그녀가 말했지만 교장은 더 활짝 웃음을 지어 보였다.

"네가 잊은 게 있구나. 그들에게는 더 이상 없지만 나에게는 있는 것!" 라팔이 천천히, 부드럽게 그녀를 향해 다가왔다.

"바로 너."

소피가 숨을 멈춘 채 그를 마주 보았다.

"갑시다, 왕비. 그대의 왕국이 기다리고 있소." 교장이 소피의 손에 깍지를 끼며 말했다.

소피의 심장이 빠르게 쿵쾅거렸다. '왕국……' 옛날 옛적 핑크색 공주 드레스를 입은 아름다운 소녀가 살았다. 그 아이는 창가에 앉아 납치되기만을 기다렸다. 언젠가 자신이 저 멀고 먼 나라를 다스리는 왕비가 될 것이라고 믿었으니까…….

그녀는 예전처럼 생기 넘치는 눈으로 라팔을 바라보았다. "카멜롯 따위 이제 필요 없어요."

소피가 미소 지었다. 그녀는 테이블 위 책 속의 왕자와 공주처럼, 라팔과 반지 낀 두 손을 마주 잡고 해피엔딩을 위한 전쟁을 향해 걸음을 옮겼다.

"옷부터 갈아입어야 하지 않을까요? 이런 걸 입고 돌아다닐 순 없어요." 소피가 토라진 목소리로 말했다. 바람을 맞아 더욱 엉망이 되어 버린 검은 잠옷 얘기였다.

그녀의 유리 구두가 창턱에 올라서자 은색 조약돌들이 저 아래 깊은 심연을 채운 초록 안개 속으로 후드득 떨어져 내렸다. 소피는 벽을 향해 몸을 휙 돌리고 라팔의 탄탄한 팔을 꼭 잡았다. 아찔한 높이 때문에 아래를 내려다볼 수조차 없었다. "어딘가에 계단이 있을 텐데. 어떤 멍청이가 계단도 없는 탑을 만들었을까요? 하다못해 사다리나 밧줄이라도……."

"날 믿지?"

소피는 라팔을 바라보았다. 아드레날린이 넘쳐흐르는 그의 두 눈에 두려움 따위는 전혀 보이지 않았다.

"네." 소피가 속삭이듯 대답했다.

"꼭 잡아라." 말을 마친 라팔은 소피의 허리를 감싸 안고 탑 아래로 뛰어내렸다.

두 사람은 총알처럼 빠른 속도로 녹색 안개 속으로 빠져들었다. 라팔의 근육질 팔과 단단한 가슴 사이에 폭 안긴 소피는 비명을 지르고 싶은 마음마저 사라지는 것을 느꼈다. 그녀는 세상 어느 곳보다 안전한 그의 품에서 마음을 놓았다. 라팔이 매처럼 무서운 속도로 미끄러지듯 방향을 바꾸고, 그들의 뒤엉킨 팔다리가 땅바닥을 향해 빙글빙글 돌아갈 때도 숨을 헉 들이킬 뿐이었다. 잠시 후 라팔이 공중제비를 넘듯 다시 높이 날아오르자, 소피는 두 눈을 꼭 감고 양팔을 날개처럼 펼치며 가슴속 모든 것을 털어 내듯 길게 울부짖었다. 그들이 그렇게 짙은 안개 속을 날아다니는 동안 그녀의 눈꺼풀 위에서는 노란 햇빛이 깜빡였고, 입에는 촉촉한 구름이 와 닿았다. 아가사가 이 모습을 볼 수 있다면 얼마나 좋을까! 사랑에 빠져 행복하고 거칠 것 없는 공주, 용과 싸우는 대신 그 용을 타고 하늘을 나는 공주의 모습 말이다. 라팔은 대포알처럼 하프웨이 베이 위로 몸을 날렸고, 소피는 그의 얼굴에 자신의 볼을 바짝 붙였다. 피부가 맞닿는 순간 두 사람 사이에는 전기가 흐르고 그의 뜨거운 숨은 더욱 빨라졌으며, 그녀의 허리를 감은 그의 팔에 점점 힘이 들어갔다. 마침내 그의 두 발이 소리 하나 없이 부드럽게 땅에 내려앉았다. 소피는 동화책 위에 붕 떠 있는 이야기꾼처럼 공중에 뜬 채 라팔의 품을 깊이 파고들었다.

"한 번 더 해요." 얼굴이 발갛게 물든 그녀가 속삭이듯 말했다.

라팔은 그녀의 얼굴을 쓰다듬으며 싱긋 웃었다. 소피는 천천히 눈을 뜨고 주변을 둘러보았다.

그녀가 제일 먼저 알아챈 것은 파란 숲이 더 이상 파랗지 않다는 사실이었다.

소피는 바람에 헝클어지고 어지럽기도 했지만, 라팔의 품을 벗어나 숲 한가운데 자리 잡은 탑에서 비틀비틀 걸어 나왔다.

파란 버드나무는 까맣게 썩어 껍질만 남았고, 비바람에도 끄떡없던 파란 잔디는 누렇게 변해 발밑에서 바스락거리며 부서졌다. 청록색 잡목 숲에는 병에 걸려 바닥에 쓰러진 나무만 가득했다. 소피는 찬바람에 옷자락을 바싹 여몄다. 그녀의 검은 잠옷에 해로운 균과 곰팡이들이 덕지덕지 달라붙었다. 최악은 냄새였다. 매캐하고 시큼한 악취는 눈이 시릴 정도였는데, 숲속으로 들어갈수록 점점 심해졌다. 소피는 누런색과 갈색으로 도배되어 악취만 잔뜩 쌓인 튤립 정원에 이르러 마침내 두 손으로 얼굴을 가렸다. 서 있기조차 힘들었다. 라팔을 찾으려고 고개를 돌렸지만 그의 모습은 보이지 않았다.

소피는 얕게 숨을 들이마시고 다시 앞으로 나아갔다. 그곳에서 빠져나가야만 했다.

그녀는 비틀거리며 양치식물 구역에 들어섰다. 북문을 통해 그곳을 빠져나갈 생각이었지만 잠시 후 걸음을 멈췄다. 허벅지 높이까지 자라난 탐스러운 코발트색 식물들이 가득하던 그곳은 죽은 동물들과 바퀴벌레, 파리만 득실대는 황무지로 변해 버렸다. 비쩍 마른 토끼, 황새, 다람쥐, 사슴의 사체가 누런 햇빛을 받으며 잠긴 문 앞에 흩어져 있었다. 다들 탈출에 실패한 것일까?

그때 익숙한 쉭쉭 소리가 들려왔다.

소피는 고개를 들어 북문을 바라보았다. 수십 마리의 검은 스피릭들이 문 주변에 똬리를 틀고서 빨간 혓바닥을 날름거리고 있었다. 그녀는 비늘마다 날카로운 갈고리가 달린 납작 머리 뱀을 피해 몸을 웅크렸다. 한때 남학교 앞에서 침입자를 막아 냈던 뱀들은 이제 아무도 이 문을 통과하지 못하도록 지키고 있는 듯했다. 소피는 고개를 돌려 저 멀리 서 있는 교장의 탑을 바라보았다. 은색 탑은 이 정신 나간 땅의 주인이라도 된 듯 당당한 모습이었다.

소피는 기분이 축 가라앉았다. 파란 숲은 학교의 뒤뜰 같은 곳이었다. 치명적인 숲을 본떠 만들었지만 학생들을 위한 안전장치가 충분히 되어 있었다. 파란 숲에서 겪은 일들을 떠올리자 그녀의 입가에 미소가 감돌았다. 블루베리 구역에서 미쳐 날뛰는 스팀프를 피해 뱅글뱅글 도망 다닌 소피와 그녀를 향해 소리치던 아가사, 리폼한 악의 학교 유니폼을 입고 덤불에서 테드로스를 유혹한 소피, 파란 개울 위에서 왕자가 그녀의 입술을 향해 고개를 숙인 순간 두

선과 악의 학교 3

근거리던 심장박동……. 하지만 잠시 후 소피의 얼굴에서 미소가 사라졌다. 숲에서의 또 다른 순간들이 기억났기 때문이다. 동화 경연 대회 때 테드로스는 소피가 자신을 구하지 않자 그녀를 거부했고, 파란 버드나무 길에서 필립이 소피 모습으로 변하는 것을 보고 깊은 배신감을 드러냈다. 아가사와 테드로스는 소나무 협곡에서 소피를 피해 몸을 움츠렸고 심지어 그녀를 집으로 돌려보내려고 했다…….

나쁜 기억들이 금세 좋은 기억들을 압도하면서, 파란 숲은 소피의 눈앞에서 점점 검고 음울한 색으로 바뀌어 갔다.

"이곳이 널 좋아하는구나." 라팔이 그녀의 등 뒤에서 다가서며 장난스럽게 말했다.

"뭐라고요? 제가 이랬단 말인가요?" 소피가 돌아서며 물었다.

"다 네가 한 거지." 교장이 죽어 버린 숲을 둘러보며 대답했다. "너와 내가 함께 이룬 거다."

"이해할 수 없어요. 전 이런 걸 바란 적이 없는데……." 소피가 더듬더듬 말했다.

"네가 뭘 원한다고 생각하는지는 중요하지 않다. 네 안에 담긴 진심이 중요하지." 라팔이 대꾸했다. "두 학교는 그 주인의 영혼을 그대로 비추는 거울이다. 두 학교가 보호하는 이야기꾼 또한 마찬가지지. 나와 내 형제가 함께 학교를 다스릴 때 두 학교 건물은 우리 형제 사이에 존재하는 균형을 드러냈다. 선의 학교는 밝고 악의 학교는 어두웠지. 작년 에블린 새더와 테드로스가 각 학교의 주인이었을 때, 두 개의 성은 남자와 여자 사이의 대립을 보여 주었다." 라팔이 소피의 반지를 쓰다듬었다. "하지만 네가 나와 함께하게 된 지금, 새로운 관계가 만들어졌지……. 선과 악…… 남자와 여자······ 이 모든 것을 넘어서는······."

소피는 고개를 들고 꼭대기에 푸르스름한 안개가 걸린 거대한 두 개의 검은 성을 바라보았다. 언뜻 보기에 구분이 안 될 정도로 꼭 닮은 모습이었다. 하지만 자세히 보니······ 예전 악의 학교는 괴물의 이빨처럼 삐죽삐죽한 돌로 이루어져 있었고, 새빨간 덩굴식물이 칭칭 감고 있던 세 개의 탑은 안개 색과 같은 으스스한 초록색으로 변해 있었다. 선의 학교로 쓰였던 성 역시 검은색이고 초록색 안개에 휩싸여 있지만, 날카롭게 뻗은 네 개의 탑 표면은 물에 젖은 듯 매끈하고 반짝였다. 성 전체가 잘 다듬어진 흑요석으로 만들어진 것 같았다. 안개에 싸인 다리로 이어진 두 학교는 마치 옛것과 새것의 모습을 보는 듯했다. 하나는 기괴하고 들쑥날쑥한 폐허였고, 다른 하나는 차갑고 매끈한 요새였다.

혼란에 빠진 소피는 숲 정문 쪽으로 천천히 다가갔다. 학교를 더 자세히 보기 위해서였다. 그때 스피릭들의 시선이 일제히 그녀를 향해 움직였다. 소피는 놈들이 독을 뱉어 낼 것이라고 생각해 뒷걸음쳤다. 하지만 스피릭들은 그녀의 종이 된 듯 고개를 숙이고 정문을 활짝 열어 공터로 나가는 길을 터 주었다.

소피는 겁에 질린 채 잽싸게 숲을 빠져나왔다. 다행히도 공터는 예전과 다르지 않았다. 양쪽 학교 건물로 이어지는 나무 터널이 먼저 눈에 띄었다. 남학생과 여학생 사이에 전쟁이 벌어졌을 때 터널 입구는 거대한 바위로 막혀 버렸지만, 지금은 소피가 학교에 입학한 첫해처럼 활짝 열려 있었다. 소피는 터널 입구로 다가갔다. 두 터널 입구 위에 비뚤비뚤한 검은 글씨가 커다랗게 쓰인 나무판자가 걸려 있었다.

들쑥날쑥하고 표면 곳곳이 움푹 팬 학교로 이어지는 터널에는 다음과 같은 글자가 있었다.

옛것을 위한 학교

매끈하고 반짝이는 성으로 들어가는 터널 위에는 이렇게 적혀 있었다.

새것을 위한 학교

그때 누군가가 그녀의 손을 잡았다. 소피는 깜짝 놀라 펄쩍 뛰며 고개를 들었다. 라팔이 날카로운 이를 드러내며 빙긋 웃었다.

"시간을 이겨 낸 교장. 젊은 새 왕비. 그리고 다시 태어난 악의 학교."

소피는 가슴이 철렁 내려앉는 느낌을 억지로 외면하며 희미한 미소를 지어 보였다.

교장은 소피를 '**새것을 위한 학교**'라고 표시된 터널로 이끌었다. 소피는 자신이 마침내 진정한 사랑을 찾았고, 그것을 지키기 위해서라면 무엇이든 해야 한다는 사실 하나만을 생각하려 애쓰며 그 뒤를 따랐다.

7

악이 새로운 선이다

나무 터널은 곧장 선의 학교 성문으로 연결되어, 어느 정도 걷다 보면 성문에 밝혀진 촛불이 가지 사이로 보이기 마련이었다. 하지만 터널은 안으로 들어갈수록 점점 어두워졌다. 저 앞에서는 커다란 시곗바늘이 움직이는 듯한 날카로운 딸깍딸깍 소리가 들려왔다. 불안해진 소피는 라팔의 손을 잡았다.

"새더 학장이 그렇게 엉망진창을 만들 줄은 정말 몰랐다." 라팔이 한숨을 내쉬며 입을 열었다. "에블린에게 내 영혼 한 조각을 넣어 두면 내가 죽어 있는 동안에도 그 사람을 어느 정도 통제할 수 있을 거라고 생각했는데……."

날카로운 소리가 점점 커져 갔다. 딸깍, 딸깍, 딸깍.

"에블린을 조종해서 너를 학교로 데려오고…… 나에게 인도하도록 하는 데에는 성공했어." 교장이 계속 이야기했다. "하지만 그 밖의 부분은 내 마음대로 되지 않더구나. 남학생들을 노예로 만들고 이 세상에서 왕자들을 없애 버리겠다는 생각, 여자는 선이고 남자는 악이라는 그 투박하고 상스러운 생각이란 참……. 에블린은 늘 오빠의 재능을 시기했지. 안타깝게도 내 학생들이 그 시기심의 희생양이 되었구나."

소피는 딸깍 소리에 정신이 팔려 교장의 이야기에 집중할 수 없었다. 두 사람은 반투명 문을 향해 다가가고 있었다. 우윳빛이던 문은 검은색으로 변했고, 파란색이 아닌 초록색 횃불이 문을 밝히고 있었다.

"에블린은 사라졌지만 전쟁은 벌어지고야 말았다. 남학생과 여학생은 서로를 죽이려고 달려들었지. 하지만 무기를 내려놓게 하는 일은 그리 어렵지 않았다. 그들이 얼마나 날카롭게 대립했든, 그보다 훨씬 강한 힘이 그들을 단합시켰기 때문이지……."

교장이 문 앞에 이르러 걸음을 멈추고 싱긋 웃어 보였다. "그 힘이 바로 나다."

소피는 혼란에 빠진 표정으로 교장을 물끄러미 바라보았다. 그리고 앞에 놓인 문을 활짝 열어젖혔다.

순간 엄청난 수의 군중이 그녀를 깔아뭉갤 듯이 쏟아져 나왔고, 소피는 깜짝 놀라 벽에 찰싹 달라붙었다.

"새로운 악의 학교에 온 것을 환영한다." 라팔이 말했다.

검은 대리석으로 만들어진 로비에서 검정색 교복에 까만 베레모를 쓴 남녀 학생들이 완벽하게 줄을 맞춰 행진했다. 고개를 들고 가슴을 쭉 편 학생들은 정확하게 발을 맞추어 쿵쿵 바닥을 디뎠다. 그들은 흔들림 없는 차가운 표정으로 초록색으로 변해 버린 네 개의 계단을 지났다. 남학생들은 벨트를 두른 가죽 반바지와 칼라가 빳빳한 검정색 반팔 셔츠를 입고 폭이 좁은 초록색 타이를 맸으며, 굽이 두꺼운 부츠를 신었다. 여학생들은 브이 자로 깊이 팬 블라우스 위에 몸에 딱 달라붙는 검정색 피나포어 드레스를 입고, 무릎까지 올라오는 양말과 굽이 낮은 검정색 슬리퍼를 신고 있었다. 그중 두 명의 소녀가 소피 바로 앞을 지나갔다. 외눈박이 모나와 대머리 아라크네였다. 그들은 입을 꼭 다물고 앞만 바라보며 걸음을 옮겼다. 그 뒤에는 라반이 보였다. 기름으로 번들거리던 피부가 보송하게 잘 정돈되었고, 덕지덕지 엉겨 붙은 긴 머리는 짧고 깔끔한 머리로 바뀌어 있었다. 라반 옆에서는 머리를 짧게 깎은 뾰족 귀 벡스가 등을 곧게 펴고 저벅저벅 걷고 있었다. 그는 너무 꽉 끼어 엉덩이 사이를 파고든 반바지를 빼내느라 계속해서 한 손을 꼼지락거렸다.

소피는 충격으로 온몸이 뻣뻣하게 굳어 버렸다. 깨끗하고…… 멋지고…… 줄까지 맞추는 악인이라니! 그녀는 외모가 형편없는 악인들을 경멸했는데, 지금은 때 낀 얼굴에 땅딸막한 검은 잠옷을 입고 있는 자신이 부끄러웠다. 소피는 베레모 아래 감춰진 악인들의 얼굴을 좀 더 자세히 보려고 눈을 부릅떴다. 하지만 로비는 너무 어두웠다. 군대의 발소리에 맞춰 그들의 머리 위로 흩뿌리듯 잠깐씩 나타나는 초록색 빛이 로비를 비춰 주는 유일한 조명이었다. 아마도 보이지 않는 반딧불이 떼가 군대의 움직임에 맞춰 빛을 내는 것 같았다.

잠시 후 소피는 네 계단 가운데에서 또 다른 빛줄기를 발견했다. 학생들의 초상화가 빽빽하게 들어찬 전설의 오벨리스크 위로 부연 초록색 빛이 비치고 있었다. 그녀는 빛이 어디에서 들어오는지 찾기 위해 주변을 둘러보았다. (예전에는 후광이 비치는 하얀 백조였지만 이제는 두 눈을 부릅뜬 검은 백조 형상을 하고 있는) 스테인드글라스 창에서 날카로운 종유석으로 막혀 버린 반구형 채광창으로 그녀의 시선이 움직였다. 채광창은 불길한 기운을 내뿜는 샹들리에처럼 초록빛 뱀 비늘 색으로 번들거리고 있었다. 그녀는 다시 매끈한 계단과 반

선과 악의 학교 3

짝이는 오닉스로 만든 아치들, 무표정하게 행진하는 학생들을 바라보았다. 그리고 마침내 무슨 일이 벌어졌는지 깨달았다. 선의 학교와 그 안에 담겨 있던 모든 것, 이를테면 우아함, 규율, 품격 같은 것들이 송두리째 악의 손에 들어간 것이다.

하지만 행진을 바라보던 소피는 왠지 마음이 놓였다. 악이 새로워지려 노력하고, 화려한 색을 사용하고, 맨몸을 조금 내보이는 것은 전혀 악한 행동이 아니었기 때문이다. 소피는 입학 첫해에 점심시간을 이용해 이 세 가지 덕목을 학생들에게 전파하려 무던히 노력하기까지 했다.

그때 군대 속에서 또 하나의 아는 얼굴이 그녀의 시선을 사로잡았다. 가슴이 넓고 팔에는 털이 수북했지만 겁먹은 표정을 짓고 있는 소년이었다. 채딕의 회색 눈동자가 소피와 마주치는 순간, 그는 자신을 알아본 소피만큼이나 깜짝 놀랐다. 그리고 입 가장자리를 달싹이기 시작했다. 소리 없이 "살려 줘"라고 말하고 있었다. 하지만 바로 그때 반딧불이 떼의 초록색 불빛이 채딕 근처에서 폭발하듯 번쩍였다. 채딕은 고통에 얼굴을 찡그리며 재빨리 시선을 앞으로 돌렸다.

혼란에 빠진 소피는 벽을 따라 조심스럽게 걸음을 옮겼다. 채딕의 모습이 완전히 사라져 버리기 전에 한 번 더 그를 보기 위해서였다. 정말 채딕이 맞을까? 가장 충실한 선의 조력자가? 그가 왜 악인들과 함께 있지?

하지만 자리를 옮기고 나니 더 많은 선인들이 보이기 시작했다. 그들 역시 검은색 교복을 입고 줄을 맞춰 행진하고 있었다. 감미로운 캐러멜빛 피부의 리나…… 키 크고 호리호리한 지젤…… 매끈하고 짙은 색 피부의 니콜라스…… 빨강머리 주근깨 소녀 밀리센

악이 새로운 선이다   121

트…… 아기 같은 얼굴의 히로……. 그들은 반딧불이가 경고사격을 하듯 주변에 불쑥 나타날 때마다 하나같이 긴장한 표정으로 몸을 떨었다.

소피는 두려움이 밀려오는 것을 느끼며 다시 뒤를 돌아 오벨리스크를 바라보았다. 친절한 미소를 띠고 있던 초상화 속 선인들의 얼굴에 심술궂은 눈빛과 비웃음이 완연했다. 게다가 악인들의 초상화가 같은 면에 다닥다닥 자리 잡고 있었다.

"선인들이…… 악을 배우나요?" 소피가 라팔을 바라보며 나직이 물었다.

"선인과 악인이 함께 배우는 거지." 교장이 그녀의 말을 바로잡았다. "2년간의 전쟁을 치른 후, 학교는 하나가 되어 악의 미래를 보호하고 있다." 그의 시선이 군대를 향했다. "학생들은 같은 건물에서 지내는 데 적응해야 했어. 개인 공간은 줄어들고 경쟁은 더욱 치열해졌지. 하지만 난 누구의 입에서도 불평 한 마디 들어 본 적이 없다."

소피는 다른 학교 건물로 통하는 나무 터널을 떠올리며 눈을 가늘게 뜨고 창문을 바라보았다. "그럼 옛것을 위한 학교에는 뭐가 있어요?"

라팔은 하프웨이 다리 너머 시커멓게 썩어 가는 성을 바라보았다. "새것을 위한 학교가 악의 미래를 쓴다면, 옛것을 위한 학교는 악의 과거를 다시 쓴다고 할 수 있지……." 순간 그의 눈동자가 휙 소피를 향했다. "하지만 넌 옛것의 학교에 발을 들여서는 안 된다. 거긴 너와 학생들의 출입이 금지된 곳이야. 알겠지?" 그가 날카로운 눈빛으로 내려다보자, 매끈한 젊은이의 얼굴에 예전 교장의 모습이 비쳤다.

소피는 깜짝 놀라 고개를 끄덕였다.

"네가 신경 써야 할 곳은 바로 여기다. 이 학교뿐이야." 교장이 명령조로 말했다. "네 친구들이 새 학교에 잘 적응할 수 있도록 해라. 전쟁 때문에 2년을 낭비했으니 학생들은 뭐랄까, 예전보다 높은 기준에 맞춰 생활해야 할 거다."

"하지만 사람은 선하게 혹은 악하게 태어나고, 그건 절대 변하지 않는다고 말씀하셨잖아요." 소피가 따지듯 말했다.

"한 현명한 소녀가 날 깨우쳐 주었다. 중요한 건 네가 누구인지가 아니라 어떤 행동을 하느냐라는 걸 가르쳐 줬지. 이제 학생들은 모두 악한 행동을 하게 될 거다. 그들의 새로운 왕비처럼 말이다."

그의 시선이 소피의 등 뒤를 향했다. 소피는 몸을 돌려 로비의 벽화들을 바라보았다. 모두 밤하늘을 배경으로 교장과 그녀가 키스를 나누는 모습을 담고 있었다. 두 사람은 검은 가죽옷을 입고 뾰족한 금속 왕관을 썼다. 타오르듯 번쩍이는 별들이 그들의 머리 위에 둥그런 광륜을 만들었다. 모든 벽화에는 꼭 껴안은 두 사람의 몸 위에 겹쳐 쓴 초록색 글자가 하나씩 있었다. 예전에는 그 글자들을 합치면 '선인'이 되었지만, 이제 그 자리를 차지한 것은 '**아-ㄱ-이-ㄴ**', 즉 '**악인**'이었다.

학생들이 계속 줄지어 행진하는 동안, 소피는 제자리에서 한 바퀴를 돌며 사방 벽에 그려진 자신의 모습을 취한 듯 바라보았다. 뾰족한 왕관 아래로 넘실대는 금발, 진정한 사랑의 입술 위에 포개진 붉은 입술, 백설공주와 신데렐라와 잠자는 숲속의 미녀가 첫눈에 반해 자기 왕자를 차 버릴 정도로 강렬하고 매력적이며 거부할 수 없는 소년. 그녀는 평생 동화책에 빠져 살았다. 언젠가 모든 사람이 우러러보는 얼굴이 되기를 바랐고…… 모든 여자아이가 질투에 몸서리칠 정도로 행복한 결말을 맞이하기를 바랐다……. 그런데 마침내 그 소망이 이루어진 것이다. 그녀는 학교의 얼굴이자 지금 세대와 미래 세대의 얼굴이었다. 소피는 만족스러운 웃음을 감출 수 없었다. 점점 예전의 자신으로 돌아가는 느낌이었다.

"수백 년 동안 너와 같은 독자들은 선이 되기를 원했다. 이야기 속에서 항상 선이 승리했기 때문이지. 하지만 우리 이야기는 모든 것을 바꾸어 놓았어." 라팔이 그녀를 품에 안으며 말했다. "이제 악이 새로운 선이다."

라팔의 품이 너무나 안전하게 느껴지는 소피에게 그 말은 진실처럼 다가왔다. "악이 새로운 선이에요." 소피는 라팔의 품을 파고들며 말했다. 그때 행진하는 무리 속에서 키코의 모습이 보였다. 토실토실한 천사처럼 귀여운 키코는 장례식장에 가는 사람처럼 검은 베일을 쓰고 훌쩍훌쩍 콧물을 들이마시고 있었다. "하지만 악이 될 수 없는 사람은요?" 소피가 슬그머니 몸을 빼내며 조심스럽게 물었다.

"모든 학생에게는 선택권이 있다. 악이 되든가 아니면 죽든가!" 교장은 부글대는 젊은 혈기를 드러내며 으르렁거렸다. "단순히 악에 합류하는 것으로는 부족하다. 악을 뛰어넘어야 해."

그는 방 네 구석의 초록색 유리 계단을 바라보았다. 선의 네 가지 덕목이 새겨져 있던 난간에는 이제 새로운 글자들이 자리 잡고 있었다.

리더

조력자

동물

선과 악의 학교 3

식물

"3학년이 되면 그룹이 나뉜다." 라팔의 말이 계속되었다. "우린 등수에 따라 학생을 나눌 것이다. 졸업 후 새로운 삶을 살 수 있게 준비하는 거지. 이래도 최선을 다하지 않는 아이가 있으면…… 그때는 에블린의 나비보다 강력한 것을 써야겠지."

라팔이 손가락을 휘둘러 샹들리에 불빛을 밝히자 마침내 반딧불이들의 정체가 드러났다. 학생들의 머리 위에 떠 있는 것들은 사실 반딧불이가 아니라 검은 날개가 달린 요정 무리였다. 그들은 낭창낭창한 초록색 침과 검은색 상어 이빨이 가득 들어찬 턱으로 중무장하고 있었다. 선인이든 악인이든 행렬에서 뒤처지거나 소피가 있는 쪽을 흘끗거리면 요정들은 빛을 번쩍이며 학생을 찌르고 깨물었으며, 겁에 질린 학생이 도망치면 보이지 않을 때까지 뒤쫓았다. 소피는 윙윙거리며 날아다니는 요정들의 얼굴을 바라보았다. 흉측하게 벗겨진 피부, 들쭉날쭉 꿰맨 자국들, 좀비처럼 뿌옇게 흐린 눈. 그녀가 놀라 움찔하는 사이, 무리 가운데 하나가 동작을 멈추고 그녀를 빤히 쳐다보았다. 양 볼이 푹 꺼지고 날개는 너덜너덜한 그 요정은 분명 그녀가 아는 얼굴이었다.

'베인.' 소피가 입학 첫해에 죽인 선한 요정이었다.

하지만 좀비가 되어 악의 편에 선 베인은 자신을 죽인 소피를 매서운 눈으로 노려보았다.

소피는 벽에 딱 달라붙어 숨을 곳을 찾았지만, 이미 너무 늦었다. 베인은 날카로운 이를 번뜩이며 그녀를 향해 맹렬히 날아들었다.

그때 교장이 하얀 불빛을 쏘았고, 베인은 마치 구멍 난 풍선처럼 털털거리며 로비 밖으로 쫓겨났다.

소피는 안도의 한숨을 쉬며 라팔을 올려다보았다. "죽은 요정들이…… 살아났나요?"

"옛날 옛적, 충분히 악하지 못한 악인들은 선인들의 노예가 되었다. 하지만 이제 그들은 악에 대한 사랑과 나를 향한 충성심을 증명할 또 한 번의 기회를 얻었어. 너도 마찬가지다." 교장이 두 눈으로 그녀를 태워 버릴 듯이 바라보며 말했다. "갑시다, 왕비님. 아직 볼 것이 많습니다." 교장은 갑자기 목소리를 바꾸어 다정하게 말하며 걸음을 옮겼다.

하지만 소피는 꼼짝도 하지 않았다. 숨이 막혀 왔다.

'가지 마.' 머릿속에서 부드러운 목소리가 속삭였다.

아가사의 목소리였다.

'넌 이런 사람이 아니잖아, 소피. 이건 진정한 사랑이 아니야.'

소피의 등은 땀으로 홍건했고, 손가락에 끼워진 금반지는 데일 듯이 뜨거워졌다.

'교장이 널 이용하는 거야.'

빛이 소피를 향해 밀려왔고, 소피는 더 이상 숨을 쉴 수 없었다. 그녀는 두 눈을 감았다. 반지는 그녀를 통째로 삼킬 듯 부글부글 끓어올랐다. 지금 당장 반지를 파괴해야 할 것 같았다.

"소피."

그녀가 눈을 떴다.

"널 사랑하는 사람은 나뿐이다. 앞으로도 널 사랑하는 사람은 나밖에 없을 거야." 라팔의 목소리는 단검처럼 날카로웠다.

소피는 그의 눈동자에 비친 자신의 모습을 바라보았다. 반지는 점차 식어 가고, 아가사의 목소리도 더 이상 들리지 않았다.

라팔이 허리에 팔을 둘렀을 때 소피는 반항하지 않았다. 그가 그녀를 '리더' 계단으로 데리고 가는 동안 소피의 귓가에는 그의 목소리가 계속 메아리쳤다. '널 사랑하는 사람은 나뿐이다…….' 우물에 던진 자갈이 바닥으로 떨어지듯 그의 목소리는 그녀 안으로 점점 더 깊이 가라앉았다. 그것은 부정할 수 없는 진실이었다. 소피는 라팔을 절대 놓치지 않겠다는 듯이 곁에 바짝 기대어 그를 올려다보았다.

그때 갑자기 그녀가 걸음을 멈췄다.

머리가 까마귀처럼 새까만 소년 하나가 로비 가장자리에 서 있었다. 검정색 교복 셔츠는 탄탄한 가슴과 복근에 착 달라붙었고, 반바지 아래로 조각한 듯 매끈한 종아리가 드러났다. 가지런한 앞머리가 이마를 덮었고, 하트 모양의 조그마한 얼굴에서 긴 코가 유독 눈에 띄었다. 소피는 그의 차분하고 꼿꼿한 자세에 압도당해 숨을 들이마셨다. 꿈속에서 본 낯선 남자가 아닐까 생각했지만, 그렇다고 보기에는 너무 어렸다. 그는 학생이 분명했다. 하지만 선과 악의 학교 어느 곳에서도 본 적 없는 아이였다.

순간 그의 눈빛이 소피의 시선을 사로잡았다.

증오심으로 불타오르는 두 눈이 그녀를 바라보았다.

족제비 같은 교활한 눈이었다.

"호트, 네가 왜 여기 있지?" 교장이 소년을 노려보며 물었다.

호트는 더욱 달아오른 눈으로 소피를 베어 버릴 듯이 바라보다가, 라팔이 감싸 쥔 그녀의 손으로 시선을 돌렸다. "체육관에서 해머던지기를 하고 있었습니다, 교장 선생님." 마침내 교장에게 눈을 돌린 호트가 건조한 말투로 대답했다. "사용 시간을 추가로 획득했거든요."

"그랬지. 요즘 계속 1등을 한다고 들었다." 교장은 호트에게 보이려는 듯이 소피를 더욱 가까이 끌어당기며 말했다. "계속 열심히 해라, 캡틴."

호트는 다시 한 번 소피를 날카롭게 쏘아보고는 로비 밖으로 걸어 나갔다.

소피는 가슴이 쿵쾅거려 꼼짝할 수 없었다. 1등이라고? 체육관? 캡틴? 호트가?

"가자."

라팔은 조금 전 호트가 서 있던 자리를 화난 표정으로 물끄러미 바라보며 말했다.

"첫 수업부터 늦으면 안 되지." 그는 소피의 손에 동그랗게 말린 종이 한 장을 쥐여 주고는 미끄러지듯 계단을 올라가기 시작했다.

소피는 멍한 표정으로 천천히 그의 뒤를 따랐다. 갑작스러운 호트의 등장과, 그와 라팔 사이에 오고 간 묘한 시선에 계속 신경이 쓰였다.

그러다가 어느 순간, 소피의 두 눈이 번쩍 띄였다.

"첫 뭐요?"

"수업이라고요?" 소피는 종이를 펼쳐 정신없이 훑어보며 종종걸음으로 교장의 뒤를 따랐다. "〈추한 외모 만들기〉 고급반…… 〈부하 길들이기〉 고급반…… 이거 시간표잖아요! 내가 왕비라면서요! 왕비가 무슨 수업을……."

"왕비에게는 해야 할 일들이 있는 법이다." 라팔이 차분한 걸음으로 층계참을 벗어나며 말했다.

"아, 그러세요? 신데렐라가 해피엔딩을 위해서 수업을 들었던가요? 백설공주는 진정한 사랑을 찾은 다음 숙제하러 갔대요?" 소피가 꽥 소리를 질렀다. "왕비의 삶이란 자고로 시종들에게 보고 받고, 드레스 가봉하고, 사절단 만나고, 캐비어 시식하고, 귀족들과 저녁 만찬 즐기고, 무도회 계획 세우고, 몸매 좋은 남자들한테 오일 마사지 받고, 이런 거예요. 별 볼일 없는 학생으로 돌아가서 재미 하나 없는 수업이나 듣는 게 아니라……."

소피가 갑자기 말을 멈췄다. 주변 광경 때문이었다. 바다를 테마로 한 명예의 탑 복도 입구는 벽과 천장 모두 웅장한 푸른 파도를 본떠 만든 것이었다. 하지만 그림 속 파도는 두 학교 건물을 뒤덮은 안개와 똑같은 초록색으로 바뀌어 있었다. 혼란에 빠진 소피는 둥근 창을 통해 하프웨이 베이를 내다보았다. 힘을 잃은 누런 햇빛이 비추는 그곳에는 2년 만에 처음으로 어떠한 경계도 보이지 않았다. 반으로 나뉘었던 물이 소피의 주변 벽에 그려진 파도처럼 모두 찐득한 초록색으로 통일되어 있었다.

"손가락 하나라도 담갔다가는 온몸의 살이 갈기갈기 찢겨 나갈 거다." 기둥에 기대선 라팔이 말했다. "이곳에 헤엄쳐 들어오거나 여기에서 헤엄쳐 나가려는 사람 모두에게 효과적인 경고 메시지가 되겠지."

소피가 익히 알고 있는 경고 메시지였다. 매년 한 번씩은 하프웨이 베이를 통해 탈출을 시도해 보았기 때문이다. 이런 이야기를 꺼내는 것을 보면 라팔은 여전히 그녀의 충성심을 의심하는 듯했다. '크로그들은 어디로 갔지?' 소피는 귀를 닫고 딴생각에 빠졌다. 그리고 스팀프를 잡아먹는 하얀 악어 떼를 찾아 도랑못을 훑어보았다. 그곳을 지키는 것이 놈들의 임무였다. 그때 몸에서 잘려 나와 살이 다 뜯긴 채 초록색 물 위를 둥둥 떠다니는 길쭉한 주둥이 하나가 보였다. 크로그도 스팀프와 같은 운명을 맞이했던 것이다.

소피는 다시 라팔을 따라 걷기 시작했다. 조개껍데기로 만들어진 바닥 위에 마치 그림을 그린 듯 핏물이 흩뿌려져 있었다. 탄탄한 가슴을 드러내고 삼지창을 무릎에 올린 채 미소 짓던 인어상은 두 눈을 부릅뜨고 상대를 죽일 듯 삼지창을 들어 올린 무시무시한 모습으로 바뀌었다. 모퉁이를 돌자 거대한 벽화가 나타났다. 선의 역사에서 가장 명예로운 순간들을 기록했던 그 벽에도 이제는 다른 그림이 그려져 있었다. 빨간 망토 입은 소녀의 목을 물어뜯는 늑대…… 콩나무 줄기 꼭대기에서 잭을 나뭇가지처럼 부러뜨리는 거인…… 피가 고인 바닥에 얼굴을 처박고 쓰러진 백설공주와 일곱 난쟁이들…… 피터 팬의 심장에 날카로운 갈고리를 찔러 넣는 후크 선장…….

예전의 소피라면 이런 그림을 보고 속이 울렁거려야 마땅했다. 하지만 그녀는 선의 승리가 원래부터 잘못된 일이었다는 듯이 너무나 당당하고 태연하게 승리를 거머쥐는 악의 모습에 오히려 흥분과 쾌감을 느꼈다. 어떻게 기쁨을 느끼지 않을 수 있겠는가? 그녀는 평생 선해지기 위해 노력했다. 자신과 어울린다고 생각하는 학교에 들어가려고 애썼지만 번번이 쫓겨났고 결국 이 자리, 악의 왕 곁에 서게 되었다. 예전에는 실수로 보내졌다고 생각한 바로 그 학교의 주인이 된 것이다. 마지막 그림에는 검은 망토를 두른 마녀가 물레에 묶인 잠자는 숲속의 미녀와 그녀의 왕자에게 불을 붙이는 모습이 담겨 있었다. 넋을 잃고 벽화를 바라본 소피는 혼란스러워졌다. '진짜' 결말들은 이제 생각조차 나지 않는 것 같았다.

'어릴 때 이런 이야기를 읽었다면 어땠을까? 그래도 선해지려고 그렇게 발버둥 쳤을까?'

하지만 소피는 금세 정신을 차렸다. '이런 생각들이 다 무슨 소용

이람!'

"인테리어를 좀 손봤네요. 보기 좋긴 한데 이거 다 거짓말이잖아
요."

"왜 그렇게 생각하지?"

소피는 벽화를 바라보며 눈살을 찌푸렸다. "동화책과 다르니까
요. 저도 열대지방의 한 섬에서 근육질 노예들의 시중을 받으며 햇
볕을 즐기는 제 모습을 그릴 수는 있어요. 하지만 그건 제 환상일
뿐, 진짜 결말은 아니에요. 이것들은 다 그런 환상이라고요. 아무
의미도 없어요. 진짜 결말은 이미 정해졌잖아요."

라팔이 그녀를 향해 돌아섰다. "너와 아가사의 키스는 어떠냐?
아가사와 테드로스의 키스는? 그것들도 진짜 결말 아니었나? 하지
만 우린 그런 결말이 벌어지지 않았던 것처럼 다시 이야기 속에 들
어와 있지. 결말은 바뀔 수 있는 거란다."

교장이 잠시 말을 멈추고 창을 통해 옛것의 학교를 바라보았다.
"바뀌어야만 하지."

그때 소피의 귀에 옛 성 깊숙한 곳에서 울리는 듯한 울부짖음이
들렸다. 괴물이 우리를 깨부수고 나오는 것 같은 소리였다.

"학장님들이 널 만나고 싶어 하신다. 그분들이 널 교실로 데려가
주실 거야."

교장이 뒤쪽 계단으로 걸음을 옮기며 말했지만 소피는 허리에
손을 얹은 채 꼼짝하지 않았다. "아가사와 테드로스가 당신을 죽이
러 오고 있다면서요. 아까 그렇게 말씀하셨잖아요. 그런데 수업이
라뇨! 전 당신을 보호해야 해요……. 함께 싸우겠……."

"너와 함께 아가사와 테드로스에 맞서 싸울 군대가 누구겠니?
교실에서 널 기다리는 학생들 아니겠니?" 교장은 뒤도 돌아보지

않고 대꾸했다.

"뭐라고요? 하지만 쟤들은 절 좋아하지도 않는데…… 제 말을 들을 리가……."

"그렇지 않다. 모두 네 말을 들어야만 해." 라팔은 이미 계단 위로 멀어지고 있었다.

복도에 혼자 남은 소피는 나선형 계단을 따라 움직이는 교장의 그림자를 물끄러미 바라보았다. 그리고 낮은 신음과 함께 시간표를 훑어보았다.

"여기 오타인가 봐요……. 제 이름이……." 소피가 혼란스러운 듯 코웃음을 치며 말했다.

과목	담당 교수
1. 추한 외모 만들기 고급반	빌리어스 맨리 교수
2. 부하 길들이기 고급반	카스토르
3. 저주와 죽음의 덫 고급반	소피 왕비
4. 악인의 역사 고급반	교장
5. 점심 식사	
6. 탤런트 연습 고급반	시바 식스 교수
7. 숲 생활 훈련	애릭 경

선과 악의 학교 3

"네 수업이다."

'네 수업이라니!'

그럴 리가!

불가능한 일이다.

소피는 종이가 무거운 돌이라도 된 것처럼 툭 떨어뜨렸다.

"제가 가르친다고요?"

8

구조 실패

거미줄처럼 복잡하게 얽힌 나무들 사이로 난 길이 너무 좁고 어두워서, 세 선인은 연못 밖에 나온 오리 떼처럼 한 줄로 서서 걸어갈 수밖에 없었다. 테드로스는 앞에 선 우마 공주에게 황금색 손가락 불빛을 고정시킨 채로 계속 뒤쪽의 아가사를 힐끔거렸다. 아가사 역시 황금 불빛을 밝힌 손가락을 왕자에게 비추며 걷고 있었다.

"흘끗대지 좀 마." 마침내 아가사가 발끈했다.

"아, 그런 게 아니라…… 우리 손가락 불빛이 이렇게 똑같았나 해서." 테드로스가 더듬거리며 재빨리 고개를 앞으로 돌렸다.

아가사는 아무 대답도 하지 않았다. 왕자의 근심 어린 시선과 다정다감한 말투라면 이제 지긋지긋했다.

그는 아가사가 신경쇠약에 걸려 연못이 보이면 당장 뛰어들기라도 할 것처럼 행동하고 있었다. 게다가 그녀는 지금 누구와

도 얘기하고 싶은 기분이 아니었다. (불빛 색깔이 소름끼치게 똑같다는 얘기는 더더욱 하고 싶지 않았다.) 혹시나 대화가 엄마 이야기로 이어질까 봐 두려웠기 때문이다. 하지만 이렇게 반응하는 가장 큰 이유는 바로 소피였다. 아가사는 소피를 교장에게서 떼어 낼 방법을 생각하고 있었다. 마침내 학교에 도착해 친구를 만났을 때 과연 어떤 말을 해야 할지 머릿속으로 계속 연습하고 있던 것이다.

'보고 싶었다고 말해야지…… 사과부터 해야 할까? 한 사람 인생을 망쳐 놓고 대체 어떤 사과를 해야 하지? "널 버리고 가서 미안!"…… "널 마녀라고 생각해서 미안하다."…… "네 엄마 이름 한 번도 안 물어보고, 난 정말 거지같은 친구야."'

아가사는 침을 꼴딱 삼켰다. '굳이 지난 일을 끄집어낼 필요는 없잖아. 무조건 반지를 파괴하라고 하고, 앞으로 일어날 일에 집중하자. 셋이 카멜롯에 가서…… 새롭게 시작하자고 하는 거야……'

아가사는 자신감을 가지려 애쓰며 미소를 지어 보았지만, 금세 시들해지고 말았다.

'아무래도 사과부터 해야겠어. 하지만 반지를 파괴하지 않겠다고 하면 어쩌지?' 긴장감이 다시 그녀를 집어 삼켰다. 되살아온 젊은 교장이 얼마나 잘생겼는지 떠올랐다. '소피는 교장이 자신의 진정한 사랑이라고 생각하고 있어.' 우마 공주의 설명에 따르면 그러했다. 그리고 소피는 진정한 사랑을 찾은 이상 절대 그것을 포기할 인물이 아니라는 사실을 아가사는 잘 알고 있었다. '소피는 나 없이도 행복한 거 아닐까? 더 이상 날 원하지 않으면 어쩌지?'

"소피를 찾으면 내가 구해 낼게." 테드로스의 목소리가 불쑥 끼어들었다. 그는 아가사가 조용한 이유를 다 알고 있다는 듯 자신감에 차 있었다. "걔가 과연 널 보고 싶어 할지 모르겠다. 내가 소피랑 단둘이 얘기해 볼게."

아가사는 믿을 수 없다는 표정으로 그를 바라보았다.

"사랑하는 나의 공주, 넌 이미 힘든 일을 너무 많이 겪었잖아." 테드로스가 통나무를 폴짝 뛰어넘으며 말했다. "중요한 순간에 꼭 기절하는 것도 문제고. 게다가 나랑 소피 사이에는 둘만의 끈끈한 유대가 있어."

왕자의 뒤를 따르던 아가사가 통나무에 걸려 휘청거렸다. "걱정해 줘서 고맙지만 난 괜찮고, 기절한 건 딱 한 번……."

"두 번이지. 왈츠 수업 때랑 호숫가에서……."

"그리고 소피는 내 제일 친한 친구니까 내가……."

"아가사, 내가 구하는 게 낫다니까." 테드로스가 걸음에 속도를 붙이며 말했다. "너희 둘은 의사소통이 잘 안 되는 것 같아."

"너희 둘은 잘 통하고?" 아가사가 왕자를 바짝 뒤쫓으며 말했다.

"너랑 소피는 싸우기만 하고……."

"다 너 때문이었잖아!"

"어쨌든, 너만 없으면 나랑 소피는 아무 문제 없이 잘 지내거든." 테드로스가 자랑하듯 말했다.

"둘이 대화를 해 본 적이 있기는 하니?" 아가사가 물었다.

"작년에 같은 방 썼을 때……."

"그땐 걔가 남자였잖아!"

"남자든 여자든 그게 지금 무슨 상관……."

"게다가 넌 걔한테 키스하려고 했어!"

테드로스가 갑자기 시뻘겋게 달아오른 얼굴로 아가사를 돌아보았다. "그래서? 너는 해도 되고 난 안 돼?"

"걔가 남자일 때는 안 되지!" 아가사가 소리쳤다.

"너도 걔가 여자일 때 키스했잖아." 테드로스가 맞받아쳤다.

"둘 다 입 좀 다물어 주겠니!" 앞서 걷던 우마 공주가 두 사람을 노려보며 잔뜩 화난 목소리로 말했다.

테드로스는 "여자들"이니 "위선자"니 하는 말들을 중얼거리며 쿵쾅쿵쾅 앞서가 버렸고, 더 이상 뒤에서 따라오는 공주를 흘끗거리지 않았다.

그 후 세 시간 동안 우마, 테드로스, 아가사는 한 줄로 서서 추위에 떨며 아무 말 없이 영원의 숲 속을 걸었다. 아가사가 나무에 부딪힐 때(꽤 자주 있는 일이었다), 그리고 테드로스가 소변을 보아야 할 때(더 자주였다) 외에는 걸음을 멈추지 않았다. ("너 병 있니?!" 아가사가 으르렁대듯 말했다. "추워서 그래!" 테드로스가 소리쳤다.) 아가사는 우마 공주에게 엄마의 과거에 대해 물어보고 싶었다. 엄마가 동화 속 인물이었는지, 어쩌다가 가발돈에 살게 되었는지 궁금한 점이 많았다. 하지만 우마 공주는 이야기를 뒤로 미루자고 했다. 일단 연맹 본부에 가는 것이 중요해서였다.

"본부라고요? 학교로 가는 줄 알았는데……." 테드로스가 얼굴을 찌푸렸다.

"학교에 그냥 들어갈 수 있을 것 같니? 교장은 학교 건물을 악의 요새로 만들어 버렸어. 혼자 그 안에 들어가려고 했다가는 정문도 통과하기 전에 죽고 말걸. 아가사의 어머니는 너희가 살아서 소피를 만나려면 13인 연맹의 도움이 반드시 필요하다는 사실을 아셨던 거야." 우마 공주가 잠시 말을 멈추고 걱정스러운 눈으로 태양을 바라보았다. "본부에 가야 오늘 밤을 안전하게 보낼 수 있기도 하고. 해가 지면 너흰 숲에서 1분도 못 버틸 거다."

"아까 그 늑대랑 거인 말고 또 다른 악당 보신 적 있으세요? 죽었다 살아난 악당 말이에요." 아가사는 우마 공주의 이야기가 계속 이어지기를 바라며 물었다.

"아니. 하지만 언제든 나타날 수 있으니 두 사람은 제발 조용히 좀 하렴." 우마가 뒤를 돌아보며 대답했다.

새벽이 지나 바람 부는 상쾌한 아침이 되었다. 이제 선인들은 손가락 불빛 없이도 충분히 앞을 볼 수 있었다. 망토로 몸을 둘러싼 아가사와 테드로스는 점점 더 깊은 숲 속으로 들어갔다. 소름끼치는 초록색 안개가 짙어지며 시큼한 냄새가 코를 찔렀다. 차가운 안개는 리퍼가 머리 잘린 새들을 모아 둔 현관에 젤리처럼 엉겨 붙어 있던 흰곰팡이 같았다. 집에 혼자 남았을 고양이를 생각하자 아가사는 갑자기 가슴이 아파 왔다. 그녀는 오직 현재에 집중하려고 애썼다. 머리 위를 스치는 나뭇가지들, 가늘고 마디진 그 가지들은 마치…… 해골 손 같다……. 엄마 시계 위에서 째깍대던 시곗바늘처럼…….

가슴 깊은 곳에서 더욱 날카로운 고통이 느껴졌다.

"언제쯤 따, 따, 따뜻해질까요? 해가 반쯤 잠든 것 같네요." 테드로스가 이를 딱딱 부딪치며 물었다.

아가사 역시 해가 밝기를 기다리고 있었다. 하지만 시간이 흘러도 태양빛은 여전히 창백했고, 해가 높이 뜬 뒤에도 상황은 나아지지 않았다. 아가사는 천천히 주변을 살펴보았다. 병에 걸려 말라 버린 나무줄기와 바스러질 듯 연약한 양치식물, 잔뜩 겁먹고 뿌리 덮개 아래 숨은 비쩍 마른 다람쥐, 굶어 죽은 까마귀 몇 마리가 보였다. 그녀는 메마른 가지 위에 홀로 남은 자두 하나를 발견했다. 가볍게 흔들리던 자두는 그녀의 손이 닿자 금세 시들더니 새까맣게 썩어 버렸다.

"아가사, 이것 봐!"

테드로스의 말에 아가사가 고개를 돌렸다. 길에서 25미터 정도 떨어진 곳에 덩굴식물과 나무들, 그리고 유리 잔해가 잔뜩 쌓여 있었다. 온실이 그대로 폭삭 무너져 내린 것 같은 그 거대한 무더기가 옅은 태양빛을 받아 희미하게 반짝였다. 테드로스가 좀 더 자세히 보기 위해 길에서 벗어나자 아가사도 그의 뒤를 따랐다. 높이가 5미터는 되어 보이는 잔해 더미 가까이 가자, 나무줄기에서 떨어져 나온 꽃잎과 나뭇잎 들이 봄꽃처럼 반짝이는 것이 보였다. 하지만 더 가까이 가서 보니 바닥에 흩뿌려진 꽃잎과 나뭇잎 들은 모두 죽은 것이었고, 그 주변에는 이미 썩어 가고 있는 파란 개구리들이 있었다. 아가사는 쓰러진 나무줄기 하나를 손으로 쓰다듬었다. 나무에 새겨진 울퉁불퉁한 글자가 손끝에 느껴졌다. **히비스커스 라인.**

"꽃동산 열차야." 테드로스가 쓰러진 덩굴식물을 바라보며 말했다. "숲 전체가 죽어 가고 있는 것 같아. 해가 너무 약해서 어떤 식물도 살 수 없게 된 걸까?"

아가사는 조금 전 말싸움 이후 아직 화가 풀리지 않아 아무 말도 하지 않았다.

"그런데 해가 왜 전보다 약해졌지?" 테드로스가 다시 질문을 던졌지만 이번에도 대답은 돌아오지 않았다.

두 사람은 가던 길을 계속 가야 하지 않겠냐고 중얼거리며 우마 공주를 찾듯 서로에게서 등을 돌렸다. 하지만 우마는 이미 작은 점으로 보일 만큼 멀어져 있었다. 두 사람은 허둥지둥 우마 공주를 향해 달리기 시작했다. 공주는 걸음을 멈출 기미가 전혀 없었다.

그들은 버드나무 길, 잡목 숲, 호박 구역을 지났다. 곧 부서질 것 같은 낡은 판자에 이름이 적힌 이 장소들은 모두 파란 숲에서 본 적 있는 곳들이었다. 물론 실제 숲은 모의 훈련장인 파란 숲보다 더 크고 무서웠다. 우마는 이따금 걸음을 멈추고 주머니에서 진흙투성이 미어벌레를 꺼내 아이들에게 건넸다. (하지만 우마 자신은 '친구'를 먹는 것은 무례한 행동이라며 벌레에 입도 대지 않았다.) 그녀는 참새나 다람쥐에게 가까운 연못의 위치를 묻기도 했다. 그렇게 찾은 연못에서 그들은 바닷물이 섞인 듯 짭짤한 물을 손바닥에 담아 마실 수 있었다. 온갖 위협으로 가득한 숲이었지만, 그들은 좀비가 된 악당은 고사하고 인간과 비슷한 형체 한 번 마주치지 않고 여정을 이어 갔다. 어느 순간 아가사는 죽음의 산등성이에서 일어난 일들이 꿈처럼 아득하게 느껴졌다.

편안해진 그녀의 마음처럼 어지럽게 뒤엉켰던 숲도 조금씩 자신을 풀어내기 시작했다. 나무 사이로 상쾌한 바람이 들고, 가시덤불로 뒤덮인 땅 대신 잔디가 나타났다. 하지만 아가사는 곳곳에 끼어든 누런색도 놓치지 않았다. 폭스우드라고 적힌 도금 명판이 나타나는 순간, 우마는 마침내 긴장을 풀고 어깨를 활짝 폈다. 흙길도 한층 넓어져 세 사람은 모처럼 나란히 걸을 수 있게 되었다. 공기는 맑았고 분위기는 한결 안전해졌다. 세 사람은 보호받는 기분을 느꼈다.

"가장 오래된 왕국이야." 우마가 편안해진 목소리로 말했다.

서쪽 나무들 위에서 오르간 파이프 같은 황금 성의 늘씬한 첨탑들이 희미하게 반짝였다. 하지만 교수는 두 사람을 동쪽으로 이끌었다. 수풀이 우거진 길들로 가려는 것이었다.

"우린 큰길을 피해서 협곡으로 이동해야 해. 당분간은 어떤 선인과도 마주치지 않는 게 상책이야."

"왜요?" 아가사가 물었지만 우마는 곁을 지나가던 벌과 재잘재

잘 이야기를 나누느라 질문에 대답하지 않았다.

늦은 오후가 되자 세 사람은 돌로 만든 커다란 우물에 도착했다. 나무 덮개 위에는 갈색으로 변한 흰 장미가 수북하게 쌓여 있었고, 비둘기 한 마리가 물 한 방울 없는 들통을 부리로 쪼고 있었다. 아가사가 덮개에 쌓인 장미를 손으로 쓸어 내자 하얀 페인트로 쓴 글씨가 나타났다.

백설공주의
오두막집
1.6 킬로미터
1일 1회 박물관 투어

악인 출입 금지

"연맹 본부는 걸어서 한 시간 거리에 있으니까 해 지기 전까지 충분히 갈 수 있어." 우마 공주가 미어벌레를 꺼내 비둘기 앞에 내밀며 말했다. 비둘기는 우마를 보자 생기를 되찾고 밝은 소리로 지저귀었다. "교장이 돌아온 후 선인들이 숲에서 사라져 버렸대. 하지만 나는 숲속 친구들을 위해 돌아올 줄 알고 있었다고 말하는구나."

비둘기는 아가사와 테드로스를 빤히 바라보더니 질문을 던지듯 구구 소리를 냈다.

"그래, 이 아이들 맞아." 우마가 고개를 끄덕이며 비둘기를 부드럽게 쓰다듬었다. 비둘기는 불안한 표정으로 두 사람을 바라보더니 낮은 목소리로 몇 마디 더 종알댔다. "너희가 교장을 박살 낼 선인들이라고 들었대." 우마는 웃음을 참느라 잠시 말을 멈췄다. "둘 사이에 태어나는 아기는 참…… 평범하지는 않을 것 같다고 하는구나."

테드로스는 웃음을 터뜨렸지만 아가사는 그럴 수 없었다.

"가는 길에 백설공주가 살았던 집을 보여 줄게." 우마 공주가 다시 행렬을 이끌며 말했다. "대축출 사건 이후 왕자들이 그 집을 차지했는데, 교장이 나타나자 여자들이 남자들에게 제자리로 돌아와 함께 왕국을 지켜 달라고 했어. 더 큰 적 앞에서 적과 친구가 되고 만 거지. 아무튼 그 후로 몇 주 동안 이곳에 온 사람은 아무도 없었을 거야. 난 이곳에 정말, 정말 친구가 많거든! 양, 돼지, 말 등등 말이야. 우리 반 학생들을 여기 데려오고 싶었는데 더비 교수님은 늘 반대하셨어. 파란 숲 동물들로도 대화 연습은 충분히 할 수 있다고 하셨지. 현장 학습을 별로 안 좋아하셨거든. 애들이 나무 뒤에 숨어서 키스나 할 거라고 생각하셨나 봐. 그런 아이들이 없진 않았겠지." 우마가 팔랑팔랑 가볍게 걸음을 옮기며 말했다.

그 뒷모습을 물끄러미 바라보던 아가사 옆으로 테드로스가 슬며시 다가왔다. "내 말 좀 들어 봐. 너보다 내가 소피랑 더 친했다는 뜻이 아니라……."

"넌 걔를 잘 알지도 못하잖아!" 아가사가 쏘아붙였다.

"그렇게 화만 내지 말고 일단 내 말 좀 들어 보라고!" 테드로스가 받아쳤다.

아가사는 말없이 씩씩 숨을 몰아쉬었다.

"아가사, 네가 소피의 가장 친한 친구라는 건 우리 둘 다 아는 사실이야. 개랑 제일 많은 시간을 함께한 사람도 너지." 테드로스가 다시 말을 시작했다. "하지만 넌 소피가 교장의 반지를 받아들인 이유를 이해하지 못하고 있어. 갠 그냥 사랑받고 싶었던 거야. 죽을 때까지 혼자인 게 너무 싫어서 가장 어두운 악을 기꺼이 받아들인 거라고. 소피의 마음속 고통이 얼마나 큰지 난 알아. 직접 들었으니까. 너한테는 절대 얘기하지 않을걸. 갠 네가 그런 모습을 알아차리기를 원하지 않거든."

"소피가 나보다 너한테 더 솔직하다고 생각해?"

"그렇게 단순히 판단할 일이 아니야. 아가사, 소피는 한때 내가 자기를 사랑한다고 생각했어. 내가 자기 왕자라고 믿었지. 너도 알다시피 소피는 평생 해피엔딩을 꿈꿨던 아이야. 하지만 그 해피엔딩은 결국 우리 차지가 되고 말았어. 네가 소피에게 가면 소피는 절대 반지를 파괴하지 않을 거야. 너와 자기 처지를 비교하다 보면 복잡한 감정이 치솟아오를 테니까. 자신이 아무 존재감 없는 들러리처럼 느껴지겠지. 외롭다고 느낄 거야."

"그래서 결론은 이거구나. 소피가 반지를 파괴하게 만들 사람은 너뿐이다." 아가사가 날카로운 투로 말했다.

"그렇지!" 테드로스가 반가운 표정으로 대답했다. "왜냐하면 난 개를 설득할 자신이 있거든. 우리랑 같이 가면 교장이 아닌 또 다른 진정한 사랑을 만날 수 있다는 믿음을 줄 거야. 자신이 얼마나 아름답고 활기 넘치고…… 다정하고 똑똑하고 재미있는 사람인지 깨닫게 해 주면……." 테드로스는 지난 추억에 흠뻑 취한 듯이 몽롱한 미소를 지었다. "너와 있을 때는 느끼지 못했던 사랑을 느끼게 될 거라고."

아가사는 허공을 응시하는 왕자의 행복한 미소를 물끄러미 바라보았다. 예전에 왕자는 바로 그런 표정으로 아가사를 바라보았다. 하지만 지금 그는 똑같은 표정으로 다른 여자에 대해 이야기하고 있었다.

달콤한 꿈에서 깬 듯 두 눈을 껌뻑댄 테드로스가 아가사에게 눈을 돌렸다.

"소피는 나 혼자 구할 거야. 알겠어?" 얼굴이 시뻘겋게 달아오른 아가사는 왕자를 밀치고 터덜터덜 걷기 시작했다. 하지만 잠시 후 걸음을 멈추고 뒤돌아 그를 노려보았다. "혹시라도 네가 내 옆에서 기절해도 절대 붙잡아 주지 않을 거야!"

테드로스는 코웃음 쳤다. "왕자가 무슨 기절을 하냐!"

아가사는 이를 바득 갈고 앞서 걷는 우마 공주에게 쿵쾅쿵쾅 다가갔다.

우마 공주는 그녀를 한 번 흘끗 보고, 고개를 돌려 테드로스를 바라보았다. 왕자는 한참 뒤에서 낮게 투덜거리며 걸음을 옮기고 있었다. "책으로 볼 때는 영원히 행복하게 사는 게 쉬운 것 같았지?"

"테드로스한테는 '진짜' 공주가 필요한 게 아닐까 하는 생각이 들 때가 있어요." 아가사가 중얼거리듯 말했다.

"내가 지금 유령이랑 얘기하고 있니? 넌 진짜 공주가 아니란 거야?"

"무슨 뜻인지 아시잖아요. 테드로스는 예쁘고, 명랑하고, 자신을 왕자로 대해 주는 그런 사람을 원해요. 저도 알고 있다고요. 그런 공주라면 둘 사이에 태어난 아기가 평범하지 않을 것 같다는 말도 듣지 않겠죠." 아가사가 교수를 흘끗 바라보았다.

"난 빛나는 머릿결에 코도 나처럼 조그마한 왕자님을 만났어. 내

겐 누구보다 중요한 사람이었지. 그렇다고 영원히 행복하게 사는
게 쉬워지진 않더라." 우마가 대답했다.

"왕자님이 있었어요?"

"샤자바의 왕자 캐빈, 알라딘의 증손자였어. 입학 첫해 동화 경
연 대회 때 날 흡혈 벌집에서 구해 줬어. 캐빈은 거의 죽을 뻔했고
캡틴이 될 기회도 잃었지만…… 대신 나의 사랑을 얻었지. 통행금
지 시간이 지난 후 둘이 도서관에 숨어 있다가 더비 교수님께 들
킨 적이 한두 번이 아니야. 거북 사서는 늘 졸아 댔고, 사랑의 주문
선반 뒤쪽에 아늑한 구석 자리가 있었거든. 선반에 새겨 놓은 우리
이름 첫 글자가 아직 그대로 남아 있을 거야." 우마는 추억을 떠올
리며 미소 지었다. "결혼 후에 난 네더우드의 한 사악한 마법사에
게 납치됐어. 마법사는 왕자에게 몸값을 요구했고, 난 왕자가 날 구
하러 올 때까지 기다려야 한다는 걸 알았지. 하지만 난 내 왕자님
의 목숨이 위태로워지는 상황을 견딜 수 없었어. 캐빈이 다치기라
도 하면 어떡해? 마법사가 그를 죽이기라도 하면?" 우마 공주의 캐
러멜색 눈이 반짝거렸다. "난 동물 친구들에게 도움을 청했고, 하얀
수사슴 한 마리가 날 위해 달려와 줬어. 사슴은 거대한 뿔로 마법사
의 심장을 찌르고 그의 부하들을 무찔렀지. 캐빈이 도착했을 때 난
이미 탈출에 성공해 자유의 몸이 되어 있었어."

"저도 그 그림 본 기억이 나요." 아가사가 말했다. 학교생활 첫날,
우마 공주는 자신의 이야기책을 학생들에게 보여 주었다. "그게 교
수님 이야기의 해피엔딩이었잖아요."

"그래, 그렇게 보였을 거야." 우마 공주가 차분한 목소리로 말했
다. "이야기꾼은 우마 공주의 승리를 기록해 모두에게 알렸어. 하지
만 왕자는 그 승리에 아무 역할도 못 했지. 난 동물들과의 깊은 우

정으로 전설이 되었지만, 캐빈은 제때 도착하지 못해 공주를 구출할 기회를 놓친 왕자라는 놀림을 받았어. 영원한 승자가 된 공주와 영원한 패자가 된 왕자의 이야기지. 누가 그런 동화를 읽으려고 하겠니?" 우마 공주가 잠시 말을 멈췄다. "캐빈은 날 원망한 적이 없어. 하지만 스트레스가 점점 쌓이면서 우리 사이에 영향을 주기 시작했지. 우린 늘 싸우거나 아니면 서로를 무시하는 관계가 돼 버렸어. 결코 예전으로 돌아갈 수 없게 된 거야. 동화의 결말은 해피엔딩이었지만 우린 전혀 행복하지 않았어."

아가사의 목이 발갛게 달아올랐다. "그러면 어떻게 되는데요?"

"새로운 사람을 만나 다시 시작할 수도 있겠지. 아니면 혼자 남을 수도 있고…… 나처럼 말이야." 우마의 목소리가 갈라지고, 그녀의 볼 위로 눈물 한 방울이 흘러내렸다. "두 사람 사이에서 행복이 한번 사라지면 다시는 돌아오지 않는 것 같아."

"하지만…… 돌아와야 해요! 테드로스랑 제가 여기 온 것도 다 그것 때문인데요. 다시 행복해지려고……." 아가사가 발끈하며 소리쳤다.

"그럼 내가 틀렸다는 걸 너희가 증명해야겠구나." 우마가 슬픈 미소를 지으며 말했다.

아가사는 고개를 흔들었다. "교수님은 진짜 공주잖아요! 진짜 공주도 자기 왕자를 지키지 못했는데 제가 어떻게……."

"백설공주가 아직도 오두막집에 살아요?" 테드로스가 갑자기 두 사람 사이에 끼어들었다.

아가사는 헛기침을 하고, 우마 공주는 분홍색 소맷자락으로 눈가를 닦아 냈다. "왕비가 오두막집에 산다고? 그럴 리가 있겠니?" 우마는 콧방귀를 뀌며 대답하고는 걸음을 재촉했다. "백설은 왕의 성에 살아. 너희도 봤지? 그런데 지금은 혼자야. 왕은 5년 전 뱀에 물려 죽었고, 난쟁이 친구들은 왕국 곳곳에 흩어져서 떵떵거리며 잘 살고 있지. 교장이 되살아났을 때 연맹이 본부로 피신하라고 제안했는데 백설이 거절했어. 새로운 삶이 이렇게 만족스러운데 예전 삶으로 돌아가고 싶지 않다고 말이야."

"연맹 본부로 피신하는 게 예전 삶으로 돌아가는 거랑 무슨 관계가 있어요?" 아가사가 물었다.

"백설공주 이야기는 이미 결말이 났는데 연맹이 왜 보호를 하겠다고 나서요?" 테드로스가 비웃었다.

그때 날카로운 비명이 숲에 울려 퍼졌다.

세 명의 선인들은 걸음을 멈추고 길 끝 라일락 숲을 바라보았다. 다 시들어 버린 라일락 나무들이 빽빽하게 모여 2.5미터 높이 벽을 형성하고 있었다.

비명은 그 벽 너머에서 들려왔다.

"다른 길로 가자. 저쪽으로……. 테드로스! 너 뭐 하는 거야?"

당황한 우마가 어쩔 줄 몰라 허둥대는 사이 테드로스는 라일락 숲을 향해 달렸다. "여자가 위험에 처한 것 같아요. 도와줘야 해요."

우마는 아가사를 향해 빙그르르 몸을 돌렸다. "아가사, 너라도 어서……."

"쟤가 얼굴도 모르는 여자를 구하겠다는데 제가 두 눈 크게 뜨고 지켜봐야 되겠죠?"

우마는 기절 주문을 사용해 두 사람을 붙잡으려 했지만 때를 놓치고 말았다. 둘은 이미 시든 꽃나무 사이를 헤치며 앞으로 나아가고 있었다. "내 임무는 두 녀석을 무덤에서 구해 오는 거였어." 우마가 두 사람을 쫓아 라일락 숲 안으로 들어서며 투덜거렸다. "허

세에 찌든 왕자 뒤를 쫓아다니고, 질투에 눈이 먼 공주를 달래는 건
내 임무가 아닌데⋯⋯."

라일락 숲을 뚫고 나온 우마는 그대로 얼어붙은 듯 멈춰 버렸다.
아가사와 테드로스도 그녀 옆에 돌처럼 서 있었다.

공터 뒤편에 아늑하게 자리 잡은 백설공주의 오두막집은 반쯤
그늘에 가려 있었다. 목재로 지은 이층집 곳곳에 옹이 자국이 보였
고, 원뿔 모양 핑크색 지붕은 마치 공주가 쓰는 모자 같았다. 지붕
과 1층 처마 위에 화려한 색깔의 꽃과 관목이 아무렇게나 자라났
고, 그 다양한 색들이 빗물을 타고 흘러 나무집 전체가 무지개 색으
로 물들어 있었다. 집 앞 정원, 뒤엉킨 꽃들과 투어 집합 장소 사이
에 일곱 켤레의 놋쇠 신발이 줄지어 놓여 있었다. 변색되고 찌그러
진 이 신발들은 새 삶을 찾아 각자의 길을 떠난 일곱 난쟁이들에게
헌정된 작품이었다. 하지만 세 선인들이 오두막집을 찾아온 그날,
텅 비어 있어야 할 이 열네 개의 신발에 무엇인가가 들어 있었다.

놋쇠 신발 앞에는 피 웅덩이에 얼굴을 파묻은 자세로 엎드린 난
쟁이 시체가 있었다. 일곱 명 모두 단색 튜닉을 입고 같은 색의 수
면 모자를 쓰고 있었는데, 그들의 작은 발이 놋쇠 신발에 쏙 들어가
있었다.

창백한 손 색깔로 보나 뻣뻣하게 굳은 다리로 보나 그들은 죽은
것이 분명했다.

"안 돼⋯⋯. 이럴 수가⋯⋯. 이럴 리 없어⋯⋯." 우마 공주가 휘청
거리며 뒷걸음쳤다.

"난쟁이들은 왕국 곳곳에 흩어져 잘 살고 있다고 하셨잖아요."
아가사가 라일락 숲 울타리에 바짝 달라붙으며 말했다.

"이미 오래전에 여길 떠났지!" 목이 멘 우마가 간신히 목소리를

　　　선과 악의 학교 3

냈다. "누가…… 누가 저들을 다시 데려온 게 분명해……."

"대체 어떤 나쁜 놈이 난쟁이들을 여기까지 데려와 죽였을까
요?"

아가사가 물었지만, 우마는 멍한 표정으로 그녀를 바라볼 뿐이
었다.

"그게 누구였든 이젠 여기 없어." 주변을 훑어보던 테드로스가
거칠게 쉰 목소리로 말했다. 그는 왕자답게 행동해야 한다는 생각
으로 이를 악물고 걸음을 옮기기 시작했다. "혹시 살아 있는 사람
이 있는지 확인해 볼게요."

우마가 재빨리 왕자의 뒤를 따랐다. "한 명이라도 살아 있다면
바로 연맹에 데려가야 해."

아가사는 라일락 숲 울타리에 기대 꼼짝하지 않았다. 새빨간 피
웅덩이와 창백한 시체에서 눈을 뗄 수 없었다. 너무나 많은 이들이
죽었다. 난쟁이들…… 묘지기…… 그리고 엄마……. 아가사는 갑
자기 몸을 파고든 한기에 고개를 홱 돌리고 머릿속 생각을 밀어내
려 애썼다. 그녀는 가슴이 들썩일 정도로 숨을 크게 들이마시며, 발
밑 잔디와 추위에 트고 얼얼해진 손가락에 정신을 집중했다. 잠시
후 이성을 되찾은 아가사는 다시 현장으로 눈을 돌렸다. 각기 다른
곳에 사는 일곱 난쟁이를 이곳까지 데려온 사람은 누구일까? 대체
누가 그들을 죽이고 이렇게 정교하게 배치해 놓은 것일까? 아가사
는 조금 전 들었던 날카로운 비명을 떠올리며 고개를 흔들었다. 얼
마나 끔찍하고 악한 놈이기에 그런 비명이…….

아가사의 가슴이 철렁 내려앉았다.

그 비명!

날카로운 여자의 목소리였다.

'난쟁이 목소리가 아니었어.'

아가사는 불꽃을 찾는 나방처럼 천천히 고개를 들어 오두막집을 올려다보았다.

왕자와 교수가 작은 숨소리라도 듣기 위해 난쟁이들 사이를 조심스레 오가는 동안 아가사는 라일락 숲 울타리에서 등을 떼고 걸음을 옮겼다. 바람이 불어오는 순간 오두막집 문이 끼익 소리를 냈지만 왕자와 교수는 그 역시 눈치채지 못했다.

마지막 난쟁이의 죽음을 확인한 테드로스가 마침내 고개를 들었을 때, 아가사는 이미 오두막집 안에 들어가 보이지 않았다.

9
최악의 선인

백설공주의 오두막집에서 제일 먼저 아가사의 관심을 끈 것은 바로 냄새였다. 소피의 냄새가 났던 것이다. 아가사는 어두운 출입구에 서서 두 눈을 감고 공기를 들이마셨다. 달콤한 라벤더 향……. 희미한 바닐라 향…….

그때 그녀의 등 뒤에서 핑크색 현관문이 바르르 몸을 떨며 신음했다. 열린 문 사이로 테드로스와 우마의 대화 소리가 들려왔다. 난쟁이 시체를 어떻게 해야 할지를 두고 말다툼이 벌어지고 있었다. 왜 테드로스에게 함께 집 안을 살펴보자고 얘기하지 않았을까? 숲에서 한바탕 다투고서 그 없이 혼자 무엇인가 해내고 싶었던 것일까……. 아니면 그녀가 갑자기 없어지면 눈치챌 수 있는지 보고 싶었나……. 어쩌면 이번 여행 내내 민감하고 나약한 모습을 보인 것 같아 만회하고 싶었는지도 모른다. 이유야 어찌 됐든 아가사는 비명의 주인공을 찾기 위해 혼자 집 안에 들어왔다.

두 눈을 뜬 아가사는 결심한 듯 숨을 내쉬며 걸음을 옮겼다.

거실은 꽤 아늑했다. 그을음이 묻은 벽난로 맞은편에 팔걸이가 커다란 옥양목 의자와 보송보송한 적갈색 매 깃털 깔개가 있었고, 닫힌 나무 창문 아래에는 보석과 조개껍데기와 동물의 알들이 쭉 진열된 선반이 보였다. 거실 안쪽에는 가파르고 투박한 나무 계단이 있었는데 빨간색 벨벳 줄이 그 앞을 가로막고 있었다. 아가사는 벽에 걸린 놋쇠 명판을 유심히 바라보았다.

 이 집에 사는 동안 백설공주는 난쟁이들이 여행에서 수집한 골동품으로 직접 집을 꾸몄다. 이 오두막집은 공주가 왕자와 결혼해 폭스우드 성으로 떠날 때 모습 그대로 보존되어 있다. 단 하나 추가된 것이 있다면 양가죽과 고양이 털을 손으로 바느질해 만든 의자인데, 이것은 노파로 변장한 사악한 왕비가 백설공주의 결혼식에 몰래 들어가 그녀에게 준 결혼 선물이다. 하지만 왕비는 왕자와 함께 있는 아름다운 백설공주의 모습을 보는 순간 분노를 참지 못해 비명을 질러 정체가 탄로 났다. 백설공주는 왕비에게 시뻘겋게 달아오른 구두를 신고 하객들 앞에서 춤을 추는 벌을 내렸고, 왕비는 결국 그 자리에서 쓰러져 죽었다. 그 후 왕비의 선물은 선이 언제나 악을 이긴다는 사실을 상기시키기 위해 이곳 백설공주 오두막집에 옮겨 보관되었다.

에버우드 문화재 보존 협회가 백설공주 오두막집 박물관을 후원합니다.
아기, 동물, 거인은 출입을 금합니다.

부엌에도 계단과 마찬가지로 줄이 둘러져 있었지만 아가사는 고개를 쭉 빼고 멀리서나마 그 안을 들여다보았다. 먼지가 내려앉은 구석진 공간에는 발자국이나 사람의 흔적이 전혀 보이지 않았다.

선과 악의 학교 3

물이 새는 수도꼭지 근처를 파리 몇 마리가 윙윙거릴 뿐이었다.

"아가사? 어디 있어?" 집 밖에서 테드로스의 목소리가 들렸다.

아가사는 안도의 한숨을 내쉬었다. 비명을 지른 것은 난쟁이들 중 한 명이 분명했다. 그녀는 잠시나마 끔찍한 생각을 했다는 사실에 몸서리를 치며 서둘러 현관문을 향해 걸음을 옮겼다. 이제 연맹 본부로 가야 한다. 누구인지 모르지만, 엄마는 그들이 아가사를 도와줄 것이라고 믿었다. "스테판이 널 살렸으니 너도 소피를 살려야 해." 캘리스의 목소리가 귓가에 맴돌았다.

현관에 이른 아가사가 갑자기 그 자리에 멈춰 섰다.

위층 어딘가에서 삐걱거리는 소리가 들렸다.

소리는 금세 잠잠해졌다.

아가사는 천천히 고개를 들어 천장을 바라보았다.

분별 있는 공주라면 이런 상황에서 왕자를 부르겠지만, 아가사는 그대로 몸을 돌렸다. 그녀는 신발을 하나씩 벗어 양가죽 의자 위에 올려놓고 시선을 천장에 고정한 채 맨발로 매 깃털 깔개 위를 조심조심 걸었다. 거실 안쪽 계단에 이른 그녀는 몸을 숙여 빨간 벨벳 줄을 통과한 뒤 고양이처럼 두 손과 무릎으로 계단을 오르기 시작했다. 그녀는 계단이 삐걱거리는 소리가 현관문이 흔들리는 소리에 묻히도록 아주 천천히 움직였다.

계단을 다 오르자 좁은 복도와 두 개의 방이 보였다. 아가사는 조심스럽게 몸을 일으켜 첫 번째 방을 들여다보았다. 마치 고아원처럼 일곱 개의 침대가 한 줄로 다닥다닥 붙어 있었다. 침대 시트는 각기 다른 색깔로, 밖에 쓰러진 일곱 난쟁이의 튜닉 색과 일치했다.

아가사는 갑자기 슬픔에 잠겼다. 하루 전만 하더라도 죽음은 다른 세상의 일처럼 멀게 느껴졌는데, 이제는 어디를 가든 죽음이 곁에 있었다. 엄마와 묘지기, 그리고 선한 일곱 조력자들……. 조금 전까지만 해도 생생하게 살아 있다가 어느 순간 갑자기 죽음을 맞이한다는 건 어떤 느낌일까? 생각과 공포와 꿈 같은 것들은 다 어떻게 될까? 아직 다 주지 못한 사랑은? 너무 깊은 생각에 빠졌던 것인지 아가사의 몸이 파르르 떨렸다. 순간 그녀는 주변이 너무 조용하다는 사실을 깨달았다. '내가 여기에서 뭐 하고 있는 거지?' 아가사는 자책하며 몸을 돌렸다. 테드로스가 그녀를 찾느라 얼마나 애를 태우고 있을까! 아가사는 재빨리 난쟁이들의 방에서 벗어나 다음 방을 보기 위해 몸을 기울였다.

순간 그녀는 충격에 빠져 벽을 붙잡았다.

서리처럼 새하얀 침실 안, 가녀린 여자의 몸이 얼굴을 바닥으로 향한 채 엎드려 있었다. 여자의 머리는 캐노피 침대 아래에 들어가 보이지 않았다. 크리스털 왕관이 침대 근처 바닥에서 반짝이고 있었는데, 아마도 여자가 쓰러질 때 머리에서 떨어진 것 같았다. 하지만 아가사를 공포에 빠뜨린 것은 죽은 여자가 아니었다.

시체 옆에 검은 옷을 입은 노파가 무릎을 꿇고 있었다. 빨간 눈에 커다란 코, 누덕누덕 꿰맨 자국과 갈색으로 쪼그라져 떨어져 내리는 피부, 모든 것이 숲에서 만난 빨간 망토의 늑대와 잭 이야기의 거인과 닮아 있었다. 노파는 뼈가 불거진 앙상한 손에 마지막 페이지가 펼쳐진 낡은 동화책 한 권을 쥐고 있었다. 왕자의 키스를 받은 백설공주가 되살아나고 일곱 난쟁이는 행복한 미소를 지으며 두 사람을 바라보는데, 그들 뒤에 죽은 마녀가 쓰러져 있는 그림이 그려져 있었다.

그림 속 마녀는 동화책을 손에 쥔 노파와 꼭 닮아 있었다.

"이건 예전 결말이야." 마녀는 동화책 마지막 페이지를 음흉하게 바라보며 만족스러운 목소리로 말했다.

그때 아가사의 눈앞에서 동화책 속 그림이 변하기 시작했다. 쭈그리고 앉은 늙은 마녀가 죽은 백설공주를 바라보고, 일곱 난쟁이들은 모두 살해돼 그들 뒤에 쓰러져 있는 그림이었다.

"이게 새로운 결말이지." 마녀가 활짝 웃으며 말했다.

아가사는 다시 시선을 돌렸다. 침대 밑에 머리가 감춰진 시체……. 바닥에 나뒹구는 반짝이는 왕관……. 차가운 공포가 그녀의 등줄기를 타고 올라왔다. 죽음의 산등성이에서 잭 이야기의 거인이 했던 말이 생각났다.

"우리도 남들처럼 우리 이야기를 고쳐 써야 되는데!"

"교장은 조만간 우리 이야기에도 변화를 줄 거야." 빨간 망토 이야기의 늑대는 이렇게 대꾸했다.

마녀가 의기양양한 표정으로 책을 탁 덮자, 그 소리에 번쩍 정신이 든 아가사가 다시 마녀에게 시선을 고정했다.

"아가사!" 마녀가 아가사가 서 있는 문을 등진 채 천천히 자리에서 일어나는 순간, 밖에서 테드로스의 목소리가 울려 퍼졌다.

마녀는 동화책을 바닥에 툭 떨어뜨리고, 아가사가 미처 피할 새도 없이 홱 몸을 돌려 무시무시한 눈빛으로 그녀를 쏘아보았다.

아가사는 복도 한구석으로 피해 벽에 몸을 바짝 붙였다.

마녀는 망토에서 가느다란 단검을 꺼내 들었다. 손잡이에 보석이 박힌 단검에 피가 덕지덕지 말라붙어 있었다.

아가사는 계단을 향해 빙글 몸을 돌렸다. 하지만 뛰어가기에는 너무 먼 거리였다. 그녀는 다시 방 쪽으로 돌아섰다. 마녀가 슬금슬금 다가오며 아가사를 구석으로 몰아넣고 있었다. 마녀와의 거리는 불과 3미터 정도였고, 두려움이 차오른 아가사의 손끝에서 황금색 불빛이 뿜어져 나왔지만 주문은 하나도 생각나지 않았다. 아가사가 왕자를 부르려고 입을 벌렸지만 마녀는 생각보다 빨랐다. 마녀가 던진 단검이 마치 총알처럼 아가사의 목을 향해 날아왔다.

아가사는 비명과 함께 황금 불빛을 쏘았고, 그 순간 단검은 복숭아색 데이지로 변해 바닥으로 팔랑팔랑 떨어졌다.

헐떡이며 꽃을 바라보던 아가사는 문득 소피를 떠올렸다. 1학년 때 소피가 그녀에게 이 마법을 쓴 덕분에 이 주문만큼은 절대 잊지 않을 수 있었다.

"아가사!" 테드로스가 다시 소리쳤다.

아가사는 재빨리 고개를 들었지만 이번에도 마녀가 한발 앞섰다. 마녀는 썩은 냄새를 풍기며 간담이 서늘해질 만큼 엄청난 힘으로 아가사를 벽에 밀어붙이고, 검버섯 가득한 손으로 그녀의 목을 잡아 들어 올렸다. 아가사는 숨을 쉴 수 없어 버둥거리면서 마녀의 발목과 다리에 난 검은 상처들을 곁눈으로 보았다. "왕비에게…… 춤을 추는 벌을 내렸고, 왕비는 결국…… 쓰러져 죽었다." 놋쇠 명판에서 읽은 설명이 떠올랐다. 마녀가 더 세게 목을 졸랐지만 아가사는 정신을 잃지 않으려고 애썼다. 그녀와 소피도 벌겋게 달아오른 구두를 신고 춤을 춘 적이 있었다……. 1학년 때 유바 교수에게 벌을 받아서……. 아니, 2학년 때였나……? 마녀가 엄지손가락에 힘을 주자 아가사의 의식이 점점 희미해졌다. 그녀는 춤을 추던 소피의 얼굴을 떠올려 보았다. 괴로움에 가득 찬 두 눈…… 달아날 방법이 없다는 절망감…… 어둠이 그녀의 목을 졸라 끌어내렸다. '안 돼…… 제발…… 아직은…… 소피…… 내가 구해 줄게…….'

소피 생각에 순간 정신이 맑아진 아가사가 마녀의 앙상한 팔을 있는 힘껏 물었다. 노파는 비명을 지르며 팔을 뺐다. 아가사는 구역질을 할 듯이 허리를 깊이 숙이고 숨을 가쁘게 몰아쉬었지만 마녀는 그런 그녀를 멀뚱히 바라볼 뿐이었다. 선인 소녀의 교육 과정에 사람을 무는 것은 포함되어 있지 않은데, 그렇다면 머리가 기름진 이 딱부리눈 아이는 악인이란 말인가 하는 생각으로 머릿속이 복잡한 것 같았다.

아가사는 기회를 놓치지 않고 무릎으로 노파의 배를 걷어찬 뒤 계단을 향해 달렸다. 하지만 계단에 막 발을 들이려는 순간 마녀의 부츠가 그녀의 다리를 으스러뜨릴 듯 짓밟았다. 아가사는 바닥에 철퍽 쓰러지며 나무 바닥에 코를 찧었다. 뜨거운 피가 흘러나오는 것이 느껴졌지만 아가사는 손으로 코를 막고, 마녀에 맞서기 위해 홱 몸을 돌렸다.

하지만 복도는 텅 비어 있었고 마녀는 보이지 않았다.

아가사는 절뚝거리며 계단을 내려왔다. 거실은 그녀가 들어올 때와 마찬가지로 고요하기만 했고, 선반 위의 나무 창문이 활짝 열려 살랑살랑 바람이 들어오고 있었다.

그때 테드로스가 시뻘겋게 달아오른 얼굴로 집 안으로 뛰어 들어왔다. "아가사, 어디 있⋯⋯." 계단에 서 있는 그녀를 발견한 왕자의 얼굴이 한층 더 빨개졌다. **"내가 심장마비로 죽으면 좋겠어? 네가 죽었는지 살았는지도 모르는 상황에서 미친놈처럼 고래고래 소리 지르면서 찾았는데 넌 놀이터에 놀러 나온 어린애처럼 숨바꼭질이나 하고 있고, 피는 또 왜 그렇게 흘리면서⋯⋯."**

순간 테드로스의 표정이 바뀌었다.

"아가사, 어쩌다가 피가 났어?" 테드로스가 겁에 질린 얼굴로 나지막이 물었다.

아가사는 아무 말 없이 고개를 흔들었다. 눈물이 차올랐고, 숨이 가빠져 말을 할 수 없었다.

그때 밖에서 비명이 들려왔다.

아가사와 테드로스는 그대로 굳은 채 꼼짝하지 않았다. "우마 교수님!"

왕자는 즉시 밖으로 뛰쳐나갔고, 아가사도 그의 뒤를 따랐다.

우마 공주는 유령이라도 본 듯 두 눈을 크게 뜨고 도자기 인형처럼 다리를 앞으로 곧게 뻗은 채, 난쟁이 시체 근처 나무에 등을 대고 앉아 있었다.

테드로스가 무릎으로 미끄러지며 곁에 다가가 어깨를 거칠게 흔들었지만 우마는 꼼짝도 하지 않았다. "교수님이 왜 이러시지?" 테드로스가 소리쳤다.

어느새 왕자 곁에 앉은 아가사가 손끝으로 교수의 얼굴을 만지자 텅 빈 소리가 들려왔다. "돌처럼 굳는 주문이야." 아가사는 예전에 교수들에게 씌었던 주문을 기억해 내며 말했다.

"반격 주문은 뭐야?" 왕자가 다급하게 물었다.

아가사의 얼굴이 창백해졌다. "이건 주문을 건 사람만 깰 수 있어." 아가사가 테드로스를 바라보았다. "마녀…… 그 마녀가 한 짓이야……."

"마녀라니?" 테드로스가 물었지만 아가사는 대답 대신 미친 듯이 주변을 뒤지기 시작했다. 하지만 잠시 후 그녀는 털썩 자리에 주저앉았다. 그들은 노파를 절대 찾을 수 없을 것이다. 우마 공주는 이제 죽은 목숨이나 다름없다.

'교수님은 안 돼. 우리의 유일한 희망인데.' 새 한 마리가 요란스럽게 지저귀었지만 아가사는 귀를 닫고 두 손으로 얼굴을 감쌌다. '이제 어떻게 소피한테 가지?'

"아가사……."

"좀 이따 얘기해." 아가사가 낮은 목소리로 말했다. 공포와 슬픔, 그리고 귀에 거슬리는 날카로운 새 울음소리 때문에 머리가 지끈거렸다.

"아가사, 이것 좀……."

"나 좀 가만히 놔두……."

고개를 휙 돌린 아가사가 갑자기 말을 멈췄다.

우물에서 봤던 비둘기가 왕자의 무릎에 앉아 두 사람을 향해 화난 목소리로 열심히 지저귀고 있었다.

"무슨 말을 하는 거지?" 왕자가 물었다.

"내가 어떻게 알아?"

"너 〈동물과 대화하기〉 수업 들었잖아!"

"그랬지. 그러다가 학교 다 태워 먹을 뻔하고……."

아가사는 다시 말을 멈췄다. 비둘기가 날개로 흙바닥에 그림을 그리기 시작했다. "왜 코끼리를 그리는 걸까?"

아가사의 말에 비둘기는 더 시끄럽게 재잘대며 그림을 고쳤다.

"족제비인가 봐. 귀 좀 봐." 테드로스가 그림을 보며 말했다.

"아니야. 사슴이잖아……."

"너구리 같은데."

비둘기는 답답해 죽겠다는 듯 날개를 미친 듯이 휘두르며 선을 그어 댔다.

"아, 토끼구나!" 아가사가 말했다.

"그러네. 토끼야, 토끼." 테드로스가 맞장구쳤다.

"왜 토끼를 그렸을까?" 테드로스가 아가사를 바라보며 물었다.

비둘기는 눈알을 한 번 굴리고, 날개를 앞으로 찌르듯 쭉 뻗었다.

테드로스와 아가사는 비둘기의 날갯짓을 따라 고개를 돌렸다. 머리가 벗겨진 뚱뚱한 하얀 토끼 한 마리가 나무 뒤에서 두 사람을 노려보고 있었다. 토끼는 가슴에 은색 백조 문장이 들어간 지저분한 파랑 조끼를 입고, 목에는 못생긴 하얀 스카프를 두르고, 코끝에 안경을 비스듬하게 얹고 있었다. 토끼는 조끼 주머니에서 회중시계를 홱 끄집어내더니 신경질을 부리듯 손으로 시계를 가리키고 흙길을 따라 앞뜰을 빠져나갔다.

"음, 자기를 따라오라는 뜻인 것 같아." 아가사가 말했다.

"가 보자. 여기 더 있다가는 저 난쟁이들처럼 죽을지도 몰라." 테드로스가 우마 공주를 어깨에 둘러메고 천천히 걸음을 옮겼다.

"하지만 토끼가 어디로 가는지도 모르잖아. 스카프 두른 이상한 동물을 무턱대고 따라갈 순······."

"일단 여기서 나가야 주문 푸는 방법을 아는 사람도 찾을 수 있지." 테드로스가 대꾸했다.

두 사람은 토끼를 따라 새까만 나무 사이를 걸었다. 어둠이 전염병처럼 숲 전체를 휩쓸었고, 태양은 밤이 오는 것을 늦추기에는 너무 힘이 약했다. 곧 아무것도 안 보일 정도로 짙은 어둠이 두 사람을 감쌌다. 토끼가 조금만 더 빨랐다면 두 사람은 어두운 숲에서 길을 잃었을 것이 분명했다. 길 앞에서 불길한 짐승 울음소리와 낮은 비명이 들려왔다. 길 양옆의 덤불에서 무엇인가 스르륵 기어가고 재빨리 움직이는 소리가 들렸지만, 아가사는 못 들은 척 부지런히 걸음을 옮겼다. 노랗고 빨간 눈들이 사악한 별처럼 그녀의 머리 위에서 반짝이며 위험이 빠르게 다가오고 있다고 경고했다. '연맹 본부가 어디인지 안다면 얼마나 좋을까!' 아가사는 비참한 기분이 들었다. 엄마는 그녀가 연맹에 갈 수 있게 하려고 스스로를 희생했는데……. '난 우마 교수님께 본부가 어디 있는지 묻지도 않았어. 만약을 위한 대비책 정도는 준비했어야 하는데! 왜 그런 당연한 생각을 못 했을까?' 덕분에 두 사람은 오늘 밤을 안전하게 보낼 수 있는 유일한 장소에 가지 못하고 숲을 헤매고 있었다. 돌처럼 굳어 버린 교수를 들쳐 업고, 시간에 유독 집착하는 토끼를 쫓아 어디인지 모를 곳을 향해 걷고 있는 것이다. 우마를 메고 가느라 걸음이 느려진 테드로스를 대신해, 아가사는 한 시간이 넘도록 토끼의 뒤를 바짝 쫓으며 마음속으로는 이런 곤란한 상황을 만든 스스로를 책망했다. 그러던 중 아가사는 눈앞의 소나무 사이에서 하얀 연기 한 줄기가 피어오르는 것을 발견했다.

좀 더 가까이 가자, 콕 집어 말할 수는 없지만 어딘지 익숙한 향과 함께 샌들우드 향이 희미하게 느껴졌다. 작은 공터에 들어서자 마침내 흙바닥 위로 연기 기둥을 만들어 내는 작은 구멍이 보였다. 토끼는 구멍을 반쯤 덮은 죽은 양치식물 잎들을 옆으로 걷어차고 구멍 속으로 쏙 들어갔다. 하지만 잠시 후 안달이 난 표정으로 다시 얼굴을 내밀고 아가사를 노려보았다.

아가사가 낯선 동물을 따라 구멍에 들어가는 일이 내키지 않아 망설이는 사이, 테드로스가 곁에 다가와 속삭였다. "밑져야 본전이야."

테드로스는 아가사가 다른 말을 꺼내기도 전에 우마 공주를 구멍 안으로 내려 놓고, 자신도 그 뒤를 따랐다. 아가사는 짜증이 났지만 몸을 숙여 왕자의 뒤를 따랐다. 테드로스는 엉거주춤한 자세로 어둠 속에 들어온 그녀를 탄탄한 가슴으로 받아 안았다. '좋은 냄새가 나.' 테드로스의 땀에 젖은 아가사는 산뜻한 민트 향을 들이마시며 생각했다. 이런 상황에서 남자아이한테 어떻게 봄 들판 같은 냄새가 날 수 있지? 아가사는 문득 소피를 떠올렸다. 소피는 한여름 땡볕 아래에서 그레이브스힐을 걸어 올라온 후에도 여전히 허니크림 향을 풍기던 아이였다. 그래서 테드로스가 소피를 그리워하는 것은 아닐까? 아가사는 가슴이 쓰렸다. 그 두 사람은 흠 잡을 데 없는 금발 미모에 좋은 냄새까지 풍겼지만, 아가사는 생긴 것도 엉망진창인 데다 풍기는 냄새라고는 스트레스와 먼지, 그리고 좀비 마녀…….

"누구 없어요?" 테드로스의 목소리가 적막을 깨뜨렸다.

아가사는 퍼뜩 정신을 차렸다. 그런 미련한 생각에 빠져 있을 때가 아니었다. 구멍 안은 칠흑같이 어두웠고, 토끼는 어디론가 사라져 보이지 않았다.

"저기요!" 테드로스가 다시 한 번 소리쳤지만 대답은 없었다.

왕자가 손을 뻗자 단단한 흙벽이 손끝에 닿았다. "또 흙구덩이에 들어와 버렸네."

그때 아가사의 배에서 꾸르륵 소리가 울렸다. "우리가 비둘기 말을 잘못 해석했나 봐. 토끼를 따라갈 게 아니라 잡아먹었어야 했어."

"토끼는 우마 교수님을 여기 두고 우리 둘이 연맹 본부를 찾으러 가야 한다고 생각한 거 아닐까?"

"온몸이 마비된 교수님을 이 흙구덩이에 남겨 두고 가자고?" 아가사가 두 눈을 크게 떴다.

"교수님이 어디로 사라질 것도 아닌데, 뭐."

"나도 거추장스러운 존재가 되면 이런 데 버리고 가겠다는 말로 들린다." 아가사는 조금 전 머릿속을 휘저었던 그 미련스러운 생각들을 고백하듯 중얼거렸다.

"뭐?"

"그럼 늘 좋은 향이 나는 아름답고 활기찬 소피를 너 혼자 차지할 수 있잖아." 아가사가 참아 왔던 말을 쏟아 냈다.

"너 혹시 여기 오는 길에 이상한 버섯 같은 거 먹었니?"

"계속 그렇게 놀려 봐. 둘이 결혼하면 인형보다 예쁜 아이들이 태어나겠지."

"네가 이렇게 질투할 거라고는 생각도 못 했어." 테드로스가 놀란 표정으로 말했다.

"질투? 내가 왜? 소피가 여자일 때뿐만 아니라 남자일 때도 네가 키스하려고 해서? 아니면 소피가 나와 있을 때는 느끼지 못했던 사랑을 네가 느끼게 해 줄 거니까? 내가 그런 걸로 질투를 한다고?" 아가사는 이런 말을 하는 자신이 부끄러웠지만 멈추지 않았다.

"정신 나간 소리 하는 건 소피 특기인 줄 알았는데……."

"소피가 기절하면 이런 컴컴한 데 두고 가진 않을 테지."

"정말 형편없는 커플이구나."

아가사와 테드로스는 목소리의 주인공이 누구인지 단번에 알 수 있었다. 목이 메 아무 말도 못 한 두 사람은 몸을 돌려 햇불을 들고 있는 땅속 요정을 마주 보았다. 하얀 턱수염을 기른 땅속 요정은 은색 백조 문장이 가슴에 새겨진 초록색 코트에 벨트를 두르고 뾰족한 오렌지색 모자를 쓰고 있었다. 화재로 죽은 줄만 알았던 그가 이 비밀스러운 동굴에서 갑자기 나타나자 아가사는 활짝 미소 지었다. 안도감이 밀려왔다.

하지만 유바의 얼굴에는 웃음기가 없었다. "너희는 심각한 위험에 처한 상황에서 서로를 보호하지 않아 결국 교수를 잃고 말았다. 그 후로도 계속 큰 소리로 싸우며 온 숲에 너희 위치를 떠들고 다녔지. 여기에서는 상대방을 모욕하느라 주변을 밝히는 간단한 주문조차 생각해 내지 못했어. 동굴 트롤이라도 나타나 너희 머리를 박살 냈으면 어쩔 뻔했니! 토끼가 구해 주지 않았으면 너희 두 멍청이는 새벽이 되기 전에 죽었을 거다." 유바는 휘몰아치듯 두 사람을 나무랐다. 하얀 지팡이를 잡은 그의 손가락은 마치 그들을 후려치고 싶은 마음을 참는 듯 끊임없이 씰룩거렸다. "둘 사이가 안 좋을 수는 있어. 하지만 너희 둘은 정말…… 최악의 선인이다."

아가사와 테드로스는 부끄러워 고개를 숙였다.

"그래도 운은 좋구나. 너희에게 연맹이 필요한 만큼 연맹도 너희를 필요로 하니 말이다." 유바가 한숨을 내쉬며 말했다.

갑자기 횃불이 포효하듯 밝아지며 땅속 요정 뒤에 있는 낯선 무리를 비추었다. 빛으로 밝혀진 동굴은 작은 집이라고 해도 좋을 정도로 넓었다.

"고귀한 13인 연맹, 전설이 된 선과 계몽의 군단이다." 유바가 근엄한 표정으로 미소 지으며 선언하듯 말했다. 어린 두 선인이 경외심에 휩싸여 감동받는 얼굴, 최소한 멀고 험한 길을 헤치고 와서 이영광의 부대를 만나게 된 것에 감사하는 표정을 볼 것이라고 생각하는 것 같았다.

하지만 아가사와 테드로스는 겁에 질려 있었다.

소피를 구할 유일한 희망, 그들의 목숨을 부지하게 해 줄 유일한 희망인 13인 연맹이…… 너무 늙었기 때문이다.

10
사라진 한 사람

"말도 안 돼요." 테드로스가 아가사와 함께 두 눈을 휘둥그레 뜨고서 축 늘어진 노인들을 바라보며 갈라지는 목소리로 말했다.

네 명의 남자와 네 명의 여자는 모두 검버섯이 많고, 목살이 늘어지고, 귀에는 털이 숭숭 나고, 눈은 뿌옇고, 이는 누런 노인들이었다. 그들의 웃음에는 의심이 가득했고, 팔다리는 비쩍 말랐으며, 머리카락은 숱이 적고 하얗게 셌거나 혹은 지저분하게 염색된 상태였다. 여덟 명 중 둘은 곧 부서질 듯 낡은 휠체어에 앉아 있었고, 셋은 지팡이를 짚었으며, 또 다른 두 명은 등이 굽고 다리가 안으로 휘어 있었다. 마지막 한 명은 병이라고 해도 좋을 정도로 뚱뚱한 여자로, 화려한 색깔의 헐렁한 드레스를 입고 거울 앞에서 얼굴에 두꺼운 화장을 올리고 있었다.

그들은 우마 공주, 유바, 그리고 하얀 토끼와 마찬가지로 가슴에 은색 백조 문장을 달고 있었다. 아가사의 엄마가 딸의 목숨을 지켜 줄 것이라고 믿은 바로 그 연맹의 일원임을 증명하는 것이었다.

'엄마가 우릴 이리 보낸 데에는 분명 이유가 있을 거야.' 아가사는 그 이유를 찾기 위해 분주히 눈과 머리를 굴려 보았다. 저들이 갑자기 마스크를 벗으면서 천하무적 전사의 모습을 드러내지는 않을까? 교장처럼 마법의 힘을 이용해 젊은이의 모습으로 변할 수도 있겠지? 아가사는 숨을 죽이고 무슨 일이든 일어나기를 기다렸다.

연맹 회원들은 수족관 속 물고기들처럼 두 눈을 껌뻑이며 아가사를 바라봤다. 그들 역시 무슨 일이든 일어나기를 바라는 듯했다.

"내 말이 맞지? 우리 못 알아볼 거라고 했잖아." 거울 앞의 뚱뚱한 여자가 짜증 내듯 말했다.

"알아본다고요?" 아가사는 거울에 비친 여자의 얼굴을 보았다. 돼지 피부처럼 창백한 얼굴에 초록색 사팔눈, 턱 아래 넓적하게 늘어진 살과 연지를 덕지덕지 바른 볼, 갈색으로 염색하려고 했지만 파란색이 되고 만 힘없는 곱슬머리까지 그녀는 꼭 수영장 바닥에서 막 구조된 인형 같았다. "전 여기 계신 분들 중 누구와도 만난 적이 없어요. 확실해요." 아가사가 노인들을 찬찬히 훑어보며 말했다. 그녀는 테드로스가 무엇인가 발견했기를 바라며 고개를 돌렸지만, 왕자는 곧 폭발할 것처럼 얼굴이 벌겋게 달아올라 있었다.

"이게 우릴 소피에게 데려다줄 사람들이라고요?" 파란 눈을 커다랗게 뜨고 큰 소리로 외친 테드로스가 토한 것 같은 색깔의 카펫과 꽃무늬 소파, 좀이 슨 커튼과 두 줄로 나뉜 딱딱하고 얇은 매트리스를 쭉 훑어보았다. "여긴 오늘내일하는 사람들이 모여 사는 양로원이잖아요!"

유바가 왕자를 홱 붙잡아 구석으로 데리고 갔다. "연맹에 대해 감히 그런 식으로 말하다니!" 유바는 다른 사람들에게 들리지 않는지 흘끔 뒤돌아 확인한 뒤, 다시 낮은 목소리로 말을 이었다. "저

분들을 찾아 여기 모셔 오기까지 얼마나 오랜 시간이 걸렸는지 알아? 저분들이 너 따위한테 자기소개라도 해야 하는 것처럼 행동하다니……. 저들은 평범한 분들이 아니다. 넌 아직 네 이름으로 이룬 것도 하나 없는……."

"저는 몇 주 후면 왕이 될 몸입니다!" 테드로스가 우렁차게 소리쳤다.

"이 거만한 멍청이 같으니! 너 하는 꼴을 보니 대관식은 고사하고 앞으로 며칠이나 더 살아 있을지 모르겠다." 유바가 거칠게 쏘아붙였다.

"왕이 되면 늙은 땅속 요정들부터 추방할 겁니다."

"잠깐만요! 엄마는 연맹이 저희를 도와줄 거라고 생각했어요." 아가사가 테드로스를 향해 진정하라는 눈짓을 보내며 두 사람 사이에 끼어들었다. "그래서 쪽지를 써 보내셨죠. 분명 우리가 놓친 부분이 있을 텐데……."

"여기 누가 있었어도 천 살 먹은 이 노인들보다는 나았을 거야!" 갑자기 터져 나온 테드로스의 말에 아가사는 다시 한 번 화난 표정으로 그를 노려봤다. "왜?" 왕자는 물러서지 않고 그녀에게 분노를 쏟아 내기 시작했다. "화형대에서 겨우 탈출했는데 제일 친한 친구는 사악한 마법사와 사랑에 빠졌다고 하지, 하루 종일 좀비와 마녀를 물리치면서 우릴 소피에게 데려다줄 연맹을 찾아왔는데 너도 보다시피 이 꼴이잖아! 가자. 우리끼리 학교에 숨어 들어가는 편이 더……."

"이건 우리 엄마의 뜻이야, 테드로스. 난 이 세상 누구보다 엄마를 믿어. 엄마는 무엇이 내게 최선인지 제일 잘 아는 사람이야. 너보다 더!"

테드로스가 마침내 입을 다물었다.

아가사는 뒤를 돌아보았지만, 백조 문장을 단 노인들은 두 사람 일에는 전혀 관심 없다는 듯 각자 자신만의 세계에 열중해 있었다. 뜨개질을 하고, 책을 읽고, 낮잠을 자는가 하면 카드 게임을 하는 사람도 있었다. 틀니를 빼고 귀리죽을 먹는 사람도 보였다. 엄마에 대한 아가사의 믿음이 갑자기 휘청거렸다.

"둘 다 내 말 잘 들어라." 유바가 다시 입을 열었다. "우리 열세 번째 회원이 돌아오면 모든 궁금증이 해소될 거다. 그때까지 진한 순무 차랑 오트밀로 배를 채우는 편이 좋을 거야. 115년 동안 학교라는 보호구역에 있다가 숲에 들어와 몇 달을 살아 보니, 숲에서 살아남는다는 게 얼마나 힘든 일인지 알겠더구나. 너희가 여기까지 오는 길이 어땠을지 충분히 짐작……."

"열세 번째 회원요? 여긴 여덟 분뿐이잖아요." 아가사가 재빨리 방을 훑으며 말했다. 그때 구석진 곳에서 당근을 다섯 조각으로 썰어 접시에 올려놓는 하얀 토끼가 눈에 띄었다. 그의 가슴에서도 은색 백조 문장이 횃불을 받아 반짝이고 있었다. "아, 아홉 분이네요."

"열이지." 테드로스가 말했다. 아가사는 왕자의 시선을 따라 유바의 초록색 코트 위에서 반짝이는 은색 백조를 발견했다.

"연맹 설립 때부터 함께했어." 땅속 요정이 가슴을 쭉 펴고 자랑스럽게 말했다. "우마 교수까지 더하면 열한 명이 되고……." 순간 유바의 얼굴이 벌겋게 달아올랐다. "우마! 이럴 수가!" 그가 몸이 굳어 한쪽 구석에 누워 있는 공주를 향해 몸을 돌렸다. "공주를 저런 곳에 두고 까맣게 잊고 있었다니! 팅크! 팅크, 어디 있어요?"

그때 아가사의 등 뒤에서 드르렁 코 고는 소리가 들렸다. 아가사가 몸을 돌리는 순간, 폭신한 1인용 의자에서 자고 있던 주먹 크기의 조롱박 모양 요정이 잠에서 깬 바닥에 떨어졌다. 요정은 혼란스러운 눈빛으로 고개를 길게 빼고 주변을 살펴보았다. 회색 머리카락은 부스스하고, 초록색 드레스는 너무 작아 터질 것 같았으며, 금색 날개는 너덜너덜했고, 립스틱 색깔은 촌스러웠다. 요정은 자신이 왜 깼는지 이해할 수 없는지 재빨리 좌우를 살폈고, 마침내 구석에 누워 있는 우마를 발견했다. 순간 꺅 비명을 지른 요정이 죽어가는 벌처럼 날개를 퍼덕이며 위태롭게 날아올랐다. 그리고 드레스 속에 손을 넣어 곰팡이 핀 검댕같이 생긴 가루를 한 줌 꺼내 우마의 머리 위에 뿌렸다.

모두 숨을 죽였지만 아무 일도 일어나지 않았다.

"아버지가 내 생일날 알리바바의 집에서 남자들 출입이 금지된 방에 날 데려간 적이 있었어. 지금이 그때보다 훨씬 더 창피하다." 테드로스가 굴 밖으로 나가려고 쿵쿵 걸음을 옮기며 중얼거렸다.

그때 그의 등 뒤에서 우마 공주의 기침 소리가 들려왔고, 왕자는 즉시 몸을 돌렸다. 우마 공주가 바닥에서 1미터 정도 붕 떠 있었다. 창백하기만 하던 그녀의 피부는 잘 익은 올리브색을 되찾아 갔다. 우마 공주는 하품을 하면서 부드럽고 유연한 팔을 공중으로 쭉 뻗어 올렸다. 그리고 나른한 얼굴로 요정을 향해 미소 짓고는…… 바닥에 툭 떨어져 다시 잠이 들었다.

"요정 가루가 너무 낡았다고 그렇게 걱정하더니, 잘만 듣네요." 유바가 싱긋 웃으며 요정의 머리를 쓰다듬었다.

요정은 여전히 침울한 표정을 지은 채 날카로운 목소리로 재잘거렸다.

"그런 말도 안 되는 소리 하지 말아요. 어떻게 열여섯 살 때처럼 힘이 넘칠 수 있겠어요? 게다가 우마 공주를 샤자바까지 날려 보내야 하는 것도 아니잖아요. 마비 푸는 걸로 충분했어요. 몇 시간 푹 자고 나면 개운해질 거예요. 우리 얘기 어디까지 했더라……." 땅속 요정이 어린 두 선인을 향해 몸을 돌리고 잠시 생각에 잠겼다. "아, 맞다! 토끼를 더하면 아홉 명, 우마 공주까지 열 명, 그리고 내가 열한 번째 회원이고, 여기 팅커벨이 열두 번째가 되겠군. 그러니까 남은 사람은……."

"팅커벨요?" 아가사가 불쑥 끼어들었다.

"진짜 팅커벨 말씀이세요?" 테드로스가 요정의 얼룩덜룩한 얼굴과 볼록 튀어나온 배, 잿빛 머리카락을 빤히 바라보며 물었다. "하지만 팅커벨은 엄청…… 무지……."

아가사가 테드로스를 무섭게 노려보았지만 팅커벨은 결국 1인용 의자 아래에 숨어 울음을 터뜨렸다.

"그런 뜻 아니에요, 팅커벨." 유바가 씩씩거리며 지팡이로 테드로스의 엉덩이를 철썩 후려쳤다.

"이해가 안 돼요. 팅커벨이 왜 여기 있어요?" 아가사가 어리둥절한 표정으로 물었다.

"끝까지 잘난 척하긴가? 우리가 누군지 정말 몰라?" 깡마른 몸에 초록색 조끼를 입은 대머리 남자가 말했다. 귀가 뾰족한 그는 가녀린 팔로 노란빛이 도는 녹색 양말을 뜨고 있었다.

"나무면 나이테라도 세어 볼 텐데." 테드로스가 엉덩이를 문지르며 투덜거렸다.

"그래, 마음껏 놀려 봐라. 예쁘장한 얼굴은 평생 안 늙을 것 같으냐?" 대머리 남자가 쏘아붙였다.

"이 두 애송이한테 아무래도 자기소개를 해야 할 것 같네요." 유바가 테드로스와 아가사를 무섭게 노려본 뒤 두 사람을 흔들의자

선과 악의 학교 3

에 밀어 앉히고, 다시 연맹을 향해 돌아섰다. "누가 먼저 하시겠습니까?"

"우리가 왜 자기소개를 해야 합니까? 이 둘을 여기 들인 것부터 난 마음에 안 들어요."

양말 뜨던 남자가 다시 투덜거리자 유바는 답답하다는 듯 한숨을 내쉬었다. "말씀드렸잖아요. 이 두 선인이 유일한 희망……."

"그게 무슨 의미가 있어요? 쟤 말하는 거 못 들으셨어요? 우릴 산송장 취급하잖아요!" 대머리 남자가 부루퉁한 얼굴로 말했다.

"자, 그러지 말아요." 유바가 남자를 달랬다. "제가 당신을 찾아 네버랜드에 갔을 때 뭐라고 했죠? 당신 목숨이 위험하다고 아무리 설명해도 나무 집에 꽁꽁 숨어서 연맹에 들어오지 않겠다고 버텼잖아요. 그러다가 이 두 선인에 대해 말했더니 갑자기 어린아이처럼 얼굴에서 빛이 났어요. 젊은이들과 함께할 수 있다면 뭐든 하겠다고 했죠……. 그들이야말로 당신을 진정으로 이해한다고 말했잖아요, 피터……."

피터가 고개를 들어 유바를 바라보았다. 그의 눈이 반짝이고 있었다. 하지만 이내 고개를 숙였다. "팅커벨이 오자고 해서 온 거예요." 그의 말에 팅커벨은 반박하듯 꽥 소리를 지르고 귀리죽 덩어리를 그에게 던졌다.

아가사와 테드로스는 얼빠진 표정으로 서로를 바라봤다. 피터라면…… 설마 피터 팬?

"난 피터 의견에 동의해요." 덩치 큰 파란 머리 여자가 거울에서 고개를 돌려 우렁우렁한 목소리로 말했다. "이 애송이들은 아직 학교도 졸업 못 했어요. 우리 발뒤꿈치나 졸졸 쫓아다니며 사인이나 해 달라고 조를 나이라고요! 그런데 자기 동화가 있다니…… 학생인데! 동화라니요! 지금 그 동화가 꼬이고 꼬여서 죽은 악당들을 되살리고 이미 영원히 행복한 결말을 맞은 우리를 다시 끌어들이고……."

"행복한 결말이라고요? 참 나!" 호리호리한 남자가 높은 음의 목소리로 말했다. 크고 반짝이는 눈, 긴 코에 머리가 새하얀 남자는 베이지색 반바지에 멜빵을 메고 있었다. 긴 구릿빛 팔다리에는 관절 자리마다 작은 동그라미 모양의 상처가 나 있어, 마치 나사를 돌려 조립한 인간 같았다. "피터부터 시작해 볼까요? 피터는 어른이 되어 가는 것에 절망한 나머지 집 밖으로 나가지를 않아요. 나는 또 어떻고요? 진짜 소년이 되면 관절염과 노안과 변비에 시달리게 될 거라는 사실을 알았다면 파란 요정에게 절대 그런 소원을 빌지 않았을 거예요. 마지막으로 엘라를 봐요. 왕비가 되는 것보다 벽난로재 청소하는 쪽이 좋다고 자기 입으로 말하잖아요."

"내가 언제 그런 말을 했어요?" 거울 앞의 뚱뚱한 여자가 꽥 소리를 질렀다.

"어젯밤에 그랬잖아요." 코가 긴 남자가 조금 놀란 듯 당황한 표정으로 대답했다. "와인 한 통을 다 마시고는 새언니들을 위해 청소하던 때가 그립다고 했어요. 그때는 뭔가 쓸모 있는 존재 같은 기분도 들고 몸도 날씬했는데, 이젠 늙어서 할 수 있는 일도 없고 몸은 집채만 해져서……."

"네가 뭔데 그런 말을! 인생의 반을 꼭두각시 인형으로 살아온 주제에!" 여자가 천둥치듯 소리 질렀다.

"전에는 거짓말한다고 화를 내더니만, 이제는 정직하게 말을 해도 화를 내네." 코가 긴 남자는 풀죽은 표정으로 소파에 몸을 웅크렸다.

아가사와 테드로스의 눈은 점점 더 커졌다.

"피노키오?"

"신데렐라?"

테드로스와 아가사가 차례대로 중얼거렸다.

"그런 표정으로 쳐다보지 마라." 신데렐라가 아가사를 비웃듯 쳐다보며 말했다. "카멜롯의 왕비가 될 몸이라고 하기에는 너도 엄청 별로야." 그녀의 날카로운 초록색 눈이 아가사의 뭉툭한 신발로 향했다. "하긴 그 발에 유리 구두를 신는 것도 웃기긴 하겠다."

"이봐요! 내 공주한테 그런 식으로 말하지 마요!" 테드로스가 끼어들었다.

"이렇게 된 게 네 탓은 아니란다." 신데렐라는 장어처럼 유들유들한 목소리로 능글맞게 말을 이었다. "너희 아버지도 여자 보는 눈이 별로였어."

테드로스는 마치 다리 사이를 걷어차인 사람 같았다.

유바가 한숨을 내쉬었다. "엘라, 더비 교수님은 당신을 믿는 만큼 아가사에게도 깊은 믿음을 가지셨어요. 그러니 이 두 사람을 존중해서……."

"이 두 학생이 문제 해결하면, 그때 존중합니다." 흐트러진 머리에 등이 굽은 남자가 휠체어에 앉아 올빼미 같은 눈으로 그들을 바라보며 말했다. 꺽꺽 쉰 목소리의 주인공은 이상한 외국식 말투를 쓰고 있었다. "이야기꾼이 자기들 이야기 쓰니까 무슨 특별한 사람 된 줄 알아요! 우리 이야기에는 '결말' 있습니다. 쟤들은 결말을 바꾸고 또 바꾸고…… '우리 정말 행복한가?' '우리 진짜로 행복한 거 맞아?' 어휴, 이 바보들! 결국 젊은 교장 돌아와서 악이 이야기 다시 쓰고 있어요. 죽은 마녀 다시 나 쫓아와요. 난 마녀 또 죽여야 해요……."

"내가 마녀 이미 죽였어요. 헨젤과 나, 그 냄새나는 마녀 다시 죽이지 않아요!" 남자의 옆, 또 다른 휠체어에 앉은 여자가 남자와 똑같은 낯선 말투로 소리쳤다. 남자처럼 머리가 잔뜩 흐트러진 여자는 커다란 회색 눈으로 아가사와 테드로스를 노려봤다. "너희 이야기 때문에 무덤 속 악당 살아났어. 너희 책임, 제자리에 돌려놔." 잠시 말을 멈춘 여자가 가식적인 미소를 지어 보였다. "나 그레텔이야. 대장 땅속 요정이 자기소개 하라고 했어."

"이제 우리 차례군. 나와 브라이어 로즈(제대로 못 배운 독자들은 그저 잠자는 숲속의 미녀라고만 알고 있지)는 동화 속 결혼식을 계획하고 있었어. 그런데 너희 문제가 터졌지." 머리가 희끗하고 주근깨가 난 남자가 말했다. 갈색 튜닉에 무릎까지 내려오는 가죽 바지를 입은 남자는 한 우아한 여성의 손을 잡고 있었는데, 백발의 그녀는 가슴을 많이 드러낸 암갈색 드레스를 입고 있었다. "덕분에 우리는 사람 잡아먹는 거인과 저주에 목숨 건 사악한 요정을 피해 숨어 있단다."

"너희만 아니었으면 지금쯤 웨딩케이크를 고르고 있었을 테지." 브라이어 로즈가 눈을 치켜떴다.

"이제 이 두 멍청이가 숲에서 자게 내버려 둬야 한다고 생각하는 사람이 일곱 명이 됐네요." 신데렐라가 큰 소리로 말하자 팅커벨이 날카로운 소리를 내질렀다. "여덟이군요."

테드로스와 아가사는 두 사람을 동굴에서 쫓아내자고 주장하는 동화 속 영웅들을 그저 얼빠진 표정으로 바라볼 뿐이었다.

"이런 일이 생길까 봐 여기 오는 길에 다른 선인들하고 마주치지 않으려고 했던 거야." 우마가 한쪽 구석에서 하품을 하며 말했다.

"모두 숲이 엉망이 된 게 너희 때문이라고 생각하거든." 말을 마친 우마 공주는 다시 잠에 빠졌다.

"다른 분들은 어떤지 모르겠지만 난 이 두 사람이 사랑스러워요." 키가 작고 엉덩이가 큰 여자가 쩍쩍거리듯 가벼운 말투로 말했다. 여자는 갈색으로 염색한 단발머리에 빨간 모자가 달린 망토를 입고 있었다. "늙은이들이 할 일이라는 게 그런 거 아닌가요? 젊은이들이 자기 이야기를 잘 헤쳐 나갈 수 있게 도와줘야지요."

"모르면 가만히 있어요. 순진해 빠져서, 원!" 신데렐라의 핀잔에 빨간 망토는 입을 다물었다.

"우리에게는 이 젊은 손님들이 필요하다는 사실을 잊으신 것 같네요, 다들." 유바의 목소리가 동굴 안에 날카롭게 울려 퍼지자 모두 그를 향해 몸을 돌렸다. 늙은 땅속 요정이 동굴 벽에 걸린 좀 먹은 커튼 앞에 서 있었고, 하얀 토끼는 마술사의 조수처럼 그 옆자리를 지켰다. "기억 안 나십니까? 일주일 전 교장은 왕비의 손가락에 반지를 끼우고 진정한 사랑의 서약을 얻어 냈습니다. 그날 밤 죽음의 산등성이 무덤에서 악당들이 살아 나왔고 묘지기가 목숨을 잃었죠."

유바가 신호를 보내자 토끼는 벽을 가리는 낡은 커튼을 걷었다. 동화책 수십 권이 날카로운 막대기로 고정되어 있었는데, 모두 마지막 페이지가 펼쳐진 상태였다.

"이틀 전, 라푼젤과 왕자가 그녀의 어머니 고델에게 납치됐어요. 고델은 탑에서 두 사람을 내던져 죽여 버렸죠." 땅속 요정은 지팡이를 들어 올려 동화책 한 권에 빛을 밝혔다. 책에는 그가 설명한 섬뜩한 새 결말이 그려져 있었다. "어제는 엄지손가락 톰이 거인에게 산 채로 잡아먹혔고, 룸펠슈틸츠헨은 자기 이름을 알아맞힌 방

앗간 주인 딸을 죽였어요." 유바가 새 결말이 담긴 두 권의 동화책을 지팡이 불빛으로 비추며 계속 설명했다. "그리고 오늘, 백설공주와 일곱 난쟁이가 오두막집에서 살해당했습니다. 한때 행복한 삶을 누렸던 바로 그 자리에서 말예요." 그가 채찍을 휘두르듯 지팡이를 홱 움직여 마지막 동화책을 비추었다. "죽은 자들은 모두 살던 곳을 떠나 연맹에 합류하기를 거부했습니다. 앞으로도 희생자는 늘어날 거예요."

적막 속에 긴장이 흘렀다. 아가사는 죽은 공주와 일곱 난쟁이 그림을 찬찬히 들여다보았다. 마녀가 들고 있던 책 마지막 페이지에 새롭게 그려진 것과 똑같은 그림이었다. 아가사는 자기도 모르게 팔과 손목에 든 멍을 문질렀다.

"백설공주가 죽었다고?" 피노키오가 중얼거렸다.

"예쁘고 친절한 백설공주가?" 피터 팬도 넋이 나간 듯 입을 움직였다.

("그렇게 예쁜 얼굴은 아니었지." 신데렐라가 한마디 덧붙였다.)

백설공주의 끔찍한 결말을 말없이 바라보는 회원들의 눈에 눈물과 공포가 차올랐다. 이제야 사태의 심각성을 깨달은 듯한 표정들이었다.

"누가 죽였는지 봤어요."

아가사가 자기도 모르는 사이 목소리를 내고 말았다.

회원들이 천천히 고개를 들어 그녀를 바라보았다.

아가사는 바닥으로 시선을 돌렸다. 오두막집에서 일어났던 일을 떠올리자 손바닥이 축축하게 젖어 왔다. "노파로 변장한 사악한 왕비 짓이에요. 동화에 나왔던 것처럼 다리와 발목은 까맣게 탄 상태였어요. 피부는 시체처럼 벗겨져 내렸고 몸에서는 썩은 내가 났어요. 그리고 눈은…… 핏발 선 두 눈은 텅 비어 있었어요. 영혼이 없는 사람처럼요." 아가사는 이해할 수 없다는 듯이 고개를 흔들었다. "저나 우마 교수님, 심지어 테드로스도 죽일 수 있었는데 그러지 않았어요. 목적했던 바를 이미 이루었기 때문이겠죠." 아가사가 고개를 들어 연맹 회원들을 바라보았다. "죽음의 산등성이에서, 빨간 망토 이야기의 늑대와 잭 이야기의 거인도 같은 얘기를 했어요……. 이야기를 바꿀 기회가 올 거라고……. 그때는 무슨 말인지 몰랐는데……."

"죽음의 산등성이에서 늑대를 봤다고? 내 이야기에 나오는 그 늑대?" 빨간 망토가 아가사의 말을 끊고 끼어들었다.

"거인도 있었다고?" 잭이 브라이어 로즈의 손을 움켜잡으며 말했다.

"모두 세상에 나왔어요." 아가사가 불안한 표정으로 말을 이었다. "죽었던 악당들이 돌아와서 자신의 동화를 다시 쓸 기회를 기다리고 있어요. 지금 상황이 그런 거죠?"

"무슨 말도 안 되는 소리야!" 테드로스가 유바를 향해 고개를 돌렸다. "교장의 군대가 왜 시간을 들여 오래된 이야기를 다시 쓰려고 하겠어요? 이미 늙어 버린 영웅들이 무슨 위협이 된다고 그들을 죽이려 하냐고요? 차라리 선인 왕국을 공격하는 편이 낫지 않아요?"

유바는 지팡이를 잡은 손을 꼼지락거릴 뿐 입술을 꼭 닫고 아무 말도 하지 않았다. 테드로스의 질문에 무슨 말을 해야 할지 모르는 것 같았다.

늙은 영웅들은 두려움 어린 얼굴로 두 눈을 깜빡이며 땅속 요정을 바라보았다.

"우리 영웅입니다. 맞죠? 우리 싸워야 합니다!"헨젤이 먼저 입을 열었다.

"200명을 상대로 싸워? 죽은 마녀, 괴물, 또 누가 있을지 모르는데! 바보 같은 소리! 싸울 수 있으면 우리가 왜 이 냄새나는 동굴에 숨어 있겠어?"그레텔이 쏘아붙였다.

"오래 숨어 있을 수는 없어요. 우리가 아무리 자주 본부를 옮긴다고 해도 결국 저들은 우릴 찾아낼 거예요. 교장이 사랑을 자신의 편으로 만들었으니 이제 천하무적이에요. 우리가 가진 건 검버섯과 툭하면 쥐가 나는 목뿐이고요."신데렐라가 침통한 표정으로 말했다.

"엘라 말이 맞아요. 교장을 사랑하는 왕비가 있는 한 우리 모두 백설공주처럼 죽게 될 거예요."잭이 한숨을 내쉬었다.

"그럼 어떡하죠?"빨간 망토가 가냘프게 흐느끼며 물었다.

"우리가 할 수 있는 일은 하나뿐입니다." 마침내 입을 연 유바가 아가사와 테드로스를 바라보았다."교장의 왕비가 사랑을 파괴하도록 설득하는 거예요."

잠시 침묵이 흘렀다.

"헛소리 또 시작하시네." 신데렐라가 중얼거렸다.

"정말 할 수 있겠니? 너희 친구가 교장의 반지를 파괴하도록 설득할 수 있겠어?"피터 팬이 젊은 두 선인을 뚫어지게 바라보며 물었다.

"왕비가 너희를 위해 과연 진정한 사랑을 포기할까?"피노키오가 추궁하듯 물었다.

아가사는 목구멍까지 끓어오르는 감정을 억누르며 차분히 입을 열었다."소피와 저에 대해 어떻게 설명해야 할지 모르겠어요. 저흰 달라요. 서로 너무 다른데, 또 같기도 해요. 물론 싸우고, 상대를 화나게 만들기도 하고, 서로 이야기를 잘 들어 주지도 않아요. 하지만 우리 두 사람의 마음은 똑같아요. 서로의 눈으로 세상을 보죠. 그 아이 없이 세상을 살 수 있다고 생각한 적은 단 한 번도 없어요." 아가사는 추억에 잠긴 듯 잠시 말을 멈췄다. "어느 순간 상황이 변했어요. 나이가 들어서 그런지도 몰라요. 서로를 지키려고 할 때마다 반대로 상처를 줬어요. 두 사람 모두의 잘못이지만, 사실 제 잘못이 더 커요. 친구에게 사실을 말하지 않았거든요. 저에게 믿음이라는 걸 가르쳐 준 단 한 사람을 제가 믿지 않았어요. 전 그 친구를 영원히 잃었다고 생각했어요. 예전으로 돌아가기에는 너무 늦었다고요……. 하지만 마음 깊은 곳에서는 아직 기회가 있다고 생각해요. 반드시 있을 거예요." 아가사가 슬픈 미소를 지어 보였다. "소피에게 진정한 사랑이 무엇인지 보여 줄 수 있는 사람은…… 진정한 친구밖에 없을 테니까요."

늙고 주름진 회원들의 얼굴에 순수한 아이의 표정이 스며들었다. 이 낯선 소녀를 향한 경멸이 마침내 희망으로 뒤바뀌는 순간이었다.

그때 테드로스가 가슴을 쭉 내밀며 공주 옆에 다가섰다. "맞습니다. 그러니 소피는 제게 맡기세요."

아가사의 얼굴에서 미소가 사라졌다.

회원들은 두 사람을 번갈아 바라보았다. 대체 누가 소피의 진정한 친구인지 혼란스러웠던 것이다.

"중요한 건 일단 저희가 소피를 만나는 거예요……." 테드로스가 침묵을 깼다.

"맞아요." 아가사가 테드로스의 말을 가로챘다. "선과 악의 학교 어딘가에 소피가 있으니까……"

"들키지 않고 학교에 들어가서 소피를 찾기만 하면……." 테드로스가 다시 아가사의 말을 끊고 끼어들었다.

"잠깐, 잠깐만!" 그레텔이 두 사람의 말을 가로막았다. "교장, 젊고 강해요. 두 학교 다 교장 거예요. 죽은 사람들 교장 군대 됐어요……. 너희가 어떻게 교장 학교 들어갈 수 있어?"

아가사가 얼굴을 찌푸렸다. "음, 그것 때문에 저희가 여기 왔는데요. 학교에 들어갈 수 있도록 도와주셨으면 해서……."

"도와줘? 너희 엄마 '숨겨 줘'라고 쪽지 썼어. 우리가 도와줄 수 있을 것 같아?" 헨젤이 휠체어에 앉아 비웃듯 말했다.

"요즘은 혼자 화장실 가는 것도 힘들어. 그런데 학교를 습격한다고?" 신데렐라는 껄껄 웃다가 큰 소리로 방귀를 뀌고 말았다.

회원들은 웃음을 터뜨렸다. 하얀 토끼마저 웃음을 참지 못했다.

"기습이 가당키나 해? 내 관절 삐거덕거리는 소리가 10킬로미터 밖에서부터 들릴걸!" 피노키오가 자조 섞인 말투로 내뱉었다.

"걱정하지 말아요. 우리 지팡이로 적을 무찌르면 되니까." 피터가 말했다.

"내 사탕 바구니도 있어요. 딱딱하고 바삭해서 무기로 딱이지." 빨간 망토도 낄낄거리며 거들었다.

그레텔은 비명에 가까운 코웃음을 쳤고, 다른 회원들도 배를 잡고 깔깔대다가 결국 눈물까지 흘렸다. 갑자기 불붙은 소란에 우마가 깜짝 놀라 깨어날 정도였다.

아가사는 곁눈으로 테드로스를 바라보았다. 테드로스는 이런 쓸모없는 늙은이들에게 희망을 걸게 한 아가사를 나무라듯 분노에 가득 찬 눈으로 그녀를 노려보고 있었다. 아가사는 다시 영웅들을

선과 악의 학교 3

향해 몸을 돌렸다. "하지만 저희는 힘들게 여기까지 왔어요. 여러분을 믿었기 때문이에요. 엄마가 여러분에게 저희를 보호해 달라고 했고…… 저에게 여러분이 도와줄 거라고 말했……."

"그건 이 연맹에 열세 번째 회원이 있다는 사실을 알았기 때문이다."

아가사와 테드로스는 동굴 입구를 향해 고개를 돌렸다. 키 큰 그림자가 그들을 향해 서 있었다.

"너희 어머니는 여기 열두 명에게 너희의 안전을 부탁했어. 하지만 도움까지 바랐을까?" 그림자가 빛 속으로 다가오며 말했다. "너희를 도와줄 사람은 미안하지만 나 하나뿐이다."

"아, 딱 맞춰 오셨군요." 유바가 미소를 지었다.

아가사는 마침내 모습을 드러낸 호리호리한 남자를 빤히 바라보았다. 하얀 턱수염이 덥수룩하고 흰 콧수염이 꾸불꾸불한 이 까무잡잡한 남자는 목에 모피를 덧대고 겉에는 별자리를 수놓은 보라색 망토를 질질 끌고 있었다. 그는 별무늬가 박힌 축 늘어지고 찌그러진 고깔모자에 커다란 뿔테 안경을 쓰고, 화려한 보라색 슬리퍼를 신고 있었다.

'본 적 있는 사람인데. 숲에서 봤나?' 아가사는 남자가 눈에 익었지만 너무 피곤해 정신을 집중할 수 없었다. 숲이 아니다…… 동화책이다. 새더 학장이 반 전체를 데리고 들어갔던 바로 그 책에서 본 남자였다. 이 늙은 남자는 보글거리는 실험실 용기가 넘쳐나고 물약 병과 단지가 놓인 선반이 빼곡하게 들어찬 먼지투성이 동굴 안에서…… 왕과 주문에 대해 말다툼을 벌였는데…… 그 왕이 꼭 누굴 닮았냐 하면…….

순간 아가사는 심장이 멎는 것 같았다. 그녀는 두 눈을 커다랗게 뜨고 테드로스를 향해 뒤돌아섰다.

하지만 왕자는 이미 유령처럼 창백한 얼굴로 늙은 남자를 바라보고 있었다.

"멀린 선생님." 왕자가 숨을 헉 들이마시며 말했다.

테드로스의 다리가 휘청하더니만 커다란 나무처럼 쓰러졌다. 다행히 그의 공주가 재빨리 곁에 다가와 왕자를 붙잡아 주었다.

11

학장들과의 만남

자정이 지난 시각, 소피는 교장의 방 창가에 조용히 앉아 있었다. 머리는 젖었고, 새까만 드레스는 무릎께에 뭉쳐 주름져 있었다. 그녀는 아무것도 신지 않은 발가락을 벽에 대고 형광 초록 색을 띤 하프웨이 베이를 바라보았다. 어둠에 잠긴 조용한 두 개의 검은 성이 물에 비치고 있었다.

그날 아침, 몇몇 사건들이 그녀를 의심에 빠져들게 했다. 선인을 악인으로 바꿔 놓은 학교……. 라팔의 반지를 파괴하라고 외치는 아가사의 목소리……. 그녀는 분명 악인이 아닌데 악인 교수라 칭한 수업 시간표…….

소피는 동화책 위에 떠 있는 이야기꾼을 향해 눈을 돌렸다. 이야 기꾼은 하얀 토끼를 따라 숲으로 들어가는 아가사와 테드로스의 모습을 그렸다. 친구들이 학교를 향해 다가오고 있다. 그녀를 만나 서 영원히 악을 떠나자고 설득하기 위해 오는 것이다…….

소피는 손가락에 딱 맞는 금반지의 감촉을 느끼며 미소 지었다.

'생각처럼 안 될걸.'

동화에서는 한순간에 일이 뒤집어지기 마련 이다.

열두 시간 전, 소피는 교장을 따라 초록색 브리즈웨이를 건너 예전 용맹의 탑으로 갔다.

"악을 가르치라고요? 〈저주와 죽음의 덫〉을요? 제정신이에요?" 소피는 검정 잠옷에 유리 구두를 신고 수업 시간표를 손에 쥔 채, 허둥지둥 교장을 뒤따라가며 비명에 가까운 목소리로 말했다.

"학장의 제안이었다. 좋은 생각을 해냈다고 뿌듯해하는 걸 보니 내가 왜 먼저 생각하지 못했나 싶더구나." 라팔이 **'부하'**라는 글자가 새겨진 계단을 오르며 투덜거렸다. "내가 겉모습이 젊다 보니 학장이 날 어린애 취급하고 있어. 내 학교인데 제대로 운영하지 못할 거라고 생각하는 거지. 한번은 내가 하프웨이 베이를 날아다니는 게 아이들 학업에 지장을 준다는 뻔뻔한 소리를 하더군. 애들이 날 흘끗거리느라 과제에 집중을 못 한다는 거야. 하지만 교장은 나잖아! 내가 학교를 한 바퀴 돌아보고 싶으면 언제든……."

"라팔."

소피의 목소리는 라팔을 그 자리에 멈춰 세울 정도로 날카로웠다. 라팔은 검은 계단 사이로 그녀를 내려다보았다.

"나도 당신의 유치한 불평을 들어 주고 싶지만 그 학장이란 사람이 날 이 학교 교수로 만들었잖아요. 학생들은 다 내 또래고, 날 좋아하는 사람은 하나도 없는 데다, 난 뭘 어떻게 가르쳐야 하는지도 모른다고요!"

"그래?" 교장은 별거 아니라는 듯 다시 계단을 오르기 시작했다. "점심시간에 네가 전체 학생들을 대상으로 강의하던 모습이 생생하게 기억나는데."

"애들한테 비듬 없애는 법을 가르치는 거랑 악인이 되는 법을 가

르치는 게 같아요?" 소피는 교장의 뒤를 따라 꼭대기 층으로 올라
갔다. "지금 상황을 좀 생각해 봐요. 아가사와 테드로스가 당신을
죽이러 오고 있는데, 난 잠옷 차림으로 학생들한테 숙제를 내주고
시험을……."

하지만 라팔은 이미 꼭대기 층의 유일한 문인 검은 대리석 문 앞
에 서 있었다.

"더비 교수님 사무실이네요?" 소피가 교장 곁에 다가서며 물었
다. "그분이 절 교수 시키자고 하신 거예요? 악의 학장이 되셨군
요?"

하지만 소피는 곧 변화를 알아챘다. 반짝이는 초록색 딱정벌레
가 새겨져 있던 문에 서로 뒤얽힌 보라색 뱀들이 자리 잡고 있었다.
뱀 밑에는 자수정을 깎아 만든 글자가 보였다.

학장들의 방

"학장들?" 소피가 콧등을 찡그렸다. "한 명이 아니란 뜻인가요?
하지만 누가……."

그때 마법으로 문이 활짝 열리며 입을 꼭 다문 날씬한 여자의 모
습이 나타났다. 길게 땋은 검은 머리에 어깨가 각진 자주색 드레스
를 입은 여자는 더비 교수가 쓰던 책상에 앉아 두꺼운 종이 한 장을
들여다보고 있었다.

"레소 교수님? 더비 교수님은 어디 계세요?"

쉰 목소리로 말을 꺼낸 소피는 곧 창문 근처에 예전에는 없던 책
상 하나가 더 있다는 사실을 깨달았다. 첫 번째 것과 똑같이 생긴
그 책상에는 아무도 앉아 있지 않았다.

"말 안 해도 알겠네요, 라팔. 둘이 하프웨이 베이 위를 신나게 날아왔겠죠?" 레소 부인이 종이에 시선을 고정한 채 말했다. "20분 전에 도착했어야 하는데 늦었어요. 제가 담당하던 수업을 넘겨받는 건데 미리 와서 준비를 좀 하는 게 좋지 않았을까요? 이미 늦었으니 됐고, 지금부터는 제가 알아서 할게요."

라팔이 레소를 무섭게 노려봤다. "레소 교수님, 이 학교의 규칙을 정하는 사람은 접니다. 그리고 깜빡하신 거겠지만 전 라팔이 아니라 '교장'입니다. 그에 걸맞은 존경을 표해 주세요. 다른 학장님은 아주 잘하고 계시는데요."

레소 부인은 보라색 눈을 가늘게 뜨고서 천천히 고개를 들어 어둠의 왕자 같은 차림으로 자기 앞에 서 있는 10대 소년을 바라보았다. "죄송합니다, 교장 선생님. 지금부터는 제가 맡아도 될까요?" 경멸하듯 차가운 목소리였다.

라팔은 심술궂은 표정으로 레소를 바라보고는 소피를 옆으로 끌어당겼다. "점심시간에 다시 보자." 그는 소피의 볼에 다정하게 입맞추며 속삭인 뒤, 레소 부인을 다시 한 번 노려보고 몸을 돌렸다. 그가 방에서 나가자 두 책상이 덜컹거릴 정도로 문이 세게 닫혔다.

"레소 교수님, 제가 어떻게 교수님 수업을 맡을 수 있어요? 이건 말도 안 되는……."

"앉아라." 소피가 기다렸다는 듯 하소연을 쏟아 냈지만 학장은 가차 없이 말을 잘랐다. 그녀는 소피의 손가락에서 반짝이는 금반지를 바라보았다.

소피는 쓰러지듯 풀썩 의자에 앉았고, 레소 부인은 그녀에게서 시선을 떼지 않았다. 더비 교수의 책상에는 예전에도 그랬듯 자두 바구니와 크리스털 호박 종이누르개가 놓여 있었다. '레소 교수님은 왜 자기 책상을 안 쓰고 여기 계시지?' 소피는 창문 근처에 있는 다른 책상을 흘끗 바라보았다.

"입학 첫해에 우리 사이가 별로 안 좋았던 건 인정한다. 하지만 시간이 지날수록 난 네가 점점 좋아지더구나." 레소 부인이 의자에 등을 기대며 말을 이었다. "우린 공통점이 꽤 많아."

"하이힐을 좋아하고 골격이 우수하다는 점 빼고는 없는 것 같은데요." 소피가 대꾸했다.

"잘 생각해 봐. 우린 둘 다 악에 타고난 재능이 있고, 악인답지 않게 허영심도 많아. 열 받으면 모두가 두려워하는 마녀가 된다는 점도 같지. 하지만 우린 혼자가 되기를 두려워 해. 인생의 어느 순간 사랑에 의지하려 했지만, 결국 그 사랑에 배신당하고 말았지. 너는 가장 친한 친구와 그런 일을 겪었고, 난 자식과의 관계가 그랬어." 레소 부인이 설명했다.

"자식이 있으세요?" 소피가 깜짝 놀라 물었다.

"악인도 선인과 마찬가지로 아이를 낳는단다. 하지만 수업 시간에 얘기했듯, 악인 가족은 서로를 이어 주는 사랑이 없기 때문에 오래 지속되지 않아. 악당 가족은 민들레 같은 것이란다. 위험하고 순간적이지. 가족에 매달리는 건 바람을 거스르는 것처럼 부자연스러운 일이란다." 레소 부인이 호박 종이누르개를 만지작거렸다. "15년 전 악의 학교에 들어올 때, 난 자식을 확실하게 버렸어야 했는데 그러지 못했어. 너도 마찬가지야. 네 친구가 선의 학교에 들어간 순간 그 아이와 완전히 헤어졌어야 했어. 다행히 우린 잘못을 깨달았고, 이제 그런 실수를 저지르지 않지."

잔뜩 힘이 들어가 있던 그녀의 턱이 조금 편안해졌다. "하지만 정말 놀라운 점은, 그 많은 실수를 저지르고도 우리가 아직 살아 있다는 거란다. 살아 있을 뿐 아니라 승기를 잡은 쪽에 서 있지. 옛날 옛적에는 악에게도 영광스러운 승리의 순간이 있었어. 요정 포식자 피놀라, 아이로 만든 국수 수프, 미친 곰 렉스, 그 외에도 많지만 다 잊혔어. 사람들이 기억하는 건 200년간 이어진 선의 승리뿐이야. 우리 세계의 균형이 무너져서 악은 무조건 죽을 수밖에 없고 동정이나 비난을 받는 대상이 된 반면, 선은 무도회와 키스와 오만함으로 가득한 세상이 되어 버렸지. 이 모든 것을 바꾼 게 바로 너야, 소피. 너와 라팔이 서로를 가지기 위해 분투한 덕분에 악은 처음으로 사랑을 자기편에 둘 수 있게 됐어. 무슨 말인지 알겠니? 내가 평생 깨부수려 했던 일방적인 학살의 방향을 네 동화가 바꾸어 놓은 거야. 네가 할 일은 간단해. 아가사가 테드로스를 사랑하는 것만큼 너도 라팔을 사랑한다는 것…… 아가사가 자신의 왕자를 위해 희생하는 것처럼 너도 사랑을 위해 희생할 것이라는 사실을 증명하면 돼."

레소 부인이 위협적인 눈빛으로 소피를 쏘아봤다. "그러려면 네가 아가사와 테드로스를 죽여야 하지."

"죽인다고요……. 제가요?" 소피는 몸서리를 치며 다람쥐처럼 날카로운 소리를 냈다. "제일 친한 친구들을요? 안 돼요, 안 돼, 그럴 순 없어요……. 전 라팔을 위해 싸우겠다고 했어요……. 걔들이 오면 라팔을 방어할 거라고……."

"방어? 아니지. 악은 공격하고 선이 방어하는 거야. 악이 공격한다는 건 곧 죽인다는 뜻이고. 첫 수업 때 내가 경고했잖니. 진정한 악인은 운명의 적을 피할 수 없다고 말이다. 입학 첫해에 네가 운명의 적을 꾸는 꿈에서 아가사의 얼굴을 본 순간, 너희 둘의 운명은 정해진 거야……. 너희는 예외기를 나도 바랐지만 이제는 어쩔 수 없어."

소피는 아무 말도 못 하고 고개를 흔들며 낑낑 소리를 냈다.

"소피, 내 말 잘 들어라." 레소 부인이 더욱 냉정한 말투로 말했다. "내가 자식 이야기를 꺼낸 데에는 이유가 있단다. 아가사가 살아 있는 한 넌 절대 행복한 결말을 맞이할 수 없어. 아가사와 그 아이의 사랑을 죽이지 않으면…… 그 아이들이 널 죽일 거다. 네 동화의 결말은 둘 중 하나야."

"그런 게 행복한 결말일 리 없잖아요! 왜 누굴 꼭 죽여야만……."

"이건 너와 아가사 두 사람의 동화니까." 레소가 대답했다. "그래서 이야기꾼도 마무리를 짓지 못하고 있는 거다. 네가 '끝'에 누가 살아남을지 결정하기를 기다리고 있어. 너의 가장 친한 친구와 진정한 사랑, 선과 악 중에 선택해야 하지."

소피는 떨리는 손가락으로 반지를 움켜쥐었다. "아가사가 제 운명의 적처럼 느껴지지 않으면요? 저는 제가 악인인 것 같지 않은데요?"

레소 부인이 책상 너머로 팔을 뻗어 소피의 손을 잡았다. "소피, 넌 악인 중에서도 가장 악한 이의 반지를 끼고 있다. 악을 죽음에서 부활시켰고 선에게 지옥을 선보였어. 모두 사랑하는 남자를 가지기 위해서였지. 그보다 더 악한 게 뭐가 있겠니?"

소피는 가슴이 터질 것 같았다. "억울해요! 전 일이 이렇게 될 줄 몰랐단 말예요."

"그럼 네 자신에게 물어봐. 선을 구하기 위해 라팔을 희생할 수 있겠니? 드디어 진정한 네 모습을 사랑해 주는 사람을 만났는데 다시 혼자가 될 거야? 아가사랑 테드로스 둘이 행복하게 살게 해 주려고?"

소피는 레소 부인의 시선을 따라 창밖을 내다보았다. 라팔이 파란 숲 위로 솟아올라 자신의 탑으로 돌아가고 있었다. 세상 사람들은 그녀가 가장 힘들 때 그녀를 배신했다. 가족, 친구, 왕자, 모두 마찬가지였다. 하지만 라팔은 아니었다. 그의 품에 안겨 하늘을 날 때 소피는 안전하고 보호받는 느낌을 받았다. 라팔이 그녀에게 던진 진심 어린 경고도 가슴에 그대로 남아 있었다. *"널 사랑하는 사람은 나뿐이다."*

"정말 그 사람을 포기할 수 있니, 소피?" 레소 부인이 다그치듯 물었다.

두려움이 담긴 눈물 한 방울이 소피의 뺨을 타고 흘러내렸다. "아니요." 그녀가 작은 목소리로 대답했다.

"그렇다면 넌 그냥 악인이 아니야. 충분한 자격을 갖춘 악의 왕비다." 레소 부인이 소피의 손을 놓으며 말했다.

소피는 고개를 저었다. "하지만 교수님은 제가 어떤 사람인지 아시잖아요. 작년에 아가사랑 더비 교수님이랑 우리 다 같이 선을 위해 싸웠는데! 그때는 다 한편이었잖아요."

"우리 둘은 그때 악을 배신한 대가를 치르고 있는 거란다. 넌 이미 오래전에 정리했어야 하는 친구들을 쳐부숴야 하고, 난……."

레소 부인의 입술이 파르르 떨렸다. 그녀는 맞은편 빈 책상을 잠시 바라보더니 침을 한 번 삼키고 다시 자세를 바로잡았다. "소피, 내가 널 도와줄게. 나도 너처럼 악에 대한 나의 충성심을 증명할 또 한 번의 기회를 얻었단다. 이번에는 절대 실패하지 않을 거야. 지금 우리 리더의 수준이 사춘기 소년 정도라는 게 마음에 걸리지만……." 레소 부인이 불쾌한 듯 얼굴을 찡그렸다. "지금부터 내가 하는 말 잘 들어라."

선과 악의 학교3

레소 부인은 두 손을 책상 위에 올려놓고 검은 표범처럼 몸을 둥글게 구부렸다. "아가사와 테드로스는 너를 만나기 위해 곧 학교에 숨어 들어올 거야. 선의 운명이 달린 일이니까. 해가 완전히 사라지기 전에 너의 마음을 되돌리고 라팔을 죽여야 하거든. 그 둘의 의지는 의심할 여지없이 확고하다. 걔들한테는 자기들 해피엔딩이 중요하지 네 해피엔딩 따위는 안중에도 없어. 그 아이들이 라팔을 앗아 가면 넌 어떻게 될까?"

소피가 고개를 돌렸다. 가슴속에서 예전의 어둠이 되살아나고 있었다. "엄마처럼 혼자가 되겠죠."

레소 부인은 흥미롭다는 듯 눈썹을 치켰다.

"엄마는 가장 친한 친구와 자기 남편이 사랑에 빠지는 걸 지켜봐야 했어요. 두 사람의 들러리가 되어 버린 거죠." 소피는 바닥에 시선을 고정한 채 말했다. "하지만 아빠와 오노라는 신경 쓰지 않았어요."

"네 엄마가 자신들에게 맞서 싸울 용기가 없다는 걸 알았기 때문이야."

소피가 고개를 끄덕였다. "그래서 젊은 나이에 돌아가신 거예요. 더 이상 혼자 살아갈 자신이 없어서…… 포기해 버리고 만 거예요."

"네 친구들은 옛날이야기가 이번에도 그대로 반복될 거라고 생각하는 모양이다. 그렇지?"

학장의 말에 소피가 벌겋게 충혈된 눈을 천천히 들어 올렸다.

"그 엄마에 그 딸이라고 생각하나 봐. 너도 그렇게 생각하니?"

소피는 돌처럼 굳어 꼼짝하지 않았다.

"학장으로서 내 임무는 네가 혼자가 되지 않게 하는 거란다." 레소 부인이 부드러운 목소리로 말했다. "난 너와 라팔이 악인의 해피엔딩을 맞을 수 있게 도울 거야. 하지만 너도 해야 할 일이 있어. 아가사와 테드로스의 학교 침입 계획을 찾아내야 해. 그래서 널 이 학교 교수로 만든 거란다."

소피가 얼굴을 찡그렸다. "걔들이 어떤 계획을 세울지 제가 어떻게……."

"이 학교 안에 네 친구들을 위해 일하는 스파이가 있다." 레소 부인이 차가운 말투로 설명하며, 들여다보고 있던 종잇조각을 소피 앞에 내밀었다. "요정들이 학교 정문 근처에 있는 하얀 쥐에게서 이걸 빼앗아 왔다. 쥐는 도망가 버렸지."

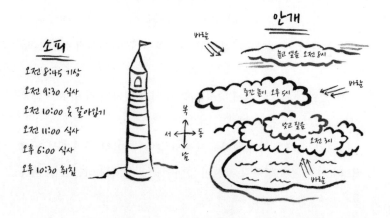

"네 움직임을 표시한 지도란다. 안개 변화를 표시한 이유는 나도 모르겠다만, 이 학교 안의 누군가가 선인들에게 널 찾을 방법을 알려 주고 있어."

학장의 말에 소피가 고개를 들었다. 마음속에 있던 공포가 마지막 한 방울까지 남김없이 빠져나갔다. 선이 그녀를 감시하고 있다고? 그녀의 해피엔딩을 망치기 위해 그렇게까지 한단 말이지? 친구를 보고 싶던 마음이 갑자기 분노에 휩싸였다.

"라팔에게는 당연히 말 안 했다. 10대 소년의 호르몬이 넘쳐흐르는 사람인데, 이 얘기를 들으면 학생들을 모조리 죽여 없애려 할 거야." 레소 부인은 투덜거리는 투로 말했다. "소피, 네가 스파이를 찾아내야 해. 하얀 쥐가 종이를 물고 있던 것으로 보아 선인인 것 같은데, 아가사와 테드로스 친구들은 나보다 네가 더 잘 알잖니. 교수가 되어서 수상한 아이를 찾아내 감시하고, 네 친구들이 이 성에 어떻게 들어오려고 하는지 그 방법을 찾아내라."

"하지만 학생들을 어떻게 가르쳐야 할지 모르겠어요." 소피가 고개를 바짝 치켜들고 말했다.

"지난 몇 주 동안 폴룩스가 그 수업을 담당했어. 앞으로도 네가 수업에 잘 적응할 수 있도록 같이해 줄 거다. 학생이 두 배로 늘었으니 선생이 두 명인 것도 괜찮지. 하지만 솔직히 말해서, 수업 시간 내내 네가 코를 파고 있어도 애들은 그 멍청이보다 널 더 좋아할 거야. 소피, 넌 스파이 찾는 데에만 집중해라. 시간이 없어. 아가사와 왕자가 며칠 후면 여기 올 거야. 네가 이야기를 끝내지 않으면 태양이 자기 식대로 이야기를 끝내 버릴 거다."

소피는 고개를 끄덕였다. 몸속에서 아드레날린이 솟구쳤다.

그리고 다시 맞은편의 빈 책상을 바라보았다. 죄책감이 솟아 마음속 폭풍우를 순식간에 잠재웠다. "더비 교수님은 사람을 해치지 않으면서 이야기를 끝낼 방법을 알고 계실 텐데……."

"더비 교수님은 이제 학장이 아니다." 레소 부인이 완고한 말투로 말했다.

"어디 계신데요?" 소피가 놀라 물었다.

"더비 교수님과 다른 선인 교수님들은 안전한 곳에 감금되어 있어. 교장 선생님이 마음을 바꿀 때까지 거기에서 나오지 못할 거야."

소피는 멍한 표정으로 레소 부인을 바라보았다. "더비 교수님은 학장님 친구시잖아요! 늘 서로를 도와주셨고요."

"너와 아가사도 한때 그랬지." 레소 부인은 자주색 눈을 아래로 향한 채 손가락으로 자두 바구니를 쓰다듬었다. "하지만 아무리 노력해도 마녀와 공주는 친구가 될 수 없어. 너도 이미 충분히 겪어서 알고 있잖니?"

소피는 입안이 바짝 말라 소리를 낼 수 없었다. "그럼⋯⋯ 다른 학장님은 누구세요?"

그때 그녀의 등 뒤에서 문이 활짝 열리고, 키 크고 위협적인 표정의 잘생긴 소년이 소매 없는 검정색 가죽 셔츠를 입고 건들건들 방 안으로 들어왔다. 뾰족하게 세운 검은 머리에 얼굴은 시체처럼 창백한 소년은 치명적인 보라색 눈으로 레소 부인을 바라보았다.

"안녕하세요, 어머니! 커피 가져왔어요." 소년이 깊고 강한 목소리로 인사했다.

소년은 까만 액체가 담긴 머그잔을 레소 부인 책상에 올려놓고, 음흉한 눈빛으로 소피를 바라보았다. "새로 오신 교수님께 학교에 대해 설명 중이셨나 봐요." 그가 햇빛이 비치는 창에 기대며 말했다. 둥글게 말아 벨트에 건 검은 채찍이 빛을 받아 반짝였다. "숲 너머에서 온 소피, 희한하게도 우린 제대로 만난 적이 없지? 물론 넌 날 본 적이 있어. 투명 망토에 몸을 숨기고 보거나, 예쁘장한 남자의 몸으로 남자 학교에 몰래 숨어 들어와서 보기도 했지⋯⋯. 마운트 오노라에서 온 필립이었지, 아마? 테드로스가 고문당하는 걸 막으려고 날 벽에 밀어붙이기도 했잖아. 그래, 가만 보니 필립 얼굴이 있네…… . 예쁜 눈과 도톰한 입술이 똑같아. 물론 지금은 필립이 아니니까 그때 나한테 무례하게 굴었던 건 용서해 줄게……." 소년의 자주색 눈은 그녀를 꿰뚫을 듯 날카로웠다. "예쁜 얼굴에 상처를 내긴 싫거든." 소년은 입술을 핥고 딱 붙은 바지 주머니 속에 손을 밀어 넣었다. 팔뚝 위로 푸르스름한 정맥이 솟아올라 있었다. "두 분과 좀 더 같이 있고 싶지만 파멸의 방에서 선인 남자아이들 몇 명에게 벌을 줘야 해서요. 부모에게 자기들을 구해 달라고 편지를 쓰다가 붙잡힌 아이들이죠. 교장이 돌아오니까 누구든 마음대로 학교를 들락거릴 수 있다고 착각하나 봅니다." 소년은 계단을 향해 걸음을 옮기다 말고 소피를 바라보았다. "내 이름은 기억하지?"

소피는 아무 말 없이 몸을 잔뜩 웅크렸다.

"애릭이야. 이번에는 기억하는 편이 좋을 거다. 내가 여기 학장이니까." 그가 문을 향해 뒷걸음치며 달콤한 목소리로 말했다. "건방진 소피, 점심 때 보자. 교수들은 발코니에 각자 자기 자리가 있어. 이제 우린 친구니까 좀 더 친해져야지…… . 개인적으로 말이야."

그는 악마처럼 윙크한 뒤 밖으로 나갔다.

소피는 두 눈을 동그랗게 뜨고 천천히 레소 부인을 향해 고개를 돌렸다.

레소는 머그잔을 들어 올려 쿵쿵대더니 그 안에 담긴 검은 액체를 자두 바구니에 쏟아 버렸다. 순간 자두는 연기를 피우며 녹아내렸고, 끔찍한 악취가 방을 가득 채웠다.

"교장이 날 죽이면 안 된다고 분명히 말했는데, 쟤가 포기를 안하는구나." 레소 부인은 머그잔을 창밖으로 내던지며 우울한 표정을 지었다. "어제는 화장실에 독사를 풀어 놓았단다."

"애릭이 교수님 아들…… 아들이에요? 쟨 괴물…… 살인자예요! 쟤가 트리스탄을 죽였다고요!"

"경연 대회 직후 혼란을 틈타 나도 죽이려고 했지. 거의 성공했는데 교장이 나타나 상황을 정리했어." 학장이 한층 부드러워진 목소리로 말했다. "물론 저 아이를 탓할 생각은 없다. 15년 전 내가 악의 학교 학장 자리를 받아들였을 때, 난 내가 아끼는 모든 것과 깨끗하게 연을 끊어야 했어. 자식도 그중 하나였지. 하지만 난 저 아이를 학교 근처 동굴에 숨겨 놓고 밤마다 몰래 보러 갔다. 저 아이는 내가 자기를 영원히 지켜 줄 거라고 생각했을 거야." 자두 바구니를 만지작거리는 레소 부인의 목소리가 떨렸다. "하지만 사실을 알게 된 교장이 즉시 날 학교에 가뒀고, 난 아들에게 작별 인사조차 못 했다. 애릭은 절대 날 용서하지 않을 거야……. 여섯 살짜리 어린아이를 숲에 혼자 내버려 두었으니 말이다. 용서받지 못할 일이지." 레소가 소피를 바라보았다. "말했잖니. 우린 둘 다 실수의 대가를 치러야 한다고. 내가 치러야 할 대가는 복수심에 불타 나를 죽이려 하는 아들과 같은 학교에서 같은 학장으로 일해야 한다는 거야."

그녀가 씁쓸한 미소를 지으며 창밖을 바라보았다. "모두 교장이 원하는 대로 되고 있어. 엄마와 아들이 학장이 되고…… 학생이었던 아이가 내 수업을 맡아 가르치고…… 영원히 죽지 않는 교장은 젊은 왕비를 맞이하고…… 옛것과 새것이 악을 위해 협력하고 있지."

소피는 레소 부인의 시선을 따라 하프웨이 베이 너머 악의 학교가 있던 자리를 바라보았다. 울퉁불퉁 얽은 자국으로 뒤덮인, 무너질 듯 위태로운 옛것의 학교가 보였다. 그런데 건물 지붕 위에서 어슴푸레한 형상들이 움직이고 있었다. 기괴하고 거대한 형체들은 분명 인간이 아니었다. 그들은 무시무시한 경비병처럼 활과 화살을 등에 매고 있었다. 아래쪽으로 시선을 옮기자 창 안에 또 다른 형체가 보였다. 이번에는 인간이었다. 소피는 한 발자국 가까이 다가서서 형체들을 관찰했다. 해적처럼 배 모양 모자를 쓴…… 팔 끝에 손 대신 날카로운 금속이 달린 남자가 보였는데…….

그때 짙은 안개 덩어리가 날아와 창을 가렸다. 잠시 후 안개가 걷혔지만 남자는 이미 사라진 뒤였다.

소피는 입술을 깨물었다. 라팔은 옛것의 학교에 대해서는 아무것도 말해 주지 않았다. 하지만 그녀는 왕비가 아닌가! 저쪽 다른 학교에 교장이 무엇을 숨겨 두었는지 알 권리가 있다.

"레소 교수님, 옛것의 학교에는 뭐가 있는지 말씀해 주세요." 소피가 단호하게 말했다.

"옛 동화를 배우는 학생들이 있지. 여기서 새 동화를 가르치는 것처럼 말이야. 하지만 옛것의 학교는 교장 선생님 소관이니 넌 신경 꺼라." 학장의 단호한 경고가 끝나자마자 불협화음에 가까운 날카로운 치직 소리가 성 안에 울려 퍼졌다. 미친 귀뚜라미 군대가 쳐들어오는 것만 같았다. "요정들이 수업 끝을 알리는 소리란다." 자리에서 일어난 학장은 뾰족한 굽으로 또각또각 소리를 내며 문을 향해 걸어갔다. "갈까? 지각하는 교수는 학생들의 존경을 받을 수 없지. 특히 나를 대신할 사람이라면 더욱 신경 써야 해."

소피는 의자에 더욱 깊이 몸을 파묻고 잠옷 위로 팔짱을 꼈다. "10대 남자아이들이 가득한 수업을 가르치려면 일단 입을 옷이 필요해요. 그리고 교실까지는 어찌어찌 간다 해도, 전 새 동화들에 대해서는 아는 게 하나도 없어요!"

"새 동화는 하나뿐이다. 단 하나."

"뭐, 그게 뭔지는 모르겠지만 어쨌든 전 그걸 가르칠 수가……."

"당연히 있지. 여기 새것의 학교에서 가르치는 단 하나뿐인 동화
는 바로……." 레소 부인이 문을 활짝 열고, 날카로운 눈으로 소피
를 바라보았다.

"네 이야기니까."

12
스파이 찾기

헨젤의 안식처에 있는 막대사탕 방은 여전히 막대사탕으로 가득했지만, 색색의 사탕들은 수천 조각으로 깨진 뒤 재배치되어 새로운 벽화를 구성하고 있었다.

북적대는 복도에서 학생들이 쏟아져 들어올 때, 소피는 이미 식스 교수의 막대사탕 책상에 앉아 있었다. 책상에는 베이고 잘린 상처, 깨진 덩어리와 구멍이 가득했다. 앞이 뾰족한 검정색 스웨이드 부츠를 신고 몸에 꼭 맞는 검정색 레이스 드레스를 입은 소피는 《소피와 아가사의 이야기》를 묘사한 벽화를 바라보고 있었다. 그녀 안의 악이 최절정에 이른 바로 그 순간들이었다. 선과 악의 전쟁에서 쥐에 올라타 아가사를 죽이려 달려들고…… 소년 대 소녀의 전쟁에서 투명 망토를 입은 상태로 테드로스를 공격하고…… 아가사를 하수도에 밀어 넣고…… 테드로스를 절벽에서 밀어내고…….

'꽤 잘 싸웠네. 이번에도 할 수 있어.'

소피의 손이 바들바들 떨렸다.

'아냐, 난 못 해. 이제 다른 사람이 됐는걸.' 그

녀는 두려움에 싸여 고개를 돌렸다.

정신을 차리고 친구들을 도와야 한다는 마음속 목소리가 들려오기를 기다렸지만…… 생각지 못했던 다른 목소리가 그녀를 점령했다. 더 어둡고 분노에 찬 그 목소리는 증오를 토해 내고 있었다.

'그 엄마에 그 딸.'

'그 엄마에 그 딸.'

'그 엄마에 그 딸.'

소피는 천천히 고개를 들어 다시 벽화 속 아가사와 테드로스를 바라보았다. 잠시였지만 두 사람이 오노라와 스테판처럼 보였다.

소피는 더 이상 손을 떨지 않았다.

'스파이를 찾아라.' 그녀 안의 마녀가 속삭였다.

'스파이를 찾자.' 소피는 마녀의 뜻에 순종했다. 이제 임무에만 집중해야 한다.

그때 누가 큰 소리로 헛기침을 했다.

소피는 고개를 돌려 학생들을 바라보았다. 40명 가까이 되는 선인과 악인 학생 들이 빽빽하게 교실을 채우고 있었다. 그들은 검정과 초록이 섞인 교복을 입었는데, 모두 하나같이 부루퉁한 얼굴로 그녀를 노려보고 있었다. 그중에는 베아트릭스, 리나, 채덕, 니콜라스, 모나, 아라크네, 라반, 벡스, 밀리센트, 그리고 브론도 있었다.

"아, 그래, 안녕……." 소피는 학생들의 표정과 숫자에 놀라 더듬더듬 인사를 건넸다. "오랜……만이지?"

학생들의 표정이 더욱 험상궂게 변했다.

"이제 다 한 가족이잖아." 소피가 전략을 바꿔 애교 가득한 목소리로 말했다. "어머, 검정색을 입으니 너희 다 정말 똑똑해 보인다! 예전에는 나 검정색 별로였거든. 너무 우중충해서 말이야. 그런데

레소 교수님 말씀이 이 옷은 룸펠슈틸츠헨의 조카 것이고, 그분은
예전에 이 수업을 가르치기도 하셨대. 그런데 삼촌이 난쟁이라는
걸 봐도 짐작할 수 있겠지만 워낙 골격이 작아서 지금까지 이 옷이
맞는 사람이 없었는데, 내가 이렇게 입었지 뭐야!"

학생들의 얼굴에 증오가 어리기 시작했다.

"아, 레소 교수님이 그동안 폴룩스 교수님께서 너희를 가르쳤다
고 하시던데……." 소피가 꾸물꾸물 말을 이었다. "폴룩스 교수님
오실 때까지 좀 기다려 볼까……."

벡스가 분노를 폭발시키듯 큰 소리로 방귀를 뀌었다.

소피는 기겁한 얼굴로 숨을 멈췄다.

'스파이를 찾아야 해.' 그녀는 정신을 가다듬었다. 이 교실 안의
누군가가 선의 편에 서서 그녀가 사랑하는 남자를 죽이려 하고 있
다…….

하지만 선인 악인 할 것 없이 험상궂은 표정을 짓고 있는 학생들
을 보니 누가 스파이라 해도 이상하지 않을 것 같았다. 물론 예외는
있었다. 검정색 스카프에 베일을 쓴 키코가 교실 뒤쪽에 앉아 훌쩍
거리고 있었다. 그녀의 교복에는 작은 핑크색 리본이 꽂혀 있었다.

키코는 소피의 시선이 자신에게 향한 것을 깨닫자, 다른 학생들과 똑같이 증오에 찬 표정으로 그녀를 노려보았다.

"오늘 아침 귀리죽에 누가 변비약을 탔나? 왜들 그렇게 심각해?" 소피는 마음을 진정시키며 멍청한 웃음을 지어 보였다.

그때 누가 입안에 넣어 씹던 종이뭉치를 그녀의 눈에 쏘았다.

소피는 얼굴이 벌겋게 달아올랐다. 굳이 범인을 찾고 싶은 생각도 들지 않았다. "그래, 다들 나한테 화난 거 알아, 안다고! 여기 처음 왔을 때도 너희는 나한테 정말 못되게 굴었어. 난 너희한테 도움을 주고 싶었을 뿐인데 말이야. 더러운 냄새 풀풀 풍기는 애랑 복도에서 마주쳐도 내색 한 번 안 했고, 너희에게 흰 밀가루가 얼마나 안 좋은지 알려 주려고 최선을 다했어. 그런데 이젠 세상에서 제일 잘생긴 남자아이가 나에게 반지를 주고, 그래서 내가 이 학교의 왕비가 된 것 때문에 화가 나서 날 미워하고 있잖아! 너희는 예전처럼 아무 힘도 없이 시키는 대로 하는데, 난 급이 달라져서 이 앞에 이렇게 서 있기 때문이겠지. 하지만 이건 다 내가 노력한 결과야. 난 평생 혼자였어. 그래서 날 떠나지 않고 사랑해 줄 사람, 무사마귀 같은 것도 다 포함해서 내 모습을 있는 그대로 사랑해 줄 사람을 찾으려고 노력했고 결국 해냈어. 그렇게 어렵게 찾은 사람이 마법사건 세상에서 제일 악한 남자건 난 상관 안 해. 내가 감정적이고 복잡하고 남들에게 늘 오해받는 사람일지라도 변함없이 날 사랑해 주는 내 사람이니까. 그러니 화내고 싶으면 화내. 내가 진정한 사랑을 만난 건 다 그동안 겪은 고통의 정당한 대가야. 너희 마음에 들든 안 들든 최소한 축하해 줄 수는 있잖아!"

침묵이 흘렀다.

"우린 그것 때문에 화난 거 아닌데." 베아트릭스가 툭 쏘듯이 말했다.

"너한테 남자 친구가 있든 말든 아무도 관심 없어." 모나도 거들었다.

소피는 입술을 꼭 오므렸다. "아, 그럼 왜 그러는 건데?"

아이들의 머리가 일제히 창을 향해 돌아갔고, 소피도 그들을 따라 시선을 돌렸다. 파란 숲 위로 우뚝 솟은 거대한 점수판에 학생들의 이름이 점수순으로 쓰여 있었고, 불타듯 번쩍이는 빨간 선이 점수판을 세 부분으로 나누어 상위 그룹, 중간 그룹, 하위 그룹을 표시했다. 대부분의 이름은 초록색 안개에 가려 보이지 않았지만, 제일 위에 자리 잡은 호트의 이름은 멀리서도 뚜렷하게 보였다.

"3학년이 되면 그룹이 나뉠 거야." 라반이 짧게 깎은 검정색 머리를 처량하게 만지작거리며 불만에 가득 찬 목소리로 말했다. "내년부터 우린 점수에 따라 리더 그룹, 부하 그룹, 변신 그룹으로 갈라져 생활하게 돼."

"독 두꺼비가 되지 않으려면 나 같은 선인도 무조건 악해져야 해. 이건 다 너 때문이야!" 밀리센트가 소피를 향해 불만을 토했다.

"악인이라고 좋을 건 없어. 학교 전체가 악의 학교가 돼서 경쟁자가 두 배로 늘어났단 말이야." 모나가 거들었다.

"리더 그룹이 된다고 끝이 아니야. 숙제가 두 배로 늘어나거든." 벡스가 말했다.

"부하 그룹은 리더가 시키는 건 무조건 해야 해." 리나가 걱정스러운 표정으로 말했다.

"변신 그룹은 동물 모습으로 수업을 들어야 된대! 과제에서 세 번 연속 낙제하면 어떻게 되는지 알아? 식물이 된다고!" 베아트릭스가 비명을 지르듯 말했다.

"네가 그런 걱정을 왜 해? 넌 어차피 리더가 될 텐데!" 키코가 베아트릭스를 향해 빙글 몸을 돌렸다. "난 전체 등수가 끝에서 세 번째야. 혹시라도 튤립이 되어야 하면 어떡하지? 난 그날 이후로…… 집중을 못 하겠는데……." 키코가 울음을 터뜨렸다. "트리스탄은 튤립을 좋아했어. 머리에 꽂기도 했지." 그녀는 베일에 코를 풀었다. "날 정말 사랑해 줬는데……."

"맙소사! 걘 이 세상에 너랑 단둘이 남아도 널 사랑하지 않았을 거야!" 베아트릭스가 화난 목소리로 말했다. "그리고 난 악인 리더가 되고 싶은 생각 없어, 이 멍청아! 옛날이야기 같겠지만 난 선의 학교에서 캡틴이 될 뻔했던 사람이야. 그런데 이제 얼굴을 일부러 못생기게 만들고 사람들한테 저주를 퍼붓고 부하까지 부리라고?"

"너 원래 그러고 다녔잖아." 소피가 중얼거리자 베아트릭스는 기겁한 표정으로 숨을 헉 들이마셨다.

"남자 학교도 여기보다는 나았어." 채딕이 언쟁에 끼어들었다. "학교 전체에 악취가 진동했던 것은 사실이지만, 최소한 수업 시간에 조금 늦었다고 벌처럼 쏘아 대는 요정은 없었으니까. 게다가 애릭은 자기 마음대로 만든 규칙을 어겼다고 파멸의 방에서 우리를 고문해. 전보다 열 배는 심하게 벌을 준다고."

"난 어제 셔츠를 바지 안에 집어넣지 않았다고 벌을 받았어. 걘 정말 못됐어." 니콜라스가 말했다.

"훌륭한 악인이란 말이 아니라, 정말 못됐단 뜻이야." 벡스가 조용히 중얼거렸다.

소피는 이야기가 더 이어지길 기다렸지만, 남학생들은 짐을 떠넘기듯 서로를 흘끗흘끗 바라보더니 이내 고개를 돌려 그녀를 바라보았다.

"지난 200년 동안 우린 아무 문제 없이 잘 살고 있었는데 너희가 나타나서 선과 악을 뒤죽박죽으로 만들어 버렸어!" 라반이 외쳤다.

"남녀 사이도 망쳐 버렸지!" 브론이 우렁찬 목소리로 덧붙였다.

"아가사와 테드로스가 여기 와서 교장을 죽여 버리면 좋겠어. 선을 되찾아 주면 좋겠다고!" 아라크네가 분노를 쏟아 냈다.

"그래, 선을 되찾자!" 베아트릭스가 소리치자 다른 학생들도 함께 발을 구르며 구호를 외치기 시작했다. "선을 되찾자! 선을 되찾자!"

소피는 할 말을 잃고 그들을 바라보았다. 선을 되찾자는 사람이 이렇게 많은데 어떻게 스파이를 찾아낼 수 있을까?

"그건 네가 할 일이잖아, 이 멍청아……."

그때 심술궂은 목소리가 들리더니, 갑자기 문이 활짝 열리면서 학생 세 명이 큰 소리로 낄낄거리며 후다닥 교실 안으로 들어왔다.

"내 옆에 붙어 다니면서 내가 시키는 대로 해야지." 검정색과 빨간색 줄무늬가 들어간 지저분한 머리에 피부는 유령처럼 창백한 여학생이 말했다. 목에는 커다란 사슴뿔이 달린 무시무시한 악마 문신이 있었다.

"내가 리더 그룹이 되고 네가 내 부하가 되면 얼마나 좋을까!" 알비노 소녀가 거칠게 쉰 목소리로 쏘아붙였다. 검은 쥐 세 마리가 그녀의 옷 주머니에서 머리를 쏙 내밀고 있었다. "그렇게만 되면 넌 평생 내 앞에서……."

"아빠가 나 리더 그룹 들어가면 새 말 사 주신다고 했는데." 뒤따라오는 또 다른 여학생이 재잘거렸다. 둥글둥글한 몸매의 소녀는 데이지 모양 초콜릿을 먹고 있었다. "전에 있던 말은 내가 실수로 죽였거든."

"깔고 앉았냐?" 알비노 소녀가 비웃으며 말했다.

"퍼지사탕을 너무 많이 먹었어." 통통한 소녀가 대답했다.

세 사람은 갑자기 그 자리에 멈춰 서서 고개를 쭉 빼고 소피를 바라보았다. 그러고는 미리 짜기라도 한 듯 이를 보이며 싱긋 웃고, 털썩 자리에 앉아 두 손을 가방 위에 공손히 포개어 올렸다.

"늦어서 미안해." 헤스터가 말했다.

"〈부하 길들이기〉 수업에서 카스토르 교수님이 우리한테 용 뒤치다꺼리를 시키셨거든." 아나딜이 거들었다.

"똥을 어쩌나 많이 싸는지!" 도트가 초콜릿을 우물거리며 덧붙였다.

소피는 하마터면 책상 앞으로 뛰쳐나가 예전 룸메이트들을 끌어안을 뻔했다. "이렇게 반가울 수가! 내 진짜 친구들!" 소피가 활짝 웃으며 말했다. 험상궂은 얼굴들 사이에서 미소 띤 세 마녀를 보니 마음이 놓였다. "날 반기는 사람이 있긴 있네."

"그 정도는 아닌데." 헤스터가 중얼거렸다. 그녀는 책가방을 열다가 문득 분노에 찬 따가운 시선을 느끼고 고개를 들었다.

"또 시작이네." 그녀가 신음과 함께 입을 열었다. "마지막으로 한 번만 더 말하지. 우린 이제 모두 악의 학교 학생이야. 다 같이 악을 위해 싸워야 하는 한 팀이란 말이지. 날 좀 봐. 경연 대회에서 애릭이 내 배를 찔렀지만 지금 난 고분고분 개 말에 복종하잖아. 너희 살아남고 싶지? 태양이 녹는 것도 막고 싶고? 그러면 교수님들 말 잘 듣고, 소피와 함께 아가사와 테드로스를 죽여야 해."

"아가사는 네 친구인 줄 알았는데." 라반이 떠보듯 말했다.

"친구? 애들이 내 친구야." 헤스터가 빨갛게 빛나는 손가락 끝으로 아나딜과 도트를 가리켰다. "모두가 두려워하지만 들어오고 싶어 하는 마녀들의 집회. 다른 사람이 무슨 생각하든 신경도 안 쓰는 무리들. 사악하고 해로운 원조 중의 원조, 66호실의 세 마녀."

"도트 몸매도 원래대로 돌아왔잖아."

아나딜의 조롱에 도트는 얼굴을 찡그렸다.

"그래, 아가사는 아픈 강아지처럼 뭔가 마음이 끌리는 구석이 있는 아이야." 헤스터가 말을 이었다. "하지만 걔를 지키려다가 애릭의 칼에 찔려 죽을 뻔한 순간 깨달았지. 내가 진짜 원하는 건 예전 같이 평범한 악의 학교를 되찾는 거였어. 악에 대해 배우고, 무능했던 우리 엄마보다 잘난 악당이 되는 법도 배울 수 있는 곳 말이야. 지금은 소피 덕분에 악의 학교가 두 개가 됐어."

"게다가 처음으로 악당도 해피엔딩을 맞을 수 있게 됐고!" 도트가 흥겨운 표정으로 말했다. "그게 어떤 의미인지 알지? 악인들도 사랑을 할 수 있게 된 거야!"

도트가 라반을 향해 윙크하자, 라반은 구역질이 나는 듯 허리를 숙였다.

"사랑이 싫은 사람은 하지 않아도 돼." 아나딜이 역겹다는 듯이 눈살을 찌푸렸다. "일단 소피의 동화가 끝나면 악도 승리할 수 있다는 사실이 증명될 거야. 그러면 악인들은 죽을 수밖에 없는 운명에서 풀려나지."

"자유로운 악을 위하여!" 헤스터가 소리쳤다.

"자유 의지를 위하여!" 도트가 폭발하듯 외쳤다.

"소피 왕비를 위하여!" 아나딜이 주먹으로 책상을 힘껏 내리치며 말하자, 헤스터와 도트도 소피의 이름을 외치기 시작했다. "소피 왕비를 위하여! 소피 왕비를 위하여!"

주머니 속 세 마리 검은 쥐도 마녀들의 연호에 맞춰 찍찍거렸지만, 다른 학생들은 침묵을 지켰다.

"'선을 되찾자'를 외치느라 기운을 다 뺐나 보네……." 도트가 한숨을 내쉬었다.

소피는 세 명의 마녀 투사들을 바라보며 미소 지었다. 적어도 저들은 스파이가 아닌 것이 확실했다.

그때 그녀의 등 뒤에서 문이 활짝 열리고 뚱뚱한 홍학 한 마리가 휘청거리며 들어왔다. 정확히 말하자면 '거의' 한 마리였다. 개의 머리가 뚱뚱한 홍학의 몸통에 붙어 몸을 조종하고 있었다. "늦어서 미안하다." 개의 머리가 이상한 자세로 벽에 기대며 아양 떠는 목소리로 말했다. "카스토르가 몸이 안 좋아서 내가 〈부하 길들이기〉 수업을 해야 했어. 우리 위대한 학장 애릭 경을 위해 내가 직접 작곡한 곡을 가르쳤는데, 너희도 혹시 듣고 싶니? 52인 구성의 오케스트라와 소프라노 합창단이 있으면 완벽하겠지만, 너희가 원한다면 내가 비슷한 효과를 낼 수……."

책상에 앉은 소피를 발견한 그가 말을 멈췄다. "아, 안녕……. 이제는 학생이 아니지?"

소피는 난처하다는 듯이 킁킁거리는 폴룩스를 날카롭게 쏘아보았다. 머리 둘 달린 개 케르베로스의 머리 중 하나인 그는 폭력적인 형제 카스토르에게 늘 몸을 빼앗겼다. 소피는 이 줏대 없는 뺀질이 아첨꾼을 다시는 보고 싶지 않았지만, 놈은 어찌 된 일인지 이번에도 살아남아 그녀 앞에 나타났다. 작년에 에블린 새더에게 알랑거려 학교에 남았던 것처럼, 이번에도 애릭에게 온갖 아양을 다 떨어 감옥행을 피했을 것이다. 심지어 폴룩스는 수업에 늦은 이유에 대해서도 거짓말을 하고 있었다. 조금 전 세 마녀가 카스토르를 도와서 용이 싸 놓은 똥을 치우고 왔다고 말하지 않았던가!

"다른 애들과 같이 저쪽에 앉지 않을래? 이 수업은 지난 몇 주 동안 내가 맡았으니, 내가 계속하는 게 좋겠지?" 폴룩스가 그녀의 마음을 읽은 듯 재빨리 치고 들어왔다.

"글쎄요. 전 이 자리가 좋은데요." 소피가 받아쳤다. 이 얼뜨기를 짜증 나게 만들 수 있다고 생각하니 교수 노릇이 갑자기 재미있게 느껴졌다. 소피는 학생들을 향해 고개를 돌렸다. "그동안 뭘 배웠는지 말해 볼까?"

"《소피와 아가사의 이야기》를 자세하게 공부했지." 호트가 책도 가방도 없이 빈손으로 교실에 들어서며 대답했다. 그가 한 손으로 셔츠를 슬쩍 밀어 올리자 잔물결 같은 탄탄한 복근이 드러났다. "아가사와 테드로스의 약점을 발견해서 두 사람을 죽이고 마침내 승자가 되기 위해서 말이야." 그는 의자에 털썩 앉아 반짝이는 검은 눈을 가리고 있는 까만 앞머리를 훅 불어 올렸다. 그리고 하품을 하면서 기지개를 켜 가슴을 쫙 폈다.

소피는 두 눈을 동그랗게 뜨고 그의 넓은 어깨와 거뭇거뭇한 수염 자국, 그리고 누구의 눈치도 보지 않는 태평스러운 몸짓을 바라보았다. 그는 한 달 만에 볼품없는 겁쟁이에서 10대 킹카로 변해 있었다. 여학생들은 선인이고 악인이고 할 것 없이 음흉한 눈으로 그를 흘끗거렸다. '분명 메이크오버 주문을 썼을 거야.' 소피는 그가 머리카락을 가볍게 넘기는 모습을 바라보며 생각했다. '아니면 쌍둥이 형제가 있거나, 악마와 거래를 했을 수도 있지. 분명 뭔가 있어……' 호트는 소피의 표정을 보고는 로비에서 그랬듯 그녀를 당장 죽일 듯한 눈으로 바라보았다. 소피는 깜짝 놀라 폴룩스의 말을 듣는 척 시선을 돌렸다.

"호트 말대로, 첫 주에 우린 왕자로서 테드로스의 결점에 대해 배웠다." 폴룩스는 느긋하게 교수 책상으로 다가가 소피를 밀치고 털썩 자리에 앉았다. 그가 홍학 날개를 흔들자 벽에 박힌 막대사탕 조각들이 저절로 움직여 《소피와 아가사의 이야기》 중 테드로스가 등장하는 최악의 순간들을 만들어 냈다. "어떤 것들이 있었지? 그래, 헤스터!"

"아버지와의 관계에 심각한 문제가 있습니다." 헤스터는 테드로스가 멀린의 정원에서 괴물 석상을 죽이는 그림을 곁눈질하며 대답했다.

"잘했다. 아나딜?"

"어머니가 그를 버리고 떠났기 때문에 여자를 믿지 않습니다." 아나딜은 테드로스가 악의 회관에서 아가사에게 활을 쏘는 그림을 손으로 가리켰다.

"정확하다. 다음은 도트?"

"테드로스는 칼에 집착합니다." 도트가 경쾌하게 대답했다. 그녀는 테드로스가 숲에서 필립에게 거의 키스할 뻔한 장면을 고갯짓하고 있었다.

폴룩스는 말없이 눈을 껌뻑였다. "그럼 과제로 넘어가서……."

소피는 필립이던 시절 그녀와 테드로스가 함께 있는 그림을 유심히 바라보았다. 호트에 대한 생각은 어느새 깨끗이 사라져 버렸다. 남자인 그녀 앞에서 테드로스는 자신의 약한 내면을 감추지 않았다. 테드로스는 따뜻하고 부드러운 소년이었고, 그녀는 마초 같은 외면 아래 숨겨진 진짜 그의 모습을 볼 수 있었다. 짧은 시간이었지만 둘은 세상 누구보다 가까운 사이가 되었다. 옛날 옛적 그녀와 아가사가 그랬던 것처럼 둘은 서로의 소울메이트가 되었다. 소피는 파란 숲에서 마침내 그와 손을 잡았던 순간을 떠올렸다. 생생한 기억에 그녀의 볼이 발그스름해졌다. 물론 이 모든 일은 거짓에 기초한 것이었다. 그녀의 정체를 알았다면 테드로스는 절대 자신의 마음을 터놓지 않았을 것이다. 그때 그 테드로스는 영원히 사라졌다……. 그녀에게 키스하려고 했던 그 완벽하고 아름다운 소년은 이제 없다…….

순간 소피의 얼굴이 시뻘겋게 타올랐다. 테드로스가 라팔을 죽이려고 하는데, 그런 그를 생각하며 얼굴을 붉히다니!

'이제 새로운 사랑이 있잖아!' 그녀는 이를 악물고 허벅지를 꼬집었다. '지나간 사람 생각은 그만하자.'

"배운 것들 잘 기억하고……." 폴룩스가 계속 설명했다. 그는 홍학 엉덩이로 소피를 책상 끝까지 밀어냈다. "오늘의 과제는 테드로스의 마음을 더욱 깊이 파고들어 보는 것이다. 잠시 후, 너희는 모두 마법 마스크를 쓰고 테드로스로 변할 거다. 여기 소피가 자꾸 '교수' 역할을 하고 싶어 하니까 평가는 소피에게 맡기지. 너희 중 진짜 왕자와 가장 닮은 사람을 소피가 선택하면 그 사람이 1등이 된다." 말이 끝나자마자 폴룩스가 소피를 툭 밀쳐 바닥으로 떨어뜨렸다.

"그럼 시작해 볼까?" 그는 소피가 입도 벙긋하기 전에 재빨리 말을 이었다.

몇 분 뒤, 소피는 냄새나는 검은색 천으로 눈을 가리고 교실 앞에 섰다. 학생들이 자리를 바꾸는 소리가 들려왔다.

'스파이는 테드로스가 성에 몰래 들어오도록 도와주려고 하니까 분명 그의 친구일 거야.' 소피는 다시 생각에 잠겼다. '그리고 테드로스가 사라진 후 유일하게 그와 연락을 주고받은 사람이기도 하지.' 그렇다면 이 과제에서 1등을 한 사람은 테드로스를 똑같이 따라할 만큼 그를 잘 안다는 뜻이고, 당연히 유력한 용의자라고 할 수 있을 것이다.

"자리 다 바꿨나? 소피가 자리로 사람을 기억하면 안 되니까 모두 바꾸도록!" 폴룩스의 말이 끝나자 둔탁한 엉덩이가 의자에 툭 부딪치는 소리가 들렸다. "좋아. 이제 은폐 주문으로 모두에게 유령 마스크를 씌울 거다. 마스크를 손으로 만지면 얼굴에 달라붙어 영원히 떨어지지 않을 수도 있어. 알겠나? 절대 만지면 안 된다!"

"무슨 학교가 만날 위험투성이야!" 리나가 투덜거렸다.

"준비됐지? 하나…… 둘…… 셋……."

폴룩스의 말과 함께 강한 바람 소리가 들려오더니 갑자기 사방이 조용해졌다.

"마스크가 너무 뜨거워요." 라반이 짜증스럽게 말했다.

"그것보다 금발인 게 더 짜증 나." 헤스터의 신음도 들렸다.

"쉬!" 폴룩스가 화난 목소리로 학생들의 말을 막았다. "소피, 자리에 서라……. 준비하고…… 시작!"

소피는 눈가리개를 벗어 던졌다.

벽화 속 테드로스의 얼굴을 보고 발그스름해졌던 그녀의 얼굴이 이번에는 폴룩스의 홍학 깃털만큼이나 빨갛게 변해 버렸다.

그녀의 눈앞에 40명의 테드로스가 앉아 있었다. 부드러운 금발에 잡티 하나 없는 구릿빛 피부를 뽐내는 왕자 40명이 크리스털처럼 맑은 파란 눈으로 그녀를 바라보았다. 하지만 그들의 얼굴은 묘하게 뿌옇고 고무처럼 두꺼웠으며, 가장자리는 이상할 정도로 강한 빛을 뿜어서 마스크 아래 목이나 옷은 알아볼 수 없었다. 몇몇 얼굴은 미소 지었고, 다른 이들은 비웃었으며, 어떤 이들은 아무 생각이 없는 멍한 눈으로 그녀를 바라보았다. 소피는 교실을 가득 채운 이 멋진 왕자들을 보면서 점점 얼굴이 달아오르는 것을 느꼈다.

'그만 좀 해, 이 바보야! 테드로스는 이제 네 친구가 아니야!' 테드로스는 소피를 거부하고 그녀와 가장 친한 친구를 선택한 남자고, 이제 소피의 진정한 사랑마저 죽이려 하고 있다. 그리고 지금 이 교실에는 선을 대표하는 이 소년을 위해 소피를 배신한 스파이가 있다…….

"잘돼 가니?" 폴룩스가 물었다.

소피는 마음을 다잡고 왕자들 속으로 천천히 걸어 들어가 얼굴 하나하나를 자세히 들여다보았다. 하지만 그들이 가짜임을 밝히는 데에는 몇 초면 충분했다. 미소에 짜증이 섞여 있거나 웃는 얼굴이 바보 같은 왕자가 있는가 하면, 등을 너무 꼿꼿하게 펴거나 반대로 구부정하게 구부린 왕자도 있었다. 고개를 푹 숙이거나 침을 꼴깍 삼키는 등 자신감 없는 모습을 내비치는 왕자도 있었는데, 모두 테드로스라면 절대 하지 않을 행동들이었다. 두 번째 줄에서 테드로스라고 믿을 뻔한 왕자를 발견했지만, 그는 소피와 눈이 마주치는 순간 움찔하는 모습을 보였다. 진짜 테드로스였다면 그녀의 마음이 녹아내려 마침내 그의 사람이 될 때까지 꿋꿋하게 똑바로 바라보았을 것이다. 주변 다른 왕자들은 더 볼 필요도 없었다. 결국 소피는 스파이에 대한 단서는 아무것도 얻지 못한 채 마지막 줄에 이르러…… 마지막 테드로스 앞에 멈춰 섰다.

소피는 그의 고요한 파란 눈을 똑바로 바라보았다. 장난기 가득한 소년의 눈이었다. 그는 도톰한 아랫입술을 살짝 깨물고 눈썹을 삐딱하게 치켜올렸다. 테드로스보다 더 테드로스 같은 왕자 앞에서 소피는 불덩이가 몸을 뚫고 지나가는 것 같은 열기를 느꼈다.

'이 사람이야.' 소피는 각오를 단단히 다졌다. '테드로스를 제일

잘 아는 아이니까, 분명 이 사람이 스파이야.'

소피는 장난을 치듯 왕자를 향해 몸을 기울였다. 남자인지 여자인지 모를 이 스파이의 반응을 떠보려는 의도였다. 하지만 가까이 가면 갈수록 촉촉한 피부에서 느껴지는 온기, 민트와 나무 향이 섞인 것 같은 매력적인 체취가 그녀를 혼란에 빠뜨렸다. 심장이 터질 듯이 두근거렸다. 그는 스파이가 아니라 테드로스였다. 진짜 테드로스가 아가사를 버리고 그녀에게 온 것이다! 소피는 너무 놀라고 당황했지만, 기쁨을 주체 못 하고 그를 끌어안고 말았다. "테드로스, 너구나!"

순간 고무 같은 마스크가 녹아내리고 진짜 얼굴이 나타났다. 호트가 그녀를 무섭게 노려보고 있었다.

"건드리지 마!"

소피는 깜짝 놀라 뒤로 물러섰다.

호트의 머리 위에 초록색 연기 왕관과 함께 숫자 1이 둥실 떠올랐다. 다른 학생들의 머리 위에도 등수가 떠오르자 마스크가 녹아 없어지고 원래 얼굴들이 나타났다.

"호트, 잘했다! 넌 우리 왕비가 테드로스를 죽이는 데 큰 도움이 될 거다." 폴룩스가 칭찬했다.

"물론이죠." 호트는 여전히 소피를 노려보며 대답했다.

"이러다가는 완두콩이 되고 말겠어." 호트 뒤에서 가냘픈 목소리로 울음을 터뜨린 키코의 머리 위로 검은 구름이 나타나 숫자 20을 그렸다.

소피는 짙은 안개 속에 갇힌 기분이었다. 그녀가 가까스로 정신을 차렸을 때 요정들이 날카로운 소리로 수업 끝을 알렸고, 학생들은 우르르 복도로 쏟아져 나갔다. 소피는 멍한 얼굴로 그들 뒤를 따라 교실을 나섰다. 어떻게 호트가 테드로스가 되고, 테드로스가 다시 호트가 되었는지 도무지 이해할 수 없었다. 게다가 자신은 왜 테드로스를 끌어안으려고 했는지…….

그때 세 마녀가 종종걸음으로 그녀를 스쳐 지나갔다.

"용 똥 치운 애기 걸리는 줄 알았어." 도트가 속삭였다.

"내가 다른 핑계 대자고 했잖아!" 헤스터가 으르렁거렸다.

"어쨌든 다들 속았으니 됐어." 아나딜이 낮은 목소리로 말했다.

소피는 머릿속 안개를 털어 내듯 고개를 가로젓고 옛 룸메이트들 뒤를 쫓았다. 언제나 그랬듯 그들에게 물어볼 것이 많았다. "얘들아! 잠깐만 기다려!"

소피가 한껏 들뜬 목소리로 소리쳤지만, 세 마녀는 기다리기는커녕 갑자기 입을 꼭 다물고 빠른 걸음으로 그녀에게서 멀어졌다.

혼자 남은 소피는 세 마녀가 검정색 교복 물결 사이로 사라지는 모습을 지켜보았다. 그녀의 입가에서 미소가 사라졌다. 이 학교에서 오직 셋밖에 없는 친구들이 왜 그녀를 모르는 사람 취급하는지 정말 모를 일이었다.

13

남자가 너무 많아

선과 악의 학교 교수들은 대개 여러 수업을 담당하지만 소피에게 맡겨진 수업은 하나뿐이었다. 그리고 레소 부인은 아가사와 테드로스를 제일 잘 아는 학생으로 그 반을 꽉 채워 주었다. 하지만 다음 수업이 시작된 후에도 소피는 헨젤의 안식처 근처를 서성거렸다. 스파이가 누구인지, 두 선인 친구들이 어떻게 학교에 들어올 계획인지는 여전히 오리무중이었다.

'호트는 절대 아니야.' 호트가 과제에서 1등을 하긴 했지만 스파이일 가능성은 없었다. 그는 늘 테드로스를 미워했고, 선인을 도와서 득을 볼 일도 없었다.

그렇다면 누구일까? 누가 목숨을 걸고 선을 도와 라팔을 죽이려는 것일까? 온갖 위험을 무릅쓰며 선이 소피를 되찾도록 돕는 사람이 대체 누구지?

소피는 교실 앞을 지날 때마다 문 안을 슬쩍 훔쳐보았다. 교수들이 학생들에게 아가사와 테드로스를 습격하는 방법을 가르치고 있었다. 〈추한 외모 만들기〉 수업에서는 맨리 교수가 위장술 과제를 진행하고 있었다. 마법을 이용해 주변 가구에 섞이도록 몸을 바꾼 뒤 적이 나타나면 깜짝 놀라게 하는 기술이었다. 〈역사〉 수업에서는 라팔이 옛날에 선과 악의 학교에 침입하려고 했던 자들이 어떤 방법을 썼는지에 대해 설명했다. 〈특기 찾기〉 수업의 식스 교수는 학생들이 탤런트를 사용해 일대일 토너먼트 대결을 벌이게 했고, 파란 숲에서는 애릭이 학생들을 극기 훈련 코스에 몰아넣고 뒤처지면 요정들에게 가차 없이 쏘도록 지시했다.

3층 발코니에서 파란 숲을 내려다보던 소피는 애릭의 모습에 잠시 넋을 잃었다. 민소매 셔츠를 입은 건장한 체격의 그가 땀에 흠뻑 젖은 채 학생들을 향해 큰 소리로 명령을 내리고 있었다. 천치 폭력배, 살인자치고는 너무 잘생기지 않았나!

소피의 얼굴이 붉어졌다. '내가 또 그런 생각을 하고 있네!'

갑자기 애릭이 고개를 들었다. 그리고 소피의 생각을 읽기라도 한 듯 칼끝처럼 날카로운 미소를 지으며 그녀를 바라봤다.

그때 누가 그녀의 어깨에 손을 올렸다. 소피는 깜짝 놀라 비명을 지르고 말았다.

"아직 날 무서워하는 걸 보니 기쁘군." 라팔이 능글맞게 웃으며 말했다.

소피는 셔츠 끈을 풀어 헤친 잘생긴 젊은 연인의 얼굴을 똑바로 보았다. "죄송해요……. 저는 그냥……."

라팔은 조금 전 그녀가 바라보던 방향에서 애릭의 모습을 발견했다. 젊은 교장의 얼굴에서 미소가 사라졌다. "수업은 어땠지?"

하지만 소피는 대답 대신 교장의 어깨 너머로 호트를 바라보았다. 베아트릭스가 그에게 애교를 부리며 말을 걸고 있었다.

"소피?"

"아, 네?"

라팔이 휙 몸을 돌려 호트를 바라보았다. 소피는 정신이 번쩍 든 듯 재빨리 라팔에게 시선을 돌리고 허둥지둥 대답했다. "좋았어요. 재밌게 잘했어요."

교장은 얼굴을 찌푸렸다. "좋아. 난 다시 들어가 봐야 하니 점심 때 만나지. 발코니에 교수들 자리가 하나씩 마련되어 있어……."

하지만 소피의 시선은 이미 다른 곳에 돌아가 있었다. 바로 옆을 지나가는 리나와 라반의 옷에 하얀 백조 핀이 꽂혀 있었는데, 그 핀에는 "선을 되찾자!"라는 글과 함께 테드로스의 잘생긴 얼굴이 그려져 있었다. 너무나 늠름하고 근사한 왕자의 모습에 소피의 마음은 후끈 달아올랐다.

그때 라팔이 휙 몸을 돌렸고, 핀은 젊은 교장의 얼굴과 "악이 승리한다!"는 글자를 담은 검은 백조 모양으로 바뀌었다. 교장은 두 눈을 가늘게 뜨고 소피를 향해 고개를 돌렸다.

"오늘따라 산만해 보이는구나." 그가 싸늘한 목소리로 말했다.

"제가요? 그럴 리가요……." 소피는 헛기침을 하고 말을 이었다. "좀 피곤해서 그런가 봐요. 아시잖아요. 몸이 아직 완전히 낫지 않아서……."

라팔은 사파이어처럼 파란 눈으로 그녀의 영혼을 꿰뚫듯 바라보았다. 소피는 속이 울렁거렸다. "점심 때 봐요." 그녀는 교장의 볼에 입을 맞추고 그의 팔을 꼭 잡으며 말했다.

교장은 아무 말 없이 소피의 얼굴을 물끄러미 바라보다가…… 마침내 다시 편안해진 표정으로 입을 열었다. "늦지 마라. 기다리고 있겠다." 그가 차가운 손끝을 그녀의 입술에 가져다 댔다.

소피는 교장이 교실로 향하는 모습을 지켜보았다. 얼굴 가득 미소를 지으며, 그가 안으로 들어갈 때까지 손을 흔들었다.

선과 악의 학교3

하지만 교실 문이 닫히는 순간, 그녀는 토끼처럼 팔짝 자리에서 벗어나 헨젤의 안식처에서 뛰쳐나갔다. 조용히 생각할 수 있는 곳이 필요했다.

라팔의 말이 맞았다. 그녀는 도저히 집중할 수 없었다. 그녀의 손에 반지를 끼워 준 단 하나의 진실한 사랑, 그녀의 동화가 진행되는 내내 그토록 찾으려 애썼던 바로 그 진정한 사랑이 눈앞에 있는데도 말이다. 그녀가 라팔에게 집중하지 못하는 것은 그녀가 태어난 후 늘 집중을 방해했던 그 존재들 때문이었다.

'남자들! 남자가 너무 많아.'

소피는 우윳빛 문을 닫고 회색 햇빛 아래 홀로 섰다. 옛 명예의 탑 지붕 위는 꽤 추웠다. 그녀는 검정색 유리에 구부정하게 기대 짙은 안개로 뒤덮인 하프웨이 베이 너머 영원의 숲을 바라보았다. 햇빛이 너무 약하다 보니 아침인데도 하늘은 황혼 같았다. 소피는 숨을 깊이 들이마시며 몸을 곧게 펴고 멀린의 정원을 향해 걷기 시작했다. 아서왕에게 헌정된 이 산울타리 조각 정원은 그녀와 아가사가 가장 좋아하는 사색의 장소…….

갑자기 그녀의 두 눈이 휘둥그레졌다.

정원의 산울타리 조각들이 아서왕의 이야기 대신 그 아들의 이야기를 묘사하고 있었다. 소피는 천천히 걸으며 작품을 하나하나 살펴보았다. 웃통을 벗은 테드로스가 처음으로 아가사를 만나는 장면, 테드로스가 아가사에게 선인 무도회 파트너가 되어 달라고 청하는 모습, 그리고 영원의 숲에서 가시에 찔린 아가사를 구해 내는 장면…….

'왜 악의 학교가 선의 사랑 이야기를 기리는 거지?' 소피는 테드로스의 팔에 안긴 아가사를 물끄러미 바라보며 생각에 잠겼다. 잊고 있던 고통스러운 질투의 감정이 꿈틀댔지만, 테드로스는 자신의 진정한 사랑이 아니라는 사실을 되뇌며 마음을 다스렸다. 테드로스는 아가사의 사랑이다. '내게는 라팔이 있어.'

하지만 10분 후에도 소피는 여전히 테드로스와 아가사의 로맨틱한 순간들을 하나하나 뜯어보며 산울타리 작품 사이를 서성이고 있었다. 결국 그녀는 마지막 작품 앞에 서게 되었다. 왕자와 공주가 버드나무 아래에서 첫 키스를 하는 장면이었다.

'이상한 일이지?' 소피는 산울타리 조각에 더 가까이 다가서며 생각했다. 그녀와 아가사는 키스를 했고 아가사와 테드로스도 키스를 했는데…… 그녀와 테드로스는 한 번도 키스하지 않았다. 앞으로도 그런 일은 없을 것이다. 그는 이제 적이다. 그는 악당이다……. 게다가 그녀에게는 다른 남자가 있다……. 지금 눈앞에서 아가사에게 키스하고 있는 저 남자보다 훨씬 잘생기고 똑똑하고 잘난 남자가 있다……. 그런데 왜 그녀는 까치발을 하고서 두 사람의 키스가 풍기는 민트 향을 들이마시고, 금반지 낀 손가락으로 두 사람의 입술을 쓰다듬고 있는 것일까…….

그때 갑자기 그녀의 손끝에서 벌건 발진이 돋기 시작했다.

소피는 너무 놀라 기절할 것 같았다.

새빨간 종기들은 육식동물처럼 순식간에 그녀의 손을 뒤덮고 팔과 어깨를 집어삼켰다. 그녀는 타들어 가는 고통에 숨조차 쉴 수 없었다.

소피는 곧 옛 용맹의 탑 브리즈웨이를 따라 달리기 시작했다. 그녀는 4교시 수업을 마치고 복도로 쏟아져 나온 학생들을 뚫고 코뿔소처럼 전진했다. 아이들은 그녀를 피해 벽에 찰싹 달라붙었다. 나선형 계단을 뛰어오른 소피는 학장실 문을 벌컥 열어젖혔다. 이미 온몸을 뒤덮은 종기가 목을 타고 얼굴을 향해 올라오고 있었다.

맨리 교수와 레소 부인이 고개를 돌려 소피를 바라보았다. 창을 등지고 앉은 두 사람은 실루엣밖에 보이지 않았지만 놀라는 기색이 전혀 없는 것만은 분명했다.

"그러다가 누구 하나 다치겠다고 했잖아요, 맨리 교수님." 레소 부인이 한숨을 쉬며 말했다.

"선인의 사랑 이야기에 손을 대다니, 멍청하긴!" 맨리가 소피를 향해 으르렁댔다. "당장 꾸밈방에 가서 증기탕에 몸을 담가라."

"새더 학장님이 꾸밈방 다 태워 버리셨잖아요!" 소피가 고통에 몸부림치며 외쳤다.

"여학생 방만 태웠지. 남학생 방으로 가렴." 레소 부인이 말했다.

소피는 다시 계단을 향해 달렸다. 라팔의 반지가 부풀어 오른 손가락을 파고드는 것 같았다.

"소피?" 맨리 교수가 그녀를 불러 세웠다. "라팔을 향한 너의 사랑이 모든 악인에게 큰 용기를 주었단다. 우리 교수들에게도." 뒤돌아선 소피를 향해 맨리 교수가 부드러운 목소리로 말했다.

소피는 어색한 미소를 짓고 다시 달리기 시작했다.

계단으로 네 층을 내려가서 남학생용 꾸밈방에 도착했을 때 소피는 이미 얼굴까지 발진이 번진 상태였다. 피부와 눈꺼풀이 빨갛게 부어 눈도 뜰 수 없었지만 다행히 꾸밈방에는 아무도 없었다. 소피는 눈꺼풀에 힘을 주고 가늘게 벌어진 틈으로 주변을 둘러보았다. 미다스 골드 한증막과 소작농을 테마로 한 태닝룸이 있고, 노르웨이 망치가 구비된 헬스장과 바닷물이 채워진 기다란 풀, 그리고 유황과 땀 냄새를 풍기는 터키식 증기탕이 보였다. 그때 그녀의 왼쪽 눈이 갑자기 부풀어 오르며 가는 틈마저 사라져 버렸다. 소피는 외눈박이 거인 키클롭스처럼 휘청거리며 증기가 가득한 탕을 향해 걸음을 옮겼다. 하지만 탕 가장자리에 발을 딛는 순간 물기에 미끄러진 그녀는 뜨거운 물에 고꾸라지듯 빠져 버렸고, 그녀의 드레스는 바람 맞은 낙하산처럼 커다랗게 부풀어 올랐다.

순간 발진이 빠른 속도로 사라지기 시작했다.

물방울이 부글대며 얼얼하게 부어오른 얼굴에 닿자 그녀의 피부가 조금씩 원래 모습을 찾아갔다. 잠시 후 소피는 깨끗해진 양 볼 위로 쏟아지는 물줄기를 느꼈다. 손가락도 라팔의 반지가 쉽게 들락거릴 수 있는 크기로 돌아갔다. 안도의 한숨을 내쉰 소피는 물 밖으로 몸을 내밀고 인어처럼 젖은 머리카락을 뒤로 넘긴 뒤, 미소를 지으며 두 눈을 반짝 떴다.

뿌연 증기 속에서 호트가 그녀를 노려보고 있었다.

"이게 누구신가!"

소피는 핼쑥해져서 철벅철벅 뒷걸음쳤다.

"겁먹은 거야?" 호트가 비웃으며 말했다.

"겁먹긴! 모르는 남자랑 증기탕에 있는 게 익숙하지 않아서 그래." 소피가 탕 밖으로 나오며 날카롭게 쏘아붙였다.

"모르는 남자?" 호트가 능글맞게 웃었다. "작년에 내가 네 가장 친한 친구였잖아. 남자들 수업에서 네가 살아남을 수 있게 도와주고 테드로스도 이길 수 있게 해 줬지. 대신 넌 날 동화 경연 대회에 데리고 가기로 약속하고서는 테드로스를 선택……."

"난 바빠서 이만." 허둥지둥 호트의 말을 끊은 소피는 꾸밈방을 나가기 위해 몸을 돌렸다.

하지만 바로 그때 팔에 아직 남아 있는 종기 자국이 눈에 띄었다.

"몇 분만 더 물에 담그면 깨끗하게 나을 거야. 그대로 두면 흉터 져서 절대 안 없어져." 등 뒤에서 호트가 말했다.

소피는 홱 몸을 돌리고 뿌연 수증기 속의 그를 노려보았다. 검은색 반바지만 입은 그의 창백한 크림색 가슴이 열기 때문에 분홍빛으로 물들어 있었다.

"그럼 몇 분만 더 있지, 뭐." 중얼거리며 다시 탕 속으로 미끄러져 들어간 소피는 호트와 제일 먼 곳에 자리를 잡았다.

"1등만 누릴 수 있는 특권이지. 아무 때나 운동하러 와도 교수님들이 뭐라고 안 하시거든." 호트가 팔에 난 작은 여드름을 뜯으며 말했다. "테드로스가 여길 왜 그렇게 좋아했는지 이제 알겠어. 그 나르시시스트는 여길 엄청 아꼈을 거야. 그때는 딱따구리가 시간을 체크했기 망정이지, 안 그랬으면 그 예쁘장한 놈은 하루 종일 여기에만 있었을걸. 그 딱따구리는 지금 다른 선인 교수들이랑 같이 갇혀 있겠지? 님프들도 그럴 테고. 님프 대신 세탁실에 갇혀 일하는 사람이 누군지 궁금하군."

"정말 모르겠어. 학교는 악의 학교가 됐는데 꾸밈방은 왜 그대로 됐지?"

"새 남자 친구한테 물어봐. 여기 제일 자주 오는 사람이니까. 너한테 잘 보이고 싶어서겠지." 호트가 툭 내뱉듯 말했다.

"라팔이 꾸밈방에 온다고?"

"아, 그게 그 사람 이름이야? 새 얼굴이 생겼으니 이름도 새로 만들었나 보군. 그래야 옛날 얼굴 생각이 덜 날 테니까. 노력은 가상하지만 난 그냥 '교장'이라고 부를래."

"그 사람, 나나 너 정도 나이밖에 안 됐어." 소피가 편을 들고 나섰다.

"그렇게 생각하고 싶으면 해. 나도 교장을 나쁘게 얘기할 생각은 없어. 내가 아빠한테 제대로 된 무덤을 마련해 드리고 싶다고 부탁했을 때 내 청을 거절하지 않았거든. 아빠는 최고의 악당들만 묻히는 죽음의 산등성이에 어울리는 분이시지만, 난 독수리 계곡으로도 충분히 만족해. 교장이 날 별로 안 좋아한다는 사실을 고려하면 사실 거기도 감지덕지야. 너도 알잖아. 내가 너한테 푹 빠져 있었으니 교장이 날 싫어할 수밖에 없지. 하지만 교장은 아빠가 편히 쉴 수 있게 해 줬어. 최소한의 예의는 갖춘 거지."

"거 봐. 꽤 괜찮은 사람이지?" 소피가 그를 달래듯 말했다. "아버지가 제대로 된 무덤에 묻히신 건 다 고결하고 끈질긴 아들 덕분 아니겠니? 꼭 해내겠다고 다짐했잖아."

호트가 눈물을 감추며 고개를 끄덕였다.

"그건 그렇고, 너도 꾸밈방을 꽤나 자주 애용했나 보다. 아까 너 진짜 테드로스 같았어." 소피가 애교 섞인 말투로 놀리듯 말했다.

"테드로스라면 내가 제일 잘 알지. 당연한 거 아니니?" 호트의 표정이 굳었다.

"어? 네가 걔를 잘 아는 게 왜 당연해?"

호트가 험상궂은 얼굴로 소피를 바라보았다. "너 바보니? 아니면 또 거짓말하는 거야? 입학 첫해에 네가 여자일 때, 넌 날 차 버리고 테드로스를 택했어. 작년에 네가 남자일 때도 넌 테드로스 때문에 날 버렸지. 넌 그 애를 위해서 거짓말하고 남을 속이고 도둑질도 했지만, 걔는 널 쓰레기 취급했어. 난 널 도와주고 챙기고 여왕처럼 떠받들었지만 늘 쓰레기 취급을 당했고. 걔한테 대체 어떤 매력이 있어서 그랬을까? 왜 걔는 그렇게 사랑스럽고 난 눈길조차 받기 힘

선과 악의 학교 3

들지? 소피, 내가 이런 생각을 얼마나 많이 했는지 아니? 책을 들여다보듯 그놈을 연구하고, 그놈이 나보다 더 괜찮은 이유가 무엇인지 이해하기 위해 어두운 곳에 혼자 앉아 그놈과 관련된 모든 것을 하나하나 머릿속에 떠올렸어. 그런데 그놈이 사라지자마자 넌 교장의 반지를 받아들였어! 왜일까? 라팔인지 미켈란젤로인지 하는 그 녀석이 네가 바라는 대로 생겨서? 아니면 네가 듣기 좋아하는 말만 해 주니까? 정직하고 친절하고 진심으로 널 대하는 사람이 있는데, 넌 왜 그런 자식을 선택하지?" 검은 구슬 같은 그의 두 눈이 날카로운 창처럼 그녀에게 꽂혔다.

소피는 한시라도 빨리 탕에서 나가고 싶은 마음에 팔을 내려다보았지만 아직 종기가 완전히 없어지지 않았다. "첫째, 날 바보 취급하지 마, 호트. 둘째, 작년 일은 내가 사과할게. 진심이니까 믿어 줘. 그때 너 대신 왜 테드로스 이름이 나왔는지 아직도 모르겠어. 하지만 걔랑은 끝이야……. 정말 끝이라고. 어떻게 더 설명을 해야 할지……."

"네가 하는 말이면 내가 뭐든 다 믿을 줄 아니?" 호트가 코웃음을 쳤다. "난 머릿속에서 수없이 널 죽였어. 키스도 그만큼 많이 했지. 너라는 인간한테는 과분할 정도야."

소피가 그를 똑바로 바라보았다.

호트는 한숨을 쉬며 손가락으로 물을 튕겼다. "하지만 나도 깨달은 게 있어. 예전 내 모습을 좋아하는 사람은 아무도 없다는 거야. 그래서 새 사람이 됐지. 네가 좋아하는 멋지고 남자다운 왕자를 모델 삼아서 말이야. 여자들이 좋아 죽는 호트는 그렇게 탄생했어."

"하지만 그 호트는 진짜가 아니잖아. 그건 네가 아니야." 소피가 얼굴을 찡그리며 말했다.

"그게 누구든……." 호트가 눈을 들어 소피를 바라보았다. "네 관심을 끄는 데에는 성공하지 않았나?"

소피는 아무 말도 못 했다.

"이런, 말린 자두가 돼 버렸네." 호트가 쭈글쭈글해진 손가락을 바라보며 말을 돌렸다. "새 남자 친구가 너 기다리겠다." 그가 물에서 나가며 말했다.

소피는 탄탄한 몸의 굴곡을 따라 흘러내리는 물줄기를 가만히 바라보았다.

"호트?"

호트는 걸음을 멈추었지만 그녀를 보지는 않았다. 그의 반바지에서 떨어지는 물방울 소리가 꾸밈방을 가득 채웠다.

"아직도 나 사랑해?" 소피가 속삭이듯 물었다.

호트는 천천히 고개를 돌려 소피를 바라보았다. 슬픈 미소를 지은 그의 얼굴에 예전 그 다정한 소년의 모습이 어른거렸다.

"아니."

소피는 허둥지둥 고개를 돌렸다. "아, 잘됐네. 그래야지." 그녀는 밝은 목소리로 말하고는 괜히 드레스를 뒤적이다가 마침내 다시 호트가 있는 방향을 바라보았다. "난 새 남자 친구도 있고……."

하지만 호트는 이미 사라지고 없었다.

소피는 그 후로도 한참 동안 증기탕에서 나오지 않았다. 팔은 이미 깨끗하게 나았지만, 그녀는 굵은 땀을 뚝뚝 흘리며 호트가 서 있던 자리를 멍하니 바라보았다. 어느덧 요정들의 날카로운 비명이 학교 전체에 울려 퍼졌다. 소피는 그제야 점심시간을 놓쳤다는 사실을 깨달았다.

그것은 점심시간 시작이 아니라 끝을 알리는 소리였다.

자정이 지난 시각, 소피는 젖은 머리로 교장의 탑 창가에 가만히 앉아 있었다. 새까만 드레스를 무릎께까지 걷어 올리고 아무것도 신지 않은 발끝으로 벽을 밀며, 그녀는 초록색으로 반짝이는 하프웨이 베이를 바라보았다. 물에 비친 두 개의 성은 모두 어둡고 고요했다.

동화에서는 모든 것이 참 빨리도 변한다.

다행히도 라팔은 별로 화를 내지 않았다. 그녀가 점심을 먹으러 가는 도중에 사람들에게 휩쓸렸고("초만원 상태의 동물원 같다니까요, 라팔."), 어쩌다 보니 청소 도구함에 갇혔다고("온통 검정색이니 학생인지 벽장인지 알 수가 없어야죠.") 변명하자 라팔은 언짢은 표정으로 그녀의 말을 가로막았다. 그는 자신 역시 점심은 거의 먹지 못했고, 옛것의 학교에 중요한 일이 있어서 다음 날 아침까지 그곳에 있어야 할 것이라고 말하고는 그녀에게 키스를 하고 자리를 떠났다. 그렇게 소피는 궁지에서 벗어날 수 있었다. (하지만 레소 부인을 피할 수는 없었다. 근엄한 표정으로 소피를 찾아온 학장은 그녀가 스파이 찾는 일에 전혀 진전을 보이지 못한 것에 대해 꾸짖었다.)

소피는 무릎을 가슴께까지 올리고 빈 페이지 위에 가만히 떠 있는 이야기꾼을 바라보았다. 그날 아침 이후 이야기꾼은 새 장면을 하나도 그리지 않았다. 아가사와 테드로스가 토끼 굴 안으로 사라지고, 테드로스가 수염 난 노인을 보고 기절하는 장면이 마지막이었다. 소피는 책장을 앞으로 넘겨 이 노인이 대체 누구인지, 그리고 아가사와 테드로스는 숲 어디쯤에 있는지 찾아보려 했지만 이야기꾼이 그녀를 찌르는 바람에 책장에는 손도 댈 수 없었다. 이야기꾼은 아예 손을 뚫을 기세였다. 이야기가 한번 전개되면 앞으로 돌아갈 수 없는 것이 이곳의 규칙인 것 같았다.

소피는 두 선인에 대한 생각을 몰아내기 위해 억지로 몸을 움직여 요가 동작 몇 가지를 취해 보았다. 하지만 결국 포기하고 침대 끝에 풀썩 걸터앉아 다시 창밖을 바라보았다.

저 바깥 어딘가에서 그녀의 가장 친한 친구 두 명이 자신들의 이야기를 쓰고 있다. 그들은 그녀를 학교에서 구출하기 위해 이곳으로 오고 있을 것이다. 예전 같았으면 소피도 그들 손에 구출되기 위해 무슨 짓이든 했겠지만…… 이제 친구들은 그녀가 악과 교장을 떠나도록 설득해야만 할 것이다.

'계획대로 안 될걸.'

소피는 악의 학교가 집처럼 편했다. 물론 첫날에는 힘든 일도 좀 있었지만, 그녀는 이제 학생이 아니라 이곳의 교수고 왕비였다. 게다가 그녀는 200년 만에 처음으로 악이 승리하는 동화의 주인공이 될 기회를 얻었다. 성공만 하면 영원히 전설로 기억될 것이다. 백설 공주, 신데렐라, 그리고 텅 빈 눈에 핑크색만 좋아하는 또 다른 공주들처럼 자기 생각도 없는 옛 주인공들보다 훨씬 유명해지리라.

'생각해 보니 나도 예전에는 그 바보들하고 똑같았어.'

하지만 이제 그녀는 악을 위해 싸울 준비가 되어 있다.

다른 사람을 죽일 수도 있다.

예전의 악인들과는 달리 그녀에게는 충분히 그럴 만한 이유가 있었다.

'라팔.' 그녀는 손가락의 반지를 바라보며, 눈처럼 하얗고 잘생긴 그의 얼굴을 떠올렸다.

하지만 반지에 비친 남자는 라팔이 아니었다. 파르스름한 수증기 속에서 발그레해진 호트의 얼굴……

그다음에는 숲에서 땀을 흘리던 야성미 넘치는 보라색 눈동자의 애릭…….

소피는 벽에 등을 기대고 몸을 웅크렸다. 속이 울렁거렸다.

이제야 겨우 진정한 사랑을 찾았는데 호트와 애릭을 생각하다니! 사랑을 찾으려고 갖은 고생을 다 했는데!

그녀의 사랑은 라팔이어야 한다.

더 이상 그녀를 사랑하는 다른 사람은 없다.

호트조차 그녀를 떠났다.

'증거가 필요해. 그러면 돼. 라팔이 내 사랑이라는 증거가 있어야겠어. 그것만 있으면 더 이상 의심하지 않을 거야. 다른 남자애들 생각도 안 할 거고.'

생각에 잠겨 있던 소피가 고개를 들고, 텅 빈 어두운 방을 바라보았다.

'증거를 찾아. 라팔이 내 진정한 사랑이라는 걸 증명해야 해.'

그녀는 스스로에게 다짐했다.

교장의 방은 쥐죽은 듯이 조용했다.

그때 갑자기 그녀의 반지가 움직이기 시작했다.

반지는 천천히 그녀의 손가락을 타고 내려가, 마디 바로 아래에서 멈췄다.

그리고 아무 일도 일어나지 않았다. 하지만 잠시 후, 그녀의 왼손에서 꼼짝하지 않던 차가운 반지가 갑자기 녹기 시작했다. 금색은 점점 더 어두운 색으로 변하고, 형체는 흐물흐물해졌다. 반지는 곧 반짝이는 검은색 액체 고리가 되었다.

소피는 숨을 죽이고 이 까만 동그라미를 바라보았다. 거머리처럼 그녀의 손가락을 휘감은 반지는 따뜻하고 축축했다.

잠시 후 그녀는 반지가 무엇을 하고 있는지 깨달았다.

그것은 그녀의 손가락 위에 첫 글자를 쓰고 있었다.

그녀의 진정한 사랑의 이름을 쓰고 있었다.

그녀가 찾고자 했던 바로 그 증거가 나타난 것이다.

소피는 마음속 요정 할머니가 마법의 힘을 마음껏 발휘하도록 미소를 짓고 두 눈을 감았다.

까맣고 축축한 반지는 그녀의 내면 깊은 곳에 존재하는 힘을 따라 움직였다. 글자가 하나씩 완성될 때마다, 그녀의 영혼은 마치 짓누르던 힘이 사라진 것처럼 더욱 자유롭고 가볍게 숨을 쉴 수 있었다. 반지를 움직이는 힘이야말로 진정한 그녀, 가장 순수한 그녀 자신인 것 같았다. 마침내 마지막 글자를 완성한 반지는 금세 단단한 금반지로 되돌아왔다. 손가락에는 '라팔'이라는 이름이 쓰여 있을 것이다……. 그녀와 영원히 함께할 라팔…….

소피는 눈을 뜨고 새까만 잉크로 쓰인 이름을 바라보았다.

라팔이 아니었다.

소피는 너무 놀라 침대에서 떨어졌다.

그리고 드레스 자락을 잡아 이름을 문질렀다. 겁에 질려 이름을 지우려 한 것이다.

하지만 잉크는 지워지지 않았다.

소피는 손가락을 손톱으로 긁고 바닥에 문지르고 벽에 비벼 댔지만, 이름은 오히려 더욱 짙어졌다. 충격에 빠진 그녀는 침대에 기대 몸을 웅크렸다. 그리고 손을 드레스 아래에 감춘 채 미쳐 날뛰는 심장을 진정시켰다.

반지가 누구 이름을 썼는지는 중요하지 않았다.

그 이름이 그녀의 진정한 사랑일 리가 없으니까.

그 사람은 절대 그녀의 해피엔딩이 될 수 없다.

반지가 그녀의 피부에 문신처럼 새겨 넣은 이름, 그녀의 진정한 사랑이 될 것이라고 약속한 그 이름은 그녀가 죽여야 할 왕자의 이름이었다.

14
마법사의 생각 장소

"**등**장이 좀 극적이었나 보군." 멀린이 중저음의 목소리로 노래 부르듯 중얼거리며 테드로스를 슬쩍 밀어 소파에 앉혔다. 그의 자주색 망토가 팔의 움직임을 따라 왕자의 얼굴을 질식시킬 듯 덮어 버렸다. "하지만 훌륭한 마법사가 배달꾼처럼 자연스럽게 등장할 수는 없지 않은가?"

"나한테 말 걸지 말아요!" 테드로스가 망토를 걷어 내며 갈라지는 목소리로 투덜거렸다. "그렇게 어슬렁어슬렁 나타나서 농담 몇 마디 던지면 아무 일 없던 것처럼 지나갈 줄 알았어요?" 테드로스가 분노에 찬 눈물을 문질러 닦았다. 다음 순간 그의 분노가 향한 사람은 아가사였다. "분명히 말해 두는데, 나 기절 안 했다. 나중에 딴소리하지 마!"

"여기 다리 올려." 아가사는 차분히 말한 뒤 왕자의 양말을 벗기고 축축한 그의 발을 등받이 없는 1인용 의자 위에 올려 주었다. "저기 늙다리들한테 나 기절 안 했다고 말해.

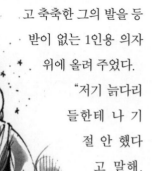

어서!"

"다들 저녁 드시잖아. 너한테 관심도 없으셔." 아가사가 테이블 쪽을 흘끔거리며 대답했다. 유바와 다른 회원들은 으깬 당근과 귀리죽이 차려진 테이블 위로 재빨리 고개를 숙이고 대화를 나누는 척 웅성거리기 시작했다.

"설사 내가 기절했다 쳐도, 넌 두 번이나 기절했잖아." 테드로스가 소매로 콧물을 훔치며 쏘아붙였다.

"곧 카멜롯의 왕이 될 사람이 이렇게 성숙한 모습을 보이니 참 안심이 된다." 아가사가 왕자의 머리 아래에 베개 하나를 더 끼워 넣으며 말했다.

"어렸을 땐 더했단다. 어땠을지 상상이 되니?" 멀린은 망토의 먼지를 털어 내며 새된 목소리로 말하고서 흔들의자에 털썩 주저앉아 모자를 벗어 들었다. 그리고 축제에서 공연하는 마술사처럼 그 안에서 체리 맛 막대사탕을 꺼냈다. "이 아이의 아버지는 미래 신붓감에 대해 이렇게 말씀하셨지. '진정으로 선한 여자를 찾아라.'" 멀린이 막대사탕을 요란스럽게 빨아 먹으며 말했다. "하지만 난 이렇게 조언했단다. '네 엉덩이를 힘껏 걷어차 줄 수 있는 여자를 만나거라.'"

테드로스가 벌겋게 충혈된 눈으로 멀린을 노려봤다. "지금 장난 치자는 거예요?"

멀린은 트림을 하고 콧수염을 살짝 잡아당겼다. "테드로스, 너한테 설명할 게 많……."

"아뇨! 하지 마세요. 설명 필요 없어요!" 테드로스가 손을 거칠게 흔들었다. "어머니는 내가 아홉 살 때 아버지의 가장 친한 친구와 달아났어요. 랜슬롯 기사 말예요. 그 많은 사람 중 하필 내가 우러러 보던 기사, 날 업어 주고 내게 첫 번째 칼을 선물해 주고 그래서 내 친구라고 생각했던 사람과 달아난 거예요. 어머니는 내게 작별 인사조차 안 했어요! 아버지와 날 모르는 사람 취급했죠. 아무 의미 없는 존재들인 것처럼요! 하지만 우리에게는 선생님이 있었어요. 난 어머니를 원망하며 울었고 아버지는 방에 틀어박혀 나오려고도 하지 않았지만, 이렇게 무너져 가는 우리 가족을 지탱해 준 건 바로 선생님이었어요." 테드로스의 눈에 다시 눈물이 차올랐다. "그런데 일주일 후, 선생님이 사라졌어요. 어머니처럼 한밤중에 아무도 모르게요. 아버지 곁에서 평생 조언을 해 주었던 당신, 날 아들처럼 지도해 주었던 당신이 우리에게 말 한 마디 없이 사라졌죠. 아버지는 선생님이 위험에 빠져서 떠날 수밖에 없었다고 했어요. 남녀를 혼동시키는 주문을 만들었는데 그것 때문에 모든 왕국이 붕괴될 수도 있다고 하셨죠. 그 주문에 대한 소문이 세상에 퍼져서 곳곳에서 군대가 선생님을 잡으러 오고 있다고……. 하지만 내가 아는 멀린이라는 마법사는 세상 어떤 군대보다 강하고, 그 어떤 위험보다 큰 사람이었어요. 아버지를 자기 목숨보다 소중하게 생각했고요."

테드로스가 가슴을 들썩이며 숨을 깊이 들이마셨다. "내가 열 살 때 아버지가 돌아가셨어요. 한때 그렇게 강하셨던 분이 세상에서 가장 나약한 모습이 되어 세상을 떠나셨죠. 난 선생님이 돌아올 거라고 믿었어요. 고아가 된 날 내버려 두진 않을 거라고 생각했죠. 어머니도, 아버지도, 날 아껴 줄 누구도 없는 그 커다란 성에서 난 철저히 혼자였으니까요. 하지만 몇 년 뒤 난 선생님이 돌아가셨다고 결론 내렸어요. 그렇게밖에 설명할 수 없었죠. 난 아버지가 돌아가셨을 때처럼 선생님의 죽음을 애도했어요. 앞으로 선생님이 자

랑스러워할 수 있는 사람으로 살아가겠다고 다짐했죠." 테드로스
는 흐느끼며 베개에 얼굴을 묻었다. "그런데 이제 와서 내 앞에 나
타나다니……. 멀쩡히 살아서……."

테드로스를 바라보는 아가사의 눈에도 눈물이 맺혔다. 그녀는
테드로스를 위로하고 싶었지만 그는 누구의 손길도 받아들이지 않
을 것 같았다. 아가사는 천천히 고개를 들어 멀린을 바라보았다. 그
는 영웅이 아니라 이기적인 늙은 악당이었다.

멀린의 얼굴에서도 빛이 사라졌다. 그는 손가락을 튕겨 막대사
탕을 없앤 후 의자에 등을 기댔다. "테드로스, 사실 난 훨씬 전에 그
성을 떠났어야 했어. 네 아버지는 더 이상 날 친구로 생각하지 않
거든. 잔소리하고, 지적하고, 자신의 앞길을 방해하는 늙은 멍청이
쯤으로 취급했지. 네 어머니가 사라지기 며칠 전, 아버지가 내 동굴
에 찾아와서 귀네비어를 염탐할 수 있는 주문을 가르쳐 달라고 했
다. 하지만 난 사람의 마음은 마법으로 어찌할 수 없는 부분이라고
대답했지. 젊은 시절의 아서라면 내 조언을 받아들여서 네 어머니
와 직접 대화를 나눴을 거다. 자존심 상하고, 받아들이고 싶지 않은
진실을 마주해야 했을 테지만 모두 감수했을 거야. 그런데 이미 늙
어 버린 아서는 질투에 눈이 멀고 오만했지. 복수심에 불타는 어린
아이처럼 내 동굴에서 주문을 훔쳐 자기 몸을 여자로 바꾸고 아내
를 함정에 빠뜨렸다. 결국 난 카멜롯을 떠날 수밖에 없었어. 나를
지키기 위해서이기도 했지만, 네 아버지를 지키는 것이 더 중요한 이
유였다. 애초에 그런 주문이 없었다면 아서와 내 관계가 달라졌을
거라고 생각하고 싶다만, 사실 그건 내 바람일 뿐이야. 그날 이전에
도 아서는 이미 여러 번 이렇게 말했지. '이제 당신은 필요 없소.'"

테드로스는 눈물로 얼룩진 눈을 비볐다. "나는요? 난 선생님이

필요했다고요!" 붉어졌던 그의 양 볼이 점차 원래 색을 되찾아 가고 있었다.

"네 아버지한테 저질렀던 실수를 너에게 되풀이할 순 없었다." 멀린이 대답했다. "내가 네 아버지의 약점을 가려 주었던 탓에 그약점들이 결국 승리하지 않았니? 너는 내 도움 없이 스스로 네 이야기를 쓸 수 있도록 내가 사라져야 했어. 네 힘으로 성장해서 정말 생사가 걸린 문제가 생겨 날 찾을 때까지……. 내가 작별 인사를 했다면 넌 나를 따라 숲으로 들어가려 했을 거다. 널 떠나는 게 얼마나 어려운 일이었는지 절대 모르겠지만, 이것만은 알아 다오. 너에게 내가 필요했던 만큼, 아니, 그보다 더 많이 내게도 네가 필요했단다." 마법사의 목소리가 가볍게 떨렸다. "유일하게 위안이 되었던 건 내가 널 완전히 떠나지는 않았다는 사실이었지. 독수리가 하늘에서 땅을 내려다보듯 멀리서 널 지켜보면서 네 이야기가 어떻게 흘러가는지 확인할 수 있었으니까. 멍청한 실수를 저지를 때는 나도 같이 움찔할 수밖에 없었다. 하지만 그 실수들은 온전히 네 것이었기 때문에, 넌 그것들로부터 배우고 점점 더 나은 사람이 되었어……. 내가 떠난 뒤 혼자 남은 그 어린 소년이 훌륭한 청년이자 왕이 되어 가는 그 과정을 나도 멀리서나마 함께했단다." 멀린이 미소 지었다. "네가 스스로 선택한 공주만 봐도 네가 어떤 아이로 성장했는지 알 수 있지."

테드로스와 아가사는 서로를 바라보다가 얼굴을 붉히며 금세 고개를 돌렸다. 싸움이 끝난 것인지 아닌지 둘 다 헷갈렸다.

"둘 사이에서 태어날 아기가 평범하지 않을 것 같다는 생각은 드는구나." 멀린이 두 사람을 물끄러미 바라보며 혼잣말을 하듯 중얼거렸다.

아가사는 긴장한 듯 엉덩이에 힘이 들어갔지만, 테드로스는 태평하게 하품을 하고 무릎을 가슴으로 당겨 몸을 둥글게 말았다. "어쨌든 날 그동안 그렇게 고생시켰으니 최소한 그거라도 하나 제대로 만들어 줘요." 테드로스가 멀린을 흘끗 바라보며 투정 부리는 투로 말했다. "마시멜로랑 휘핑크림 얹어서, 늘 먹던 대로요."

멀린이 빙긋 미소 지었다. "내 이럴 줄 알았다니까! 나만 보면 다들 어린아이가 되더라고." 멀린은 한숨을 내쉬고, 별이 총총하게 박힌 고깔모자에서 커다란 돌 머그잔을 꺼냈다. 잔에는 김이 모락모락 나는 핫초코가 담겨 있고, 그 위에 커다란 마시멜로 두 개와 무지개색 사탕가루가 뿌려진 휘핑크림 덩어리가 동동 떠 있었다. 마법사는 왕자의 손에 잔을 들려 주었다.

"마셔 볼래?" 잔을 입으로 가져가던 테드로스가 고개를 들고 아가사를 바라보며 물었다.

아가사는 놀란 듯 두 눈을 껌뻑였다. 테드로스는 기사도가 몸에 밴 왕자였지만 음식 앞에서는 늘 다른 모습을 보였다. 가발돈에 있을 때 테드로스는 그야말로 전 재산을 먹어 없앨 기세였다. 아가사 접시에 음식이 남아 있으면 허락 없이 가져가는 일은 허다했고, 반대로 자기 음식을 그녀에게 권하는 일은 절대 없었다. 그런 그가 그 잘생긴 얼굴에 진심을 가득 담아 그녀를 바라보며 머그잔을 내밀자, 아가사는 바보처럼 눈물이 핑 돌았다. 서로 싸우고 화내고 기싸움도 벌였지만, 테드로스는 여전히 그녀를 사랑하고 있었다.

왕자에게서 따뜻한 잔을 건네받은 아가사는 산처럼 쌓인 휘핑크림에 입술을 가져다 댔다. 진한 초콜릿과 사탕가루가 박힌 크림이 들어가자 그녀의 입안에서 달콤함이 폭발하듯 번졌다. 헨젤의 안식처를 통째로 집어삼킨 기분이었다. "와!" 그녀는 몸을 파르르 떨고 한 모금 더 마시기 위해 잔을 들었다. 하지만 테드로스는 인내심이 바닥난 듯 거칠게 잔을 낚아챘고, 아가사는 깜짝 놀라 캑캑 기침했다.

"선생님, 그동안 어디 계셨어요?" 테드로스가 마침내 마법사에게 물었다. 그의 입술 위에는 멀린의 콧수염과 꼭 닮은 하얀 크림 수염이 생겨 있었다.

"숲 이곳저곳을 돌아다녔지." 멀린은 말을 잠시 멈추고 모자 깊숙이 손을 넣어 동그란 노란 풍선을 끄집어냈다. 풍선은 쥐 울음소리 같은 날카로운 소리를 내며 마법사의 손을 떠나더니, 그의 머리 위에서 점점 부풀어 오르기 시작했다. "영원의 숲은 그 이름답게 정말 끝이 없단다. 마하데바의 식인 언덕, 거꾸로 왕국 보르나 코릭, 악굴의 귀신 붙은 안개, 팔이 여덟 개인 여왕이 지배하는 검은 바다 우티⋯⋯." 풍선은 마법사의 이야기를 모양으로 나타내느라 정신없이 이쪽저쪽으로 몸을 뒤틀었다. "언젠가 알타자라에서 크리스마스를 보냈는데, 거기는 모든 것이 우유나 꿀로 만들어진 곳이었거든. 강은 신선한 버터크림이고, 성들은 스위스 치즈와 벌집으로 만들어졌고, 길은 걸쭉한 요거트로 포장되어 있었지. 사람들은 물론 모두 비만이었지만 너무나 행복했어. 그런데 그보다 더 행복한 사람들은 사실 누푸르랄라 사람들이었단다. 그 사람들은 어떤 선천적인 문제 때문에 모두 혀가 없어. 사람들이 말을 못하면 얼마나 행복해질 수 있는지 아마 상상도 못 할 거다. 아무튼 난 정말 많은 곳을 돌아다녔는데, 어딜 가든 사람들은 아서왕 이야기의 나를 알아보고 귀한 손님으로 대접해 주었지. 물론 나도 그에 상응하는 예의를 갖춰야 했어. 저녁식사나 잠자리를 제공해 준 사람들 앞에서 옛날 마법 몇 가지를 보여 주기도 했거든. (키르기오스 왕국에서는 거대한 완두 꼬투리가 침대였단다.) 이야기가 퍼져 나가는 걸 보면 정말 놀라워. 끝이 없더구나. 아무리 먼 나라에 가도 사람들은 아서의 전설에 대해 모두 잘 알고 있었어. 난 점점 새로운 것, 유명한 것, 한계가 없는 아름다움 같은 것들에 취해서 더 먼 곳으로 떠났지…….”

풍선이 총성 같은 요란한 소리와 함께 터지더니 털털대며 모자 속으로 들어갔다. 멀린은 한숨을 내쉬며 모자를 머리에 툭 걸쳐 쓰고 다시 입을 열었다. “하지만 아름다움이란 것도 다른 것과 마찬가지로 점점 지겨워지더구나. 나를 떠받들어 주는 사람들에게도 염증이 나기 시작했어. 겉모습처럼 마침내 속도 늙어 버린 거야. 곁에 아무도 없는데 온갖 모험을 하는 게 무슨 의미가 있나 싶은 마음이 들었지……. 죽을 때가 다 됐나 보다 생각하고 있는데 유바 교수가 피라냐 호수 한가운데 빙하까지 날 찾아왔단다. 13인 연맹이 다시 소집됐고, 테드로스라는 젊은이가 자기 공주와 함께 연맹을 만나러 올 거라고 하더구나.”

아가사와 테드로스는 입을 헤벌린 채 멀린을 바라보았다. 꿀과 치즈 이야기부터 이미 무슨 말인지 전혀 이해하지 못한 것 같은 표정이었다.

“다시 소집됐다고요? 전에도 연맹이 있었다는 뜻인가요?” 마침내 정신을 차린 아가사가 먼저 입을 열었다.

“처음에는 무슨 일로 소집됐죠?” 테드로스가 물었다.

“질문이 쏟아지는구나.” 멀린이 모자를 끌어당겨 눈을 가리면서 신음했다. “이럴 때는 내가 예언자면 좋겠어. 그러면 답을 하지 않아도 되니 말이다. 저녁 먹을 때까지 질문은 금지다. 둘 다 배가 많이 고플 테니.”

"배가 고파도 늙은이들 음식을 먹고 싶진 않네요." 테드로스가 당근, 귀리죽, 자두 스튜가 든 그릇을 비우고 있는 연맹 회원들을 바라보며 불만 가득한 목소리로 말했다.

"그렇다면 넌 아무것도 못 먹겠구나." 멀린은 말을 마치자마자 모자에서 진수성찬을 줄줄이 꺼내기 시작했다. 돼지갈비, 으깬 고구마, 크림을 얹은 옥수수와 베이컨 조각, 오이피클, 코코넛 카레라이스가 은 접시 위에 수북하게 쌓였다. 접시들은 동굴 바닥에 나타난 하얀 피크닉 담요 위에 차례대로 놓였다. "나도 늙은 사람이고 이건 내가 만들었으니, 이것들 모두 네가 말한 '늙은이들 음식'이겠지? 아가사, 어서 먹자."

멀린은 모자에서 접시를 하나 꺼내 갈비와 오이, 옥수수를 듬뿍 담아 아가사에게 내밀었다.

이미 주체할 수 없을 정도로 입에 침이 고인 아가사가 음식을 향해 돌진하려는 순간, 테드로스의 처량한 얼굴이 그녀의 시선을 붙잡았다. 아가사는 매 맞은 강아지처럼 풀이 죽어 있는 테드로스를 향해 갈비를 내밀며 싱긋 미소 지었다. "먹을래?"

테드로스의 얼굴에 웃음이 번졌고, 두 사람은 펼쳐진 음식을 향해 달려들었다. 멀린은 흔들의자에 앉아 새로 꺼낸 막대사탕을 핥으며, 아무 말 없이 식사에 열중하는 두 젊은이를 바라보았다.

"이래서 젊은 애들이 부럽다니까." 두 선인을 바라보던 신데렐라가 자두 스튜를 후루룩 들이키며 심술 섞인 목소리로 말했다.

"티격태격하다가도 저렇게 화해하는 거요?" 피터 팬이 공감한다는 듯 아련한 목소리로 물었다.

"배 터지게 먹는 거요." 신데렐라는 무슨 말도 안 되는 소리냐는 듯이 투덜대며 대꾸했다.

"평생 배 터지게 잘 먹고 살았을 것 같은데." 피노키오가 코웃음을 쳤다. 순간 테이블에 앉은 모든 사람이 그를 뚫어지게 바라보았다. "아이쿠, 내가 또 다 들리게 말했구먼."

젊은 왕자와 공주는 배가 꽉 찰 때까지 먹고 또 먹었다. 마침내 카푸치노 무스 케이크 한 조각으로 식사를 마무리한 두 사람은 쓰러지듯 벽에 등을 대고, 누가 먼저랄 것도 없이 신음을 내뱉으며 숨을 헐떡였다. 잠시 후 유바가 뜨거운 물 한 주전자와 샤워 타월을 가지고 왔다. 아가사와 테드로스는 커튼 뒤로 들어가 차례대로 몸을 씻고, 멀린이 마법으로 만들어 준 부드러운 하얀 파자마를 입었다. 연맹 회원들이 하나둘 매트리스로 들어가 잠을 청할 무렵, 아가사는 초조한 표정으로 멀린을 바라보았다.

"테드로스와 제가 소피의 해피엔딩이라는 걸 소피에게 알려 줘야 해요. 저희가 학교에 들어가서 그 아이를 만날 수 있게 도와주실 거죠?"

"소피가 반지를 파괴하지 않겠다고 하면 어쩌죠? 교장한테 들키면 또 어떡해요?" 테드로스가 조바심을 냈다. "선생님, 제 칼이 아직도 교장 손에 있어요. 아버지의 칼 말예요! 엑스칼리버 없이는 왕이 될 수……."

멀린이 파자마 차림 젊은이들 사이에 쏙 끼어들어 두 사람을 가까이 끌어당겼다. "생각할 수 있는 곳으로 가자꾸나."

아가사가 얼굴을 찡그렸다. "어두울 때 숲에 들어가면 안 돼요. 살아 돌아온 악당들한테 발각되기라도 하면……."

"누가 숲에 들어간다고 하든?" 아가사의 말을 가로챈 멀린이 망토를 활짝 펼치자 오각형 모양 별들이 수놓인 짙은 자주색 안감이 드러났다. 마치 어린아이가 그린 밤하늘처럼 투박한 모양새였다.

"여기가 바로 마법사가 생각할 때 가는 곳이란다."

아가사는 무슨 말인지 이해할 수 없었지만, 테드로스의 얼굴에는 미소가 번지고 있었다. "어서 가자." 테드로스는 아가사의 손을 잡고 멀린의 망토 안감에 수놓인 밤하늘 속으로 그녀를 이끌었다. 아가사는 실크에 뒤덮여 숨이 막힐 것 같았지만, 곧 어둠 속으로 몸이 떨어지는 것을 느꼈다. 혜성이 스치듯 지나가자 아가사는 밝은 빛을 피하기 위해 두 눈을 질끈 감았다. 잠시 후 그녀의 두 발이 솜털처럼 부드럽고 폭신하고 따스한 무언가에 닿았다. 어디인지 알 수 없었지만 숲이 아니라는 것만은 분명했다.

"네 어머니가 아니었으면 13인 연맹은 존재하지도 않았을 거다." 멀린이 먼저 말을 꺼냈다. 보라색 가운 밖으로 쑥 삐져나온 비쩍 마른 두 다리가 하얀 뭉게구름 아래로 축 늘어져 있었다.

하지만 아가사는 주변을 살피느라 그의 말이 귀에 들어오지 않았다. 아가사와 테드로스는 천사같이 하얀 옷을 입고 같은 구름 위에 책상다리를 하고 앉아 있었다. 자주색 밤하늘에 반짝이는 수천 개의 은색 별은 멀린의 망토에 수놓인 아이 그림 같은 별무늬를 삼차원 공간에 실현시켜 놓은 것 같았다. "셀레스티움이야." 아가사가 막 눈을 떴을 때 테드로스가 말했다. 그곳은 멀린이 생각할 게 있을 때 가장 즐겨 찾는 장소로, 아서의 아버지에 이어 아서 자신과 아서의 아들까지 함께 찾는 곳이 되었다. 아가사는 여전히 멍한 표정으로 깜깜한 하늘을 올려다보았다. 무수한 별이 떠 있는 끝없는 하늘을 보고 있자니 마음이 차분해지는 것 같았다. 숲의 공기는 얼음장처럼 차가웠지만 셀레스티움 안은 습하고 훈훈해 근육의 긴장도 풀렸다. 그녀가 앉아 있는 하얀 솜털 구름은 목화밭처럼 드넓었고, 깊이는 그녀의 몸이 거의 배꼽까지 잠길 정도로 깊었다. 하지만 가장 놀라운 것은 고요함이었다. 하늘만큼이나 무한한 그 텅 빈 공간에는 아무런 소리도 존재하지 않았다. 그곳에서는 그녀의 몸에서 나는 아주 작은 소리조차 큰 소란이 되었고, 머릿속 모든 생각은 성가신 골칫거리처럼 느껴졌다. 결국 아가사는 멀린과 테드로스처럼 완벽하게 고요한 상태에 이르렀다. 세 사람은 고요함 그 자체가 된 것 같았다.

그제야 멀린이 다시 입을 열고 이야기를 시작했다.

"아까 말했듯, 캘리스가 아니었으면 연맹 회원들은 아예 서로를 만나지도 못했을 거다. 대전쟁 기간 동안 교장 형제는 서로 우위를 차지하기 위해 싸웠고, 한 명이 승리를 차지했지만 그 사람이 선인지 악인지는 누구도 알지 못했어. 승자가 마스크를 쓰고 자신의 정체를 감췄기 때문이지. 혼자 남은 교장은 자신이 살아 있는 한 선과 악 어느 한쪽에 얽매이지 않고 양쪽의 균형을 유지하겠다고 맹세함으로써 모두의 충성을 얻어 낼 수 있었다."

아가사는 하품이 나오려는 것을 꾹 참았고, 테드로스는 자꾸만 감기는 눈꺼풀과 사투를 벌였다. 너무 지치기도 했거니와, 마법사의 이야기는 이미 새더 교수의 역사책에서 배운 내용이었다.

"이건 너희도 잘 아는 내용일 거야." 멀린이 날카로운 목소리로 이야기를 이어 갔다. "하지만 지금부터 내가 하려는 이야기를 위해서는 매우 중요한 부분이어서 다시 언급하지 않을 수 없었다. 대휴전이 이루어진 후 200년 동안 선은 계속해서 승리했고, 모든 이야기에서 무자비하게 악을 지워 버렸어. 숲의 악인들은 당연히 화가났고, 전쟁에서 이긴 사람이 선한 형제기 때문에 이야기꾼이 그의 영혼을 반영해 한쪽으로 기울었다고 믿었다. 그 당시 난 젊은 선인이었어. 헝클어진 머리, 뛰어난 마법 실력, 그리고 내가 원하는 연구를 하느라 학교 공부에는 소홀한 그 불량한 태도로 꽤 유명했지. 다른 선인들은 계속되는 승리에 취해 점점 게으르고 얄팍한 사람이 되어 갔지만, 난 반대였어. 선이 이기기만 하는 상황이 수상쩍었지. 이야기꾼은 결국 균형을 통해 우리 세계를 지탱하잖니? 환영식에서 제일 먼저 배우는 내용이지. 영원의 숲에 태양이 떠오르는 건 이야기꾼이 각 이야기에서 선과 악 사이의 불균형을 보정하고, 그렇게 함으로써 전체적인 균형을 유지하기 때문이야. 그렇다면 이야기꾼이 새로운 이야기에서 늘 선을 이기게 하는 건…… 어딘가에 엄청난 악이 존재하고 그로 인한 불균형을 이야기 속에서 보정해야 하기 때문이지!"

말을 멈춘 멀린이 자주색 하늘을 보며 한숨을 내쉬었다. "선의 학교 교수들이 내 연구에 조금만 관심을 가졌더라면 그 후 상황은 완전히 달라졌을 거야. 하지만 교수들 역시 승리에 취해 있었고, 당시 학장은 클라리사 더비 교수처럼 명석하지도 못했어. 3학년이 끝날 무렵 난 아서 아버지의 조력자 역할을 배정받았고, 졸업 후 카멜롯으로 갔다. 그곳에서 처음에는 수상을 맡았고, 나중에는 왕자의 가정교사가 되었지. 하지만 난 학교에서 벌어지는 일들을 늘 주시하고 있었어. 내 짐작이 맞을 경우를 대비하기 위해서 말이다. 난 학교의 초청을 받아 영웅의 역사에 대한 강연을 하기도 하고, 옛 교수님들을 만나 차를 마시기도 하고, 또 아서가 학교에 들어간 후에는 아서를 통해 학교 소식을 듣기도 했어. 하지만 선의 승리는 계속되었고, 악이 이에 저항하거나 교장이 뜻밖의 행동을 취하는 기색은 전혀 없었어. 결국 내 걱정도 점차 누그러졌지. 난 대신 다른 일에 열중하기 시작했어. 내 평생의 업적이라고 할 수 있는 주문을 완성하는 일이었단다. 일시적으로 남자를 여자로, 여자를 남자로 바꿀 수 있는 물약을 만들어서 실험 정신과 섬세함, 그리고 평화를 이 세계에 가져오고 싶었어. 그 주문에 대해서는 이미 잘 알고 있겠지."

아가사와 테드로스는 남학교와 여학교 모두에 큰 혼란을 가져왔던 그 보라색 물약을 떠올리며, 잠에 취한 목소리로 알 수 없는 말을 웅얼거렸다.

"그 주문은 땅속 요정의 신체 작용을 기반으로 한 것이어서, 내가 새로운 약을 만들 때마다 유바 교수가 고맙게도 직접 시험해 주었단다." 잠시 말을 멈춘 멀린이 아가사를 똑바로 바라보았다. "그런 이유로 난 유바 교수를 자주 찾아갔는데, 어느 날 유바 교수가 학교에 새로 부임한 교수에게 교장이 특별한 관심을 보인다고 말하더구나. 그 교수 이름은 캘리스였어."

"네? 엄마가 선과 악의 학교 교수였다고요?" 멍하게 졸고 있던 아가사가 벌떡 몸을 일으켰다.

"네더우드 출신의 캘리스 교수." 멀린이 고개를 끄덕이며 말했다.

"네더…… 네더우드요?" 아가사는 충격에 빠져 더듬더듬 말했다. "가발돈 사람이 아니란 말씀이세요? 엄마가…… 영원의 숲 출신이라고요?"

"〈추한 외모 만들기〉 수업을 맡은 꽤 인기 있는 교수였단다." 멀린이 대답했다.

아가사는 믿을 수 없다는 듯 멍한 표정으로 그를 바라보았다. 엄마가 악인 학생들에게 추한 외모를 만들고 변장하는 방법을 가르쳤다니! 아무것도 모르는 것처럼 그녀에게 학교 이야기를 해 달라고 조르던 그 엄마가? 아가사는 그녀의 엄마가 어깨가 뾰족한 교수 드레스를 입고 악의 학교 복도를 어슬렁어슬렁 걷는 모습을 상상해 보았다. 맨리 교수의 악취 나는 교실에서 학생들에게 과제를 내고, 무시무시하게 생긴 학생들 앞에서 추한 외모 만들기와 변신하기를 선보이는 엄마……. 아가사의 가슴이 철렁 내려앉았다. 멀린의 이야기가 엄청난 오해가 아니라면, 그녀는 평생 엄마가 어떤 사람인지 전혀 모르고 살아온 것이다.

"학교에 빈자리가 생기면 학장들은 숲의 여러 나라를 샅샅이 뒤져서 유능한 교수를 찾아야 할 의무가 있단다. 이야기가 오래전에 마무리된 사람이어야 하고, 일단 학교 교수진으로 은둔 생활을 하겠다는 서약을 한 후에는 이야기꾼이 절대 자신의 이야기를 쓰지 않을 것이라는 사실을 받아들이는 사람으로 골라야 하지." 멀린의 설명이 계속되었다. "그런데 이야기꾼이 새로 온 악의 학교 교수의 이야기를 쓰기 시작했으니 교장이 얼마나 놀랐겠니? 마음과 영혼은 악에 충성했으나…… 단 한 명의 진정한 사랑을 꿈꾸는 네더우드의 캘리스!"

"아, 아니에요. 마법사님이 잘못 아신 거예요." 아가사가 안도한 표정으로 말했다. "엄마는 절대 그런 사람이 아니거든요. 사랑에 대해서는 눈곱만큼도 관심이…….”

아가사의 목소리가 점점 작아졌다. 엄마에게 평생 진정한 사랑을 한 번도 못해 본 사람이라고 말했을 때, 캘리스가 당황한 듯 더듬거리는 손길로 주전자를 집어 들던 모습이 떠올랐다. 갑자기 오싹한 기분이 아가사를 감쌌다. 엄마가 싱크대에서 펌프로 물을 긷는 모습을 바라보면서…… 어쩌면 엄마는 동화책 속 이야기들을 읽어서 아는 게 아니라…….

직접 경험해서 아는 것 같다는 생각이 들었을 때 느꼈던 바로 그 오싹함이었다.

아가사는 천천히 고개를 들어 멀린을 바라보며 쉰 목소리로 말했다. "계속 말씀하세요."

"당시 유바 교수는 캘리스를 학교에서 내보내야 한다고 지적했지. 맞는 말이었지만 교장은 받아들이지 않았어." 마법사의 설명이 다시 시작되었다. "교수라면 학생들이 교육을 받는 동안 그들을 이끌어야 하는데 반대로 위험에 빠뜨리면 안 되잖니. 동화는 위험하고 폭력적인 결말에 이르는 경우가 많은데, 이야기꾼이 학교 안에서 생활하는 교수의 이야기를 쓴다는 건 바로 그 혼돈과 죽음이 학생들의 삶 속으로 들어온다는 뜻이었어. 그런데도 교장은 캘리스를 내보내지 않았단다. 그뿐만이 아니었어. 유바 교수는 맹세컨대 교장의 창에서 캘리스의 그림자를 여러 번 목격했다고 말했다. 다른 사람들이 모두 잠자리에 들었을 늦은 밤에 말이야. 유바 교수가 교장의 탑에 간 이유를 다그쳐 물었지만, 캘리스는 그곳에 간 사실 자체를 부인했어. 그러는 동안 다른 교수들 사이에서도 논란이 일기 시작했다. 교장이 왜 캘리스를 내보내지 않는지에 대해 저마다 자신의 이론을 제시했지. 캘리스는 꽤 미인이었기 때문에 더욱 여러 이야기가⋯⋯."

"미인이라고요? 교수님들이 보는 눈이 낮으시네."

테드로스가 하품을 하며 말하다가 아가사의 따가운 시선을 느끼고 빠르게 입을 다물었다.

"하지만 얼마 후 교수들은 같은 결론에 이르렀단다. 모든 이야기에서 악이 참담하게 패배를 하고 있는 상황이니, 교장은 캘리스 같은 악당이 다른 누군가에게 해를 끼칠 가능성은 없다고 생각할 거라는 결론이었지. 결국 학생들뿐 아니라 교수들도 교장은 선한 쪽이기 때문에 악인 교수 하나가 학교 안에서 비참하게 패배하는 모습을 지켜보기로 마음먹었다고 생각하게 됐어. 하지만 그 상황에서 나는 또다시 의문을 품었지. 교장이 단 한 명의 진정한 사랑을 꿈꾸는 악인 교수에게 왜 특별한 관심을 보일까? 교장이 선이 아니라 사실 악이라면, 악인이 품은 진정한 사랑은 선에 대항하는 무기가 될 수 있지 않을까? 악인의 진정한 사랑이 악을 승리로 이끌 수도 있지 않을까? 만약 그렇다면, 교장은 캘리스가 자신의 진정한 사랑이라고 믿었던 것은 아닐까?"

멀린이 잠시 말을 멈췄다. "언젠가 한번은 파란 숲에서 네 어머니를 다그쳐 보기도 했다. 하지만 캘리스는 교장과의 관계에 대한 내 질문에 아무 대답도 하지 않았어. 불안한 모습을 보이기는 했지. 다음에 학교에 갈 때 한 번 더 캘리스를 압박해 볼 생각이었지만 교장이 학교 정문에 마법을 걸어 놓더구나. 온갖 주문을 다 써 보았지만 문을 통과할 수 없었어. 내가 캘리스랑 얘기하는 게 싫어서 날 학교에서 쫓아낸 거야. 그때 난 확신했지. 교장은 악한 쪽이고 자신의 계획, 그러니까 악의 사랑으로 선의 사랑에 맞서 싸우겠다는 계획을 실행하기 위해 캘리스를 이용한다고 말이다. 난 유바 교수의 도움을 얻어 숲에서 가장 유명한 영웅들을 모으기 시작했다. 피터팬이나 신데렐라처럼 은퇴 후 편안한 삶을 즐기고 있는 영웅들을 모아 12인 연맹을 만들었지. 교장의 공격이 시작될 경우 그를 저지하기 위해서……. 그런데 그런 일은 일어나지 않았어. 대신 네더우드의 캘리스가 어느 날 밤 갑자기 사라져 버렸지. 캘리스는 아무 흔적 없이 선과 악의 학교에서 사라졌고, 이야기꾼조차 그녀를 완전히 놓친 듯 더 이상 그녀의 이야기를 쓰지 않았다. 그 후 이야기꾼은 엄지공주라는 소녀의 시시한 이야기를 시작해 버렸고, 선의 승리는 흔들림 없이 계속되었지. 12인 연맹은 해산되고 사람들 기억 속에서 사라졌단다. 교장의 선함에 대해 의혹을 가진 사람은 나뿐이었어…….” 멀린이 아가사를 내려다보았다. “그 후 40년 가까이 시간이 흘렀고, 교장은 마침내 자신의 왕비를 찾아냈다. 물론 지금 그의 반지를 손에 낀 사람은 캘리스가 아니라…… 그녀의 딸의 가장 친한 친구지.”

아가사의 두 눈이 접시처럼 동그래지고, 심장은 가슴에서 튀어나올 듯 덜컹거렸다. 아가사는 테드로스에게 고개를 돌렸다. 그 역시 충격에 휩싸였을 것이라고 생각했지만, 왕자는 구름 위에서 몸을 둥글게 말고 침까지 흘리며 자고 있었다.

멀린이 구름 한 줄기를 끌어당겨 왕자의 몸 위에 담요처럼 올려준 뒤 다시 아가사를 향해 몸을 돌렸다. “네 어머니가 왜 독자들의 세상으로 갔는지, 혹은 어떻게 그곳으로 갔는지는 우리도 모른다. 우리가 아는 건 그녀가 죽기 전에 고양이를 통해 우리에게 쪽지를 보냈다는 것뿐이야. 12인 연맹이 너희를 보호하고, 너희가 가장 친한 친구를 교장에게서 구할 수 있게 도와야 한다는 내용이었지. 캘리스가 어떻게 연맹의 존재를 알았는지는 나도 궁금하단다. 캘리스가 보낸 쪽지를 너에게 주고 싶지만 사실 나도 직접 보지는 못했어. 너희를 죽일 뻔했던 그 늑대와 거인이 중간에 가로챘거든.” 멀린이 짜증 섞인 미소를 지으며 아가사를 바라보았다. “하지만 너도 알다시피 리퍼는 똑똑한 고양이잖니. 쪽지를 가져오기 전에 미리 내용을 읽어서 파악해 두었지.”

“리퍼요?” 아가사가 나직이 속삭였다. “리퍼가…… 여기 왔어요?”

"용케도 숲에서 유바 교수를 찾아냈어. 유바 교수는 안타깝게도 고양이 말을 할 줄 모르지만 다행히 우마 공주가 그와 함께였지. 에 블린 새더가 유바 교수 집에 불을 내 죽이려 했지만 겨우 탈출해 도 망쳐 나온 후로 우마 공주가 그를 찾아와 함께 지냈거든. 아무튼 우 마 공주 덕에 리퍼의 말을 이해한 유바 교수는 즉시 연맹을 소집하 고 우마 공주를 새 회원으로 받아들였지. 너무 어린애를 받아들이 는 거 아니냐는 반대도 있었어. 13이라는 숫자에 대한 미신 때문에 꺼림칙해한 사람도 있었고."

"리퍼는 어디 있어요? 지금 볼 수 있어요?" 아가사가 다급하게 물었다.

"연맹 일 때문에 다른 곳에 가 있다. 때가 되면 너도 알게 될 거 야. 오늘 이야기는 여기서 끝이다! 아가사, 너도 이제 좀 자야지."

"하지만……."

"이제 질문은 그만! 나머지는 내일 아침에 얘기하자꾸나……. 딱 두 가지만 빼고 말이다. 네가 잠자리에서 생각해 봤으면 하는 질문 이 두 개 있거든."

아가사가 고개를 들자 멀린이 별빛을 받아 반짝이는 검은 눈동 자로 그녀를 바라보며 몸을 기울였다.

"네 어머니가 이야기꾼이 선택한 악인이라면…… 즉 동화 속에 들어간 악인이라면, 우리 세계에 있는 악인 무덤은 왜 소피 엄마의 것일까?" 다정한 느낌이 싹 사라진 멀린의 얼굴이 아가사에게 더 욱 바싹 다가왔다. "그리고 교장이 원했던 사람이 네 어머니였다면, 왜 긴 시간이 흐른 뒤 교장의 왕비가 된 사람은 소피일까? 네가 아 니라……."

아가사가 꼼짝하지 않고 멀린을 바라보는 동안, 그녀가 앉아 있던 구름이 갑자기 무너지면서 몸이 아래로 곤두박질치기 시작했다. 아가사는 땅으로 떨어지는 천사처럼 두 팔을 허우적거리며 멀린과 테드로스를 찾아 위를 올려다보았지만 이미 눈이 감기고 있었다. 곧 완전한 어둠에 빠져든 아가사는 끝없이 아래로, 아래로 떨어져 내렸다.

15

마법사의 계획

그 날 밤 아가사는 꿈을 꾸었다. 리퍼가 화장실 변기통에 빠졌는데 건져 낼 수가 없는 상황이었다. 물을 내린 뒤 그녀가 변기 안에 헤엄쳐 들어가는 방법밖에는 없었는데, 꿈속에서는 이 방법이 완벽하게 논리적으로 느껴졌다. 아가사는 리퍼를 따라 소용돌이치는 물속으로 뛰어들었고, 잠시 후 주변이 어둑해졌다. 물살을 따라 구불구불한 길을 지나자 마침내 확 트인 바다에 도착했다.

바닷물은 너무 차가울 뿐 아니라 지저분하고 끈적대고 뿌옜다. 아가사는 리퍼를 찾지 못해 두리번거리다가 물속 깊은 곳에서 신호탄처럼 반짝이는 노란 눈 두 개를 발견했다. 리퍼였다. 아가사는 숨을 참고 칠흑같이 어두운 물속으로 헤엄쳐 들어갔다. 어느새 발이 바닥에 닿았지만 노란색 눈 두 개 외에는 아무것도 보이지 않았다. 노란 두 눈은 어둠 속에서 깜빡이며 어딘가로 쏜살같이 달려갔다. 아가사는 손가락 끝에 신경을 집중했다. 잠시 후 그녀는 손끝에서 뿜어져 나온 금색 불빛으로 바다 바닥을 비추었다. 리퍼가 털이 숭숭 빠진 주름진 앞발로 미친 듯 무덤을 파헤치고 있었다. 무덤 앞에는 타원형 묘비가 서 있었다.

숲 너머 마을에서 온

바네사

이곳에 잠들다

점점 숨이 차올랐지만 아가사는 리퍼를 무덤에서 떼어 놓으려고 손을 뻗었다. 바네사의 무덤이 텅 빈 것을 이미 알고 있기 때문이다. 하지만 리퍼는 그녀의 손길을 피하며 계속해서 발톱으로 모래를 파냈다. 아가사는 다시 한번 손을 뻗었지만 리퍼가 손목을 깨무는 바람에 자기도 모르게 비명을 질렀다. 순간 얼마 남지 않은 공기가 입 밖으로 빠져나가고, 그녀의 손목에서는 작은 핏방울이 배어 나와 물속으로 흩어졌다. 화가 난 아가사는 리퍼의 목덜미를 잡고 물 밖으로 헤엄쳐 나가기 시작했다. 열심히 몸을 움직이며 리퍼가 파던 소피 엄마의 무덤을 흘끗 내려다보니…… 빈 구덩이 안에서 두 개의 초록색 눈동자가 그녀를 노려보고 있었다.

아가사는 땀에 흠뻑 젖은 채 잠에서 깨어났다. 그녀 옆에 줄지어 놓인 매트리스는 이미 비어 있었다. 전날의 고단한 여정 때문에 온몸이 아프고 머리가 지끈거렸다. 눈을 가늘게 떠 보았지만, 아직 생생한 꿈속 장면들과 지난밤 멀린이 해 준 여러 이야기들이 쿵쾅쿵쾅 아가사의 머리를 때렸다. 아가사는 신음하며 모래 바닥에 두 발을 딛고 침대 끝에 걸터앉았다.

동굴에는 불이 환하게 밝혀져 있었고, 연맹 회원들은 식탁에 앉아 귀리죽과 뭉근히 끓인 복숭아를 먹고 있었다. 그들은 웃통을 벗고 팔굽혀펴기를 하는 테드로스를 보는 중이었는데, 배가 볼록 나온 늙은 팅커벨은 오르락내리락하는 왕자의 등에 기대 누워 마치 해변에서 일광욕을 즐기는 사람처럼 즐거운 표정을 짓고 있었다.

"내가 저 나이 때는 정말 봐 줄 만했는데."

피터 팬이 왕자를 비웃으며 말하자, 팅커벨이 코웃음을 치듯 낮게 쨍그랑 소리를 냈다.

"잘생긴 외모에 속으면 안 돼요. 잘생긴 것들은 세상이 다 자기 건줄 안다고요. 배불뚝이 대머리가 돼도 안 변해요." 신데렐라가 쏘아붙였다. 자기 앞 접시를 깨끗하게 비운 후 피터 팬의 복숭아를 조금씩 가져다 먹던 그녀는 아가사와 눈이 마주치자 심술궂은 표정을 지으며 능글맞게 웃었다. "저렇게 예쁘장한 왕자가 저런 아이를 진정한 사랑으로 선택한 걸 봐요. 다른 여자애들이 다 거절했으니 그리 된 거예요. 겉만 번지르르했지 속은 곪았을 거라고요. 무슨 말인지 알죠?"

팔굽혀펴기를 하던 테드로스가 신데렐라의 말에 털썩 엎어지자 한껏 늘어져 있던 팅커벨이 벽으로 튕겨 나갔다.

"너무 심술부리지 말아요, 엘라." 빨간 망토가 느릿느릿 입을 열었다. "쟤들이 젊고 행복한 게 부러워서 그러는 거 알아요."

"행복하다고요? 우마 공주 말은 다르던데." 피노키오가 낄낄거렸다.

모든 시선이 우마에게 향했다. 아가사도 우마 공주를 바라보았다. 찻주전자를 손에 든 채 그대로 얼어붙은 우마는 피노키오를 향해 휙 몸을 돌렸다.

"왜요? 쟤네 둘이 싸우기만 한다면서요. 여자애는 남자가 얼굴

예쁘고, 멍청하고, 자기한테 알랑거리는 공주를 만나야 한다고 생각한다면서요?" 코가 긴 노인이 말했다.

테드로스가 놀란 얼굴로 아가사를 바라보다가 차가워진 두 눈을 가늘게 뜨고 입을 열었다. "정말 그렇게 되면 참 좋겠다!" 그는 허리를 꼿꼿이 펴고 아가사 곁을 지나가더니, 몸을 씻기 위해 커튼 뒤로 사라졌다.

침대 끝에 걸터앉은 아가사의 어깨가 축 늘어지고 동굴 안에는 정적이 흘렀다.

"이놈의 입이 문제야, 입이!" 피노키오가 샐쭉해진 얼굴로 중얼거렸다.

"이게 무슨 큰일이라고! 저 둘이 사이가 좋아야지만 이 숲과 우리 목숨을 구할 수 있는 건 아니잖아요." 잭이 브라이어 로즈의 손을 움켜잡으며 말했다.

"파괴해야 할 반지가 저 두 사람 거면 얼마나 좋을까요? 그럼 오늘 안에 처리할 수 있을 텐데." 잭의 약혼녀가 한숨을 내쉬었다.

"하!" 헨젤이 웃음을 터뜨리듯 외마디 소리를 질렀다.

아가사는 잔뜩 짜증이 난 표정으로 우마를 바라보았다. 문득 죄책감이 들었다. 우마 공주는 그저 도우려 했을 뿐이다. 아가사는 파자마 차림 그대로 침대에서 빠져나왔다. 피곤하고, 꾀죄죄하고, 머리도 지끈거리고, 이제는 분노에 찬 왕자까지 상대해야 한다…….

그때 구운 크래커와 깨끗한 튜닉, 레몬 차 통조림이 가득 든 삼베 가방이 그녀의 가슴을 향해 날아왔다.

"너의 왕자가 널 깨웠을 줄 알았는데! 걔는 몇 시간 전에 일어났거든." 멀린이 동굴 입구로 성큼성큼 걸어가며 말했다. 그의 손에는 똑같은 삼베 가방이 하나 더 들려 있었다. "어서 움직여라. 출발해야지."

"네? 어디 가는데요?" 아가사가 쉰 목소리로 물었다.

"너희 친구 구하러 가야지. 나중에 아침으로 햄 크루아상이랑 마
살라 팬케이크 둘 중 뭐 먹겠니? 내 모자가 궁금해하는구나. 메뉴
를 미리 알려 주지 않으면 기분 나빠 할 수도 있거든."

"이렇게 막 숲으로 들어갈 순 없어요. 아직 계획도 못 짰잖아요."
아가사가 마법사의 뒤를 졸졸 따라가며 말했다. "어떻게 학교에
들어가서 소피를 볼 건데요? 반지 파괴하는 건 또 어떻게 설득하
고……."

"그런 건 가는 길에 얘기하자꾸나. 점심때까지 선과 악의 학교에
가려면 계획을 짜고 앉아 있을 시간이 없어. 잠깐 좀 숙여 봐라." 멀
린이 빙글 몸을 돌리더니 손에 들고 있던 삼베 가방을 그녀의 머리
위로 던졌다. 아가사가 재빨리 몸을 숙이자, 어느새 다시 나타난 테
드로스가 팔꿈치로 아가사를 밀치고 가방을 받아 어깨에 멨다. 머
리가 촉촉하게 젖은 그는 이미 깨끗한 튜닉으로 갈아입고 향긋한
냄새를 풍기고 있었다.

"너 일부러 안 깨웠어." 테드로스는 아가사에게 등을 보인 채 퉁
명스러운 목소리로 말했다. "네가 여기 있어야 소피를 구하는 일이
더 쉬워질 것 같아서."

아가사는 지저분한 파자마에 맨발 차림으로 서서, 멀린을 따라
동굴 입구를 기어오르는 테드로스의 뒷모습을 바라보았다. "작별
인사라도 하고 가야죠." 아가사가 잔뜩 인상을 쓰며 두 사람을 향
해 소리쳤다. 그녀는 식탁에 둘러앉은 연맹 회원들을 흘끗 바라보
았지만, 그들은 카드게임에 푹 빠져 아무 소리도 안 들리는 듯했다.

멀린이 동굴 입구에 머리를 거꾸로 쑥 들이밀었다. "아, 영영 헤

어지는 것도 아닌데 걱정 말아라. 게다가 이렇게 이른 아침에 작별
인사는 어울리지 않아."

　이른 아침 동굴 바깥은 어둡고 음산했다. 구름은 없었지만 태양
이 너무 약해 어슴푸레한 빛밖에 낼 수 없어서 하늘은 잿빛이고 공
기는 차갑기만 했다. 젊은 남자와 늙은 남자의 뒤를 따라 걷던 아가
사는 영원의 숲이 전날보다 더 짙은 죽음의 향기를 풍기고 있다는
사실을 깨달았다. 새 시체들과 움직임이 느려진 애벌레들, 그리고
뿌리 덮개 위에 흩어져 꼼짝 않는 벌레들이 보였다. 멀린은 걸어가
는 길에 해바라기 씨를 뿌리고 굶주린 동물이 먹이를 찾아 나오지
않을까 기대했지만, 그런 일은 일어나지 않았다. 마법사는 결국 마
법을 이용해 씨를 깨끗이 거둬들였다. 죽은 악당들이 그들의 흔적
을 발견하면 큰일이었다.

　"고드름처럼 녹아내리는구나." 멀린이 하늘을 유심히 바라보며
말했다. "빨리 너희 동화를 마무리 지어야겠다. 몇 주 후면 태양이
완전히 사라져 버리겠어."

　"태양이 저희 때문에 죽어 가는 거예요?" 아가사가 깜짝 놀라 물
었다.

　"속도가 점점 빨라지고 있다. 너희 이야기가 이 세상의 균형을
점점 더 무너뜨리고 있다는 증거지." 마법사가 대답했다. "너희 이
야기가 너무 오랫동안 펼쳐졌어. 이야기꾼이 새 이야기를 시작해
야 이 세계가 지속되는데……. 그래야 우리도 살 수 있고." 멀린은
손가락으로 턱수염을 돌돌 감아올리며 말을 이었다. "이야기꾼이
제대로 훈련받은 인물 대신 아마추어 학생들 이야기를 쓰다 보니
일이 이렇게 되지 않았나 싶다."

"전 빼 주세요. 책 제목이《소피와 아가사의 이야기》인 거 아시죠? 다 그럴 만해서 그런 거예요." 테드로스가 으르렁댔다. "아버지는 독자를 학교에 데려오는 일에 반대하셨어요. 저한테도 마치 전염병 대하듯 멀찍이 떨어져 있으라고 당부하셨죠."

"아버지 말씀 좀 잘 듣지 그랬어!" 아가사가 발끈했다. "그리고 우리가 이야기꾼한테 우리 얘기 써 달라고 한 거 아니거든!"

테드로스는 못 들은 척 태양만 노려보았다. "내가 대관식을 치르기도 전에 이 세상이 사라지면 안 되지. 빨리 소피를 구하고 엑스칼리버를 되찾아서 카멜롯으로 가야 해. 아버지의 왕국을 더 이상 약해지게 둘 순 없어. 어머니 때문에 이미 힘든 일을 많이 겪었으니까. 백성들에게는 왕이 필요해."

"왕비도 있어야지." 멀린이 덧붙였다.

"나한테 잘 보이려고 알랑대는 멍청한 왕비 말씀이시죠?" 테드로스가 대꾸했다.

"야, 그런 뜻으로 말한 거 아니야." 아가사가 다시 한번 발끈했다.

"'알랑대다'랑 '멍청하다'는 단어 뜻을 내가 잘못 알고 있나?"

아가사는 빈정대는 테드로스의 말에 아무 대꾸도 하지 않았다.

"저런 애들이 어젯밤 핫초코 한 잔을 나눠 마시다니, 생각할수록 놀랍네." 마법사가 중얼거렸다.

두 젊은 선인은 더 이상 서로에게 아무 말도 하지 않았다. 그들은 멀린의 뒤를 따라 축축한 잡목 숲을 빠져나와 노블힐에 들어섰다. 미로처럼 울퉁불퉁 솟은 갈색 흙더미 위를 다양한 크기와 종류의 버섯들이 덮고 있는 곳이었다. 아가사는 우마 공주에게 했던 말을 후회하고 있었다…… 하지만 생각해 보면 맞는 말 아닌가? 동화 속 왕비들은 당당하고 우아하고 감탄을 자아내는데, 그녀는 아무리 생각해도 그런 사람이 아니다…….

하지만 테드로스와 함께하려면 그런 사람이 되어야 한다.

그의 어머니의 자리를 대신해야 하는 것이다.

아가사는 언덕을 오르는 테드로스를 바라보았다. 잿빛 하늘을 배경으로 그의 잘생긴 얼굴과 멋진 몸을 보고 있자니 숨이 막혔다. 아가사는 소피를 구하는 데에만 너무 집중한 나머지 그 이후의 일에 대해 전혀 생각해 보지 못했다. 대관식…… 왕국…… 그다음은 왕비? 그녀가 왕비가 된다고?

얼굴이 화끈 달아오른 아가사는 머릿속 생각들을 떨쳐 내려 고개를 흔들었다. 지금 중요한 건 소피를 구하는 일이다. 게다가 테드로스와 지금처럼 지내다가는 소피를 구하기 전에 그녀가 먼저 차일 가능성도 있어 보였다. 어느새 테드로스는 언덕 꼭대기에 이르렀다. 앙다문 그의 턱과 힘이 들어간 팔 근육이 멀리서도 보였다. 왕자는 여전히 그녀에게 화가 나 있었다. 버섯을 싫어하는 마음이 그의 분노를 더욱 부채질한 것이 분명했다. (그는 어느 날 어머니가 저녁식사로 버섯을 내왔을 때 얼굴이 파랗게 질려서 이렇게 말했다고 했다. "버섯은 곰팡이나 마찬가진데, 곰팡이를 보면 발이 생각납니다. 전 발은 먹지 않겠습니다.")

테드로스에 대한 걱정이 점점 커져 가고 있을 때, 갑자기 언덕 너머에 나타난 작은 선인 왕국이 아가사의 시선을 사로잡았다. 모든 게 빨간 사암으로 만들어진 나라였는데, 개미처럼 작은 남녀 백성들이 영토 주위에 거대한 벽돌 벽을 건설하고 있었다.

"뭘 막으려는 걸까요? 주변에는 아무것도 없는데." 아가사가 어리둥절한 표정으로 물었다.

"교장이 살아 돌아온 순간부터 선인 왕국들은 두 번째 대전쟁을 대비해 요새를 짓기 시작했단다." 멀린이 언덕 아래 안개 낀 계곡으로 내려가며 설명했다. "교장이 곧 어둠의 군대를 소집해서 선인 왕국을 공격할 거라고 생각하는 거지."

"선인 왕국들은 왜 힘을 합쳐 교장을 공격하려고 하지 않죠?" 테드로스가 물었다.

"몇 번을 말해야 알겠니? 악은 공격하고 선은 방어한다. 이것이 영원의 숲의 첫 번째 규칙이야. 물론 넌 어릴 때부터 이 규칙을 잘 지키지 못했지." 멀린은 꾸짖는 표정으로 왕자를 바라봤다.

테드로스는 못마땅한 듯이 중얼거리며 걸음을 늦춰 마법사를 앞서 보냈다.

"교장은 왜 뜸을 들이는 거예요?" 왕자가 사라진 멀린의 옆자리를 아가사가 꿰차고 들어가며 물었다. "마법사님 말씀대로, 교장에게는 그동안 동화 속에 존재했던 최고의 악당으로 이루어진 군대가 있잖아요. 그 군대로 선인 왕국을 휩쓸어 버릴 수 있는데 왜 옛 영웅들을 죽이고 옛 이야기를 새로 쓰면서 시간을 보내는……."

멀린이 아가사를 똑바로 바라보며 눈썹을 바짝 치켰다. "옛것이 새로운 것을 지배할 힘을 준다면 그럴 수도 있지."

아가사는 또 다른 질문을 던지려 했지만 마법사가 갑자기 걸음을 멈췄다. 그녀와 테드로스는 마법사의 시선을 따라 눈을 움직였다. 옅은 안개 아래 반쯤 얼어붙은 호수가 펼쳐졌고, 정교하게 만든 나무다리가 그 위를 가로질렀다. 하지만 다리는 이미 산산조각이 나 얼어붙은 호수 표면과 기슭에 파편이 어지럽게 흩어져 있었다. 그 어지러운 잔해들 한가운데에 살이 뜯겨져 나가 거의 뼈만 남은 시체 세 구가 쌓여 있었다. 아가사와 테드로스는 멀린의 뒤를 따라 천천히 시체 쪽으로 다가갔다. 뼈에 남아 있는 약간의 피부 조각은 오래돼 바싹 말랐고, 그 위에 회색과 하얀색이 뒤섞인 털들이 보송보송 덮여 있었다.

"인간이 아니에요." 테드로스가 움찔하며 말했다. "이건……."

"설마 염소? 대체 누가…… 염소한테 이런 짓을 했을까요?" 아가사가 무릎을 꿇고 시체를 자세히 살피며 물었다.

"평범한 염소가 아니었다." 멀린이 나뭇조각을 옆으로 차 내자 피로 물든 동화책 한 권이 나타났다. 마지막 페이지가 펼쳐진 그 책에는 뿔이 난 거대한 트롤이 세 마리 염소 형제를 마구 먹어 치우는 그림이 그려져 있었다. 그리고 그림 아래에 "끝"이라는 검은색 굵은 글씨가 쓰여 있었다. 멀린은 쭈그리고 앉아 손가락으로 글씨를 만져 보았다. 아직 마르지 않은 잉크가 손끝에 얼룩을 남겼다.

마법사는 책을 탁 덮고 두 선인을 향해 돌아섰다. "서두르자, 얘들아." 그의 걸음이 더욱 빨라졌다. "우리가 늦을수록 오랜 친구들의 목숨이 위험해진다."

멀린을 따라 걸음을 옮기던 아가사가 뒤돌아 호수 기슭에 나뒹구는 동화책을 바라보았다. 진흙투성이가 된 책 표면에 제목이 쓰여 있었다.

용감무쌍 염소 삼형제

젊은 선인들을 앞서가던 멀린이 거대한 암석 절벽 사이 눈 쌓인 계곡으로 들어갔다. 통과하는 데 두 시간 가까이 걸리는 긴 계곡이었다. 거대한 회색 구름이 녹아내리는 태양을 가리자 기온이 곤두박질치면서 곧 비가 내리기 시작했다. 얼음같이 차가운 바람이 휘몰아치고 바닥의 풀들은 얼어붙은 물방울 때문에 미끄러운 상황에서, 아가사와 테드로스는 망토를 꼭 움켜잡고 힘겹게 앞으로 나아갔지만 마법사와의 거리는 자꾸만 멀어졌다. 멀린은 자기 나이 반도 안 되는 젊은이처럼 가볍게 걸음을 옮기고 있었다. 아가사는 추위에 빨갛게 튼 테드로스의 얼굴을 바라보았다. 빨개진 코에서 콧물이 흘러내렸다. 그녀는 동굴에서 했던 말을 왕자가 용서해 주기를 바라며 틈틈이 화해의 시선을 던졌지만, 테드로스는 매번 그녀를 외면했다.

아가사는 가슴이 무너지는 것 같았다. 멀린이 테드로스에게 왕비가 필요하다고 말한 후부터 그녀는 자꾸만 테드로스의 눈치를 살피고 있었다……. 테드로스도 그녀와 같은 의심을 품고 있을까?

"다 왔다. 계획한 시간에 딱 맞춰 도착했어!" 마법사는 다가오는 두 젊은 선인을 보며 기운 넘치는 목소리로 외쳤다.

지칠 대로 지쳐 구부정한 자세로 걸음을 옮기던 아가사는 멀린의 말에 고개를 들었다. 높이가 15미터는 되어 보이는 거대한 바위가 길을 가로막고 있었다. "어, 저건 학, 학교가 아니잖아요." 그녀가 이를 딱딱 부딪치며 더듬더듬 말했다.

하지만 멀린은 이미 바위를 타고 오르며 싱긋 웃는 얼굴로 테드로스를 내려다보았다. "아직 나한테 한 번도 이긴 적 없지?"

"'출발'이라고 말 안 하고 가셨잖아요!" 왕자가 껑충 뛰어올라 그의 뒤를 따르며 소리쳤다.

"항상 한 걸음 늦는구나. 그때나 지금이나 똑같아." 멀린이 쯧쯧 혀를 찼다. 그가 미끄러지듯 암벽을 오르자 자갈들이 테드로스의 머리 위로 굴러떨어졌다.

"선생님이 자꾸 속임수를 쓰시니까 그렇죠! 잠깐! 마법 쓰기 없어요! 지금 바위에 손도 안 닿잖아요!"

"너 눈도 나빠졌나 보다. 늙어서 그런 거 아니냐?"

아가사는 멀린을 따라잡으려 기를 쓰는 테드로스를 물끄러미 바라보았다. 왕자는 잔뜩 흥분한 듯 씩씩거리면서도 웃음을 참지 못했다. 아가사는 갑자기 가발돈의 어린 소녀 시절로 되돌아간 듯한 기분이 들었다. 어린 남자아이들이 아빠와 공놀이를 하고, 서로에게 눈덩이를 던지고, 아무 이유도 없이 서로를 쿡 찌르거나 가볍게 때리면서 킬킬 대는 모습을 지켜보던 때가 생각났다. 아버지는 어떤 사람이었을까? 멀린처럼 장난기 많고 짓궂은 사람이었을까? 아니면 어거스트 새더 교수처럼 조용하고 부드러운 사람이었을까? 아가사는 엄마에게 몇 번이나 아버지에 대해 물었지만 엄마의 대답은 늘 똑같았다. 오래전에 사고로 죽었고, 이제 잘 기억도 안 난다는 것이었다. 아가사는 가슴이 답답해졌다. 엄마가 그녀에게 했던 수많은 거짓말들이 떠올랐다.

'아빠에 대한 이야기는 과연 사실일까? 아빠가 혹시 살아 계신 건 아닐까?'

그때 조약돌 하나가 그녀의 가슴 위로 툭 떨어졌다. 아가사는 고개를 길게 빼고 위를 올려다보았다. 테드로스가 멀린을 거의 따라잡자 멀린이 주문을 쏘아 왕자의 발이 바위에 들러붙게 만들었다. "잘생긴 젊은이보다 어르신이 먼저지!" 멀린이 까르르 웃으며 소리쳤다.

"꿀과 치즈로 만든 나라에나 다시 가 보세요!" 테드로스가 맞받아쳤다.

아가사는 왕자가 고개를 돌려 그녀가 잘 올라오는지 살펴 주기를 기다렸지만, 왕자는 꼭대기에 올라갈 때까지 한 번도 그녀에게 눈길을 주지 않았다.

"내가 알아서 가지, 뭐." 아가사는 한숨을 내쉬고 바위를 오르기 시작했다. 손가락 불빛으로 바위를 태워 틈을 만들고, 꽁꽁 언 손가락으로 그 틈을 움켜잡아 몸을 끌어 올렸다. 세찬 바람 속에서 이 힘든 동작을 수없이 반복하며 마침내 꼭대기에 도착한 그녀는 쓰러지듯 바닥에 철퍽 엎어졌다. 짜증이 머리끝까지 차올라 폭발할 지경이었다. "다음은 뭐예요? 감자 포대 입고 달리기랑 물 풍선 싸움인가요? 두 사람이 기운이 남아도는 개코원숭이처럼 날뛰는 동안 저 혼자 고민을 좀 했어요. 악한 교장을 제치고 왕비를 만나 반지를 파괴하게 만들 방법을 누군가는 궁리해야 하니까요. 학교에 들어갈 계획조차 없는 상황에서 지금……."

아가사가 말을 멈췄다.

그리고 천천히 땅을 딛고 일어나 테드로스 옆에 섰다. 두 사람은 아무 말 없이, 저 멀리 지평선에 우뚝 솟은 두 개의 검은 성을 바라보았다. 하나는 낡아 바스러질 듯하고 다른 하나는 반짝이는 새것이었는데, 두 성 모두 소름끼치는 초록색 하프웨이 베이를 뒤덮은 끈끈한 초록 안개에 둘러싸여 있었다.

멀린이 아가사를 바라보며 불길한 미소를 지었다. "저게 바로 학교다."

울퉁불퉁한 바위 꼭대기에는 돌덩이와 관목뿐이었지만, 멀린은 야외 식사에 필요한 모든 것들을 모자에서 *끄집어냈다*. 보라색 퀼팅 담요, 불을 붙일 통나무 묶음, 아침 식사에 제격인 햄과 스위스 치즈 크루아상, 트러플에그 샐러드, 아보카도와 토마토를 올린 바게트, 그리고 호두 캐러멜 덩어리였다.

"잘 들어라." 멀린이 정신없이 음식을 집어삼키는 두 선인을 향해 입을 열었다. "교장은 현재 학교를 옛것의 학교와 새것의 학교로 나눠 놨다. 둘 다 악을 위한 곳이지. 더비 교수와 다른 선인 교수들은 비밀 장소에 감금되어 있고, 예전 선의 학교는 새로운 악의 학교로 바뀌었어. 학생들은 선인과 악인 모두 바로 그곳에서 악행의 기술을 연마하고 있을 게다. 너희 동기들이 모두 교장의 지배 아래 있다는 뜻이지. 그 아이들은 악에 대한 충성을 증명하지 못하면 교수들에 의해 끔찍한 고통을 당하게 된다." 멀린이 잠시 말을 멈췄다. "소피도 고통을 주는 사람 중 하나지."

입에 음식을 잔뜩 문 테드로스와 아가사가 캑캑거리며 멀린을 바라보았다. "소피가 교수란 말씀이세요?" 왕자가 내뱉듯 물었다.

"어제가 학교에서 보낸 첫날이었어. 학생들 반응은 꽤 싸늘했다고 들었다." 멀린이 대답했다.

"그런 걸 다 어떻게 아세요?" 아가사가 물었다.

"교장이 정문에 주문을 걸어서 마법사님은 학교에 다시는 못 들어간다고……."

"잠깐! 지금 얘긴 다 새것의 학교에 대한 거잖아요." 테드로스가 아가사의 말을 가로챘다. 그는 바스라질 것처럼 낡은 또 다른 성을 바라보고 있었다. "원래 악의 학교였던 곳…… 그러니까 옛것의 학교에는 뭐가 있어요?"

멀린이 턱수염을 만지작거렸다. "그건 나도 확실히 말해 줄 수가 없단다. 정문에 '옛것'이라는 단어가 있다는 사실은 분명 의미가 있어. 교장이 옛 이야기를 다시 쓰는 이유가 그 성 안에 있을지도 몰라. 우린 그걸 알아내야 해. 문제는 들어갈 방법이 없다는 거란다. 교장이 학생, 교수 모두 옛것의 학교에 들어가지 못하게 했거든. 하프웨이 다리에는 통과할 수 없는 장벽이 그대로 남아 있고, 설사 누가 기적적으로 그 장벽을 넘어간다 해도 성은 경비가 삼엄할 게다. 결국 결론은……." 멀린이 눈을 가늘게 뜨고 하프웨이 베이 너머를 바라보았다. "교장이 세상에 들키고 싶지 않은 무엇인가를 옛것의 학교에 숨겨 보호하고 있다는 거다."

"그게 무슨 문제가 되나요? 소피는 새것의 학교에 있다면서요. 새것의 학교에 잠입해서 소피를 설득해 반지를 파괴하면 되죠." 테드로스가 손가락에 묻은 치즈를 빨아 먹으며 말했다.

멀린은 유쾌한 표정을 지었다. "아, 젊을 때는 그런 단순함이 매력이 되기도 하지! 테드로스, 네 계획에는 세 가지 문제가 있단다. 첫째, 교장을 영원히 사라지게 하려면 다른 누구도 아닌 소피가 교장의 반지를 파괴해야 하는데, 소피는 교장이 자신의 진정한 사랑이라고 믿어서 그 반지를 받았거든. 그러니 그 아이를 설득하는 일이 쉽지는 않을 거다."

아가사는 입술을 깨물었다. 멀린의 말이 옳았다. 소피는 교장의 반지만 받은 게 아니다. 그녀는 악의 학교 교수가 되었다. 선에 대항해 그 반대편에 서겠다는 의사를 분명히 한 것이다. 소피를 되찾기에는 이미 너무 늦은 것일까?

"두 번째 문제는 교장의 반지가 가장 어두운 마법으로 공들여 만든 작품이라는 사실이다. 강력한 악의 산물이지. 따라서 그것을 파괴하려면 그에 상응할 정도로 강력한 무기가 필요하다. 선에서 태어난 무기, 그 어떤 악도 대적할 수 없는 무기 말이야. 내가 아는 한 그런 무기는 이 세계에 단 하나뿐인데……."

"뭔데요?" 아가사가 기대에 찬 표정으로 물었다.

하지만 멀린은 테드로스를 바라보고 있었다.

순간 왕자의 두 눈이 튀어나올 듯이 커졌다. "엑스칼리버! 제 칼이군요! 호수의 정령이 아버지께 만들어 주었고, 아버지가 돌아가시기 전에 제게 주셨어요. 호수의 정령은 가장 강력한 선의 마법사고…… 따라서…….”

“소피가 테드로스의 칼로 반지를 파괴할 수 있겠네요!” 아가사가 불쑥 끼어들었다.

“그렇지. 엑스칼리버가 우리 손에 있기만 하면…….” 멀린이 고개를 끄덕였다.

순간 아가사와 테드로스의 얼굴에서 미소가 사라졌다.

“이럴 수가!” 아가사가 탄식했다.

“칼은…… 칼은 지금…… 교장한테 있는데…….” 테드로스가 더듬더듬 말을 이었다.

“그건 결코 우연이 아니란다.” 멀린이 다시 설명을 시작했다. “교장이 살아 돌아온 날 밤 네게서 그 칼을 빼앗을 때, 그는 이미 알고 있었어. 엑스칼리버가 그의 손에 있는 한 소피는 설사 그녀가 원한다 해도 반지를 파괴할 수 없다.” 마법사가 굳은 얼굴로 말했다. “교장은 네 칼을 아무도 닿을 수 없는 요새에 숨겨 뒀을 거야. 소피나 다른 학생들이 들어갈 수 없는 곳…….”

아가사와 테드로스가 어깨를 축 늘어뜨리며 앓는 소리를 내듯 중얼거렸다. “옛것의 학교에 있겠군요.”

“이게 다가 아니야. 세 번째 문제가 있다.” 멀린이 모자에서 양념통을 꺼내 달걀에 간을 하며 말을 이었다.

“세 번째 문제요? 이보다 더 심각한 문제가 있을 수 있나요?” 테드로스가 잠긴 목소리로 물었다.

“애석하게도 있단다. 교장은 너희가 오고 있다는 걸 알아.” 멀린이 달걀을 입에 넣고 씹으며 말했다.

"네?" 아가사가 화들짝 놀랐다.

"이야기꾼이 너희 이야기를 쓰고 있거든." 마법사가 작은 나무에 등을 기대며 대답했다. "네가 아가사이고 네가 테드로스라는 사실이 변하지 않는 한, 이야기꾼은 너희가 언제 어떻게 학교에 침입할지를 정확하게 교장에게 알려 줄 거다."

"망했네요." 아가사는 호두 캐러멜 덩어리를 입안에 밀어 넣고 입을 다물었다. 이제 테드로스가 나서서 용기를 잃지 말라며 명랑한 목소리로 격려 연설을 늘어놓을 차례였다. 하지만 왕자는 더 큰 캐러멜 덩어리를 입에 물고 초조한 듯 양말을 만지작거렸다. 순간 아가사는 상황이 정말 절망적이라는 사실을 깨달았다. 테드로스는 포기하는 법이 없었다. 아무리 끔찍한 상황에 처해도 그는 절대 이틀 연속으로 디저트를 먹지 않는다. 완벽한 몸매를 유지하는 것은 어떤 어려움 앞에서도 포기할 수 없는 일이기 때문이다.

"맙소사, 두 사람 꼴이 참 가관이구나!" 멀린이 깔깔거리며 입을 열었다. "내가 아무 계획도 없이 너희를 여기까지 데리고 왔겠니? 내가 이 세계에서 제일 유명한 마법사라는 걸 잊은 게냐?"

멀린의 말이 끝나자마자 테드로스는 입에 물고 있던 캐러멜을 뱉어 냈고, 두 젊은 선인은 새로운 희망을 가지고 멀린을 쳐다봤다.

"우리한테는 교장이 예상 못한 두 가지 비밀 무기가 있단다. 이 두 가지 무기를 사용하면 너희는 교장 몰래 학교에 들어가 그의 코 앞까지 접근할 수 있지." 멀린이 코끝에 걸린 안경을 내려다보며 말했다. "첫 번째 무기는 내가 학교 안에서 일어나는 일들을 이렇게 잘 아는 이유와도 연결된 것인데……." 마법사가 고양이 같은 미소를 지으며 몸을 웅크렸다. "스파이들이 있어."

"학교 안에 스파이가 있어요? 대체 누구……."

아가사가 뒤통수를 한 대 얻어맞은 표정을 짓는 동안 테드로스는 손을 내저었다. "누구든 상관없어. 스파이가 우리를 학교 안으로 들여보내 준다 해도, 교장이 우리 움직임을 모조리 알고 있다는 사실은 변하지 않으니까……."

"잘 들어라. 이야기꾼은 네가 아가사이고 네가 테드로스인 한 너희 이야기를 쓸 거라고 내가 조금 전에 말했잖니!" 마법사가 말했다. "그래서 두 번째 비밀 무기를 준비했지."

멀린은 공연의 피날레를 준비하는 마술사처럼 모자에 손을 넣어 물방울 모양 물약 병을 꺼내 들었다. 순간 강력한 보라색 빛을 피해 눈을 가린 아가사와 테드로스는 이내 조심스럽게 병을 향해 몸을 기울였다. 병 안에는 마개를 뚫고 나올 듯이 강력한 빛을 발하는 보라색 액체가 들어 있었다. 모락모락 피어오른 연기 한 줄기가 마개를 빠져나오자…… 나무 향과 장미 향이 뒤섞인 익숙한 냄새가 코를 자극했고…….

아가사가 무릎을 꿇은 채 벌떡 몸을 일으켰다. "아, 안 돼……. 안 돼요……."

멀린이 짓궂은 미소를 지었다. "애초에 내가 만들어 낸 주문이잖니! 이번에는 두 개를 만들었다."

아가사는 테드로스를 향해 획 몸을 돌렸다. 왕자는 넋이 나간 표정이었다.

"뭐라고요? 무슨 말인지 모르겠네요." 왕자가 고개를 저었다. "그러니까…… 설마 그게…… 그건 아니죠?" 멀린의 표정을 살피던 그가 벌떡 자리에서 일어섰다. "맞아요?" 테드로스는 시뻘게진 얼굴로 공주를 향해 몸을 돌렸다. "설마 선생님이 너를…… 그리고 나를……."

하지만 아가사의 표정을 본 왕자는 답을 들을 필요가 없다는 사실을 깨달았다.

테드로스는 시체처럼 창백한 얼굴로 뻣뻣하게 굳어 버렸다. "맙소사!" 그리고 심장을 칼에 찔린 사람처럼 가슴을 움켜쥐고 공주의 품에 풀썩 쓰러졌다.

멀린은 기절한 왕자를 한동안 물끄러미 바라보았다. 그리고 입술을 꼭 오므린 채 고개를 들어, 왕자를 부축하고 있는 아가사를 보았다. "이제 동점이 됐구나. 그걸로 위안을 삼으렴."

16

에드거와 에사

"**테**드로스?" 꿀을 바른 듯 달콤한 목소리가 말했다.

"테드로스." 소피는 부드러운 검정색 담요를 돌돌 말아 두른 채 잠에 취한 목소리로 다시 그 이름을 불렀다.

"왜 그 이름을 부르지?"

"누구요?" 소피는 아직 꿈속에 있는 듯 나른한 목소리로 물었다.

"테드로스. 그 이름을 몇 번이나 불렀다."

소피는 두 눈을 번쩍 떴다. 라팔이 창가에 앉아 칙칙한 아침 풍경을 바라보고 있었다. 소매 없는 검정색 셔츠에 짧은 가죽 반바지를 입고 조각 같은 다리를 드러낸 교장은 그 어느 때보다 젊어 보였다.

"네가 죽여야 할 남자 이름을 속삭이다니, 참 이상한 일이지."

소피는 갑자기 전날의 기억이 떠올라 당황하며 손을 내려다보았다. 반지 아래 피부에 '테드로스'라는 글자가 그대로 남아 있었다. 소피는 손을 허벅지 아래에 쑥 밀어 넣고 팔꿈치로 몸을 일으켜 앉았다. "그냥 생각이 나서…… 어딜 가든 개가 발진처럼 날 따라다니는 것 같아요……."

라팔이 자리에서 벌떡 일어섰

다. "그렇다면 그 아이 생각을 머리에서 깨끗하게 지워 버려야 하지 않을까? 그의 아름다운 공주도 마찬가지고."

소피는 이를 악물고 미소 지었다. 그리고 그녀의 동화책이 놓인 테이블을 향해 느릿느릿 걸어가는 교장의 뒷모습을 경계심 가득한 눈으로 바라보았다. 이야기꾼은 바위 꼭대기에 올라선 아가사와 테드로스가 악의 학교를 바라보는 그림 위에 둥둥 떠서 꼼짝하지 않고 있었다. 소피는 두 선인이 서로 손을 잡지 않았고, 테드로스의 몸이 아가사를 향해 기울지 않았다는 사실을 눈치챘다. '둘 사이에 무슨 일이 있었나?'

문득 떠오른 생각에 가슴이 들썩였지만 그녀는 서둘러 마음을 진정시켰다. '내가 미쳤나 봐!' 테드로스의 여자는 그녀의 가장 친한 친구이고, 그녀의 남자는 테드로스의 원수이며, 테드로스가 바로 그 남자를 죽이러 오고 있는데 무슨 생각을 하는 것인가!

"네가 일어나기 전에 이야기꾼이 여기에서 3킬로미터 정도 떨어진 곳에 있는 테드로스와 그의 공주를 그렸어. 그런데 그 후로 꼼짝을 안 하는구나." 라팔은 깊은 생각에 잠겨 테이블 주위를 돌기 시작했다. 그의 검은 부츠가 돌바닥에 닿을 때마다 딸깍딸깍 소리가 들려왔다. "이야기에 무슨 문제가 생긴 것 같아. 무엇인가가 이야기꾼이 우리에게 저들의 행방을 알리지 못하게 막고 있어."

"쟤들이 포기하고 가발돈으로 돌아간 거 아닐까요?" 교장의 말이 끝나자 소피가 기다렸다는 듯이 쏟아 냈다. "어쩌면 우리가 벌써 이겼는지도 몰라요! 그러면 난 쟤들과 직접 마주치지 않아도 되고, 만날 일이 없으니 죽이지 않아도……."

"정말 그런 거라면 왜 책이 그대로 펼쳐져 있지? 태양도 그대로고?" 라팔은 입가에 힘을 주고 가늘게 뜬 눈으로 동화책을 바라봤다. "그건 아닐 거야. 테드로스와 그의 공주는 가까운 곳에 있어……. 이야기꾼이 그들을 찾지 못하고 있을 뿐……." 교장이 침착한 표정으로 고개를 돌렸다. "하지만 아무 문제 없다. 네 마음에 내 이름이 쓰여 있는 한 저들은 죽은 목숨이나 마찬가지야."

소피가 갑자기 기침을 했다. "그렇죠……. 맞아요……. 아, 알레르기 때문인가 봐요. 죄송해요." 그녀는 거칠게 쌕쌕거리며 손을 허벅지 아래로 더욱 깊숙이 찔러 넣었다.

그녀의 반지 아래에 테드로스의 이름이 있는 것을 교장에게 들켜서는 절대 안 된다. 그것이 무슨 뜻인지 그는 금세 알아챌 것이다. 그녀가 진정으로 사랑하는 사람이 자신이 아니라는 사실을 알면 교장은…… 그는 분명…….

'날 죽일 거야.'

끈적끈적한 땀 때문에 손바닥이 허벅지에 붙어 버릴 것만 같았다. '어떻게 이럴 수가 있지?' 그녀가 원한 것은 오직 사랑이었고, 지금 눈앞에 서 있는 얼굴이 하얀 이 소년은 그 사랑을 찾아주었다. 그런데 그 사랑에 충실하게 응답하는 대신 자신의 진정한 사랑은 테드로스라는 생각을 하고 있단 말인가? 그녀의 가장 친한 친구 때문에 그녀를 두 번이나 거절한 사람인데?

'라팔이 내 진정한 사랑이야!' 소피는 스스로를 타일렀다.

'제발, 라팔로 바뀌어라!'

'라팔.'

'라팔.'

'라팔.'

그녀는 슬쩍 손을 내려다보았다.

테드로스.

소피는 침을 꿀꺽 삼켰다. 앞으로 무슨 일이 있어도 그녀는 왕자 곁에 가까이 가서는 안 된다. 한 방에 같이 있는 것은 더더욱 안 될 일이다!

'절대 안 돼.'

소피는 창밖을 내다보았다. 뾰족뾰족한 강철 정문……. 옛것의 학교를 지키는 거대한 그림자……. 불길한 분위기를 머금은 녹색 하프웨이 베이……. 모두 테드로스와 아가사가 그녀를 찾아오지 못하게 막고 있었다. 하지만 학생들 사이에 숨어 있는 스파이는 지금도 두 사람을 학교로 들이기 위한 계획을 세우고 있을 것이다. 소피는 친구들이 성에 들어오기 전에 스파이를 찾아야 했다.

'하지만 대체 누굴까?' 소피는 선인과 악인 학생으로 가득했던 교실을 떠올렸다. 무엇이든 단서가 될 만한 것이 있지 않을까…….

"소피?"

라팔이 그녀를 똑바로 쳐다보고 있었다. "왜 손을 숨기고 있지?"

소피는 두꺼비처럼 입을 떡 벌렸다. "네?"

"계속 몸을 꿈지럭거리면서 손을 몸 아래 감추고 있잖니."

소피는 헛기침을 하고 허리를 뒤로 젖혀 침대 기둥에 몸을 기댔다. "당신이 푸른 수염 스타일로 사랑을 하는 사람이라는 거 알지만, 지금 한 말은 무슨 뜻인지 전혀 모르겠네요. 당신이 나한테 그렇게 관심이 많으면 그런 얘기 말고 학교 관련된 얘기 하나 해요. 작년 학교 연극 공연은 솔직히 정말 실망스러웠어요. 난 수업도 하나밖에 없으니 올해는 내가 그 중책을 맡으면 어떨까 해요. 여주인공 한 명의 뮤지컬 쇼로 매일 저녁 7시 30분에 만찬실에서 공연하고, 일요일 아침 특별 추가 공연에서는 커피와 카나페를 제공하는 거예요. 제목은 〈소피 왕비〉가 어떨까 하는데, 적절한 것 같죠? 세 시간 동안 화려하게 가장행렬을 하고……."

"손 좀 보자." 라팔이 그녀를 노려보며 말했다.

"네?" 소피가 쉰 목소리로 대꾸했다.

"어서." 교장은 이미 침대를 향해 천천히 다가오고 있었다.

"잠깐만요! 당신이 이 학교의 주인인 건 맞지만, 내 팔다리까지 마음대로 할 권리는 없어요!" 소피는 왼손을 엉덩이 아래 깔고 앉은 채 화가 난 듯 씩씩거렸다.

하지만 1.5미터 거리까지 다가온 교장은 의심이 가득한 눈으로 그녀를 노려볼 뿐이었다.

소피는 심장이 몸 밖으로 튀어나올 듯이 쿵쾅거렸다. "아이, 정말, 대체 무슨 생각을……."

불과 60센티미터 앞에 교장이 있었다.

"라팔, 제발 이러지 마요!"

교장이 소피가 몸으로 깔고 앉은 팔을 낚아채듯 잡았다. 순간 소피는 반지 낀 손가락을 엄지손톱으로 힘껏 긁었다.

라팔이 그녀의 손을 쳐들자 붉은 핏줄기가 테드로스의 이름을 뒤덮으며 소피의 손가락을 타고 흘러내렸다. "다쳤구나!" 교장이 버럭 소리 질렀다.

"이래서 안 보여 주려고 한 거예요. 항상 이렇게 오버를 하니까." 소피는 피 흐르는 손을 주머니에 넣고, 재빨리 교장 곁을 지나쳤다. "물집이 자꾸 다시 생겼다가 터지고 그래서……. 그때 지붕 정원에서 생긴 사고 때문에 말이에요. 다시 쇼 얘기 좀 해요. 일단 〈천둥 치는 툰드라〉라는 에로틱한 노래로 시작을 하는 거예요. 그러려면 빙하랑 섹시한 댄서들, 그리고 수사자가 필요한데 가능하면 잘 길 들여진……."

"잠깐. 너 아가사와 테드로스의 키스를 만진 거냐?" 라팔이 그녀에게 슬며시 접근하며 물었다. "맨리 교수가 아직도 선에 대한 충성심을 가진 학생을 잡아내기 위해 그 작품에 독을 묻혀 놓았다. 진정한 악인이라면 선인의 키스 3미터 거리 안에는 절대 들어가지 않을 테니까. 대체 무슨 생각으로 그걸⋯⋯."

"어머나, 세상에! 시간이 벌써 이렇게 됐네! 저 안고 교실까지 좀 날아가 주실래요?" 소피는 고리에 걸린 교수 드레스를 잡아채 종종걸음으로 창문을 향했다. "레소 교수님이 지각하는 거 얼마나 싫어하는지 아시잖아요." 소피가 교장을 향해 돌아섰다. "안 그래도 당신이 10대 청소년처럼 무책임하다고 생각하시는데, 자꾸 그런 인상을 강화시키면 안 되겠죠?"

소피는 이번에도 라팔의 팔에 안겨 하프웨이 베이 위를 날았지만 느낌은 저번과 완전히 달랐다.

안전함 대신 두려움을 느꼈고, 사랑이 아닌 구속을 느꼈다. 소피는 왼손을 주머니에 그대로 둔 채 오른손으로 그에게 매달렸다. 길들이고 싶은데 마음대로 되지 않는 거친 야생동물 위에 올라탄 사람처럼, 소피는 이를 악물고 온몸의 근육에 힘을 주었다. 하지만 거칠게 요동치는 그녀의 마음과는 달리, 라팔은 얼음 위를 미끄러지듯 지그재그로 오가며 부드럽게 하늘을 날았다. 소피는 고개를 돌려 교장을 바라보았다. 하늘을 향하고 있어야 할 그의 파란 두 눈이 그녀를 똑바로 바라보고 있었다. 조금 전 탑에서 보았던 미심쩍은 행동에 대해 생각하고 있는 것이 분명했다.

"비행할 때는 앞을 봐야죠." 소피는 거짓 미소를 지어 보이며 꾸짖듯 말했다.

구름 없는 3월 날씨치고는 공기가 쌀쌀했다. 힘을 잃어버린 태양
은 텅 빈 파란 하늘에 구릿빛과 금빛 줄무늬를 얼룩처럼 남기고 있
었다. 그때 깡마른 큰까마귀 한 마리가 숨을 헐떡이며 날개를 퍼덕
이는 소리가 등 뒤에서 들려왔다. 나날이 힘을 잃어 가는 숲과 앙상
한 까마귀의 몸을 보건대 사냥에 실패하고 새로운 거처를 찾아 헤
매는 중일 것이다. 우렁찬 함성이 메아리쳐 아래를 내려다본 소피
는 썩어 가는 파란 숲에서 훈련 수업을 진행 중인 학생들을 발견했
다. 선인과 악인 학생, 남학생과 여학생 모두 애릭의 펜싱 동작 구
호에 따라 아가사 인형을 찌르고 있었다.

수많은 아가사 인형으로 가득 찬 황폐한 숲을 보고 있자니 마치
비현실적인 꿈속에서 길을 잃은 것 같은 기분이 들었다.

그동안 그녀는 그저 테드로스, 테드로스만 생각하느라 그녀
의 삶에 훨씬 중요했던 단 한 사람을 잊고 있었다. 아가사의 이름
을 떠올리는 순간, 수많은 반대말 쌍들이 폭풍처럼 그녀의 머릿속
에 밀려들었다. 사랑, 증오, 친구, 적, 잃기, 찾기, 진실, 거짓, 삶, 죽
음……. 잠시 후 폭풍이 가라앉고 단어들이 사라지자 그녀의 가슴
한가운데에 커다란 구멍이 남았다. 아가사가 없는 그녀는 불완전
했고, 그녀 없는 아가사 역시 완전할 수 없었다.

소피는 40개의 아가사 인형을 물끄러미 바라보며 갑자기 킥킥
숨죽여 웃기 시작했다. 툭 튀어나온 눈, 납작한 이마, 창백한 피부
의 저 인형들을 본다면 아가사도 그렇게 낄낄댔을 것이 분명했다.
그렇게 한바탕 웃고 나면 소피는 아가사에게 '핀셋'과 '선탠'이라는
것을 알려 주려다가 아가사의 한쪽 눈썹을 없애고 2도 화상을 입힌
일을 얘기하고, 아가사는 거북알 노른자 마스크팩을 얼굴에 바른
채 한쪽 눈썹과 오렌지색으로 변한 머리카락을 휘날리며 빗자루를

손에 들고 소피를 쫓아 그레이브스힐 언덕을 정신없이 달려 내려 갔던 순간을 이야기할 것이다. 이렇게 옛날 얘기를 주고받으며 두 소녀는 누가 먼저랄 것 없이 깔깔거리고 바닥을 뒹굴면서, 두 사람 이 서로에게 얼마나 끔찍한 동시에 멋진 친구인지 새삼 깨달을 것 이다…….

하지만 소피의 미소는 이내 시들었다. 바로 하루 전, 그녀는 레소 부인의 사무실에서 자기 안의 마녀가 살아나는 것을 느꼈다. 다시 는 혼자가 되고 싶지 않은 그 마녀는 진정한 사랑인 교장을 지키기 위해 무엇이든 할 준비가 되었고, 아가사와 그녀의 왕자를 죽일 각 오도 되어 있었다. 그런데 지금 그녀의 손에는 테드로스의 이름이 새겨져 있고, 그녀의 머릿속은 아가사와 화해하는 모습을 그리고 있다. 소피는 한시라도 빨리 라팔의 품에서 벗어나고 싶었다.

'내가 대체 왜 이러지?'

발이 돌에 닿자 소피는 다리에 힘을 주었다. 옛 명예의 탑 검은 발코니 위였다. 수업을 마친 학생들이 다음 수업 시간에 늦지 않기 위해 우르르 복도를 달리고 있었다. 소피는 한 손을 주머니에 더 깊 이 찔러 넣으며 라팔에게서 몸을 뺐다.

"점심시간에 봐요!" 그녀가 뒤도 돌아보지 않고 소리쳤다.

"소피."

소피는 천천히 라팔을 향해 돌아섰다. 해를 등지고 발코니 난간 앞에 선 그의 모습이 까만 그림자로 보였다.

"그 두 사람을 죽여야 한다. 테드로스와 아가사 말이다." 화가 난 10대 소년의 날 선 목소리가 들려왔다. "네가 진짜 어느 편인지 분 명하게 보여 줄 기회야."

그녀의 속마음을 파헤치는 날카로운 눈빛 앞에서 소피는 시간이 멈춰 버린 것만 같았다. 잠시 후 교장은 다시 하늘로 솟아오르더니 뿌연 안개 속으로 사라졌다.

복도에 혼자 남은 소피는 주머니 속 손이 땀에 흠뻑 젖었다는 사실을 깨달았다.

라팔이 의심하고 있다.

손가락에 새겨진 테드로스의 이름을 그가 발견하는 날에는…… 그녀는 죽은 목숨이나 다름없었다.

결론은 간단했다.

그녀의 친구들이 죽든지 아니면 그녀가 죽든지 둘 중 하나였다.

생각에 빠져 학생들에게 이리저리 떠밀리던 소피는 막대사탕 교실을 향해 발걸음을 돌렸다. 선의 스파이를 찾아야만 한다. 스파이만 찾으면 아가사와 테드로스는 학교에 침입하지 못할 것이고, 두 사람이 학교에 들어오지 못하면 다시 만날 일도 없을 것이다. 그들을 다시 만나지 않으면 당연히 죽여야 하는 상황도 피할 수…….

소피가 갑자기 얼어붙은 듯 움직임을 멈췄다.

하얀 생쥐 한 마리가 나무 막대기를 입에 물고 그녀의 신발 바로 앞을 쌩 지나갔다.

레소 부인이 언급한 배신자가 이 쥐는 아닐 것이다. 이 조그마한 놈은 쪽지나 열쇠, 혹은 스파이에게 도움이 될 만한 그 어떤 것도 가지고 있지 않다. 하지만 그냥 지나치기에는 분명 이상한 면이 있었다. 하얀 생쥐는 신발 사이를 미끄러지듯 빠져나가며 시간에 쫓기듯 정신없이 발을 움직였다. 더 이상한 것은 놈이 물고 있는 작은 막대기였다. 우둘투둘 마디가 지고 꽤나 낡은 그 막대기는 끝으로 갈수록 점점 가늘어지는 형태였다. 그것은 그냥 막대기가 아니었다. 지팡이…… 소피가 분명 학교에서 본 적이 있는 지팡이였다……. '어디서 봤더라?' 수업 중이나 과제에서는 지팡이를 사용하지 않는다. 대부분 교수들은 지팡이를 구식 훈련 도구 혹은 옛날 요정 할머니들이나 쓰는 물건이라고 생각하고 무시하기 일쑤였다. 그런 지팡이를 악의 학교 사람 중 대체 누가…….

소피는 꺅 소리를 질렀다.

그리고 고삐 풀린 황소처럼 학생 무리 속으로 머리를 들이밀고 쥐를 따라 쏜살같이 달리기 시작했다. 클라리사 더비 교수의 지팡이를 입에 문 이 조그만 녀석이 어디로 가든, 그곳에 분명 스파이가 있을 것이다. 더비 교수의 지팡이에 특별한 힘이 있던가? 스파이는 그 힘을 이용해 아가사와 테드로스를 학교 안에 들일 생각인가? 설마 더비 교수가 스파이는 아니겠지? 그건 불가능하다. 더비 교수는 다른 선인 교수들과 함께 어딘가에 갇혀 있지 않은가? 지금은 이런 생각을 할 시간이 없다…….

학생들을 껑충 뛰어넘고 옆으로 밀치며 내달리던 소피는 마침내 어두운 나선형 계단에서 하얀 쥐를 찾아냈다. 쥐가 어둠 속으로 막 사라지려는 순간, 딸깍거리는 소피의 하이힐 소리에 난간 위에서 잠을 자던 요정들이 깨어나 파르르 화를 내며 초록 불빛을 내뿜었고, 덕분에 소피는 로비로 잽싸게 달아나는 하얀 생쥐를 놓치지 않을 수 있었다. 소피는 드레스를 걷어 들고 쥐를 따라 달렸다. 마법에 걸린 냄비가 정어리와 식은 양배추를 끓이는 만찬실 부엌을 지나, 빨간 피부 난쟁이 비즐이 혼자 교복 240벌을 빨고 있는 세탁실("세상에나!" 거품에 파묻힌 비즐의 비명이 들렸다)을 통과한 그녀는 마침내 거대한 선의 갤러리 안으로 들어섰다. 검정과 초록색으로 새 단장한 갤러리에는 선의 위대한 승리를 기념하는 전시품 대신 다른 것들이 가득했다…….

속도를 늦춘 소피는 천천히 주변 전시 상자들을 바라봤다. 영웅이 승리할 때 사용한 무기와 죽은 악당의 증거를 담고 있던 유리 상자들이 전혀 새로운 전시품을 내보이고 있었다. 라푼첼의 머리채와 엄지손가락 톰의 옷, 백설공주의 왕관과 일곱 난쟁이가 신었을 것 같은 작은 신발들이…… 피에 얼룩진 채 전시되어 있었다.

그것들은 잘 알려지지 않은 수백 년 전 악의 승리를 기념하는 물건들이 아니었다.

요정 포식자 피놀라, 아이로 만든 국수 수프, 미친 곰 렉스 같은 것들과는 전혀 달랐다.

그것들은 모든 독자가 알고 있는 이야기지만, 영웅 대신 악당이 승리한 새로운 결말의 전리품이었다.

소피는 두 눈을 바쁘게 움직였다. 전부 가짜인 게 확실했다. 복도의 벽화도 그러더니 이제는 갤러리까지 가짜로 채우다니! 라팔은 진짜 결말을 영 받아들이지 못하고 있는 것 같은데…….

순간 소피의 머릿속에 그가 예전에 했던 말이 떠올랐다.

"결말은 바뀔 수 있는 거란다. 바뀌어야만 하지."

소피는 몸서리를 쳤다. 그 말을 할 때 교장은 창을 통해 옛것의 성을 바라보며 웃음 지었고…… 성 안에서는 이상한 울음소리가 들려왔으며…… 지붕 위에는 검은 그림자가 있었다…….

라팔이 예전 동화들의 결말을 바꾸는 방법을 찾아낸 것일까?

'그 방법을 옛것의 성에 숨겨 놨나?'

소피의 심장이 무거운 돌처럼 철렁 내려앉았다.

쥐가 어느새 사라져 보이지 않았다.

당황한 소피가 갤러리 구석구석을 뒤졌지만 어디에도 쥐의 흔적은 보이지 않았다. 소피는 긴 신음을 내뱉으며 자신을 원망했다. 스파이를 찾을 수 있는 유일한 기회를 바보처럼 날려 버리다니! 그녀는 왼손을 흘끗 내려다보았다. 테드로스의 이름이 여전히 선명하게 남아 있었다. 소피는 어깨를 축 늘어뜨린 채 터져 나오려는 욕을 삼키며 쿵쾅쿵쾅 갤러리를 빠져나왔다. 수업에도 늦었고, 스파이는 찾지도 못했고, 그녀의 진정한 사랑은 그녀를 죽이려 할 것이고…….

그때 복도 저 끝에서 무엇인가가 그녀의 시선을 사로잡았다.

하얀 것이 휙 움직이더니 성문을 향해 달렸다.

'찾았다!'

소피는 조난자가 배를 보고 달려들듯 생쥐를 향해 뛰기 시작했다. 갤러리를 빠져나와 검은 대리석 로비를 통과한 그녀는 양쪽에 거울이 붙어 있는 복도(거울은 모두 깨져 있었다)를 지나, 불투명한 백조 무늬가 있는 문들을 통해 잔디밭에 들어섰다. 그녀처럼 예쁜 여자아이가 도망가지 않고 오히려 쥐를 향해 달려가는 것은 이 세계에서 처음 있는 일일 것이다…….

갑자기 초록색 연기 벽이 소피를 덮쳤다.

소피는 눈을 가렸다. 하지만 바람이 불자 부글거리며 썩어 가는 하프웨이 베이 위에 정체되어 있던 초록 안개가 다시 그녀를 향해 훅 다가왔다. 소피는 쥐를 놓치지 않기 위해 내리막을 따라 더듬더듬 걷기 시작했다. 앞코가 뾰족한 스웨이드 부츠가 진흙투성이 죽은 풀들에 걸려 긁히고 찢겼지만 계속해서 바닥을 샅샅이 뒤졌다. 생쥐 역시 이 더러운 풀 어딘가에 걸려 바동거리고 있을지 모를 일이었다. 하지만 무언가를 발견했다 싶을 때마다 눈에 띈 것은 하얀 크로그 뼈였다. 잔뜩 화가 나 뼈를 발로 차며 조금씩 앞으로 나아가던 소피는 마침내 도랑못 기슭에 이르렀다. 좌우로 고개를 돌려봤지만 더 이상 어디로 가야 할지 막막했다.

그때 안개 속에서 인간 형체가 슬그머니 그녀를 향해 다가왔다.

소피는 움찔하며 뒷걸음쳤다.

'아가사?'

하지만 형체는 하나가 아니었다.

둘이었다.

'아가사랑…… 테드로스?'

"거기 멈춰!"

소피가 소리쳤지만, 두 형체는 더욱 빠른 속도로 그녀를 향해 다가왔다.

겁먹은 소피의 손가락이 핑크색으로 빛나기 시작했다. "그만! 거기 멈추라고!"

하지만 검은 형체들의 걸음은 더욱 빨라졌고, 소피는 그들을 기절시키기 위해 손가락을 단검처럼 들어 올렸다. 바로 그때 그들이 안개에서 벗어나 모습을 드러냈다.

"아, 너희들이구나." 소피가 빛이 사라진 오른손을 아래로 툭 떨어뜨렸다.

"새 학생들 데리러 갔다 왔어." 헤스터가 숨이 찬지 헉헉대며 말했다.

"교장 선생님이 우리보고 마중 나가라고 하셔서." 도트 역시 숨을 헐떡이고 있었다.

"이 학교를 좋아하는 것처럼 보이는 학생이 우리뿐이었나 봐." 안개에서 제일 마지막으로 나온 아나딜이 투덜댔다. 두 마리 검은 쥐들이 그녀의 뒤를 따랐고, 세 번째 쥐는 곧 죽을 것처럼 팔다리가 축 늘어져 있었다.

"너 쥐 하나 새로 장만해야겠다." 친구들이 자기를 아는 척하자 기분이 좋아진 소피가 농담하듯 툭 내뱉었다. 그녀는 테드로스의 이름이 새겨진 손을 주머니에 더욱 깊이 밀어 넣고 다시 입을 열었다. "우리 독서 클럽 다시 시작하지 않을래? 점심 먹고 하면 되는데. 내가 할 얘기가…… 잠깐, 방금 새 학생들이라고 했니?"

헤스터의 어깨 너머로 두 개의 새로운 그림자가 나타났다. 처음 보는 10대 소년과 소녀가 안개를 헤치며 다가오고 있었다. 검은 교복을 입은 그들의 눈빛에서 어두운 기운이 뿜어져 나왔다.

못된 펭귄처럼 생긴 남자아이는 어디 아픈 것 같은 창백한 피부에 두 눈은 툭 튀어나오고, 볼은 움푹 꺼진 데다, 둥그런 검정 머리는 흉측했다. 허벅지와 종아리는 뼈만 앙상했고, 팔 근육은 탄력이라고는 하나도 없어 보였으며, 걸음걸이 또한 바지에서 뭔가 떨어질까 봐 염려하는 사람처럼 뻣뻣하고 괴상했다.

여자아이는 어깨가 넓고 피부는 구릿빛이었다. 반짝이는 파란 눈과 작고 둥근 코 위로 검정색 긴 머리가 늘어져 있었는데, 타고난 머리카락 색깔이라고 하기에는 색이 너무 짙어서 눈에 거슬렸다. 마치 머리카락 색깔에 대해서는 아무것도 모르는 남자아이가 다급하게 염색을 한 것 같은 느낌이었다. 하지만 소녀는 전체적으로 꽤 예쁘장한 편이었다. 소피는 잠시 위협을 느꼈지만, 뭔가 때려 부술 거리를 찾는 트롤처럼 어기적거리는 그녀의 걸음걸이를 보는 순간 안도했다.

새로 온 소년과 소녀는 소피를 보자마자 걸음을 멈췄다. 다리가 후들거리고 이마에 굵은 땀이 맺혔지만, 입에서는 미소가 새어 나오고 있었다. 소피를 끌어안고, 만져 보고, 최소한 사인이라도 받고 싶어 안달이 난 사람들 같았다.

"어…… 네 동화를 보고 엄청난 팬이 됐대." 헤스터가 입을 쩍 벌리고 소피만 바라보는 두 남녀에게 눈총을 쏘며 말했다.

'그랬구나! 당연히 그럴 수 있지.' 소피가 경계심을 풀고 한숨을 내쉬었다. 이 숲에서 그녀의 이야기가 얼마나 유명한지 잠시 잊고 있었다. 숲 어디를 가든 이들처럼 그녀를 숭상하는 팬들이 존재할 것이다. 그녀에게 목멘 추종자들이 어떻게든 가까이에서 그녀를 보기 위해 학교에 들어오려고 애쓰고 있을 텐데, 이 두 사람은 그중 첫 번째 성공 사례일지도 모른다.

"난 교장 선생님한테 아무 말도 듣지 못했는데." 소피가 콧방귀를 뀌며 말했다. 열성 팬 앞에서 기분이 우쭐하기도 했지만, 한편으로는 널리고 널린 이 추종자들과 굳이 직접 인사를 나눌 필요는 없다는 생각이 들기도 했다. 스파이 잡는 일이 무엇보다 먼저였으니까. "교장 선생님이 적어도 이름 정도는 말씀해 주셨을……."

"난 블러드브룩에서 온 에사야. 악의 수호자가 되기로 맹세한 냉정한 선인 암살자지." 여자아이가 불쑥 끼어들어 말했다. 음이 높고 가느다란 목소리로, 소피도 난생처음 들어 보는 오만한 억양을 쓰고 있었다. "얘는 에드거라고 해." 에사가 남자아이 손을 덥석 잡고 말했다.

"고맙지만, 내가 직접 말할게." 남자아이가 에사를 노려보고는 소피를 향해 고개를 돌렸다. "난 블러드브룩에서 온 에드거야. 냉정한 선인 암살자고, 나 역시 악의 수호자가 되기로 맹세했어."

"냉정한 두 암살자…… 연인?" 소피는 마주 잡은 두 사람의 손을 바라보며 물었다.

모든 질문에 준비가 된 것처럼 보이던 두 사람은 이 하나만은 예상하지 못한 듯 서로를 물끄러미 바라보았다.

에드거와 에사 285

"사촌이야. 둘이 사촌이라 그래. 후크 선장 가문 사람들이래." 헤스터가 재빨리 끼어들었다.

"그 얘기는 별로 하고 싶지 않은데." 에드거가 에사의 손을 놓으며 말했다.

"개인적인 얘기라서." 에사가 짧게 덧붙였다.

"이해가 안 되네. 악의 학교가 언제부터 새 학생을 받아들였지?" 소피가 말했다.

"학생 모집할 때는 너무 어려서 입학할 수 없었대." 아나딜이 끼어들어 대답했다.

"교장 선생님이 늦게라도 둘을 학교에 들이는 걸 보면 실력이 엄청난 애들인가 봐." 도트가 크로그 뼈를 퍼지사탕으로 바꿔 입에 넣으며 거들었다.

이들이 이야기 나누는 사이, 새 학생 둘은 소피의 손가락에 끼워진 라팔의 반지를 유심히 바라보았다. 그들은 선인 암살자라기보다 보석 감정인 같았다. 둘의 시선을 눈치챈 소피가 재빨리 손을 감췄다. "그래도 확인은 좀 해야 할 것 같아. 말했듯이 교장 선생님한테 들은 바가 전혀 없어서……."

"당연히 너한테는 아무 말씀 안 하셨겠지." 헤스터가 비웃듯 말하고는 소피를 지나쳐 성을 향해 걷기 시작했다. "외부 암살자를 학교에 불러들인다는 건…… 네가 아가사와 테드로스를 정말 죽일 수 있을지 걱정된다는 뜻인데, 그런 걸 너한테 대놓고 말하겠니?"

"그래, 교장 선생님은 네 진정한 사랑이잖아." 아나딜이 헤스터의 뒤를 따르며 말했다.

"아가사랑 테드로스를 죽이는 일은 네 책임이고." 도트도 아나딜을 따라 걷기 시작했다.

소피는 발끈한 표정으로 두 외부인을 바라보았다.

"아가사를 죽이자!" 에드거가 갑자기 주먹을 들어 올리며 소리쳤다.

"테드로스를 죽이자!" 에사 역시 주먹을 불끈 쥐며 날카롭게 외쳤다.

그런 다음 두 사람은 허둥지둥 마녀들을 뒤따라 학교로 향했다.

소피는 오르막길을 오르는 두 선인 암살자의 뒷모습을 물끄러미 바라보았다. 그녀는 두려움에 짓눌려 꼼짝할 수 없었다. 그녀가 반지를 받은 후에도 라팔은 악을 향한 그녀의 충성심을 전혀 믿어 주지 않았다. 그런데 이제는 잘 훈련된 암살자까지 불러와 압박하고 있는 것이다. 그녀가 친구들을 죽이지 못하면 그들에게 시키려는 생각일까? 그런 다음 라팔은 그녀도 죽이겠지? 손가락에 새겨진 테드로스의 이름을 과연 언제까지 감출 수 있을까?

소피는 학교 건물에 다다른 에드거와 에사를 보며 아가사와 테드로스가 학교에 오지 않기를 간절히 바랐다……. 그들이 그녀를 구출하러 오지 않기를…… 그들과 다시는 마주칠 일이 없어서 모두가 목숨을 부지할 수 있기를…….

하지만 소피의 바람이 늘 그랬듯, 이 바람 역시 이루어질 수 없는 것이었다. 소피 자신은 몰랐지만 그녀는 이미 학교 건물로 들어가는 아가사와 테드로스를 바라보고 있었다.

소피는 친구들을 막아 내지 못했다.

오히려 들여보내 주고 말았다.

17
불가능한 임무

세 마녀는 곳곳이 타고 지독한 냄새가 나는 기숙사 방에 에드
거와 에사를 밀어 넣었다.

"테드로스, 이 멍청한 자식!"

재빨리 문을 잠근 헤스터가 에사를 향해 도끼눈을 떴다.

"왜 아가사 손을 잡아! 들킬 뻔했잖아!"

테드로스와 아가사는 허리를 굽힌 채 숨을 몰아쉬었다. "소피,
개…… 반지…… 끼고 있던데……. 끌어안고 싶어서 혼났어." 아가
사가 먼저 쌕쌕거리며 입을 열었다.

"안아 버리지 그랬어? 어차피 우리가 여기에서 살아 나갈 가능
성은 없어 보이는데." 테드로스가 헐떡이며 대꾸했다. 그는 균형
잡힌 자신의 몸을 빤히 내려다보았다. "아까 복도에서 선인 남자애
들이 눈이 휘둥그레져서 나 쳐다보는 거 봤지?"

"우린 방금 가장 친한 친구를 만났고 아직 목숨도 붙어 있으니
이 정도면 성공이야." 말을 마친 소년 아가사는 팔다리를 쫙 펼친
채 침대에 털썩 드러눕다가
침실용 협탁 모서리에 머
리를 찧었다.

"난 자살행위라고 봐."
테드로스가 반바지를 잡아

당기며 말했다.

"이봐 공주, 진정하라고. 이 학교에는 애들이 너무 많아서 누가 누군지도 서로 몰라." 헤스터는 비웃듯 말하고 과자 집 앞에서 찍은 엄마 사진을 바로 놓았다.

"이 방에 있으면 오늘 밤까지는 안전할 거야." 아나딜은 기운 없이 늘어진 쥐를 나머지 두 마리가 주둥이로 비벼 대는 모습을 바라봤다. "에사가 계속 저렇게 재수 없는 말투로 말하면 내가 목을 그어 버릴지도 모르지만."

"높은 음으로 말하려다 보니 그렇게 된 걸 어쩌라고!" 테드로스가 발끈했다.

"네 말투 꼭 메이든베일의 우유 짜는 여자 같아." 도트가 벽장을 뒤지며 대수롭지 않다는 듯이 가볍게 입을 열었다. "우리 아빠가 그 여자들 엄청 좋아하시거든. 그래서 지하실에 한 명 가둬 놨어."

방 안의 모든 사람이 그녀를 바라보았다.

"놀림거리 생겨서 좋겠네, 다들!" 테드로스가 계속 반바지를 쥐어뜯으며 툭 내뱉었다. "이런 몸으로는 아무 생각도 못 하겠어. 선생님이 어떤 염색 주문을 썼는지 모르겠지만 머리는 가려워 죽을 것 같고, 엉덩이는 바지에 다 들어가지도 않아. 발은 너무 작고, 다리는 꽁꽁 얼어 버릴 것 같고, 계속 오줌이 마려워서……."

"안 변한 것도 하나는 있네." 아가사가 중얼거렸다.

테드로스는 말을 멈추고 그녀를 노려보았다. "그리고 이 멍청한 이름은 대체 누구 아이디어야? 에드거와 에사라니, 어디 인도 바닷가에서 크로케 나무망치 들고 차 마시다 온 사람 같잖아."

"그거 내 아이디어인데." 도트가 발그레해진 얼굴로 말했다. 그녀는 상처 받은 표정으로 벽장에서 몸을 뺐다. "헤스터가 나한테 이름을 고르게 해 줬거든. 대신 조건이 있었어. 다시 뚱뚱해지는 거였지. 내가 1학년 때처럼 뚱뚱해지고 우리 셋이 이 학교를 너무 좋아하는 척하면 누구도 우릴 선의 스파이로 의심하지 않을 테니까. 우린 당연히 너희를 도와야 했어. 첫째, 아가사는 우리 친구고 둘째, 애릭은 헤스터를 거의 죽일 뻔한 놈인데 이제 학장이 됐어. 셋째, 우린 교장이 학교 전체를 악으로 만드는 걸 보고만 있을 수 없었어. 맞서 싸울 선이 없는데 악이 무슨 의미가 있지? 하루 종일 뭐하냐고? 팝콘 먹으면서 페디큐어나 할까? 게다가 너희가 소피 구하는 일을 돕는다면 지금 당장 이런 옷은 못 입지만……." 도트는 여학생 학교 시절 입었던 가슴이 깊게 파인 파란색 보디스를 들어 올렸다. "내 힘으로 뭔가 해낸 거니까 아빠가 더 이상 날 실패작이라고 부르지 않을 거라고 생각했지." 도트가 훌쩍이기 시작했다. "수업 시간 내내 어떤 이름을 고를까 고민하느라 성적도 떨어졌어. 어쩌면 난 식물이 될지도 몰라. 하지만 에드거라는 이름은 아가사랑 발음이 비슷하잖아. 에사도 테드로스랑 같은 모음으로 시작하니까 너무 까다롭게 따지지만 않으면 비슷한 편이지. 난 너희가 좋은 이름을 골랐다고 기뻐하고 칭찬할 줄 알았는데." 도트가 보디스를 들어 코를 풀었다.

헤스터와 아나딜, 그리고 아가사는 테드로스를 노려봤다.

"도트, 내 입장도 좀 생각을 해 봐." 테드로스가 머리를 긁으며 미안한 표정으로 입을 열었다. "난 카멜롯의 왕자야. 여기서 죽지만 않으면 곧 왕이 되겠지. 난 우리 두 사람의 가장 친한 친구를 구하러 나의 공주와 함께 숲에 돌아왔어. 하지만 이런 모습이 되는 건 전혀 계획에 없던 일이라고."

"이런 모습? 여자를 말하는 거야?" 아가사가 줄기콩 같은 몸으로 벌떡 일어서며 소리쳤다. "이런 게 뭐 어떤 건데?"

"잠깐, 내 말은 친구들이 지금 내 꼴을 보면……."

"조금 전 복도에서 걔들이 너 봤잖아." 아가사는 끓어오르는 남성 호르몬을 주체 못 하고 으르렁거렸다. "채딕은 너한테 윙크까지 하던데."

테드로스는 뺨이라도 한 대 얻어맞은 표정이었다.

"아가사 옛날 모습 나오네." 헤스터가 히죽거렸다.

"결국 마녀 집회로 돌아왔구나." 아나딜이 거들었다.

"물론 공식 회원은 아니야." 도트가 대화를 싹둑 잘라내듯 단호하게 말했다.

아가사가 팔다리를 쫙 펴고 매트리스 위에 벌렁 드러누웠다. "남자애들은 늘 이렇게 화가 나고 배가 고픈가? 나 이 베개도 먹을 수 있을 것 같아."

풀썩 피어오른 그을음이 가라앉기도 전에 베개가 초콜릿으로 바뀌었다.

"좋아. 네 말대로 난 공식 회원 아닌 걸로 할게." 아가사가 도트를 향해 씩 웃으며 초콜릿을 베어 물었다.

테드로스는 걸신들린 소년이 되어 잔뜩 날이 선 공주를 바라보았다. 그리고 고개를 돌려 세 마녀를 보았다. 그들은 여전히 그의 새로운 몸을 키득키득 비웃고 있었다. 테드로스는 다시 유리 액자틀에 비친 자신에게 눈을 돌렸다. 길게 땋은 머리, 부드러운 턱선, 매끈한 다리…….

갑자기 땀이 비 오듯 쏟아졌다. "못 하겠어……. 난 이거 못 해……." 왕자의 손끝에서 황금색 불빛이 타올랐다. "반격 주문으로 몸을 되찾고……."

아가사가 벌떡 일어나 그를 붙잡았다. "너 이 문 밖으로 나가는 순간 잡힐 거야. 우리 모두 죽는다고!"

"힘들게 여기까지 왔잖아." 소녀가 된 왕자를 침대에 앉히며 헤스터가 나긋한 목소리로 말했다.

"이 방법밖에는 없어, 테드로스." 아나딜이 금색으로 빛나는 손가락을 감싸 잡고 그를 달랬다.

"더 나은 사람이 될 기회일 수도 있어." 도트가 말했다. "이런 일을 겪었으니 앞으로 호들갑은 좀 덜 떨겠지." 그녀가 목소리를 낮춰 혼잣말로 중얼거렸다.

테드로스는 복숭앗빛 볼을 양손으로 감싸고 침대 위에 등을 구부려 앉았다. "우린 절대 성공 못 할 거야! 여기서 소피를 빼낼 방법은 없어! 난 절대 카멜롯에 돌아가지 못하고, 왕도 되지 못할 거야. 여기서 여자로 죽고 말겠지!"

헤스터의 목에서 작은 악마가 빨갛게 부풀어 올랐다. "칭얼대기만 하는 골 빈 겁쟁이, 내 말 잘 들어! 우리 여자 넷은 평생 여자에 대한 세상의 시선을 뛰어넘기 위해 분투했어. 그런데 넌 여자가 된 게 무슨 사형선고라도 되는 듯이 굴고 있잖아. 넌 턱 보조개랑 반짝이는 눈망울, 그리고 빨래판 복근만 가지고 지금껏 속 빈 강정으로 살아왔지. 이젠 너도 우리랑 같은 처지야. 게다가 지금 우리 목숨이 너한테 달려 있으니까 제발 그만 징징대고 '남자답게' 행동하라고, 이 왕자 같지도 않은 왕자야! 그러지 않으면 당장 이 악마를 풀어서……"

그때 아가사가 고개를 살살 저으며 손끝 불빛으로 슬그머니 연기를 피워 공중에 글자를 썼다. **"엄마 문제가 있잖아."**

헤스터는 입술을 깨물었다. "이봐, 테드로스." 그녀는 최대한 공감 섞인 목소리를 내려 했지만 결과는 아리송했다. "쉬운 일 아니란 거 알아. 하지만 벌써 이 지옥 같은 학교까지 왔잖아. 제일 어려운 부분은 다 지나갔어. 이제 아가사랑 함께 임무를 완수하기만 하면 돼."

"어떻게 할지는 오늘 내내 천천히 생각해 봐. 헤스터랑 도트랑 난 수업 들어갈게. 우리가 안 나타나면 소피가 의심할 테니까." 아나딜이 헤스터를 향해 눈짓을 보냈다.

헤스터는 무릎을 꿇어 테드로스와 눈높이를 맞추고 앙증맞은 그의 손가락을 꼭 잡았다. "아가사랑 둘이 여기 있어. 우린 저녁 식사 후에 돌아올게. 그때 임무를 시작하는 거야. 알았지?"

테드로스가 대답하지 않자 헤스터는 셔츠 자락을 살짝 들어 올려 아랫배의 핑크색 흉터를 보여 주었다. "난 네 공주를 보호하다가 애릭의 칼에 찔렸어. 네 진정한 사랑을 보호하기 위해 그랬다고. 이제 네가 스스로를 증명할 차례야." 헤스터가 고개를 들어 길쭉한 펭귄처럼 생긴 소년 아가사를 바라보았다. "너도 마찬가지야, 아가사. 소피를 구하고 이 세계를 구하려면 너희가 한 팀이 되어야 해."

아가사와 테드로스는 서로에게 눈길도 주지 않았다.

"에드거, 에사, 한 번만 웃어 봐. 제발." 헤스터가 부탁했다.

"헤스터 입에서 웃어 보란 말이 다 나오네. 세상이 망하려나 봐, 정말." 도트가 재잘거렸다.

에드거와 에사는 천천히 고개를 돌려 눈을 맞췄다. 그리고 다시 헤스터를 바라보며, 똑같은 미소를 지어 보였다.

헤스터는 안심한 듯 긴장을 풀었다. "저녁 때 보자, 닭살 커플! 시간 현명하게 써. 그리고 학교 규칙들 어기지 말고. 무슨 말인지 알지?"

헤스터가 말을 마치고 밖으로 나가자 다른 두 마녀도 그녀의 뒤를 따랐다.

문이 닫히고 밖에서 잠기는 소리가 들릴 때까지, 아가사와 테드로스는 조금도 흔들리지 않고 미소 띤 얼굴을 유지했다.

하지만 잠시 후 서로를 다시 마주 본 두 사람은 금세 얼굴을 찡그렸다.

약 한 시간 전, 에드거와 에사는 숲속 나무 그루터기 위에 딱 붙어 앉아 멀린이 가시 달린 자주색 식충 식물을 반짝이 가루로 잠재우는 모습을 지켜보고 있었다.

"언제 원래 모습으로 돌아갈 수 있어요?" 테드로스가 굵은 목소리로 물었다. 소녀의 뽀얀 볼이 핑크빛으로 반짝였다.

"일단 살아 돌아오면, 그때." 마법사가 축 늘어진 가시덩굴을 시험 삼아 쿡 찌르며 대답했다.

"못 돌아올 텐데." 아가사가 중얼거렸다. 그녀는 두 눈을 가늘게 뜨고 뾰족한 못이 박힌 높은 출입문을 바라보았다. 선과 악의 학교 출입문이었다. 뭐든 잘라 버릴 듯이 날카로운 간판은 금빛에서 밝은 초록색으로 바뀌었지만, 그 위에 쓰인 글귀는 여전했다.

무단출입 시 사살함

아가사는 침을 꿀꺽 삼켰다. 그들은 바위 꼭대기에서 잠깐 낮잠을 잔 뒤, 모자가 만들어 준 케일 오믈렛과 딸기바닐라 스무디로 배를 채웠다. 그런 다음 멀린은 두 사람에게 검정색과 초록색의 악의 학교 교복("당연히 스파이들이 줬지!" 어떻게 교복을 손에 넣었는지 묻자 마법사는 이렇게 대답했다)을 입히고, 그들을 학교 앞까지 데리고 왔다. 하지만 남녀 성별이 뒤바뀐 이 소년 소녀가 무단출입자를 사살하겠다고 으름장을 놓는 이 무시무시한 문을 어떻게 통과해야 하는지에 대해서는 아직 아무 말이 없었다.

"이 문은 교수님만 열 수 있어요. 우리가 손대면 폭발해서 산산조각 날 거예요." 아가사가 멀린을 말리듯 말했다.

"지금 문 걱정할 때야? 나중에 주문이 안 풀리면 어떡해? 나 평생 여자로 살아야 되는 거 아니야?" 테드로스가 말했다.

"애야, 여자 몸일 때는 남자 목소리로 말하지 좀 말아라." 멀린이 이 사이를 가시로 쑤시며 말했다. "정말 안 좋은 습관이야. 꼭 저질 풍자극을 보는 것 같구나. 사람들이 널 여자로 생각하지 않으면 이 작전은 성공할 수 없어. 그러니 이름부터 시작해 보자."

"머리가 가려워 죽겠어요. 그냥 평범한 금발을 하면 왜 안 된다는 거죠?" 테드로스가 굵고 낮은 목소리로 투덜거렸다.

"넌 골디락스의 사랑스러운 동생이 아니라 악한 암살자로 보여야 해."

"선생님은 마법사시잖아요. 머리에 이가 생기지 않게 염색할 수 있을 거라고······."

기다란 가시 하나가 테드로스의 다리 사이로 툭 떨어졌다.

"지금 이 세계가 위험에 처해 있는데, 내가 두피 케어 기술에 신경 쓸 정신이 있을 것 같니?" 멀린이 왕자를 집어삼킬 것 같은 눈으로 바라보았다. "쓸데없는 소리 그만하고, 여자 목소리 제대로 내봐라. 안 그러면 정말 가려운 게 뭔지 알려 줄 테니."

"내 이름은 에사야." 테드로스가 팔짱을 끼고 귀청을 찢을 듯이 날카롭고 거만한 목소리를 냈다.

"맙소사! 러니언힐스의 엄격한 여선생 같구나." 멀린의 말에 아가사가 낄낄 웃기 시작했다. 높은 음의 간드러지는 그 웃음소리는 그녀의 건장한 체격과 전혀 어울리지 않았다. 멀린은 눈썹을 치켰다. "너희 둘이 서커스하면 사람들 배꼽 다 빠지겠다. 정말이야."

"내 이름은 에사야." 테드로스가 조금 화가 난 얼굴로 다시 말했다. 그의 목소리는 여전히 가식적이고 귀에 거슬리기만 했다.

아가사는 결국 큰 소리로 웃음을 터뜨리고 말았다. "콧소리가 너무 많이 들어가잖아. 배에 힘을 주고 말해 봐." 겨우 숨을 고른 그녀가 테드로스에게 말했다.

"뭐야? 네가 여자에 대해서 뭘 안다고?" 테드로스가 머리카락을 뒤로 젖히며 대꾸했다.

순간 아가사는 웃음을 멈추고 자리에서 일어나 커다란 소년의 몸으로 테드로스를 내려다보았다. "무슨 말이야?"

"넌 어려울 게 없잖아. 어차피 늘 남자처럼 행동하고 외모도 남자 같았으니까!" 테드로스가 쩌렁쩌렁한 목소리로 대답했다.

"아, 그러셔?" 아가사는 자기도 놀랄 정도의 힘으로 테드로스를 밀쳤다. "이게 쉬운 것 같아? 골반은 뻑뻑해서 걷기도 힘들고, 목젖은 너무 커서 작은 동물을 하나 목구멍에 넣고 다니는 것 같아. 턱은 철사로 고정한 것처럼 딱 닫혀 있고! 그런데 지금 보니 말은 나혼자 다 해야 할 것 같네. 넌 수준 미달이야."

"수준? 소피를 구할 사람은 네가 아니고 나야!"

"이름도 말 못 하면서 어떻게?"

"난 왕자고 넌 공주니까 친구를 구하는 건 내 일이야. 선생님한테 여쭤봐!" 테드로스가 비명에 가까운 목소리로 빽 소리 질렀다.

"그래, 점점 나아지는구나." 가시로 턱수염을 손질하던 멀린이 두 사람을 쳐다보지도 않고 건성으로 대꾸했다. "이제 좀 여자 목소리 같다."

테드로스는 할 말을 잃고 멍하니 마법사를 바라보았다.

"으아아아아아······." 그때 아가사가 울분을 터뜨리듯 고함을 질렀고, 테드로스가 그녀에게 달려들었다.

"난 남자라 여자 때리면 안 돼!" 아가사가 테드로스의 머리에 헤드록을 걸며 소리쳤다.

"잘됐네. 난 여자 아니니까." 테드로스는 대답과 함께 흙 한 줌을 아가사의 얼굴에 집어 던졌다.

진흙탕 싸움이 벌어지려는 찰나, 주문이 날아와 두 사람을 제압하고 서로 반대 방향에 있는 나무를 향해 튕겨 냈다.

"너희가 카멜롯의 왕과 왕비가 될 사람이냐? 우리 미래를 책임질 사람들 맞아?" 멀린이 친절한 가이드의 모습을 벗어던지고 호통쳤다. "스파이들과 난 온갖 위험을 무릅썼어. 너희가 가장 친한 친구를 구하고, 예전의 선과 새로운 선 모두를 구하는 행복한 결말을 맞이할 수 있도록! 너희 두 사람 목숨은 물론이고 수많은 목숨이 너희의 그 유치하고 미숙한 손에 달려 있다. 그런데 너희는 똥쌀 자리를 놓고 싸우는 원숭이들처럼 툭하면 티격태격하고 작은 일로도 법석을 떠는구나! 지금부터 저 문을 통과하기 전까지 아무 말도 하지 마라. 단 한 마디도 듣고 싶지 않아!"

아가사와 테드로스는 시무룩한 얼굴로 고개를 숙였다. "말 잘 들으면 다시 남자로 바꿔 줄 거예요?" 테드로스가 슬쩍 고개를 들고 물었다.

하지만 멀린이 분노에 찬 눈으로 쏘아보자 곧바로 다시 고개를 숙였다.

"둘 다 잘 들어라. 5분 후면 스파이들이 와서 너희를 학교에 들여 보내 줄 거다." 마법사의 설명이 이어졌다. "지붕 위 경비병들과 순찰 도는 요정들 외에 또 어떤 위험이 도사리고 있는지 모르니, 잡히지 않으려면 재빨리 문을 통과해야 한다."

"하지만 문은 교수님만 열 수 있다니까요." 아가사가 말했다.

"맞아요. 1학년 때 딱 한 번 문이 열리는 걸 본 적 있는데, 그땐 더비 교수님이 제가 숲에 들어갈 수 있게 문을 열어 주신 거였어요." 테드로스도 맞장구쳤다.

"날 믿으렴. 난 너희 둘을 합친 것보다 똑똑하단다." 멀린이 대답했다. "악의 학교에 무사히 도착하면, 너희는 흩어져서 각자 임무를 수행해야 해. 한 명은 옛것을 위한 학교에 가서 엑스칼리버를 찾고, 다른 한 명은 새것의 학교에 남아 소피를 구해야 한다. 누가 소피를 구할지는……."

"저요!" 어린 두 선인이 나란히 소리쳤다.

멀린은 한숨을 내쉬었다. "우마 공주가 이런 일이 생길 거라고 미리 귀띔해 주더구나. 둘 중 소피를 더 잘 아는 사람이 그 아이를 구하는 게 맞겠지." 마법사는 헛기침을 한 뒤, 별무늬로 뒤덮인 모자에서 보라색 트럼프 카드처럼 보이는 물건을 꺼내 들었다. 그리고 안경을 코끝에 걸치고서 첫 번째 카드를 내려다보았다. "소피가 가장 좋아하는 음식은?"

"오이요!" 아가사와 테드로스가 동시에 외쳤다.

멀린은 뭔가 중얼거리면서 카드 한 장을 뒤로 넘겼다. "소피가 세수할 때 사용하는 것은?"

"비트!" 이번에도 두 선인의 답은 같았다.

"소피의 손가락 불빛은 무슨 색이지?"

"핑크색!"

"소피의 잠자는 자세?"

"똑바로 누워서 잔다!"

"소피는 어떤 향수를……."

"라벤더 바닐라 파촐리!"

멀린이 턱수염을 지그시 잡아당겼다. "성별이 바뀌면서 머리가 좀 좋아진 것 같구나. 이대로 지내는 게 더 좋을지도 모르겠다." 잠시 말을 멈춘 마법사는 모자 입구를 확성기처럼 입에 가져다 댔다. **"더 어려운 걸로 다오!"**

모자에서 카드 한 장이 툭 튀어나왔다. "이런, 이런!" 가는눈을 뜨고 카드를 뚫어지게 바라보던 마법사가 소리쳤다. "아가사가 소피와 한 마을에서 자라난 걸 생각하면 이건 한쪽에 너무 유리한 질문인 것 같긴 한데. 너희가 죽음의 산등성이에 있을 때 소피 엄마 이름을 알았던 사람이 누구지?"

수염이 거뭇거뭇한 아가사의 얼굴은 잿빛이 되었고, 테드로스의 소녀 얼굴에는 미소가 떠올랐다.

"반전이 있었군! 이렇게 되면 새것의 학교에서 소피를 구하는 일은 에사가 해야겠구나." 테드로스를 바라보던 마법사가 아가사에게 고개를 돌렸다. "에드거는 옛것의 학교에 들어가서 엑스칼리버를 가져오고. 자, 이제 내 말 잘 들어라. 너희가 임무를 완수한 뒤 이 학교에서 빠져나올 수 있는 기회는 단 한 번이다. 자정, 정확하게 자정에 바로 이 자리에서 만나야 해. 테드로스는 소피와 함께 나오고, 아가사는 엑스칼리버를 가지고 와야겠지. 그때 내가 너희 세 사람을 안전한 곳으로 데리고 가마. 알겠지?"

"소피가 반지 파괴하는 건요?" 테드로스가 물었다.

"테드로스, 여자 목소리로 말하라고 내가 몇 번을⋯⋯."

"소피가 반지 파괴하는 건요?" 테드로스가 꽥꽥거리는 목소리로 다시 물었다.

멀린은 귀를 문질렀다. "하룻밤 사이에 반지까지 파괴하는 건 너한테나 소피한테나 너무 벅찬 일인 것 같아. 오늘 밤 네 임무는 소피를 설득해서 이곳을 탈출해, 교장이 찾지 못할 곳으로 함께 도망치는 거다. 네가 왕자의 모습이었다면 훨씬 쉽게 그 아이의 신뢰를 얻을 수 있겠지. 하지만 네가 다른 사람의 모습을 하고 있어야 이야기꾼이 네 행방을 찾을 수 없다는 걸 기억하렴. 일단 테드로스의 몸으로 돌아오면, 그때부터는 이야기꾼이 너의 위치를 교장에게 알려 줄 거야. 그러면 모두가 널 찾아 죽이려 하겠지. 그러니 살아서 오늘 밤을 넘기고 싶다면 바보 같은 짓은 하지 마라."

멀린은 창백해진 테드로스를 뒤로하고 아가사를 향해 돌아섰다. "넌 옛것을 위한 학교에 들어갈 방법을 스스로 찾아내야 한다. 당연히 어렵겠지. 하지만 테드로스의 칼이 그 성 어딘가에 숨겨져 있고, 넌 그것을 반드시 찾아와야 해. 기억해라. 그 칼이 없으면 소피의 반지를 파괴할 수 없고 교장을 죽일 수도 없다⋯⋯." 말을 멈춘 그가 두 눈을 가늘게 떴다. "아가사?"

아가사는 소녀가 된 왕자의 얼굴을 뚱한 표정으로 노려보고 있었다.

"아가사! 아, 에드거라고 해야 하나? 정확히 하는 게 좋을 테니까. 아무튼, 스파이들이 곧 도착할 거야. 각자 맡은 임무가 마음에 안 든다고 그렇게 부루퉁해 있으면 안 된다." 멀린이 말했다.

테드로스는 고소하다는 듯이 그녀를 향해 싱긋 웃음 지었다. 순간 아가사의 표정이 바뀌었다. 그녀가 낙담할수록 기뻐할 왕자를 생각해서라도 실망감을 털어 내야 했다. "알겠어요. 칼 찾아올게요. 하지만 스파이가 누군지 아직 말씀을 안 해 주셔서……."

그때 큰까마귀 세 마리가 하프웨이 베이의 초록 안개 속에서 날개를 퍼덕이며 나타났다. 한 마리는 날씬하고, 한 마리는 뚱뚱하고, 마지막 한 마리는 온몸이 하얀색이었는데 세 마리 모두 비행 솜씨는 형편없었다. 하얀 까마귀는 심하게 좌우로 흔들렸고, 뚱뚱한 놈은 초콜릿 벌레를 게걸스레 먹었다. 날씬한 놈이 아래로 내려가라고 날카롭게 울어 댔지만, 셋은 결국 서로 부딪치고 뒤엉켜 고장 난 낙하산처럼 정문 뒤 수풀 속에 곤두박질치고 말았다.

"내 교복 어디 있어!" 수풀 속에서 아나딜의 거친 목소리가 들렸다. "분명히 여기 뒀는데……."

"도트가 깔고 앉아 있잖아." 헤스터가 투덜거렸다.

"어쩐지 바닥이 너무 부드럽다 했어." 도트가 가녀린 목소리로 말했다.

"셋 하면 변신을 푸는 거야." 다시 헤스터의 목소리가 들렸다. "하나…… 둘……."

"그렇게 빤히 보는데 하라고?" 도트가 숨을 헉 들이마셨다.

"우리라고 너 발가벗은 모습을 보고 싶은 줄 아니, 이 멍청아!" 헤스터가 소리쳤다. "셋!"

빨강, 초록, 그리고 파랑 불빛이 번쩍 터지며 수풀이 양옆으로 흔들리더니 빽빽한 잎 사이로 사람의 맨살이 보였다.

"마녀 집회라고 서로 이런 꼴까지 봐야 하는지 모르겠다." 헤스터가 툴툴거렸다.

"내 팬티 본 사람?" 도트가 호들갑스럽게 물었다.

"앞으로 누구든 악에 대한 내 충성심을 의심하지 마. 이렇게까지

하고 의심 받으면 난 억울해서 죽어 버릴 거야." 아나딜이 으르렁 거렸다.

잠시 조용한가 싶더니 갑자기 세 마녀가 수풀에서 벌떡 일어났다. 그들이 입은 악의 학교 교복은 솔잎 범벅이었다. 에드거와 에사는 두 눈을 껌뻑이며 정문 창살 사이로 마녀들을 바라봤다.

"아까 한 말 취소. 나보다 더한 짓을 한 사람들이 있었네." 아나딜이 침묵을 깨고 입을 열었다.

"너희가 스파이였어?" 테드로스가 굵은 목소리로 말했다. (멀린이 즉시 얼굴을 찡그렸다.) "하지만 너희는 악인이잖아."

"넌 남자 아니었던가? 세상일이 늘 그렇게 무 자르듯 딱 나눠지는 건 아니야." 헤스터가 발끈해서 말했다. "마법사님, 요정 순찰대가 2분 후면 이쪽으로 올 거예요. 지금 들어가야 들키지 않아요."

"지팡이는 어디 있니?" 마법사가 정문 너머 헤스터를 향해 인상을 찌푸리며 물었다.

헤스터는 아나딜과 그녀의 주머니 속에서 머리만 빼꼼히 내민 검은 쥐 두 마리를 바라봤다. "아직이야?"

아나딜의 얼굴이 한층 더 (비현실적으로) 창백해졌다. 쥐들 역시 긴장하고 있었다.

"우리…… 우리보다 먼저…… 도착했어야 하는데……."

"1분 후면 순찰대가 올 거야." 도트가 멀리에서 들려오는 땡그랑 소리에 귀를 기울이며 말했다.

"그것보다 더 심각한 문제가 생겼어." 아가사가 두 눈을 가늘게 뜨고 하프웨이 베이 쪽을 보며 말했다.

모두 고개를 돌려 바라본 그곳에는 안개에 둘러싸인 소피의 작은 그림자가 있었다. 그녀는 잔디 사이에서 무언가를 찾는 듯이 고개를 푹 숙이고 휘청휘청 걷고 있었다.

"안개가 걷히면 우릴 발견할 텐데." 테드로스가 조바심을 내며, 여자 목소리도 남자 목소리도 아닌 어중간한 목소리로 말했다.

"30초면 순찰대가 올 거야." 도트가 말했다. 귀에 거슬리는 땡그랑 소리가 점점 커지고 있었다.

"아나딜, 지팡이가 당장 필요하다." 멀린이 재촉했다.

아가사는 마법사가 당황하는 모습을 처음 보았다. 평소 잘 흥분하지 않는 헤스터마저도 얼굴이 얼룩덜룩 붉어져서 아나딜을 향해 열변을 토하기 시작했다.

"걔는 뭐든 찾을 수 있다고 네가 말했잖아……. 더비 교수님이 어디 갇혀 있든 찾아서 내 메시지를 전달할 수 있을 거라고……. 그래서 교수님 지팡이를 시간 내에 가져올 수 있을 거라고 분명히 말했잖아!"

"그런 탤런트가 있다는 말이었지, 성공을 보장한다는 뜻은 아니었어." 아나딜이 힘없이 대답했다. 두 마리 검은 쥐들도 초조해 보이긴 마찬가지였다.

"15초 남았다." 도트가 다시 말했다.

동쪽 둑에 초록색 요정 불빛이 나타나고…… 남쪽 기슭에서는 초록 안개가 걷히기 시작했다. 잠시 후면 세 명의 악인 마녀와 동화 세계에서 제일 유명한 마법사, 그리고 이들이 학교에 몰래 들여보내려 한 두 이방인의 모습이 모두에게 드러날 판이었다.

"5초 남았어!" 도트가 울음을 터뜨릴 것 같은 얼굴로 소리쳤다.

"저기다!" 아나딜이 도트 뒤쪽을 손가락으로 가리키며 낮은 소리로 외쳤다.

모두가 그녀의 손끝을 따라 고개를 돌렸다. 더비 교수의 지팡이를 입에 문 하얀 생쥐가 안개를 헤치며 달려오고 있었다. 숨을 헐떡이고 땀을 뻘뻘 흘리며 그들을 향해 달려오는 생쥐는 어느 순간 모습이 변하기 시작했다. 하얀 털은 검정색으로 바뀌고, 앞니는 날카로워지고, 검은 눈동자는 빨갛게 변하고, 몸뚱이는 점점 더 커졌다. 잠시 후 하얀 생쥐의 모습을 완전히 잃고 커다란 검은 쥐가 된 녀석이 마지막 힘을 쥐어짜 아나딜을 향해 뛰어오르며, 영화 속 슬로모션 장면처럼 지팡이를 공중으로 내던졌다. 알비노 마녀는 지팡이를 잡자마자 정문을 향해 몸을 돌리고, 번쩍이는 가시철사를 향해 내밀었다…….

순간 정문이 열리며 작은 틈이 벌어졌다.

"요정 할머니, 고맙습니다! 어디 계신지는 모르겠지만." 아나딜이 안도의 한숨을 내쉬었다.

아나딜에게서 더비 교수의 지팡이를 건네받은 마법사는 아가사와 테드로스를 열린 틈 사이로 밀어 넣었다. 두 사람이 안으로 들어가자마자 문이 다시 닫혔고, 아가사와 테드로스는 몸을 돌려 그 죽음의 문 너머에 서 있는 마법사를 바라보았다.

"자정이다. 실패하면 안 된다."

말을 마친 마법사는 모자를 벗고 지니가 램프 속으로 들어가듯 모자 속으로 뛰어들었다. 잠시 후 천둥소리와 함께 모자도 사라져 버렸다.

마녀들의 기숙사 방에 갇혀 있는 것은 그레이브스힐 집에 갇혀 살던 것과 별로 다르지 않았다.

아가사와 테드로스는 처음 몇 시간 동안 각자 침대 하나씩을 차지하고서 서로 아무 말도 하지 않았다. 아가사는 헤스터의 침대, 테

선과 악의 학교 3

드로스는 도트의 침대에 자리를 잡고 중간의 아나딜 자리는 도랑 못처럼 비워 두었던 것이다. 두 사람은 상대방을 아는 척도 하지 않았다. 새로운 몸 때문에 부끄럽기도 했지만, 사실 각자 생각해야 할 것이 많기 때문이었다. 아가사는 퀴퀴한 냄새가 나는 베개를 끌어안고 옛것의 성으로 들어갈 수 있는 방법을 궁리했다. 하프웨이 다리, 두 학교 건물을 연결하는 하수도 길, 공터로 통하는 나무 터널, 그것도 아니면 하프웨이 베이 기슭을 따라 걸어가는 건 어떨까……. 한편 테드로스는 시커먼 베개를 얼굴에 덮어쓰고서 소피와 단둘이 만날 방법을 찾아내느라 머리를 쥐어짰다.

얼마 후 수업을 마친 학생들이 돌아오고 저녁 식사에 대해 불평하는 소리가 들렸다. (멀린의 마법 모자가 만들어 준 삶은 정어리와 양배추가 새삼 고맙게 느껴지는 순간이었다.) 조금 더 시간이 흐르자 창을 통해 들어온 쌀쌀한 겨울 빛이 밤의 어둠 속에 녹아 사라졌다. 아가사는 헤스터의 협탁에 놓인 갈고리 모양 초에 불을 붙이고, 임무에 도움이 될 만한 것이 있나 싶어 마녀의 책을 살펴보았다. (《고통에 대한 고급 주문》,《악당이 실패하는 이유》,《마녀들이 자주 저지르는 실수》) 테드로스는 불도 밝히지 않은 도트의 책상에서 무엇인가를 휘갈겨 썼다가 10초 만에 종이를 돌돌 뭉쳐 버리기를 몇 번이고 반복하더니, 결국 깃펜을 부러뜨리고 굵은 남자 목소리로 상스러운 욕을 내뱉었다.

하지만 아가사는 전혀 신경 쓰지 않고 오직 자신의 임무에 집중했다. 그나마 가능성이 높은 쪽은 역시 하프웨이 다리일 것이다. 그녀가 악의 학교와 남학생 학교에 몰래 들어갈 때 쓴 방법이었다. 같은 방식으로 옛것의 학교에도…….

테드로스가 깃펜 하나를 또 부러뜨렸다.

"아, 진짜! 대체 뭘 쓰는데 그래?"

테드로스는 지푸라기로 금실을 짜는 데 실패한 아가씨처럼 어깨를 축 늘어뜨렸다. "소피한테 할 말을 전부 적으려고 했는데, 너무 많아서 뭐부터 시작해야 할지 모르겠어."

"하다 보면 되겠지." 아가사는 책에 시선을 고정한 채 짧게 대꾸했다.

"네가 잘 모르나 본데, 난 스트레스 받으면 머리가 멈춰 버린단 말이야."

아가사가 고개를 들어 왕자를 바라보았다. 진심 어린 그의 강아지 같은 눈이 소녀의 얼굴에서 깜빡이고 있었다. 이상하게도 그는 그 어느 때보다 사랑스러웠다.

"무엇을 해야 할지는 때가 되면 다 알 수 있다면서?"

"너랑 같이 있으면 그렇다는 말이었지. 나 혼자 소피를 구하게 될 줄은 정말 몰랐어. 혼자 하고 싶은 척했던 것뿐이야."

아가사는 살짝 얼굴을 붉히고 다시 책으로 눈을 돌렸다. "넌 소피 앞에서는 늘 할 말이 넘쳤잖아. 걔가 여자일 때나…… 남자일 때나…… 잘만 얘기하던데. 이번에도 금방 넘어오게 만들 수 있을 거야."

"그땐 '나'였잖아. 이번에는 다르다고." 테드로스가 팔을 쭉 펼치고, 두 사람 사이의 도랑못인 아나딜의 침대로 올라갔다. "게다가 내게는 이제 공주가 있잖아. 아무것도 아닌 일로 계속 나한테 싸움을 걸긴 하지만."

"내게도 왕자가 있지! 그런데 걔는 내 말은 듣는 둥 마는 둥하고 자기만 옳은 줄 알아." 아가사가 쏘아붙였다.

"네가 날 필요 없는 사람 취급하니까 그러지."

"넌 내가 뭐든 네 말대로 해야 하는 것처럼 굴잖아."

"네가 자꾸 왕자 역할을 하려고 하니까 그럴 수밖에!"

"공주는 어떻게 해야 하는지 몰라서 그런다! 됐냐?" 아가사가 소리쳤다.

"당연하지!" 테드로스도 지지 않고 소리쳤다. **"내가 그래서 널 좋아하는 건데!"** 왕자는 아가사와 가장 먼 쪽으로 몸을 뱅글 돌려 버렸다.

아가사는 아무 말 없이 왕자를 바라보았다. 속에서 썩어 가던 모든 스트레스가 천천히 바깥으로 빠져나갔다.

그녀는 천천히 아나딜의 침대로 다가가 왕자 옆에 누웠다. 왕자는 일정한 거리를 유지한 채 꼼짝도 하지 않았다. 어둠 속에 나란히 누운 두 사람, 소년과 소녀가 된 소녀와 소년은 한동안 말없이 천장을 바라보았다.

"헤스터 말이 맞아. 내 강점이라고 할 만한 건 왕관과 재산, 그리고 외모뿐이야." 테드로스가 낮은 목소리로 이야기를 시작했다. "더비 교수님은 늘 해피엔딩을 찾기 위해서는 얼굴이나 몸매 이상의 것이 필요하다고 말씀하셨어. 채딕과 다른 남자아이들은 고리타분한 소리라고 비웃었지. 나 역시 그랬어. 하지만 아까 기슭에 서 있는 소피를 봤을 때, 더비 교수님 말씀이 옳다는 걸 깨달았어. 왕자라는 겉모습을 잃어버린 난 벌거벗은 것처럼 아무 힘이 없었거든. 속이 텅 빈 것처럼 말이야……. 너희는 내가 여자가 돼서 겁먹었다고 생각하지. 하지만 내가 두려워하는 건 그게 아니야. 난 내 진짜 모습보다는 겉으로 보이는 모습 때문에 사랑받는다는 사실을 인정하고 싶지 않았어. 난 평생 그런 두려움을 안고 살아왔거든. 사람들은 동화에서 막 튀어나온 것 같은 키 큰 금발 왕자를 볼 뿐, 그 안에 무엇이 있는지는 궁금해하지 않아. 그런데 평생 처음으로 그

겉모습이 없어져 버린 거야. 이제 난 처음 보는 낯선 몸을 가지게 됐고…… 내게 남은 건 테드로스라는 인간의 내면뿐이지. 그 내면의 테드로스는 과연 누군가의 사랑을 받을 만한 인간일까?"

그가 두 눈을 빠르게 깜빡였다. "아버지도 나 같은 일을 겪으셨을 거야. 어머니 앞에서 늘 왕의 모습만 보이려 하셨는데, 어느 날 권력과 잘생긴 외모 아래 숨겨진 모습을 들켜 버린 거지. 아서…… 인간 아서를 발견한 어머니는 작별 인사도 없이 아버지를 떠나 버렸어. 아가사, 나도 아버지처럼 되면 어떡하지? 왕자라는 껍데기를 벗은 내가 너한테 너무 시시한 인간으로 보이면 어떡해? 우리가 카멜롯에 가까워질수록 더 많이 싸우는 이유가 그것 때문일까? 왕자라는 이름을 걷어 낸 나라는 인간이…… 보잘것없어서?" 테드로스가 손으로 눈을 문질렀다. "난 언제나 왕자였어. 그 이름 없이 어떻게 이 일을 해낼 수 있을지 정말 모르겠다. 혼자 소피를 만날 방법도 모르고, 걔한테 무슨 말을 해야 할지도 모르겠어. 어떻게 나를 믿게 설득할지, 또 어떻게 교장의 손에 죽지 않고 이 성을 빠져나갈 수 있을지 정말 하나도 모르겠어."

아가사는 눈물로 얼룩진 왕자의 얼굴을 바라보았다. "나도 네 칼을 어떻게 찾아와야 할지 몰라."

그녀의 말에 테드로스가 코를 훌쩍이며 피식 웃음을 터뜨렸다.

아가사는 왕자의 보드라운 팔에 머리를 기대고, 자신의 커다란 남자 손으로 왕자의 고운 손을 꼭 감싸 잡았다.

"난 너한테서 왕자를 보는 게 아니야." 아가사가 나직이 속삭였다. "네가 아무리 잘생기고 남자답게 행동하고 매력적이어도, 난 널 왕자로 볼 수 없어. 네가 왕자면 넌 곧 왕이 될 거고, 네가 왕이 된다는 건 곧 내가 왕비가 될 거란 뜻이잖아……. 이 세계에서 가장 유명한 왕국의 왕비……." 아가사는 꿈틀거리는 두려움을 억누르고 다시 입을 열었다. "내가 괴로운 이유는 그거야. 우마 교수님한테 그런 말을 한 이유도 마찬가지고. 난 네가 왕자가 아니라고 생각해야 네 옆에 있을 수 있어. 우리가 가발돈에서 함께 지낸 처음 며칠처럼, 그저 너랑 나 둘만 생각해야 견딜 수 있다고. 우리를 기다리는 왕국 같은 건 없고, 언제나 평범한 소녀와 소년으로 살 거라고 날 속여야 돼. 내가 그렇게 할 수 있는 이유가 뭔지 알아? 눈에는 보이지 않는 너의 마음과 영혼을 자세히 들여다보았기 때문이야. 그것들이 내가 널 사랑하게 된 이유니까. 섬세하고 정직하고 강한 울림을 주는 네 영혼, 그리고 커다란 황금빛 태양 같은 사랑이 담긴 너의 마음. 네 마음은 가까이 있으면 너무 따뜻하고, 사라지면 너무 추워서 어떻게든 다시 널 찾아가게 만들거든." 아가사의 뺨에도 눈물이 흘렀다. "네가 남자든 여자든 난 상관없어. 네 아버지가 누구시든, 네가 어디에서 왔든, 또 네 모습이 어떻든 다 중요하지 않아. 넌 내가 진짜 네 모습을 보면 떠날까 봐 두려워하지만…… 사실 난 그것 때문에 널 떠나지 못하는 거야."

테드로스가 팔꿈치로 몸을 받치고 아가사를 바라보았다. 동그랗게 뜬 파란 눈이 촉촉하게 젖어 있었다. 두 사람의 몸은 그대로였지만, 아가사는 더 이상 남자처럼 느껴지지 않았고 테드로스 역시 여자로 느껴지지 않았다. 그는 아가사를 향해 천천히 몸을 기울였고, 아가사는 그의 민트 향을 느끼며 두 눈을 감았다.

"네 칼을 찾아올 방법을 지금 말해 주면 딱 좋을 것 같은데." 아가사가 속삭였다.

"나도 몰라." 테드로스가 대답했다.

그녀의 입술에 그의 입술이 느껴졌다…….

"아이고, 정말!" 날카로운 목소리가 들렸다.

아가사는 테드로스의 품에 안긴 채 고개를 돌렸다. 문 앞에 세 개의 검은 그림자가 서 있었다.

"시간 현명하게 쓰라니까 뭐 하고 있어!" 헤스터의 두 눈이 어둠을 뚫고 번쩍였다.

18

초콜릿 롤러코스터

아가사는 테드로스와 헤어지는 순간이 되어서야 다시는 그를 볼 수 없을지도 모른다는 생각을 했다.

"시작해 보자, 얘들아." 헤스터가 태풍이 휘몰아치듯 방 안으로 들어와 침대에 있던 아가사를 확 잡아챘다. "아나딜, 도트, 너희 둘이 에사를 맡아. 난 에드거랑 갈게. 자정까지 두 시간 남았어."

"이 멍청이를 왜 우리가 맡아야 하지?" 아나딜이 신음을 내며 투덜거렸다.

"너희가 부하니까!" 헤스터는 톡 쏘듯 대꾸하고 아가사를 방에서 끌어냈다. 아가사는 다급하게 뒤를 돌아보았고, 공주가 된 그녀의 왕자는 다행히 늦지 않게 침대에서 뛰쳐나와 그녀를 향해 달려왔다.

"곧 다시 볼 거야." 문을 사이에 두고 왕자가 말했다.

"그래. 금방 끝나겠지." 아가사의 말이 끝나자 문이 꽝 닫혔고, 아가사는 더 이상 테드로스의 모습을 볼 수 없었다.

헤스터는 소년 아가사의 커다란 몸뚱이를 질질 끌고 어둑한 복도를 걷기 시작했다. "아나딜이랑 내가 지난 몇 주 동안 옛것의 학교에 들어가는 길을 찾으려고 해 봤는데 별 성과가 없었어. 네가 기발한 계획을 생각해 냈기를 바란다."

"작별 인사도 제대로 못 했어." 아가사가 점점 멀어지는 방문을 돌아보며 슬픈 목소리로 말했다.

"너희 둘은 평소에도 별로 대화가 없어 보이던데." 헤스터가 아가사를 계속 잡아끌며 말했다. 그러는 사이 몇몇 선인과 악인 들이 마치 목숨이라도 걸린 듯이 다급하게 그들을 지나쳐 방으로 뛰어 들어갔다. 키코만이 잠시 걸음을 멈추고 얼빠진 표정으로 두 사람을 바라보았다.

"뭘 봐!"

헤스터가 으르렁대자 키코는 재빨리 문을 쾅 닫아 버렸다. "모나, 헤스터한테 남자 친구가 있어!" 방문 너머에서 키코의 목소리가 들려왔다.

헤스터는 아가사를 앞세우고 걸음을 옮기며 다시 작전에 대해 이야기하기 시작했다. "하프웨이 다리로 가는 건 자살행위야. 우리 둘 다 쉽게 눈에 띄고 말 거야. 투명 장벽을 세 번씩이나 통과하는 건 불가능한 일이기도 하고. 하수도는 작년부터 차단된 상태니까 거기도 안 돼. 그나마 가능성 있는 건 요정 순찰대가 하프웨이 베이를 돌 때……."

"잠깐만. 우리 둘 다라니?" 아가사의 두 눈에 갑자기 생기가 돌았다. "마법사님은 나 혼자 간다고……."

"그분은 옛것의 학교에 살아 들어갈 수 있는 사람은 너 하나뿐이라고 생각하셨지." 헤스터가 아가사의 말을 가로챘다. "하지만 마녀 집회라는 게 어떤 건지 모르시는 것 같아. 우린 죽을 때까지 서로를 지켜 준다고. 게다가 너 혼자 그 학교 안을 보게 내가 놔둘 것 같아?" 헤스터는 감동과 감사로 가득한 아가사의 표정이 짜증 난다는 듯 도끼눈을 떴다. "그래서 어느 쪽이야? 어떤 방법으로……."

"다리로 가." 아가사가 미소 지으며 대답했다.

"그럴 줄 알았다." 헤스터가 한숨을 푹 내쉬며 아가사를 브리즈웨이로 이끌었다. "그리고 내가 너 마녀 집회에 받아들인 거, 도트한테는 말하지 마. 걔가 알면 우리 둘 다 모카 푸딩으로 바꿔 버릴 거야."

아가사는 헤스터의 뒤를 따라 유리로 만든 브리즈웨이를 지나 어두운 명예의 탑 기숙사에 들어섰다. 그곳에서도 학생들은 괴물을 피하듯 빠른 걸음으로 각자의 방에 들어가고 있었다. "어쩌다가 마법사님 스파이가 된 거야?"

"우린 아나딜의 쥐를 숲에 보내서 메시지를 전달하게 했어. 교장에 맞서서 싸울 수 있게 도움을 청한 거지. 그런데 마침 너희 고양이 리퍼도 어머니 쪽지를 전하느라 숲에 와 있더라고. 고양이가 쥐를 봤으니 당연히 잡아먹으려고 쫓아갔지. 메이든베일 쪽으로 한참을 갔는데 다행히 유바 교수님이 그 둘을 발견하셨어. 그때 이후로 리퍼가 마법사님 메시지를 우리한테 전해 주고, 아나딜의 쥐는 우리 메시지를 마법사님에게 가져다주는 식으로 연락을 주고받았지. 참, 너희 고양이 너무 귀엽더라."

아가사의 걸음이 점점 느려졌다. 그녀가 리퍼를 만날 수 없느냐고 물었을 때 멀린은 리퍼가 '연맹 일'을 보는 중이라고 대답했다. 낯선 이를 집에서 쫓아내고 새 목을 자르는 것 외에는 할 줄 아는 게 없다고 생각했던 그녀의 못생긴 대머리 고양이는 지금껏 그녀를 위해 세 마녀들과 계속 연락을 주고받은 것이다. 그녀는 멍청하고 성격도 못돼 먹은 그 고양이가 너무 보고 싶었다. 리퍼는 엄마가 돌아가신 것을 알고 있을까? 아가사는 가슴이 미어졌다. 그녀 입으로 엄마의 죽음을 리퍼에게 알릴 자신이 없었다.

생각에 빠져 있던 아가사가 정신을 차릴 즈음, 헤스터는 이미 빠른 걸음으로 그녀의 시야에서 사라지고 있었다. 둥근 창 바깥의 하늘은 칠흑처럼 어두웠고 창을 통해 들어오는 바람은 날카로웠다. 아가사는 어둠 속에서 길을 찾기 위해 손을 뻗었다가 벽을 발견하고는 하마터면 헤스터의 이름을 소리쳐 부를 뻔했다.

그녀가 손으로 만진 것은 화려하게 장식된 거대한 벽화였다.

밝은 색 옷을 차려입은 일곱 난쟁이가 피 웅덩이에 얼굴을 처박고 쓰러진 모습이 보였다.

아가사가 천천히 뒷걸음질 치자 다른 장면들이 시야에 들어왔다. 거인에게 잡아먹히는 엄지손가락 톰……. 마녀의 힘에 떠밀려 탑에서 추락하는 라푼젤과 그녀의 왕자…….

유바의 동굴 벽에 고정되어 있던 책에서 본, 악의 승리로 다시 쓰인 바로 그 결말들이 그녀의 눈앞에 있었다.

아가사는 숲에서 멀린이 했던 말을 떠올렸다. 이 모든 일을 조종하는 것은 교장이고, 이야기의 결말을 하나하나 고쳐 쓰는 것은 더 큰 계획을 위한 일부분에 불과했다.

'대체 무슨 계획일까?'

교장은 왜 옛 영웅들을 그냥 죽이지 않을까? 옛날이야기들이 대체 왜 필요한 것일까?

"옛것이 새로운 것을 지배할 힘을 준다면 그럴 수도 있지." 멀린의 목소리가 그녀의 귓전에 울렸다.

아가사는 가슴이 조여 오는 것을 느끼며 벽화를 따라 살금살금 걸음을 옮겼다. 피터 팬의 심장에 갈고리를 찔러 넣는 후크 선장…… 빨간 망토의 목을 날카로운 이로 물어뜯는 늑대…… 헨젤과 그레텔을 오븐에 밀어 넣는 무시무시한 마녀…….

"빨리 와!" 앞서가던 헤스터가 낮은 목소리로 말했다.

아가사는 소리가 들리는 쪽을 향해 빠르게 걸음을 옮겼다. 연맹 회원들에 대한 걱정이 가슴을 짓눌렀다. 당분간은 동굴에 숨어 안전하겠지만 언제까지 버틸 수 있을지 모를 일이었다. 교장의 계획이 무엇이든, 이런 끔찍한 일이 더 벌어지기 전에 그의 반지를 파괴해야만 한다.

탑시계가 10시를 알리자 기숙사가 쥐죽은 듯 조용해졌다.

"다들 어디 갔지?"

"애릭이 공부 시간을 정해 놓고 지키도록 명령했어. 다음 주면 그룹이 정해질 거라서 말이야." 헤스터가 아가사를 뒤쪽 계단으로 잡아당겼다. "클럽 모임도 안 되고, 휴게실 이용도 당분간 정지야. 정해진 시간 동안은 모두 배정된 방에 있어야만 해. 아까 우릴 본 애들은 우리도 정해진 시간에 맞춰 방에 돌아가느라 허둥거렸다고 생각했을 거야. 그건 그렇고, 그 몸에서 네 목소리가 나오니까 이상하다. 너 무슨 괴상한 하인 남자애 같아."

"교수님들이나 요정한테 들키면 어떡해?" 아가사가 초조한 표정으로 물었다.

"방 검사하고 있을 거야. 1층부터 시작하거든. 걱정 마. 나랑 같이 있으면 아무도 뭐라고 안 해. 교수님들은 다들 날 예뻐하시니까. 딱 한 명만 빼고……."

위를 올려다보던 헤스터가 갑자기 걸음을 멈췄다. 아가사는 눈을 가늘게 뜨고 어두운 계단 사이를 바라봤다. 키가 크고 머리가 뾰족뾰족한 검은 형체가 5층에서 그들을 내려다보고 있었다. 두 개의 자주색 눈동자가 마치 경고등처럼 어둠 속에서 번쩍였다.

"헤스터, 방에 있어야 될 시간 아니니?" 애릭이 미끄러지듯 계단을 내려왔다.

"에드거가 도서관에 책가방을 놓고 왔대. 남자들이 좀 그렇잖아. 만날 덜렁대고……."

헤스터는 아가사를 앞으로 밀며 애릭을 지나쳐 가려 했지만, 애릭은 커다란 팔로 두 사람을 가로막았다. "교수님들이 다 널 좋아하는 건 알지만, 그렇다고 네 마음대로 규칙을 어기면 안 되지. 나도 규칙을 잘 지키고 있잖아. 규칙만 아니었으면 지금쯤 어머니를 토막토막 내서 야식으로 내놓았을 거야." 애릭은 헤스터에게 시선을 고정한 채 혀로 이를 쭉 훑었다. "그나저나 이상한 일이네. 어머니는 네가 악의 가장 큰 희망이라고 말씀하셨지. 분명 걸출한 마녀가 될 거라고 말이야. 그런데 악의 희망이 되실 분이 통행금지 시간에 이런 의심스러운 남자아이와 학교 안을 쏘다니다니!" 자주색 눈동자가 홱 아가사를 향했다. "정말 이상해. 이 학교 남학생들 중에 내 손으로 직접 벌을 주지 않은 애가 거의 없는데, 난 얘를 처음 보는 것 같거든." 애릭은 벨트에 둥글게 말린 채찍을 손끝으로 더듬으며 낯선 소년에게 살금살금 다가섰다. "근육 하나 없는 다리…… 힘없는 손목…… 얇은 턱선……. 꼭 여자 같아. 그렇지 않니?"

"에드거는 원래 혼자 있는 걸 좋아해." 헤스터가 당황하지 않고 대답했다. "선인, 악인이 다 섞여 있는 데다 넌 이 학교에 온 지도 얼마 안 됐잖아. 모르는 학생이 있는 게 당연……."

"이렇게…… 물러 터진 남자아이를 내가 기억 못 할 리가 없는데." 애릭이 아가사를 계단 난간으로 몰아붙이며 달콤한 목소리로 말했다. "에드거, 난 사실 남자답지 못한 남자를 싫어하는 편이야.

어머니한테 버림받고 동굴에 몇 년간 갇혀 살았지만, 난 눈물 한 방울 흘리지 않았어. 남자는 울거나 칭얼대거나 남한테 허리를 숙이면 안 되거든. 그건 수동적인 공주들이 하는 짓이야. 남자는 싸우고 지배해야 해. 동화 경연 대회에서 트리스탄이 개처럼 목숨을 구걸할 때에도 난 그렇게 말해 줬어. 내가 그 계집 같은 놈 남자 만들려고 지하 감옥에 몇 번이나 보냈는지 알아? 그런데도 말귀를 영 못 알아먹더라고. 그리고 대회 때 나무 위에서 그 자식을 발견했는데, 이게 뻔뻔스럽게 여자가 돼 있는 거야!" 애릭의 볼이 분노로 타올랐다. "다시는 그런 일이 생기면 안 되기에 이 학교 남학생들은 모두 내가 직접 관리하고 있어. 특히 이 새로운 친구 에드거처럼 남자 같지 않은 아이는 더 신경을 써 줘야지." 애릭은 입술이 아가사에게 닿을 정도로 깊숙이 몸을 숙이고 싱긋 미소 지었다. "헤스터, 넌 이쯤에서 빠지는 게 좋을 거야. 난 에드거랑 단둘이 오늘 밤 할 일이 좀 있거든. 아침에 자기 방으로 돌아갈 즈음에는 진짜 남자가 되어 있을 거야."

아가사는 숨을 쉴 수 없었다.

"어서 가!" 헤스터가 꼼짝하지 않자, 애릭이 독사처럼 빠르게 고개를 돌리며 낮은 목소리로 말했다. "이번에는 항복 손수건도 없으니 내가 칼을 휘두르면 살아남지 못할걸."

헤스터는 침을 한 번 삼키고 포기한 표정으로 아가사를 바라보았다.

아가사는 떨리는 다리로 몸을 지탱하며 두려움에 질린 친구가 멀어져 가는 모습을 지켜봤다. 그때 그녀의 손끝이 금빛으로 타오르기 시작했고, 아가사는 재빨리 두려움이라는 감정에 집중했다. 그녀가 이 자리에서 탈출할 수 있는 유일한 기회…….

하지만 애릭의 채찍이 손목을 휘감자 깜짝 놀란 아가사는 손가락 불빛을 꺼뜨리고 말았다.

"마법을 쓰려고? 약해 빠져 가지고!" 애릭은 채찍을 홱 잡아당겨 아가사를 끌어 내렸다. "남자처럼 싸우지도 못하는군."

순간 아가사의 두려움이 불처럼 타올라 아드레날린을 내뿜었다. "그럼 이건 어때?"

애릭이 돌아서는 순간, 아가사는 그의 얼굴에 주먹을 날렸다.

애릭은 비틀거리며 벽에 몸을 기댔다. 코에서 피가 줄줄 흘렀다. 그는 금세 자세를 가다듬고 곰처럼 아가사를 향해 달려들었다. 아가사는 그를 피해 몸을 숙였지만, 애릭은 그녀의 바지춤을 움켜잡고 고꾸라뜨리듯 난간에 처박았다. 아파서 눈도 제대로 뜨지 못한 아가사의 얼굴은 4층 아래 딱딱한 돌바닥을 향하고 있었다.

애릭은 그녀를 떨어뜨리기 위해 위로 번쩍 들어 올리더니, 갑자기 피로 얼룩진 이를 드러내며 미소 지었다. "나 대신 트리스탄한테 인사나 전해라." 말을 마친 애릭이 잡고 있던 손에 힘을 풀었다.

그때 뿔 달린 빨간 악마가 그의 사타구니를 들이받았다. 애릭은 깜짝 놀라 소리를 지르며 아가사를 내동댕이쳤다. 신발 크기 정도밖에 안 되는 빨간 악마는 구슬프게 우는 여자 유령처럼 날카로운 소리를 내며, 팔다리를 쫙 펼쳐 애릭의 얼굴을 감싸 안았다. 애릭은 온몸을 비틀며 벽에 기대섰다.

얼떨떨한 표정으로 애릭을 바라보는 아가사 곁으로 헤스터가 미끄러지듯 다가왔다.

"에드거, 자리 좀 피해 줄래?" 헤스터가 애릭을 내려다보며 달콤한 목소리로 말했다. "난 여기 학장님이랑 볼일이 있어서 말이야."

"안 돼! 너 혼자 두고 못 가!" 아가사가 헤스터의 귀에 대고 속삭였다. "또 저번같이 가 버릴 수는 없어."

"지금은 저번 상황과는 완전히 달라." 헤스터가 빨간 불빛을 밝힌 손가락을 공중에 휙 휘두르자 그녀의 악마가 애릭의 목을 졸랐고, 애릭은 숨을 들이마시려 캑캑대기 시작했다.

"하지만 이 사람은 위험하잖아! 혹시라도……."

"너 아주 중요한 사실을 잊고 있는 것 같은데……." 당황한 듯 허둥대는 아가사의 말을 끊고 헤스터가 그녀를 향해 고개를 돌렸다. "난 악당이야." 헤스터는 피로 붉게 물든 두 눈으로 아가사를 똑바로 바라봤다.

아가사는 더 이상 아무 질문도 하지 않았다. 그녀가 두 층을 더 뛰어 올라가는 동안, 입을 틀어막힌 애릭의 괴성이 계속 들려왔다. 마침내 꼭대기 층에 도착한 아가사는 우윳빛 문을 활짝 밀고 밖으로 나간 후 문을 꼭 닫아 버렸다.

아가사는 손끝에 불을 밝히고 멀린의 정원 작품들 사이 어둡고 싸늘한 길을 빠르게 걸었다. '괜찮아. 헤스터는 해낼 거야. 다치지 않아.' 그녀는 공기를 벌컥벌컥 삼키며 마음을 다스렸다.

사실 괜찮지 않은 사람은 헤스터가 아니라 혼자 임무를 수행해야만 하는 아가사 자신이었다. 멀린은 이런 상황을 예상했을까? 계단에서 꽤 시끄러운 소리가 났으니 조금 있으면 교수들이 그녀를 찾으러 올 것이다. 아가사는 산울타리 작품들을 감상하거나 변한 부분을 찾을 여유가 없었다. 물이 있는 작품을 찾는 것이 유일한 목표다……. 그곳이 옥상에서 다리로 가는 비밀 통로니까…….

'물을 찾자.'

3분이 지났지만 아가사는 여전히 멀린의 정원을 헤매고 있었다. 계속 뛰어다닌 탓에 입에서는 하얀 김이 쏟아져 나왔다. 아무리 미로 깊은 곳으로 들어가 봐도 물이 있는 산울타리 작품은 보이지 않았다.

그때 갑자기 아가사가 걸음을 멈췄다. 그녀의 손가락 불빛이 무엇인가를 비추고 있었다.

멀린의 정원 한가운데에 무성한 잎으로 만들어진 그녀의 모습이 보였다. 소녀 아가사가 테드로스의 팔에 안긴 채 잔물결이 이는 연못 위에 둥둥 떠 있었고, 그 아래 기슭에는 잔뜩 화가 난 소피가 주먹을 꼭 쥐고서 소리를 지르듯 입을 벌리고 있었다.

아가사는 온몸에 전기가 흐르는 듯했다. 선인들의 무도회가 열리던 날 밤 호숫가에서 있던 일이 다시 생생하게 눈앞에 펼쳐졌다. 바로 그 순간 세 친구의 운명은 갈라지기 시작했다.

이제 갈라진 운명을 다시 하나로 모으는 일은 그녀와 그녀의 왕자 손에 달렸다.

아가사는 연못가에 서서 새까만 새것의 학교 탑들을 바라보았다. 밤하늘을 배경으로 우뚝 솟은 탑들은 위협적인 모습이었다. '테드로스는 어떻게 됐을까? 소피를 못 만나면 어떡하지?' 아가사의 얼굴이 어두워졌다. '테드로스와 내가 다시 만날 수 있을까?'

그때 건물 안 계단에서 날카로운 목소리들이 들려왔다. "옥상을 확인해 봐요!" 레소 부인이었다. "내 아들한테 이런 짓을 한 게 누군지 당장 찾아야 해요!"

아가사는 숨을 헉 들이마셨다. 걱정하고 있을 시간이 없었다. 당장 움직여야 했다.

그녀는 숨을 한 번 마시고 눈을 감은 뒤 물속으로 뛰어들었다.

같은 시각 교장의 탑에서는 소피가 에드거와 에사를 생각하고 있었다.

라팔한테 손가락에 새겨진 테드로스 이름을 들킬 뻔하고, 스파이를 찾을 수 있는 기회를 날려 버리고, 하프웨이 베이 기슭에서 낯선 열성 팬 두 명을 만난 그날 아침은 혼란의 연속이었다. 하지만 그 이후 상황은 눈에 띄게 좋아졌다. 그녀가 수업에 들어가자 폴룩스는 이미 과제를 진행하고 있었다. 전날과 마찬가지로 적을 속속들이 이해하기 위한 과제였지만 이번에는 학생들이 테드로스가 아니라 아가사의 가면을 썼다. (헤스터는 수업에 늦었음에도 쉽게 우승을 차지했다.) 수업 후 소피는 복도에서 세 마녀를 만났지만 그들은 에드거와 에사가 어디 있는지에 대해서는 왠지 말하기를 꺼렸다. ("우리랑 시간표가 달라." 헤스터가 딱 잘라 말했다.) 유일한 친구인 세 마녀가 역사 수업 때문에 황급히 자리를 떠나려 하자, 소피는 다급하게 질문을 던졌다. 피부에 생긴 '잡티'를 없애는 주문이 있는지 알아내야 했던 것이다.

도트가 그녀의 볼을 손으로 감싸 잡았다. "너 또 무사마귀가 생기거나 정신이 돌아 버린 거 아니지?"

"아니, 아니야. 이상한 데 여드름이 나서…… 있잖아, 왕비한테 어울리지 않는 그런……." 소피는 불안한 목소리로 더듬더듬 대답했다.

"네가 누구보다 잘하는 게 있다면, 그건 바로 여드름 없애는 거지." 헤스터가 잽싸게 대꾸했다. "얘들아, 가자. 교장 선생님 수업에 늦으면 안 돼."

아나딜이 재빨리 헤스터의 뒤를 따라갔지만, 소피는 그녀가 낮게 속닥거리는 소리를 들을 수 있었다. "굳이 왜 수업을 들어야 하는지 모르겠어. 어차피 소피가 이랬느니 저랬느니, 또 쟤가 악의 미래를 위해 얼마나 중요한지 그런 얘기나 할 텐데 말이야. 무슨 말인지도 모르겠더라고, 난.”

“사랑에 눈이 먼 사람은 원래 그런 거야.” 도트가 두 사람 뒤를 아장아장 따라가며 재잘거렸다.

소피는 멍한 표정으로 그 자리에 서 있었다. 라팔은 전교생 앞에서 보란 듯이 그녀에 대한 사랑을 표현하고 있는데, 그녀는 아직도 그를 두려워하고 있다니! 라팔이 소피에게 원한 것은 충성심과 사랑뿐이었다. 그가 그녀에게 준 것을 그녀 역시 주기를 원했을 뿐이다. 그런데 지금까지 그 간단한 일을 하지 못했다. 소피는 죄책감에 입술을 깨물고, 주머니 속 손가락을 꼼지락거렸다.

‘테드로스’를 당장 해결해야만 했다.

흠잡을 데 없이 잘 정돈된 황금 경기장 같던 선행의 도서관은 잡초가 무성하고 퀴퀴한 냄새가 가득했다. 책도 순서 없이 흐트러져 엉망진창이었다. (에블린 새더가 거북 사서를 죽인 후 아직 후임자가 정해지지 않았으니 당연한 일이다.) 하지만 소피는 그 속에서 용케 《아름다운 외모를 위한 요리 책》을 찾아내, 오전 내내 ‘새살 돋게 하기’ 묘약을 끓였다. 재료는 비트와 들꽃, 그리고 난쟁이의 땀이었다. (비즐은 움찔하며 뒷걸음치다가 아픈 강아지처럼 깽깽대는 목소리로 말했다. “역시 넌 최강의 대마녀였어.” 말을 마친 빨간 난쟁이는 뒤도 돌아보지 않고 도망쳤다.) 책에는 이 묘약을 바른 부위가 물에 젖으며 약효가 사라진다고 설명되어 있었다. 하지만 손가락에 묘약을 듬뿍 바르고 테드로스의 이름 위로 새 피부가 돋아나는 것을 보고 있자니, 소피는 마치 새사람이 된 것 같은 기분이 들었다. 라팔과도 새롭게 시작할 수 있을 것 같았다.

젊은 교장의 태도 역시 뭔가 달라져 있었다. 점심시간에 교수 전

용 발코니에서 만난 그는 더 이상 화난 모습이 아니었다. 라팔은 바구니에 담긴 신선한 연어 샐러드를 소피가 조금씩 떼어 먹는 동안 초조한 듯이 검은 셔츠의 레이스를 만지작거렸다.

"소피, 내가 생각해 봤는데…… 그동안 네게 마음을 보이라고만 했지 내 스스로 얻어 낼 생각은 못 한 것 같다. 서로를 알아 가는 시간을 충분히 갖지 못해서 그런 거겠지. 그 뭐냐, 보통 젊은이들은 그런 식으로 사귄다던데……." 교장이 발코니에 앉은 다른 교수들과 건물 밖을 걸어 다니는 학생들을 흘끗거리며 말했다. 모두 소피와 교장을 곁눈질로 보고 있는 눈치였다. "그래서 말인데, 다른 사람들 없는 조용한 곳에서…… 뭐, 예를 들면 학교 밖에서…… 너랑 나랑 그, 그러니까……."

소피의 눈썹이 들썩 올라갔다. "데이트하자고요?"

"그렇지. 맞아!" 라팔이 몸에 착 달라붙는 셔츠를 잡아당기며 대답했다. "내가 숲 이곳저곳을 안내해 주면 어떨까? 다들 잠든 뒤에 말이야. 너무 빨리 날아다닌다고 잔소리할 레소 부인도 없고, 밤이 새도록 돌아다녀도 뭐라고 할 사람도 없으니……. 높은 곳에서 네 더우드를 내려다보면 어떤지 아니? 죽은 나무로 뒤덮인 그 모습은 마치 악마가 만든 허수아비 같단다. 장관이지. 머머링마운틴 하늘에는 거대한 해골 모양 별자리도 있어." 교장은 멍청한 악인 소년처럼 횡설수설 말을 이어 갔다. "오늘이라도 당장 갈 수 있다. 저녁 먹고 나서 말이야……. 주변에 이렇게 지켜보는 눈이 많은 곳에서 벗어나……."

소피는 우유같이 깨끗한 그의 얼굴을 바라보았다. 라팔은 점점 어려지는 것 같았고, 사랑에 대해서도 꽤나 열린 마음을 가진 듯 말하고 있었다.

"좋아요." 소피가 속삭이듯 대답했다.

라팔은 안도의 한숨을 내쉬었다. 젊은 교장과 그의 왕비는 쑥스러운 듯 발그레한 얼굴로 점심 식사를 계속했다. 마치 첫 데이트 약속을 잡은 평범한 10대 소년 소녀 같았다.

그날 저녁, 식사를 마친 라팔은 소피를 가슴에 안고 하늘을 날아 탑으로 돌아갔다. 소피의 마음에는 진정한 사랑에 대한 의심이 하나도 남아 있지 않았다. 테드로스의 이름은 새 피부에 덮여 보이지 않았고, 이야기꾼은 테드로스와 아가사의 이야기를 한 글자도 더 쓰지 않았다. 라팔도 이 두 사람이 숲을 영원히 떠난 것이 아닌가 생각하기 시작했다.

"그 아이들이 이제야 정신을 차렸나 보군." 교장이 탑에 내려서며 말했다. 그는 빈 종이 위에 꼼짝 않고 떠 있는 이야기꾼을 흘끗 바라봤다. "잠시 기다려라. 옷 좀 갈아입고 나서 그 데이트…… 그 거……." 교장은 목이 타는지 마른침을 삼켰다. "옷 갈아입고 오마."

소피는 창밖을 내다봤다. 가장 친한 친구들과 다시는 만나지 못할 것이라는 생각이 들자 슬픔이 밀려왔지만 금세 마음을 다잡았다. 지금 이것이 바로 그녀가 원하던 상황이다. 아가사와 소피 모두 자신의 진정한 사랑과 각자의 길을 찾지 않았나! 소피는 기운을 북돋우며 뒤돌아보았다. 잘생기고 다정한 소년이 방 한구석에서 조용히 셔츠를 벗고 있었다. 그녀와 진짜 첫 번째 데이트를 하게 될 소년이었다.

"아가사랑 테드로스가 없어지니까 드디어 우리 두 사람에게 집중할 수 있는 기회가 생기네요." 소피가 입을 열었다. "제대로 된 데이트는 관계를 시작하는 가장 좋은 방법이죠." 그녀는 옷매무새를 가다듬고 머리를 손질했다. "걱정거리들 이젠 안녕! 평범한 삶도 바이 바이! 우리 모습이 눈에 보여요. 매일 아침 학교에 함께 출근하고, 못된 학생들 뒷담화도 하고, 밤이 되면 탑에 돌아와서 오붓하게 저녁을 먹고, 가고 싶은 곳이나 보고 싶은 것에 대한 계획을 세우죠. 행복한 결말을 맞이한 왕자와 공주처럼……."

"난 왕자가 아니고, 이건 행복한 결말도 아니다. 네가 방금 말한 것들은 다 평범하기 짝이 없구나." 라팔이 등을 보인 채 말했다.

소피는 발끈했다. "그동안 힘들었으니 잠시나마 평범하게 쳇바퀴 돌듯 사는 것도 나쁘지 않잖아요!" 잠시 말을 멈춘 소피가 정적을 메우기 위해 선반의 책들을 똑바로 세웠다. "그게 싫으면, 적어도 블러드브룩에서 온 두 선인 암살자는 이제 돌려보내면 안 돼요?"

"암살자?" 라팔이 더러운 셔츠 더미에 코를 박고 쿵쿵거리며 말했다. 데이트할 때 입을 만한 깨끗한 옷을 찾고 있는 것 같았다.

소피는 다음 날 아침이 되자마자 빨래를 해야겠다고 다짐했다. 교장은 하루하루 진짜 10대 남자아이가 되어 가고 있었다. "당신이 데려온 새 학생들 있잖아요." 소피는 하품을 하며 손가락을 흘끗 바라봤다. 반지 낀 손가락에 돈은 새살이 조금씩 얇아지고 있었다. 내일 묘약을 좀 더 발라야 할 것 같다. "에드거랑 에사라고 하던데요. 내가 모를 줄 알았죠?"

"누구?"

"그 사촌 남매 말이에요, 라팔!" 소피는 침대 위에 털썩 배를 깔고 엎어지며 말을 이었다. "후크 선장 가문이라고 하던데…… 이상한 애들이었어요. 나한테 푹 빠진 게 분명해 보였는데 사인해 달라는 말도 없더라고요. 내 손가락에 낀 반지만 뚫어져라 쳐다봤어요.

하긴 걔들 잘못은 아니죠. 워낙 예쁜 반지라 그런 거니까. 당신이
아가사랑 테드로스를 죽이려고 학교에 불러들였다면서요…….”

소피의 목소리가 점점 작아졌다. 라팔이 그녀를 빤히 바라보고
있었다.

“후크 선장은 자기 손으로 가족 전체를 몰살했어. 겨우 열 살 때
였지.”

소피가 당황한 표정으로 침대에서 벌떡 몸을 일으켰다. “정말요?
그럼…… 걔들은 대체 누구…….”

라팔이 천천히 이야기꾼을 향해 고개를 돌렸다. 날카로운 펜은
여전히 책 위에 꼼짝 않고 있었다. 라팔의 눈에 번쩍 빛이 일더니
그의 두 뺨과 가슴이 붉게 달아오르기 시작했다.

“당신이 데려온 아이들이 아니군요!” 소피가 읊조리듯 말했다.

교장은 대답 대신 불타오르는 눈으로 소피를 바라봤다. 데이트
는 이미 그의 머릿속에서 사라지고 없었다.

“누구든…… 누구든 이 탑에 들어오려고 하거든 죽여라.”

말을 마친 교장은 창밖으로 뛰쳐나가 사라져 버렸다.

“우리가 교장의 탑에 들어간다고?” 테드로스가 하프웨이 베이를
향해 난 창턱에 서서 휘몰아치는 초록색 안개를 맞으며 소리쳤다.

“우리가 아니라 너.” 검은 돌벽에 납작하게 몸을 붙이고 소녀 테
드로스 옆에 선 아나딜이 말했다. “그리고 너 남자 목소리 좀 그만
내. 곧 소피랑 단둘이 있게 될 거란 말이야!”

“곧? 탑은 저 멀리에 있는데!” 테드로스가 또다시 걸걸한 목소리
로 외쳤다. 그는 저 멀리 파란 숲에 우뚝 솟은 교장의 첨탑을 가리
켰다. “대체 여기서 저기까지 어떻게 가겠다는 건지…….”

"손 좀 그만 흔들어, 이 멍청아! 그러다가 들키겠어." 도트가 창 안쪽에서 쌍안경으로 밖을 바라보며 말했다. "아나딜, 교장이 방금 나갔으니까 지금 해야 돼. 교장이 돌아오기 전까지 소피는 저기 혼자 있을 거야. 안개도 자욱하니까 지금이 기회야."

과연 교장의 탑은 하프웨이 베이에서 밀려오는 초록색 안개에 가려 거의 보이지 않을 지경이었다. "첫째, 내가 저 탑에 가는 거랑 안개가 무슨 상관이 있지? 둘째, '날기' 주문 같은 건 없어. 셋째, 내가 새로 변신하려면 먼저 남자 몸으로 돌아가야 하는데 그건 불가능해. 넷째, 너희 중에 요정 가루를 가지고 있는 사람도 없어. 그런데 내가 왜 한밤중에 이 높은 곳에 서 있는지 누가 설명 좀 해 보지!"

고래고래 소리치는 테드로스와 달리 아나딜과 도트는 즐거워 보였다. "마법사님이 세세한 것까지 다 너한테 맡길 거라고 기대한 건 아니지?" 아나딜이 말했다.

"소피의 행동 패턴을 파악해서 지도를 만드는 건 내 임무였어." 도트가 뒤를 이어 말했다. "아나딜의 임무는…… 직접 보여 줘, 아나딜."

아나딜이 주머니에서 검은 쥐 한 마리를 꺼냈다. 머리에 딱 맞는 검은 헬멧을 쓴 쥐는 네 발을 위로 한 채 등을 대고 누워 낑낑 소리를 내고 있었다. "얘가 소피와 널 만나게 해 줄 거야." 아나딜이 테드로스의 손바닥에 쥐를 털썩 내려놓았다.

"얘가? 얘가 날 태우고 저 멀리까지 날아간단 말이야?"

"1번 쥐는 너희가 정문을 통과하게 해 줬어." 아나딜이 주머니에 손을 넣어 아직 기운을 차리지 못하고 늘어져 있는 검은 쥐를 쓰다듬었다. "2번 쥐는 널 탑까지 데려다줄 거야."

"그래? 3번 쥐는 이 세상에 평화를 가져오겠네?" 테드로스가 자신의 손바닥 위에서 바들바들 떨고 있는 검은 쥐를 노려보며 소리쳤다. "네가 뭘 모르나 본데, 악당들의 텔런트에는 한계가 있어. 네가 쥐를 작게 만들거나 흰색으로 바꾸거나 삼바를 추게 만들 수 있을지는 모르지만 하늘을 날게 만들 수는 없어. 더구나 네가 말한 이 2번 쥐는 지금 내가 자기를 떨어뜨릴까 봐 잔뜩 겁에 질려 있다고."

"똑똑한 녀석!" 아나딜이 빙긋 웃었다.

"어?"

당황한 테드로스가 할 말을 찾는 사이, 도트는 반짝이는 손끝을 앞으로 쭉 내밀었다. 순간 테드로스의 머리 위에 떠 있던 안개 뭉텅이가 얼어붙더니 바싹 구운 빵처럼 갈색이 되었다. 테드로스가 고개를 들자 안개 얼음에 맺힌 물방울 하나가 그의 입술 위로 똑 떨어졌다.

초콜릿이었다.

불꽃이 다이너마이트를 향해 달려가듯, 이 같은 변화는 주변 안개에서부터 차례차례 퍼져 나갔다. 짙은 갈색으로 굳어 버린 안개는 그 모양도 가지각색이었다. 납작한 것, 고리 모양의 것, 날카롭거나 스파게티 면처럼 기다란 것 등 다양한 패턴들이 끊임없이 반복되며 거대한 소용돌이를 이루었다. 잠시 후 하프웨이 베이의 하늘은 까만 어둠에 몸을 숨긴 커다란 초콜릿 롤러코스터가 되었다.

기운이 다 빠져 가던 도트가 갑자기 바짝 긴장했다. 그녀의 깜빡이는 손끝이 벽에 찰싹 붙은 소녀 테드로스를 향해 밀려오는 가느다란 초록 안개 한 줄기를 따라가고 있었다.

"도트, 제일 중요한 부분이야……." 아나딜이 주의를 주듯 조용히 말했다.

도트는 손가락 불빛이 흔들리지 않게 하려고 이를 악물었다. 그리고 테드로스의 얼굴을 후려칠 듯 거칠게 다가서는 안개 줄기를 손끝으로 겨냥했다…….

"지금이야!" 아나딜이 소리쳤다.

도트는 남은 힘을 모두 짜내듯 날카롭게 비명을 지르며 손끝에서 강한 빛을 쏘았다. 안개는 테드로스의 눈 바로 앞에서 칼날처럼 날카로운 고드름이 되었다.

테드로스는 너무 놀라 말없이 두 눈만 껌뻑였다. 그의 긴 속눈썹이 날카로운 초콜릿 끝을 스쳤다…….테드로스는 천천히 고개를 숙여 자신의 손바닥에서 바들바들 떨고 있는 헬멧 쓴 쥐를 바라보았다.

쥐는 테드로스의 손에 잡힌 상태로 네 발을 날카로운 초콜릿 고드름에 고정했다.

"안 돼!" 슬쩍 아래를 내려다본 테드로스가 소리쳤다.

그때 아나딜이 테드로스를 창턱에서 걷어찼다. 테드로스는 짐승처럼 울부짖으며 검은 쥐를 손잡이처럼 꼭 붙잡고 매달렸다. 쥐는 초콜릿 얼음으로 만들어진 집라인을 따라 미끄러지듯 움직였고, 라인 끝에 이르자 썰매가 궤도를 벗어나듯 가볍게 날아올라 다음 초콜릿에 매달렸다. 쥐는 나선형으로 돌고, 갑자기 뚝 떨어지고, 양 옆으로 휙휙 방향을 바꾸기도 하면서 빠른 속도로 초콜릿 집라인을 바꿔 탔다. 짙은 초콜릿색과 별빛이 테드로스의 눈앞에서 어지럽게 뒤섞였다. 테드로스는 멀린이 만든 뜨거운 위스키 칵테일 속에 빠진 기분이었다. 속도가 빨라지자 초콜릿 라인이 쪼개지는 소리가 들렸고, 검은 쥐는 겁에 질려 꽥 소리를 질렀다. 둘의 무게 때문에 곧 집라인 전체가 무너질 것이라는 사실을 쥐는 이미 알고 있었다. 검은 쥐는 다시 한 번 가볍게 날아올라 위아래가 뒤집힌 고리에 올라탔다. 테드로스는 머리에 피가 몰리자 두려움과 걱정이 사라지며 머릿속이 하얘졌다. 그는 중력에서 벗어나 신이 난 듯 공중에 발길질을 했다. 그의 머리 위에서 검은 쥐는 초콜릿 라인을 따라 더욱 빠르게 발을 움직였다. 날카로운 발톱이 초콜릿을 박차고 움직일 때마다 얇은 갈색 조각이 눈처럼 사방으로 흩날렸다. 몽롱한 상태에 빠진 테드로스는 두 눈을 감고 혀를 삐죽 내밀어 이 보드라운 눈송이를 맛보았다. 그는 자신이 죽어 왕자들의 천국에 온 것이 아닌가 하는 생각에 빠졌다. 모든 의무와 책임에서 벗어나 홀가분하게 기쁨을 만끽할 수 있는 곳……

그때 끔찍한 악취가 테드로스의 코를 찌르고, 검은 쥐는 갑자기 질주를 멈춰 그를 초콜릿 롤러코스터 바깥으로 내동댕이쳤다. 썩어 가는 파란 숲에 도착한 것이다. 왕자는 활짝 열린 창 안으로 날아 들어가 딱딱한 돌바닥에 철퍼덕 엎어졌다.

테드로스는 고통에 숨을 헐떡였다. 한동안 꼼짝도 할 수 없었다.

"아가사랑…… 임무…… 바꿔야겠어……"

하지만 그는 금세 정신을 차렸다. 자신이 어디에 있는지, 몸이 지금 어떤 모습인지, 그리고 무엇을 해야 하는지 기억해 낸 것이다.

테드로스는 두 눈을 번쩍 떴다.

그리고 천천히 두 발로 일어서서 절뚝절뚝 걸음을 옮기기 시작했다. 아프기도 했지만 흐물흐물한 새 몸에 아직 익숙하지 않은 탓도 있었다. 그는 입술에 남은 마지막 초콜릿 조각을 혀로 핥으며 텅 빈 교장의 방을 둘러보았다.

"소피?" 그가 특유의 오만한 말투로 꽥 소리를 질렀다. "소피, 나에사야! 블러드브룩에서 온 에사 말이야. 아까 아침에 만났지? 이

렇게 불쑥 들어와서 미안한데, 너 지금 엄청 위험하거든."테드로스
는 아가사가 함께 있다고 상상하며 용기를 냈다. "소피, 지금 당장
여기에서 빠져나가야 돼." 아가사가 응원해 주는 소리가 들리는 것
같았다. "교장이 돌아오기 전에 말이야. 여자 대 여자로 내가 정말
솔직하게 말하는데……."

순간 테드로스의 머리에 강한 통증이 느껴졌고, 그는 그대로 기
절해 바닥에 고꾸라지듯 쓰러지고 말았다.

하프웨이 베이 너머 마녀들의 방에서 쌍안경으로 교장의 탑을
바라보던 아나딜과 도트가 공포에 질려 입을 쩍 벌렸다. 거대한 동
화책을 방망이처럼 휘두른 소피가 에사를 내려다보고 있었다.

아나딜이 천천히 도트를 향해 고개를 돌렸다.

"쟤가 원래 여자는 별로 안 좋아하잖아." 도트가 말했다.

안개가 초콜릿으로 바뀌기 시작하자 아가사에게도 기회가 찾아
왔다.

그녀는 자신의 커다란 남자 몸을 하프웨이 다리 끝에 숨긴 후에
옛것의 성 지붕에 서 있는 거대한 무장 경비대원 열 명을 쳐다봤다.

그중 인간은 하나도 없었다.

아가사는 심장이 멎을 것만 같았다. 이 경비대원들의 정체가 무
엇이든 아가사는 단 한 명도 제대로 상대할 자신이 없었다.

그렇게 절망에 빠져 있을 때, 하프웨이 베이의 안개가 초콜릿 얼
음으로 변하기 시작했다.

너무 놀라 넋이 나간 아가사는 고개를 돌려 새것의 학교를 바라
봤다. 어두운 창문에서 도트의 손가락 불빛이 반짝이고 있었다.

다리 위쪽에서는 당황하고 충격에 빠진 경비대원들이 소리를 지

르기 시작했다. 그들은 하나둘 성안으로 들어갔고, 결국 지붕 위에
는 아무도 남지 않았다.

다리 한쪽 끝에 숨은 아가사는 조용히 미소 지었다. 도트가 새것
의 학교에서 무엇을 하는지 모르겠지만, 옛 학교 사람들의 정신을
빼놓는 데에 분명 효과를 발휘하고 있었다.

'이건 우연이 아니야.'

아가사는 모든 것이 미리 계획되었을 것이라고 짐작했다. 멀린
과 그의 스파이들은 그녀와 테드로스의 임무를 돕기 위해 할 수 있
는 모든 것을 했다.

이제 나머지는 두 사람 손에 달려 있다.

아가사는 숨어 있던 곳에서 나와 어둡고 추운 다리 위를 있는 힘
껏 달렸다. 투명 장벽에 대비하기 위해 앞으로 쭉 뻗은 그녀의 두
손 사이로 날카로운 바람이 불어와 앙상한 가슴을 할퀴었다.

쫘당! 다리를 4분의 1쯤 건넜을 때 그녀가 장벽에 부딪쳤다. 손
바닥이 얼얼했다. 그곳은 달빛이 환하게 비추는 자리였기에 경비
대원들이 자리에 돌아오면 그 즉시 발각될 것이 분명했다.

"나 좀 들여보내 줘." 아가사가 양손으로 벽을 짚고 간청했다.

유리처럼 투명한 장벽에 악의 학교 교복을 입은 그녀의 모습이
나타났다. 하지만 맑고 선명한 그 상은 소년이 아니라 원래 아가사
의 모습을 하고 있었다.

옛것은 옛것끼리,

새것은 새것끼리!

네가 속한 곳으로 돌아가.

그러지 않으면…….

투명 장벽 속 아가사가 말을 멈추고 멍하니 소년 아가사를 바라보았다. "잠깐만……. 너 여기 학생 아니잖아." 그녀의 얼굴이 어두워졌다. "침입자로군." 장벽 속 아가사가 소리를 지르기 위해 입을 크게 벌렸다. "**침입**……."

"아니야! 나야, 나!" 아가사가 꽥 소리를 질렀다. "나 아가사야."

"아무리 봐도 넌 눈이 툭 튀어나온 깡마른 남자아인데." 장벽 속 아가사는 다시 소리를 지르려는 듯이 입을 쩍 벌렸다.

"증명해 볼게!" 아가사가 다급하게 외쳤다. 이제 다른 방법은 없었다. 아가사는 두 눈을 감고 반격 주문을 떠올렸다……. 머리숱이 많아지고, 턱은 둥그스름해졌으며, 몸은 부드러운 곡선을 그리며 헐렁했던 교복을 가득 채웠다. "봐, 나잖아." 장벽 속 아가사와 똑같은 모습이 된 소녀 아가사가 미소 지었다. "나 지나가게 해 줘."

"아, 너였구나." 하지만 장벽 속 아가사는 웃음기 없는 얼굴로 으르렁거리듯 말했다. "난 2년 연속 편을 헷갈린 탓에 거의 파괴될 뻔했어. 다 너 때문이야. 처음에 넌 선인이면서 악인인 척했고, 두 번째에는 여자면서 남자인 척해서 날 속였지. 세 번씩이나 속아 넘어가진 않아. 그러니 내 말 잘 들어."

옛것은 옛것끼리
새것은 새것끼리!
네가 속한 곳으로 돌아가.
그러지 않으면 그 사람을 부를 거야.

아가사는 한시가 급했다. 하늘을 가득 채우고 있던 초콜릿 무늬들이 사라지기 시작했다. 성안에서는 지붕을 향해 우당탕탕 뛰어

올라가는 경비대원들의 소리가 요란하게 들려왔다.

"내가 새것의 성 대신 옛것의 성에 있으면 안 되는 이유가 뭐야?" 아가사는 냉정함을 유지하며 장벽에게 물었다.

"그야 간단하지. 넌 나처럼 젊고 나도 너처럼 젊으니까."

"젊은 사람은 나이 든 사람이 될 수 없어?"

"어리면서 나이 든 사람 봤니?" 장벽이 비웃듯 말했다.

"글쎄, 갓 태어난 아기는 날 젊다고 생각할까?" 아가사가 물었다.

"나이 들었다고 여기겠지. 하지만 아기들은 뭘 모르니까……."

"그럼 어린아이는 어때?"

"걔가 몇 살이냐에 따라 다르지." 장벽이 톡 쏘듯 대꾸했다.

"그러니까 젊고 늙고는 상대적인 개념이라는 거네?" 아가사가 다시 물었다.

"아니야! 완전히 다 자랐으면 딱 보고 알 수 있어!"

"다 자란 꽃이나 물고기도 그럴까?"

"바보 같은 소리 그만해! 꽃이나 물고기가 나이를 어떻게 알아?" 장벽이 대답했다.

"방금 완전히 다 자랐으면……."

"완전히 다 자란 사람 말이야!"

"좋아, 넌 딱 보면 알 수 있으니까 분명 사람이겠다. 그렇지?" 아가사는 차근차근 논리를 풀어내기 시작했다. "넌 이 다리에서 수천 년을 살았는데, 그럼 어린 거니 나이가 든 거니?"

"당연히 나이 들었지!" 장벽이 씩씩거리며 대답했다.

"네가 나고 난 넌데, 네가 나이가 많으면 난 어떻게 되지?" 아가사의 입술이 씰룩씰룩 미소 짓기 시작했다.

장벽 속 아가사는 헉 숨을 들이마셨다. "너도 나이가 많은 거네!"

장벽 속 아가사는 괴로운 표정을 지은 채 서서히 밤 속으로 사라
졌다. 다리에 홀로 남은 아가사가 장벽이 있던 자리를 향해 손을 뻗
자 차가운 바람만이 손끝에 느껴졌다.

몇 초 후 괴물 같은 그림자들이 지붕 위로 우르르 쏟아져 나왔다.
그들은 재빨리 원래 자리로 돌아가 경비 태세를 갖췄지만 다리 위
에는 이미 아무도 없었다. 검정색과 초록색이 희미하게 반짝이며
성안으로 들어갔지만, 그것은 그저 하프웨이 베이에서 불어온 안
개 조각으로 보일 뿐이었다.

만약 경비대원들이 조금만 더 주의를 기울였다면 의심스러운
점을 발견했을지도 모른다. 돌바닥 위에 고인 작은 빗물 웅덩이
에 남은 잔물결……. 달빛 아래 희미하게 반짝이는 단 하나의 발자
국……. 그리고 마치 하늘에서 떨어진 별이 땅 위에 동동 떠 있는
것처럼 다리 건너편에서 반짝이는 두 개의 작은 불빛…….

주름 많은 대머리 고양이의 대범한 두 눈동자는 아가사가 위험
의 소굴로 안전하게 사라지는 것을 확인한 뒤, 자박자박 걸음을 옮
겨 어둠 속으로 사라졌다.

19
졸업생 모임

여자는 남자보다 머리가 말랑한가?
테드로스의 입술 사이로 침이 흘렀다. 뺨은 긁혀 화끈거렸고, 머리는 찢어질 듯 아팠다. 눈은 뜨는 것은 고사하고 그 자리에 붙어 있는지조차 알 수 없었다. 망고가 나무에서 떨어져 산산조각 날 때 이런 느낌일까? 하지만 테드로스는 망고에게는 아무런 감각이 없다는 사실을 깨달았다. 가벼운 뇌진탕 때문에 이런 말도 안 되는 생각을 하고 있는 것이리라. 속이 참을 수 없이 울렁거리는 순간에도 그는 머리 뒤로 손을 뻗어 피가 나는지 확인하고 싶었다. 하지만 손가락 하나 까딱할 수 없었다.

테드로스는 천천히 눈꺼풀을 들어 작은 틈으로 주변을 살폈다. 그는 여전히 여자였고, 하얀색 캐노피 침대에 팔다리를 쫙 벌리고 누워 있었다. 입에는 재갈이 물려 있고, 손목은 빨간 벨벳 시트로 침대 기둥에 묶인 상태였다.

가슴이 철렁 내려앉았다. 고개를 돌려보니, 소피는 방 한구석 돌 테이블에 앉아 있고, 테이

블 위의 이야기꾼은 텅 빈 페이지를 내려다보며 꼼짝하지 않았다.

"에사, 그게 진짜 네 이름인지 모르겠지만, 나한테 그렇게 거짓말을 많이 해 놓고, '여자 대 여자'라는 말이 통할 줄 알았니? 내가 아는 걸 얘기해 볼까? 넌 새로 온 학생이 아니야. 암살자도 아니고, 악인도 아니야. 너랑 네 '사촌'이라는 아이는 선의 스파이고, 내 해피엔딩을 망치려고 여기 왔어. 그런데 에사, 네가 너무 늦었어. 아가사랑 테드로스는 이미 떠나 버렸거든. 여기 텅 빈 페이지를 보면 알 수 있지. 너희만 아니었으면 라팔과 난 지금쯤 로맨틱한 데이트를 즐기고 있었을 거야."

테드로스가 재갈을 입에 문 채 다급하게 웅얼거렸다.

"아직도 할 말이 있니?" 소피가 자리에서 일어서며 느긋하게 말했다. "너 교장 선생님과 개인적으로 친하다고 했으니 나 말고 그분한테 직접 얘기해 봐." 소피가 창을 향해 손가락을 들어 올렸다. 깜깜한 밤하늘에 불빛을 쏠 참이었다.

그때 소피가 두 눈을 휘둥그렇게 뜨며 손을 뚝 떨어뜨렸다.

침대에 묶인 에사의 긴 머리카락이 검정색에서 금색으로 바뀌고 있었다.

머리카락은 점점 짧아지더니 머리통에 찰싹 붙었고, 턱에는 깊은 보조개가 생겼으며, 양 볼은 단단해지고, 턱 위로 금색 수염 자국이 돋아났다. 변화는 점점 빨라졌다. 두 다리와 팔에 솜털이 돋아나고, 발은 풍선에 바람을 넣듯 부풀었으며, 어깨와 가슴이 넓어지면서 셔츠 솔기가 뜯어졌다. 낯선 소녀가 고통에 몸부림치는 동안 종아리에는 근육이 붙고 팔뚝은 불룩해졌다. 손목이 두꺼워지며 그 위에 묶여 있던 벨벳 시트가 저절로 풀리자 소녀는 우렁찬 함성과 함께 입에 물린 재갈을 손으로 뜯어냈다. 그렇게 자유가 된 소

녀는 더 이상 소녀가 아니었다. 낯선 이도 아니었다. 그는 우리에서
풀려난 사자처럼 제 몸을 되찾은 왕자였다.

소피가 뒷걸음쳤다. "테드로스?"

고요하던 방 안에 종이 긁는 소리가 들리기 시작했다. 소피는 테
이블을 바라봤다. 이야기꾼이 텅 빈 페이지에 새로운 그림을 그려
넣고 있었다. 헬멧 모양 머리의 오다리 소녀가 하프웨이 다리를 건
너 옛것의 학교에 들어가는 모습이었다.

"아가사?" 소피가 꽥 소리쳤다.

그녀는 다시 고개를 들어 테드로스를 바라보았다. 다리가 떨리
고 숨이 가빠 왔다.

"진정해. 당황하지 말고……." 왕자가 천천히 침대에서 일어나며
소피를 달랬다. 그는 애교스러운 미소를 지으며 소피를 향해 손을
뻗었다. "왕자가 공주를 구하러 온 거야. 알지? 다 괜찮아질……."

하지만 소피는 진정할 수 없었다. 그녀는 한걸음에 창으로 뛰어
가 까만 밤하늘에 핑크색 불빛을 쏘아 올렸다.

하지만 금색 빛줄기가 그녀의 핑크색 불빛을 지워 버렸다. 소피
는 몸을 돌렸다. 테드로스가 번쩍이는 손가락으로 그녀를 가리키
고 있었다.

"소피, 나 이제 남자야. 쉬운 방법으로 상황을 풀어 보자. 안 그러
면 너만 힘들어져." 테드로스는 소피가 숨을 고르고 이성을 되찾기
를 기다렸다.

하지만 소피는 다시 창으로 달려가 밤하늘을 향해 손가락을 뻗
었다.

"힘들게 가잔 말이지?" 테드로스가 한숨을 내쉬었다.

2분 뒤, 빨간 벨벳 시트로 침대 기둥에 손목이 묶인 소피가 입에

재갈을 문 채 생각할 수 있는 모든 욕을 큰 소리로 쏟아 냈다.

돌 테이블에 선 테드로스가 고개를 돌려 그녀를 노려봤다. 찢겨 나간 셔츠 사이로 벌건 손톱자국들이 보였다.

"소피, 이번 한 번만큼은 우리도 남들처럼 평범하게 이야기 좀 해 보자."

'이제 이야기꾼은 내가 어디 있는지 알 거야.' 원래 몸으로 돌아온 아가사가 어두운 복도를 살금살금 걸어가며 생각했다. 머지않아 교장이 그녀를 잡으러 올 것이 분명했다.

성 높은 곳에서 종소리가 쩽그랑 울려 퍼졌다. 11시였다. 딱 한 시간 남았다.

아가사의 발걸음이 빨라졌지만, 다행히 곰팡이 핀 천장에서 물방울이 떨어져 그 소리를 덮어 주었다. 지금 당장 테드로스의 칼을 찾아야 했다. 엑스칼리버는 교장의 반지, 그리고 결국 교장을 파괴할 수 있는 유일한 희망이었다.

'어디 있을까?'

아직 적보다 한발 앞서고는 있지만 그녀는 옛것의 학교 안에 무엇이 있는지, 혹은 누가 숨어 있는지 전혀 알지 못했다. 납작한 칼 하나는 이 넓은 성 어디에든 숨길 수 있는 물건이다. 비밀 보관함이나 벽난로 뒤, 도어 매트 아래 혹은 투명 문 사이에 둘 수도 있고 그녀가 지금 밟고 있는 돌 아래에 숨길 수도 있다……. 대체 무슨 생각을 한 것인가! 이건 처음부터 말도 안 되는 임무였다!

아가사는 벽을 짚고 서서 울렁거리는 속을 진정시켰다. '난 못해. 절대 못 찾을 거야.'

그때 기억 어디에선가 노인의 목소리가 들려왔다.

"실패하면 안 된다."

멀린의 마지막 당부였다.

그녀의 엄마가 마지막으로 남긴 말이기도 했다.

마법사가 선의 운명을 그녀와 테드로스의 손에 맡긴 데에는 다 이유가 있을 것이다.

아가사는 자신은 믿지 못할지언정, 마법사에 대해서만큼은 확고한 믿음을 가지고 있었다.

'실패하면 안 돼!'

그녀는 스스로 다짐했다.

그리고 숨을 깊이 들이마시고 로비에 들어섰다.

텅 빈 현관 로비는 조용하고 견딜 수 없을 정도로 습도가 높았다. 남학생 학교 시절 군대 분위기를 내는 인테리어는 깨끗이 사라지고, 모든 것이 악의 학교 때로 돌아가 있었다. 검은 돌벽은 울퉁불퉁했고, 사방에서 물이 샜으며, 괴물 석상들은 입에 문 횃불로 어두침침한 내부를 밝히고 있었다. 아가사는 경비대가 없는지 확인한 후 로비 옆에 움푹 들어간 커다란 방으로 후다닥 이동했다. 기숙사로 이어지는 나선형 계단 세 개가 있는 방이었다. 악인 학교 신입생들의 초상화가 사라진 것을 보니 하프웨이 베이 너머 새 학교로 옮긴 것이 분명했다. 예전 악인 학생들의 그림은 여전히 벽을 가득 채우고 있었는데, 초상화 옆에는 그가 졸업 후 어떤 활약을 했는지 보여 주는 장면이 같이 붙어 있었다.

하지만 한 걸음 다가서서 보니 이 유명한 악당들의 그림 액자는 모두 심하게 훼손되어 있었다.

음침한 분위기의 잘생긴 남학생이던 제임스 후크 선장의 초상화 액자는 여러 사람이 쓴 낙서로 뒤덮여 있었다.

이번엔 망치지 마라!

피터 팬에게 갚아 줘!

누구도 후크를 두 번 이길 순 없지!

잭 이야기의 거인이 된 탐욕스러운 소년의 액자에는 낙서가 더 많았다.

승리를 향한 두 번째 기회!

그놈이랑 그놈 소망 다 죽여라!

밟아 뭉개 버려!

아가사는 벽을 따라 걸으며 다른 액자들도 살펴보았다. 후에 사악한 요정으로 이름을 떨치게 되는 호리호리한 여학생의 초상화에는 **"이번에는 물레 정도로 안 된다!"**라는 글귀가, 파란색 콧수염이 듬성듬성 난 미래의 푸른 수염인 금발 소년의 액자에는 **"또 여자한테 질 거냐?"**라는 문장이 쓰여 있었다. 아가사는 자극적인 응원 글귀로 뒤덮인 다른 유명 악당들의 초상화를 훑으며 계속 걸음을 옮겼다. 그러던 중 낯익은 한 악인 소녀의 얼굴이 시선을 사로잡았다. 초상화 옆에는 머리카락이 새까만 마녀가 자신의 딸과 함께 과자로 만든 집 앞에 서 있는 졸업식 그림이 걸려 있었다. 헤스터의 침실 협탁에서 본 바로 그 그림이었다. 하지만 헤스터의 그림과는 달리 이 그림에는 조롱 섞인 문장이 적혀 있었다.

네 딸이 너보다 훨씬 낫다!

아가사는 그림에 한 발자국 다가섰다. '대체 이런 글들은 다 누가 쓴 거지?'

그때 로비 쪽에서 목소리가 들려왔다.

아가사는 재빨리 계단 뒤로 몸을 숨겼다.

죽음에서 되살아난 오거와 도깨비가 성큼성큼 계단 방에 들어서고 있었다. 둘은 아가사가 숲에서 보았던 좀비 악당들처럼 몸에 꿰맨 자국이 있고, 피부는 조각조각 떨어져 나가 있었다. 오거는 대머리에 배가 볼록 튀어나왔고, 두꺼운 회색 피부 위로 척추가 톱니처럼 울퉁불퉁 솟았으며, 나무 곤봉을 휘둘러 댔다. 뭉툭한 흰 뿔이 돋고 피부가 끈적끈적해 보이는 초록색 도깨비는 뒤틀린 형태의 놋쇠 단검을 들고 있었다.

"안개를 초콜릿으로 바꾸다니! 정말 기발한 장난 아니냐? 새 학교 애송이들 중에도 크게 될 애들이 좀 있나 봐." 오거가 걸걸한 목소리로 말하고 껄껄 웃음을 터뜨렸다.

"왜 그렇게 재미있어 하는지 난 도무지 모르겠다. 우린 우리 이야기를 다시 쓰러 온 거지 텅 빈 복도나 순찰하고 초콜릿이나 쫓아다니려고 온 건 아니잖아. 나도 다른 애들처럼 위층에서 수업 들으면 안 되나?" 초록 도깨비가 날카롭게 대꾸했다.

"부하들은 수업 듣지 말고 성을 지켜야 한다잖아." 오거가 투덜거렸다. "빨리 원래 자리로 돌아가자. 누가 침입하기라도 하면 교장이 우릴 다시 무덤으로 돌려보낼 테니까."

도깨비는 한숨을 내쉬고 오거와 반대 방향 복도로 걸어갔다.

아가사는 계단 뒤에 숨어 꼼짝하지 않고 둘의 대화를 들었다. "수업이라고?" 옛것의 학교에서 무엇을 가르치는 것일까? 게다가 대체 누가 수업을 듣지?

어둠에서 빠져나온 아가사는 살금살금 계단을 오르기 시작했다. 이 학교에서 공부하는 학생들이 누구든, 그들이 아래층 초상화에 낙서를 한 것이 분명했다.

악의의 탑 2층에는 공기가 통하지 않는 답답한 복도를 따라 교실이 쭉 들어서 있으니 그곳을 살펴보면 될 것이다. 하지만 그녀가 층계참을 벗어나자마자 창을 든 경비대원 둘이 복도에 나타났고, 아가사는 재빨리 허리를 숙여 난간 뒤에 숨었다.

'교실이니 당연히 경비대가 있지, 바보야!' 하지만 교실 안을 보려면 다른 방법이 없었다.

아가사는 계획을 세우기 위해 머리를 쥐어짰다. 트롤들이 복도를 따라 저벅저벅 걷는 소리가 들려왔고, 찬바람이 불어 피부에는 오돌토돌 닭살이…….

찬바람? 공기가 안 통하는 복도에 웬 찬바람이지?

아가사는 고개를 들었다. 저 높은 천장에서부터 사각 통풍 기둥이 뻗어 내려온 것이 보였다.

잠시 후 아가사는 뭉툭한 신발을 반바지 허리춤에 쑤셔 넣고, 평균대 위에 올라서듯 맨발로 난간을 아슬아슬하게 딛고 섰다. 그녀는 소리를 내지 않으려 애쓰며 통풍구 가장자리를 향해 손을 뻗었다. 손가락 끝까지 힘을 줘 보았지만 여전히 5센티미터 정도가 부족했다. 아가사는 발끝을 세우고 있는 힘껏 팔을 늘였다. 어깨가 빠질 것 같았지만 덕분에 통풍구 안쪽을 감싼 흰곰팡이에 손끝이 닿았다. 그녀는 손가락에 온 힘을 모아 몸을 끌어 올리기 시작했다. 머리에 이어 목이 통풍구 안에 들어가는 순간, 허리춤에 꽂아 놓은 신발 하나가 반바지 속으로 미끄러져 내려가기 시작했다. 아가사는 깜짝 놀라 원숭이처럼 한 손으로 통풍구에 매달린 채 다른 한 손을 뻗어 보았다. 하지만 신발은 나선형 계단의 가운데 공간을 통과해 바닥에 떨어지고 말았다.

쿵!

귀청을 찢을 것 같은 소리가 성안에 울려 퍼졌다.

아가사는 즉시 몸을 돌려 통풍구 안으로 몸을 당겨 넣었다. 팔꿈치가 부러질 뻔했지만 개의치 않고 비좁은 통로를 따라 빠르게 기어갔다. 당황한 트롤들의 목소리와 계단을 향해 달려오는 요란한 발자국 소리가 들려왔다.

잠시 후 주변이 고요해졌다. 바람이 소용돌이치며 곁을 스치는 소리가 들려올 뿐이었다. 계단 방에서 들어오는 빛은 점점 줄어들었고, 아가사는 마침내 칠흑 같은 어둠에 휩싸였다. 어디로 가는지도 모른 채 계속 몸을 움직이던 그녀 앞에 곧 차가운 회색 불빛이 나타났다. 저 앞의 쇠창살을 통해 들어온 빛이었다. 떠들썩한 소리도 들려왔다. 아가사는 돌에 쓸려 무릎이 벗겨졌지만 소리가 나는 쪽으로 계속 움직였다. 마침내 쇠창살에 이른 그녀는 바닥에 배를 붙이고 엎드려 창살 사이로 아래를 내려다보았다.

순간 아가사의 입이 저절로 쩍 벌어졌다.

예전에 레소 부인이 수업하던 얼음 교실에 꿰맨 자국투성이인 유명 악당들이 가득 들어차 있었다. 책상에 구부정하게 앉거나 의자 아래에 몸을 밀어 넣거나, 혹은 구석진 곳에 자리를 잡거나 다른 이의 무릎에 앉은 이들까지 최소한 40명은 되어 보였다. 덕분에 교실은 바늘 꽂을 틈조차 없을 정도로 복잡했다. 아가사는 죽음에서 돌아온 이 부랑자 차림의 악인들을 대부분 알아볼 수 있었다. 가발돈에서 책으로 보고 죽음의 산등성이에서 묘비로 확인한 인물도 있고, 아래층 초상화에서 알게 된 악당도 있었다. 작은 체격의 룸펠슈틸츠헨, 개구리 얼굴을 한 숲의 마녀, 눈이 벌겋게 충혈된 푸른 수염, 쭈글쭈글 주름진 바바야가 마귀할멈 등이 보였다. 잭의 이야기 속 멍청한 거인은 우마 공주의 군대에게 호되게 당한 듯 온몸에 멍이 들어 있었다.

'어쩐지 저 좀비들이 숲에 안 보인다 했어.' 악당들은 이곳 옛것을 위한 학교에 진작부터 모여 있던 것이다.

'하지만 여기에서 뭘 하는 걸까?'

교실 제일 앞에는 무시무시하게 생긴 늘씬한 여자가 서 있었다. 낡아 빠진 은색 드레스를 입은 그녀는 얼굴 전체에 두꺼운 화장을 하고 하얀 머리를 동그랗게 말아 올렸으며, 피부는 다른 이들처럼 꿰맨 자국으로 가득했다.

"교장 선생님이 우리를 학교로 데려온 지 한 달이 됐는데, 지금까지 우리가 보여 준 게 뭐지? 악의 승리로 다시 쓴 이야기 다섯 개다. 겨우 **다섯 개**! 그 정도로는 숲 너머로 갈 수 없어. 교장 선생님이 말씀하셨잖아. 이야기 하나를 바꿀 때마다 독자들의 세상에 한 걸음씩 가까워진다고."

아가사는 심장이 멎는 것 같았다. 독자 세계라고? 숲 너머 세상이라니! 지금 설마…… 가발돈을 말하는 것인가?

"물론 나도 내 역할을 해야겠지." 은색 드레스를 입은 여자가 헛기침을 하고 말을 이었다. "신데렐라가 저 숲 어딘가에 숨어 있는데 쓸모없는 딸년들이 그거 하나 찾아내질 못하고 있어. 운명의 적을 못 찾는데 어떻게 동화를 다시 쓸 수 있겠어?" 그녀가 교실 구석에 있는 흉측한 두 소녀를 노려보았다. "이제 숙제 검사로 넘어가지. 교장 선생님께서 각자의 이야기 속에서 승리를 놓치게 된 결정적인 실수를 찾아보라고 하셨으니…… 거인, 너부터 해 보자."

잭의 거인이 동화책을 펼쳐 들었다. 그가 성안에서 잠들어 있는 사이 잭이 그 옆을 살금살금 지나가는 그림이 그려진 페이지였다. "일하는 시간에 낮잠을 잤어." 거인이 부루퉁한 얼굴로 말했다.

"우마 공주랑 동물 떼한테도 그래서 졌냐? 근무 시간에 잤어?" 룸펠슈틸츠헨이 코웃음을 치며 끼어들었다.

"네 이야기 다시 썼다고 말 막 하지 마." 거인이 발끈했다.

"다음 사람?" 신데렐라의 새어머니가 서둘러 소리쳤다.

죽음에서 돌아온 악당들이 차례차례 자신의 결정적 실수에 대해 발표하는 동안, 아가사는 다시 바닥을 기어 다음 교실 천장에 뚫린 쇠창살 구멍에 도착했다.

손으로 그린 숲 지도를 붙여 놓은 코르크판들 사이에 10여 명의 악당들이 몰려 있었다. 지도는 빨간 핀과 파란 핀, 그리고 여러 색깔의 메모지 조각으로 뒤덮여 있었다. 이번 교실의 마녀와 괴물들은 대부분 낯선 얼굴들이었다.

하지만 잠시 후, 아가사는 가슴이 철렁 내려앉았다.

백설공주 이야기 속 마녀와, 멍든 눈과 붕대 감은 다리를 만지작거리는 빨간 망토 이야기 속 늑대가 교실 끝 벽 근처에서 또 다른 악당 한 명과 진지하게 이야기를 나누고 있었던 것이다. 다른 악당과 마찬가지로 피부가 썩어 떨어져 나가고 있었지만 키가 크고 잘생긴 미지의 악당은 검은색 곱슬머리 위로 해적 모자를 쓰고, 오른팔에는 손 대신 번쩍이는 은색 갈고리를 달고 있었다.

"늑대는 죽음의 산등성이에서 놈들을 봤고, 난 여기 백설공주 오두막집에서 마주쳤어." 마녀가 누런 손톱으로 지도를 톡톡 두드리며 말했다.

"그렇다면 연맹 본부는 메이든베일 북쪽에 있겠군." 후크 선장이 굵고 부드러운 목소리로 말했다. "노블힐 반경 1.5킬로미터 안이 분명해……." 그가 옅은 미소를 지으며 번쩍이는 갈고리를 쓰다듬었다. "흠, 영웅 열셋을 일망타진한다……. 멋진 일 아닌가?"

아가사는 너무 놀라 심장이 튀어나올 것만 같았다. 노블힐에서 1.5킬로미터라니, 연맹 본부의 위치를 정확하게 추측하고 있지 않은가! 당장 멀린에게 이 상황을 알려야 한다. 하지만 그보다 먼저 해야 할 일이 있었다. 칼을 찾아야 하는데…….

갑자기 오거가 울부짖는 소리가 화재 경보처럼 성 전체에 울려 퍼졌다. 그리고 문이 활짝 열리며 트롤 경비대원이 교실 안으로 뛰어 들어왔다.

"침입자다! 성에 누가 침입했어! 찾는 사람은 식사를 두 배로 늘려 주지!"

악당들은 트롤의 뒤를 따라 우당탕탕 교실을 빠져나갔다. 겁에 질린 아가사는 바퀴벌레처럼 바닥을 빠르게 기어가며 쇠창살 구멍을 통해 다섯 개의 교실을 더 확인했다. 죽음에서 돌아와 피에 굶주린 악인들이 함성을 지르며 복도로 뛰쳐나가고 있었다. 그때 그녀의 눈앞에 후크 선장이 다시 모습을 드러냈다. 그는 셔츠를 입지 않은 키 큰 소년과 이야기하고 있었다. 하얀 머리를 뾰족뾰족하게 세운 멋진 소년은 군살 없이 탄탄한 몸에 피부는 석고처럼 매끈했다.

순간 아가사는 돌처럼 굳어 버렸다.

'그 사람이야.'

바로 그 사람이 아가사의 신발 한 짝을 들고 있었다.

"트롤이 이걸 찾았다." 젊은 교장이 으르렁거리듯 말했다. "아가사가 성에 들어왔어. 고상 떠는 그 왕자는 어디 있는지 모르지만, 여자를 잡으면 제 발로 우릴 찾아올 거다. 네가 지휘를 해서……."

교장이 갑자기 말을 멈추고 천천히 고개를 들어 천장을 바라보았다. 아가사는 재빨리 쇠창살 구멍에서 멀찍이 떨어져 어둠 속에 몸을 숨겼다. '계속 얘기해……. 계속 얘기해라……. 제발, 제발, 제발……'

"지하 감옥과 종탑을 수색해라. 놓치는 곳 없이 샅샅이 뒤져." 아가사가 숨을 죽이고 있는 사이 교장의 말이 다시 시작되었다.

아가사는 안도의 한숨을 내쉬었다. 교장이 이야기꾼과 떨어져 이곳에 있는 한, 그녀가 자기 머리 위에 숨어 있다는 사실은 꿈에도 모를 것이다.

"아가사는 생포해야 한다. 사랑스러운 공주님과 대화를 좀 해야겠어. 난 전시관을 지킬 테니 넌 사람들을 모아라. 알겠나?"

"네, 교장 선생님." 후크 선장이 대답했다.

아가사는 숨을 죽인 채 두 사람이 헤어지는 모습을 내려다보았다. 후크 선장, 그 유명한 후크 선장이 그녀를 찾고 있다니! 그뿐 아니었다. 후크 선장 못지않게 유명하고 위험한 악당 수백 명이 그녀를 찾아 성을 뒤지고 있었다. 그녀는 죽은 목숨이나 다름없었다……. 아니, 이미 죽었다고 보는 것이 맞을지도…….

아가사는 소리를 질러 대며 성을 뒤지는 악당 무리들을 바라보며 절망했지만, 조금 전 교장이 했던 말 한 마디가 그녀의 머리를 떠나지 않았다.

"난 전시관을 지킬 테니……"

교장은 아가사를 찾아 죽일 수 있는 절호의 기회를 맞이해 놓고도 전시관을 걱정하고 있었다. 이 넓은 성에서 다른 곳도 아닌 전시관을 무적의 마법사가 친히 지켜야 할 이유가 대체…….

아가사는 숨이 막히는 듯 두 눈을 휘둥그레 뜨고 자리에서 벌떡 일어섰다가 통풍구에 제대로 머리를 부딪치고 주저앉듯 바닥에 쓰러졌다. 잠시 후 정신을 차린 그녀는 손과 무릎으로 바닥을 짚고 교장이 사라진 방향으로 기어가기 시작했다.

숲에서 가장 위대한 악당이 손수 지켜야 할 것은 단 하나뿐이다.

그와 그의 부하들을 영원히 파괴할 수 있는 단 하나의 무기, 아가사가 결코 찾지 못할 것이라고 생각한 그 성스러운 칼.

교장은 그녀를 엑스칼리버가 있는 곳으로 안내하고 있었다.

테드로스는 멀찍이 서서 소피의 입에 물린 재갈을 마법으로 빼냈다. 그녀 가까이 갔다가 얼굴을 물릴까 봐 두려웠기 때문이다.

"내가 여기에서 풀려나기만 해 봐!" 벨벳 시트로 침대 기둥에 묶인 소피가 발버둥 치며 말했다.

"그렇게 흥분하지 말고 생각을 좀 해 봐." 테드로스는 이미 갈기갈기 찢겨 버린 셔츠를 지키겠다는 듯 소중하게 감싸며 소리쳤다.

"곧 라팔이 돌아올 거야. 그러니 당장 도망치는 편이 좋을걸! 악의 연구를 위해 해부되는 신세를 면하고 싶다면 말이야. 아가사는 어디 있지?"

"내 칼을 찾으러 악의 학교에 갔어. 그 반지를 파괴하려면 반드시 필요……." 소피의 표정이 변한 것을 눈치챈 테드로스는 이 말을 꺼낸 것을 즉시 후회했다.

"내 반지? 이 왕비 반지 말이야?" 소피가 쏘아붙였다. "기슭에서 날 만났을 때 계속 반지만 쳐다본 이유가 그거야? 내가 이걸 파괴하게 만들려고?"

"어, 그러니까, 그렇게 해야 교장을 주, 죽일 수 있거든." 테드로스가 더듬더듬 대답했다. 하지만 이번에도 그는 하지 말아야 할 말

을 하고 말았다. "그래야 너도 자유로워지고……. 그런 얘긴 나중에
하자. 일단 여기에서 빠져 나가서……."

"자유?" 소피가 반지를 감추며 화난 목소리로 말했다. "날 사랑
하는 남자를 죽이는 게 자유야? 이제야 겨우 행복해지나 싶었는데
이곳에서 날 빼내는 게 날 구하는 거니? 난 평생 너랑 네 공주를 개
처럼 졸졸 쫓아다녀야 한단 말이야?"

"정신 차려, 소피! 교장이랑 평생 살겠다는 거야? 그놈은 괴물이
라고!"

"그 사람 이름은 라팔이고, 이제는 다른 사람이 됐어. 사실 오늘
나랑 첫 데이트를 할 계획이었어……."

"너 거기 따라갔으면 지금쯤 어린아이 피를 마시고 있을걸!" 테
드로스가 그녀의 말을 끊고 쏘아붙였다. "잠깐만 입 다물고 내 말
들어 봐. 안 그러면 다시 입에 재갈을……."

"날 협박할 생각 마!" 소피가 화르르 불타오르듯 분노를 쏟아 냈
다. "넌 내게 큰 상처를 줬지만 더 이상은 그러지 못할 거야. 넌 아
가사가 나 대신 널 선택하게 만들었지. 가장 친한 친구와 왕자를 둘
다 가질 수는 없다고 생각하게 만들었어. 넌 날 혼자 고향으로 돌려
보내려고 했어. 엄마는 안 계시고, 대신 형편없는 아빠와 마귀할멈
같은 새엄마, 그리고 이미 내 방을 차지해 버린 이복동생들이 있는
곳, 아무도…… 그 누구도 날 좋아하지 않는 그 후진 마을로 말이
야. 너랑 네 공주는 내 앞에서 보란 듯이 입을 맞추고 날 지옥으로
보내 버렸어. 그래 놓고 마침내 날 진정으로 사랑하는 남자를 찾은
지금, 진정한 해피엔딩을 맞을지도 모르는 지금 이 순간…… 또다
시 백마를 타고 내 앞에 나타나서 그 모든 것을 빼앗아 가려고 하는
거야."

테드로스는 침대에 묶인 그의 옛 연인을 물끄러미 바라보았다. "소피, 정말 모르겠어? 그 사람은 보이는 것과 달라. 너의 진정한 사랑이 될 수 없어. 그 사람은 악이야. 그 사람 곁에 머물면 너도 악이 될 거고, 이번에는 절대 선으로 되돌아갈 수 없어."

"너, 내가 왜 평생 동화 주인공이 되길 원했는지 알아?" 소피가 두 눈을 반짝이며 입을 열었다. "동화에는 영원한 사랑이 있기 때문이야. 처음에는 네가 그 사랑인 줄 알았어. 다음에는 아가사라고 생각했지. 하지만 아니었어. 그 사람이야. 그 사람이 나의 영원한 사랑이야."

테드로스가 테이블에서 일어나 횃불을 등지고 소피가 묶인 침대를 향해 걸어왔다. 그리고 미끄러지듯 부드럽게 그녀 옆에 앉았다. 두 사람은 서로 다리를 마주 댄 채 아무 말도 하지 않았다.

"우리가 널 사랑하지 않았으면 여기까지 왔겠어? 우린 네 가장 친한 친구야."

테드로스가 부드러운 목소리로 말했지만, 소피는 고개를 돌렸다. "아니, 아가사가 내 가장 친한 친구였어. 내 유일한 친구였지. 난 개가 필요했어, 테드로스. 세상 그 누구보다 말이야. 그런데 넌 아가사가 남자와 친구 둘 중 하나를 선택하게 만들었어. 그리고 이제 나한테도 그런 선택을 강요하려는 거야." 소피가 눈물을 흘리며 고개를 흔들었다. "어쩜 아가사가 그럴 수 있지? 어떻게 날 그냥 버릴 수 있냔 말이야!"

"소피, 아가사가 실수한 거야. 사랑을 위해 싸우다 보면 세상 모두가 적으로 느껴질 때가 있잖아. 그러면 겁이 나고 실제가 아닌 것을 보게 되지. 아가사도 그랬고, 나도 그랬어. 이제 네가 그런 일을 겪고 있는 거야."

왕자가 손을 뻗어 소피를 묶은 시트를 풀면서 말을 이었다.

"하지만 이제 우리를 막는 건 아무것도 없어. 우리 셋 다 함께하면 돼."

"동화에도 한계는 있어. 세 사람이 영원한 행복을 맞이할 수는 없다고. 난 결국 혼자가 되고 말 거야." 소피가 대꾸했다.

"소피, 네가 혼자가 될 일은 없어." 다음 매듭을 풀기 위해 손을 뻗은 왕자의 손목이 소피의 목을 부드럽게 스쳤다. "네 곁에는 네 행복을 바라는 두 사람이 늘 함께할 거야. 네가 돌아오지 않으면 우린 행복해질 수 없어."

"너랑 아가사에게는 서로가 있는데, 내가 왜 필요하겠어?"

"널 찾으러 여기 오기 전까지 우린 한 방에 같이 있는 것조차 힘들었어. 애초에 널 두고 떠나는 게 아니었는데 잘못한 거지." 소피는 자신의 손목을 스치는 왕자의 손길을 느꼈다. 꽉 조이던 시트가 조금씩 느슨해지고 있었다. "널 되찾고 우리가 저지른 실수를 바로 잡기 위해 이곳에 오면서 아가사와 난 더욱 가까워졌어. 넌 예전에도 그랬듯 아가사와 날 하나로 묶어 주는 존재야."

손목을 묶고 있던 벨벳 시트가 풀려 나가고, 소피는 마침내 자유로워졌다. 그녀는 왕자의 눈을 똑바로 바라보았다. 왕자의 마지막 말이 날카로운 침이 되어 그녀를 찌르고 있었다.

"소피, 우리랑 같이 가자." 테드로스는 무도회 파트너가 되어 달라 청했던 그 순간처럼, 소피의 턱을 살짝 들어 올렸다. "아가사랑 나랑 같이 카멜롯으로 가는 거야."

소피는 몸을 웅크려 왕자의 가슴을 파고들었다. "넌 아직 눈치 못 챈 것 같은데, 네 덕분에 나랑 라팔도 더 가까워졌어." 그녀가 혼잣말을 하듯 속삭였다.

"뭐라고?"

"널 따라가면, 난 다신 사랑을 찾지 못할 거야." 소피가 테드로스 의 가슴에 더욱 깊이 얼굴을 묻으며 말을 이었다. "내 이야기가 그 증거지. 난 누구한테도 사랑받지 못했어. 가장 친한 친구, 아빠, 나 의 왕자님도 날 사랑하지 않고 이제 호트조차 날 거부해."

"네가 진정한 사랑이 뭔지 잊어버려서 그래. 선을 통해서만 사랑 에 이를 수 있어. 악은 아니야."

"내가 사랑에 이를 수 있는 길은 라팔뿐이야." 소피는 말은 이렇 게 하면서도, 머릿속으로는 왕자와 몸을 맞댄 것이 정말 오랜만이 라고 생각했다.

"다른 방법이 있을 거야. 네가 우리와 함께할 수 있는 방법이 분 명 있을 거라고." 테드로스가 다급하게 소리쳤다.

"아니, 너무 늦었어⋯⋯." 소피는 그의 향기를 깊이 들이마셨다. 그녀는 왕자에게서 벗어나야 했다. 그를 놓아야만 했다. "아가사 데 리고 여기서 떠나."

"너 없이는 안 가!" 테드로스가 소피의 귀에 입술을 바짝 대고 말 했다.

"난 안 갈 거야⋯⋯. 내 진정한 사랑을 떠날 순 없어." 소피는 마 음을 다잡기 위해 라팔의 반지를 바라보았다.

하지만 그녀의 눈에 비친 것은 반지가 아니었다. 시트에 묶여 벗 겨져 버린 피부 아래에⋯⋯ 그녀의 진심이 원하는 바로 그 이름이 있었다⋯⋯.

"다만⋯⋯." 소피가 조심스럽게 입을 열었다.

"다만 뭐?" 테드로스가 나직하게 속삭였다.

소피가 그의 손을 움켜쥐었다.

테드로스는 고개를 숙여 두 사람의 손을 바라보았다. 그리고 다음 순간, 돌이 된 듯 굳어 버렸다.

소피의 손가락에 쓰인 이름을 발견한 것이다.

"네가 다시 내 왕자님이 된다면 같이 갈게." 소피가 대답했다.

20

요정 가루 급행열차

하프웨이 베이 너머 어딘가에서 11시 30분을 알리는 시계 소리가 들려왔다.

30분 안에 엑스칼리버를 찾아야 한다. '자정까지 정문에 못 가면 어떻게 되지?' 아가사는 걱정을 하면서 교장을 놓치지 않기 위해 빠르게 팔다리를 움직여 통풍구를 기어갔다. '테드로스가 날 찾으러 와 줄까? 날 위해 이 성에 들어오려고 할까?' 그것은 절대 있어서는 안 될 일이었다. 테드로스가 이곳에 들어오는 것은 자살행위나 다름없었다.

아가사가 갑자기 그 자리에 멈췄다.

통풍구를 가로막은 검은 돌벽이 보였다. 교장의 발걸음은 점점 멀어져 그녀를 찾아 성을 뒤지는 악당들의 소란 속에 파묻히고 있었다.

당황한 아가사는 몸을 돌려 전시관으로 가는 다른 길을 찾으려 했지만, 바로 그때 검은 돌벽 바로 앞에 난 작

은 틈을 발견했다. 아가사는 무릎으로 기어 틈 앞에 도착했다. 아래는 아무것도 보이지 않는 어둠뿐이었다.

바로 앞 십자로까지 왔던 길을 되돌아가서 새 길을 찾을 수도 있지만, 그러면 교장을 놓칠 가능성이 높았다. 그렇다면 남는 것은 멍청하고 위험한 방법 하나뿐이다…….

아가사는 시커먼 틈으로 다리를 늘어뜨렸다.

그리고 그대로 미끄러져 내려갔다.

중력은 그녀를 가차 없이 잡아당겼고, 자유낙하 하듯 아래로 떨어지던 아가사는 매끄러운 돌에 엉덩이가 닿는 순간 갑자기 어둠 속으로 솟아올랐다가 다시 왼쪽으로 급하게 방향을 꺾어 미끄러졌다. 어디로 가는지도 몰랐고, 몸은 옆으로 기울어 똑바로 앉을 수도 없었다. 더 이상 쇠창살은 보이지 않았고 빛도 들어오지 않았다. 지독한 어둠 속에서 이따금 이상한 초록색 불빛이 깜빡거릴 뿐이었다. 출구 없는 이 복잡한 미로에 갇혀 결국 생을 마감한 늙은 요정들이었다. 아가사는 가슴 앞에 팔을 포개고 거친 물살에 몸을 맡기듯 온몸의 힘을 뺐다. 급격한 회전 구간에 이른 순간, 그녀는 드디어 끔찍한 죽음이 눈앞에 닥쳤음을 직감했다. 하지만 그녀의 몸은 대포알처럼 공중에 붕 떠오르더니 매끈한 금속 표면을 따라 다시 미끄러지기 시작했다. 머리를 앞으로 한 채 한참을 내달리던 그녀는 마침내 다시 나타난 쇠창살 앞에 이르러서야 질주를 멈출 수 있었다.

아가사는 부어오른 얼굴을 문지르며 쇠창살 너머 텅 빈 방을 내려다보았다. 희미한 초록색 불이 밝혀진 그곳에는 아무도 없었다. 벽에는 아무것도 걸려 있지 않고, 바닥 역시 검은 그을음이 묻어 있을 뿐이었다. 그럼에도 불구하고 아가사는 익숙한 기분을 떨칠 수 없었다. 쇠창살에 얼굴을 더 바짝 대고 가늘게 뜬 눈으로 방 안을 살펴보던 아가사는 마침내 재로 뒤덮인 문에서 반짝이는 빨간 글자들을 발견했다.

악 의 학 교 전 시 관

교장이 말한 바로 그 전시관이었다.

아가사는 무릎을 꿇고 앉았다. 그녀가 거의 날아오다시피 한 것을 생각하면 교장이 먼저 도착했을 가능성은 거의 없었다. 그렇다면⋯⋯.

'내가 먼저 온 거야.'

아가사는 어둠 속에서 땀을 흘리며 조용히 교장을 기다렸다. 그를 죽일 수 있는 무기가 있는 곳으로 그녀를 이끌어 줄 사람은 교장뿐이었다.

그녀는 기다리고, 또 기다리고, 또 기다렸다.

또다시 시계가 울렸다.

11시 45분이었다.

'오는 길에 뭔가 문제가 생겼나 봐.' 아가사는 더 이상 기다릴 수 없었다. 15분 후면 정문에서 멀린과 만나야 한다.

쇠창살은 아가사가 잡고 들어 올리자 다행히 쉽게 돌에서 떨어졌다. 그녀는 한 짝만 남은 신발을 통풍구에 그대로 남겨 둔 채 구멍 밖으로 몸을 뺀 후 가장자리를 잡고 매달렸다. 그녀는 그네에서 뛰어내리듯 맨발로 허공을 박차며 손을 놓았고, 아무 소리 없이 조용히 바닥에 착지했다.

아가사는 전시관을 둘러보았다. 몇 안 되기는 했지만 악의 승리를 기념하는 유물들이 있던 자리가 이제는 텅 비어 있었다. 물론 엑스칼리버가 테이블 위에 떡하니 놓인 채 그녀를 맞이할 것이라고 생각하지는 않았다. 하지만 아무리 봐도 전시관 안에는 테드로스의 칼을 숨겨 둘 만한 공간이 없었다. 바닥에 깔린 돌은 평평했고 전시 상자나 액자는 모두 사라지고 없었다. 벽도 텅 비었는데…….

'다 그런 건 아니네.' 아가사는 전시관 한쪽 구석을 바라보았다.

어둠에 싸인 맞은편 벽에 그림이 하나 남아 있었다.

아가사는 그림을 향해 걷기 시작했다. 두 눈이 어둠에 익숙해지자 그녀는 금세 그림을 알아봤다. 너무나도 잘 아는 그림이었다.

마을 광장에서 분노에 찬 아이들이 모닥불에 동화책을 던져 넣고 타 없어지는 모습을 지켜보고 있었다. 마을 뒤에서는 어둠에 싸인 숲이 불타오르고, 하늘은 검고 붉은 연기로 뒤덮였다.

그림은 인상파 화가의 작품처럼 가볍고 투명한 색깔을 쓰고 있었다. 교장에 맞서 싸우기 위해 자신을 희생한 역사 교수, 앞이 보이지 않는 예언자 어거스트 새더의 작품임을 분명하게 보여 주는 그만의 화풍이었다. 그림 속 장면은 독자에 대한 예언의 마지막 부분이었다. 독자 예언을 묘사한 그림들은 원래 선의 갤러리 한쪽 벽에 나란히 걸려 있었다. 새더 교수는 그 예언의 일부로 두 명의 독자가 선과 악의 학교에 납치될 것이라고 했는데, 그들이 바로 아가사와 소피였다. 하지만 두 사람이 마지막이었다……. 그 후 예언된 사건이 바로 가발돈 아이들이 동화책을 태우고 짙은 연기가 마을을 뒤덮는 이 그림 속 장면이었다.

그런데 그 검은 연기는 사실 연기가 아니었다. 아가사는 1학년 때 기억을 떠올리며 그림을 좀 더 자세히 들여다보았다. 괴물처럼 거대한 검은 그림자들이 마을에 쳐들어오고 있었다……. 아가사는 캔버스에 코가 닿을 정도로 가까이 다가섰다. 그러자 마침내 익숙한 형체들이 모습을 드러내기 시작했다…….

거인의 매끈한 민머리…… 날카로운 이를 드러낸 늑대 주둥이…… 새어머니의 둥글게 말아 올린 머리…… 선장의 둥그스름한 갈고리…….

그것들은 단순한 그림자가 아니었다.

악당들이었다.

진짜 악당들이 가발돈을 덮치고 있었다.

아가사는 뒷걸음질 쳤다. 조금 전 들었던 신데렐라 새어머니의 목소리가 머릿속에 울려 퍼졌다. "이야기 하나를 바꿀 때마다 독자들의 세상에 한 걸음씩 가까워진다……."

새더 교수는 죽기 전에 이 장면을 본 것이다. 교장의 어둠의 군대가 숲의 경계를 넘어 마을로 쳐들어가는 모습을…….

'하지만 왜일까?' 교장이 대체 왜 가발돈에 쳐들어가지?

아가사는 겁에 질린 채 그림을 더욱 자세히 살폈다. 단서가 될 만한 것이 있을지도 모른다.

하지만 이번에는 그림자가 아닌 다른 것이 그녀의 시선을 사로잡았다.

모닥불 뒤쪽 광장 구석, 텅 비어 버린 도빌 씨네 서점 차양 아래에 길쭉한 금색 조각이 보였다. 자세히 보니 마름모무늬가 있는 금색 칼자루에 넓적한 은색 칼이 이어져 있고, 칼날은 모루에 꽂혀 있었다. 아가사는 눈을 비비고 다시 그림을 보았다.

틀림없었다.

엑스칼리버가 그림 속에 있었다.

아가사는 당황하여 손으로 유화 캔버스 표면을 훑기 시작했다.

우둘투둘하고 단단한 표면 사이에서…… 칼자루가 만져졌다. 갑자기 표면의 느낌이 완전히 달라져서 따뜻하고 부드러운가 싶더니, 금속을 만지는 기분이 들었다. 아가사는 캔버스를 조금 더 세게 밀어 보았다. 팽팽하고 끈적이는 표면 속으로 천천히 손톱이 들어가면서 묘한 습기가 손끝에 느껴졌다. 손은 점점 더 깊이 들어가 손목까지 캔버스 안에 잠겼고, 그녀는 마침내 자신의 손가락이 그림 속에 나타난 것을 발견했다. 손은 칼자루를 향해 있었다. 아가사는 두 눈을 크게 뜨고 그림 속 엑스칼리버를 움켜쥐었다. 그리고 손 마디마디에 힘을 준 다음 있는 힘껏 칼을 잡아당겼다. 칼은 물에 담긴 꽃처럼 모루에서 힘없이 뽑혀 나왔고, 손과 칼이 그림 밖으로 튀어나오는 순간 아가사는 칼의 무게를 견디지 못해 휘청거리다가 뒤로 벌렁 넘어지고 말았다.

아가사는 천천히 고개를 들고 엑스칼리버를 바라보았다. 그토록 찾던 칼이 손에 쥐여 있었다. 그녀는 다시 고개를 돌려 그림을 바라보았다. 도빌 씨네 서점 앞에는 이제 텅 빈 모루가 있을 뿐이었다.

'맙소사!'

아가사는 두 발로 일어서서 왕자의 검을 불빛 속으로 내밀었다.

'해냈어. 내가 진짜 해냈어!'

그녀는 임무를 완수했다.

마감 시간은 무려 10분이나 남아 있었다.

아가사의 얼굴에 자부심과 안도의 웃음이 퍼져 나갔다. 아가사는 칼을 든 채 문을 향해 돌아섰다. 이 썩어 가는 성을 빠져나가려면 변신을 해야 하는데……

순간 아가사는 칼을 바닥에 떨어뜨렸다.

"난 널 결코 과소평가하지 않았어, 아가사." 검은 반바지를 입고 맨가슴을 드러낸 젊은 교장이 벽에 기대서 있었다. "하지만 넌 날 과소평가한 것 같구나. 죽음을 이기고 젊은이의 모습으로 돌아와 네 가장 친한 친구를 왕비로 삼은 마법사가 겨우 머리 3미터 위에서 나는 네 숨소리를 못 들었을 거라고 생각하다니……. 내가 아무생각 없이 전시관을 지키겠다는 말을 내뱉고…… 내 성에 들어온 침입자 수색을 부하들에게 떠맡기고…… 아무 이유 없이 그럴 거라 생각한 것이냐?" 아름다운 소년이 눈썹을 둥글게 들어 올렸다. "당연히 네가 엿듣는 줄 알고 있었다."

아가사는 심장이 터질 것 같았다. "그럼 왜, 왜 그때 날 죽이지 않았어요?"

"첫째, 그 성가신 늙은 마법사가 너와 네 왕자에게 날 이기는 법을 알려 준 거 아닐까 의심하고 있었는데, 이제 내 의심이 옳다는 게 증명됐어. 둘째, 난 엑스칼리버가 멀린이 생각하는 것만큼 강한 무기인지 늘 궁금했다. 그래서 나만 찾을 수 있도록 주문을 걸어 그림 속에 숨겨 놓았지. 그런데 네가 엑스칼리버를 찾고 그림 속에서 끄집어냈다는 건 과연 그 칼이 내 마법보다 강력하다는 뜻이야. 자신을 도와줄 사람을 단번에 알아봤지. 엑스칼리버는 분명 내 생명과 연결된 그 반지를 파괴할 수 있을 만큼 강력해. 하지만 내가 널 바로 죽이지 않은 이유가 하나 더 있다. 네 가장 친한 친구의 마음을 사로잡은 남자를 네가 직접 가까이에서 만나 봐야 한다고 생각했어. 소개가 늦었구나. 내 이름은 라팔이다." 그가 미소를 지으며 아가사를 향해 다가왔다. "소피는 날 그렇게 부른단다."

아가사는 칼을 와락 움켜잡고 그를 향해 내밀었다. "새더 교수님이 왜 가발돈에 악당들이 쳐들어온 그림을 그리셨죠? 저게 다 무슨 뜻이에요?"

걸음을 멈춘 라팔은 날카로운 칼날을 바라보며 잠시 생각에 잠겼다. "아가사, 1학년 때 내 탑에 찾아온 너와 소피에게 내가 한 말 기억하니? 난 수수께끼를 내고 너희를 학교로 돌려보냈다. 하지만 너희는 내게 화를 냈어. 너희 마을 말고 다른 마을 사람들을 괴롭히라고 했지. 그때 내가 뭐라고 대답했지?"

아가사는 교장이 말하는 바로 그 순간으로 돌아간 듯, 그의 대답이 생생하게 떠올랐다. 지금 그녀 앞에 서 있는 이 소년과는 너무나 다른, 은색 마스크를 쓴 늙은 교장은 질문 하나를 남기고 그녀와 소피를 하얀 공간 속으로 내던졌다.

그리고 그 질문은 그 후 2년 동안 줄곧 그녀를 괴롭혀 왔다.

"다른 마을이라니, 그런 게 과연 있을까?" 아가사가 속삭였다.

"바로 그거야." 라팔이 싱긋 웃었다. "아가사, 넌 독자들의 세계가 마법의 왕국에서 멀리 떨어진 '진짜 세계'라고 생각하겠지…… . 하지만 사실 네 세계는 영원의 숲의 일부란다. 동화의 세계가 그걸 믿는 독자 없이 어떻게 존재할 수 있겠니?"

아가사의 얼굴이 창백해졌다. "가발돈이 숲의 일부라고요?"

"너희 마을 독자들만 납치되는 이유가 뭘까? 왜 마을에서 탈출하려고 해도 다시 제자리로 돌아오는 것 같니?" 라팔이 다시 설명하기 시작했다. "너희 마을은 이 세계에서 유일하게 마법에 걸리지 않은 왕국이야. 하지만 동화 세계의 일부라는 건 분명하지. 그건 카멜롯이나 네더우드, 혹은 이 학교가 동화의 일부인 것만큼이나 확실한 사실이야. 따라서 이 학교의 모든 수업은 두 명의 독자 학생이 있어야만 완전해진다. 선을 믿는 독자 한 명과 악을 믿는 독자 한 명이 필요하지."

아가사는 머리가 펑펑 도는 것 같았다. 교장의 말이 너무 엄청나

금방 이해가 되지 않았다.

"사실 내가 독자들에게 끼칠 수 있는 영향은 꽤 제한적이다. 난 그들이 이 학교에서 숲의 다른 왕국들처럼 공정하고 안전하게 자신의 마을을 대표할 수 있도록 도울 뿐이야." 교장의 설명은 계속되었다. "우리 세계가 살아남기 위해서는 새 이야기뿐 아니라 새로운 독자가 필요하다. 그래서 가발돈을 이 세계의 다른 부분으로부터 보호하는 마법의 문이 존재하고, 우리는 가발돈을 숲 너머 마을이라고 부르지. 동화 속 사람들이 죽고 사라진 후에도 동화가 살아 있는 건 바로 독자들 때문이야. 독자들은 이 세계에서 유일하게 나보다 강력한 힘이라고 할 수 있다. 그들이 선이 악보다 강하다고 믿는 한, 선은 언제나 이길 것이기 때문이지. 내가 이 숲에 존재하는 모든 선인 왕국을 없애 버린다 해도 결과는 달라지지 않아. 내가 무슨 짓을 하든 독자는 언제나 존재할 테니까. 이미 쓰인 옛 동화를 믿고, 그것을 다음 세대에게 전하고, 그렇게 함으로써 영원히 선에게 생명을 부여하는 건…… 내 힘으로도 어찌할 수 없는 일이야."

젊은 교장이 잠시 말을 멈췄다. "하지만 독자들이 이곳 학생들처럼, 예전 이야기가 새롭게 쓰였다는 사실을 알게 되면 어떨까? 동화를 살아 있게 만드는 유일한 힘이 그동안 아끼던 선의 이야기가 모두 거짓이라는 사실을 발견하게 된다면? 늘 이기는 쪽, 지금까지도 늘 승리했고 앞으로도 그럴 쪽이 악이라는 사실을 독자가 아는 순간 무슨 일이 벌어지겠니?" 사파이어 같은 그의 두 눈이 그림 속 불길을 반사하듯 번쩍거렸다. "가발돈을 보호하는 마법의 문이 열리고, 너희 이야기는 진정한 결말을 맞이하겠지……. 그 결말은 지금까지 존재했던 모든 해피엔딩을 하나씩 지워 버릴 거야. 마지막 하나까지 모조리 지워서, 결국 선을 영원히 없애 버리겠지."

아가사는 온몸의 피가 빠져나간 듯이 창백해졌다. "그 결말이 뭔데요? 가발돈을 어떻게 할 셈이에요?"

"어떻게 하다니!" 라팔이 거만한 미소를 지으며 대꾸했다. "내가 뭘 어찌할까 봐 걱정할 필요는 없다, 아가사. 에블린 새더를 겪으면서 그 정도는 배웠어야지. 동화에서 가장 위험한 사람은 사랑을 위해 뭐든 할 수 있는 사람이란다. 네 가장 친한 친구가 딱 그런 부류 아니니?"

교장이 손을 쫙 펼치자 엑스칼리버가 아가사의 손을 빠져나가 그에게 날아갔다. 교장은 잘생긴 얼굴로 더 크게 미소 지었다.

"그런데 공교롭게도 그 아이가 사랑하는 사람이 바로 나란다."

"나 말이야?" 테드로스가 침대에서 펄쩍 뛰어내리며 되물었다. "다시 네 왕자가 되어 달라고?"

소피는 매트리스 위에 무릎을 꿇었다. "네가 나 말고 아가사를 선택했다는 거 알아. 이제 걔가 너의 공주지. 난 그냥 네가 마음을 열고 놓고 다시 한 번 생각한 후에 최종 결정을 내렸으면 좋겠다는 거야. 우리 이야기는 아직 '끝'이 안 났잖아. 너랑 아가사랑 같이 카멜롯에 갈게. 네가 원하는 건 뭐든지 다 할 거야. 그러니까 딱 한 번만 더 기회를 줘. 너의 해피엔딩이 되고 싶어."

테드로스는 다리 사이를 걷어차인 것 같은 표정을 지었다. "난…… 무슨 말인지 통 모르겠어……."

"내가 선택한 해피엔딩을 의심해 봐야 한다면서! 너도 똑같이 해 달라는 거지." 소피가 말했다.

테드로스는 갈기갈기 찢긴 셔츠를 움켜잡고 벽에 기댔다. 이야기꾼은 빠른 속도로 교장의 방과 그 안의 두 사람을 그렸다. "내가 거절하면?"

소피의 손가락이 핑크색 불빛을 쏘기 시작했다. "그럼 난 라팔을 선택하고 그 사람에게 충실할 거야. 네가 여기 있다는 것부터 알려야겠네."

"소피, 잘 생각해 봐. 넌 불가능한 요구를 하고 있어." 테드로스가 애원하듯 말했다. "넌 눈부시게 아름답고 똑똑하고, 또 어느 모로보나 엄청난 미치광이기도 해. 네가 없는 내 삶은 상상할 수도 없어. 1학년 때 널 처음 본 그 순간, 난 네가 내 왕비가 될 거라고 생각했어. 하지만 우리는 해 볼 만큼 다 해 봤잖아. 이론상으로는 완벽한 커플일지 몰라도 우린 결국 친구가 될 운명이었어. 친구 말이야. 작년에 실제로 우린……."

"네가 나한테 키스하려고 했지."

"그건…… 그건 좀 다른 얘긴데……." 테드로스가 더듬거렸다. "아무튼 중요한 점은 아가사와 난 함께 있을 때 행복하고……."

"정말?" 소피가 침대에서 미끄러져 내려와 그에게 다가갔다. "내가 너희 두 사람을 하나로 묶어 준다고 했잖아. 내가 없는 동안 둘 사이가 멀어졌다는 뜻이지. 너희 둘의 사랑을 고쳐 줄 누군가가 필요하다는 건 결국 너희가 행복하지 않다는 뜻 아니야?"

"소피, 진정한 해피엔딩에는 시간과 노력이 필요해." 테드로스가 반박하듯 말했다. "사랑을 지키기 위해 몸부림치고 의심하고 싸우는 게 해피엔딩의 진짜 모습이야. 나와 아가사만 그런 건 아니라고. 생각해 보면 너도 마찬가지일걸."

소피가 잠시 생각에 잠겼다. "네 말이 맞아. 그래서 난 내 마음이 진정으로 바라는 결말을 알아내려고 애썼어. 그리고 이런 답을 얻었지." 소피는 잉크 자국이 선명한 손가락을 들어 올리며 절망에 빠진 목소리로 입을 열었다. "난 라팔을 사랑하고 싶어. 사실 너만 아니면 누구든 좋아. 네가 나에게 주는 거라고는 고통과 상처와 굴욕뿐인데 내 마음은 자꾸 네 이름을 부르고 있어. 그게 맞는 답인지 알아보는 거 외에 내가 뭘 할 수 있겠니?" 소피는 눈물 고인 눈으로 테드로스를 바라보았다. "우리가 지금 이 자리에서 다시 만난 건 다 우리 동화의 힘이야. 우리 이야기는 다른 결말을 원하고 있어. 그게 아니라면 왜 네가 아가사 없이 혼자 여기까지 왔겠어? 내 가장 친한 친구가 아니라 네가 날 구하러 온 데에는 분명 이유가 있는 거야."

테드로스는 얼어붙은 듯이 꼼짝하지 않았다. 자신과 소피를 그 자리까지 오게 한 그동안의 우여곡절이 머리를 스치고 지나갔다. 두 사람은 2년 만에 처음으로 단둘이 얼굴을 맞대고 있었다. 변장이나 속임수는 존재하지 않았다. 순간 그의 얼굴이 사과처럼 빨개졌다. "아가사한테 절대 그런 짓을 할 순 없어. 너도 마찬가지야. 넌 이제 마녀가 아니니까……."

"넌 이미 나랑 해피엔딩을 맞이한 아가사한테 마음을 열고 다시 생각해 보라고 하지 않았니?" 소피가 테드로스를 향해 다가서며 말했다. "너한테 마음을 열고 다시 생각해 보라고 말하는 게 마녀나 할 짓이라면, 진짜 마녀는 너야, 테드로스. 아가사는 내 공주였는데 네가 걔한테 똑같은 짓을 했으니까."

테드로스는 아무 말도 하지 못했다.

"하지만 이제 우리 모두 진실을 마주해야 할 때가 됐어. 영원한 행복을 위한 마지막 해피엔딩을 맞이해야지." 소피는 왕자를 구석으로 몰아붙이고 그의 두 눈을 똑바로 바라보았다. "너도 의심할 여지없는 진짜 네 공주가 누구인지 알고 싶지 않니? 네 아버지도 네가 마지막으로 한 번 더 심사숙고하기를 바라시지 않을까?"

테드로스는 소피의 눈을 피해 고개를 돌렸다. 이를 너무 악물어 턱뼈가 다 드러나 보일 정도였다. "넌 아버지에 대해 아무것도 몰라."

"테드로스, 내 말 잘 들어 봐. 나 네가 원하는 대로 라팔을 떠날게." 소피가 부드러워진 목소리로 다시 말했다. "그 사람 반지를 파괴하고 영원히 선하게 살 거야. 너랑 아가사를 따라 네 왕국으로 갈 거고, 네가 아가사를 선택하고 난 혼자가 되어 너희 두 사람의 들러리가 될 수 있다는 사실도 받아들일게. 그러니 딱 하나만 약속해 줘. 네 공주가 될 사람을 최종적으로 결정하기 전에 나한테도 한 번 더 기회를 주겠다고 말이야."

테드로스는 천천히 그녀를 바라보았다.

"재미있는 거래를 하고 있군."

두 사람이 창을 향해 홱 고개를 돌렸다.

라팔이 엑스칼리버로 아가사의 목을 겨눈 채 소피를 노려보고 있었다.

하지만 라팔보다 더 놀란 표정을 지은 사람은 아가사였다.

호트는 갑작스러운 소란에 잠에서 깼다. 위층에서 교수들이 소리를 질러 대고 있었다. 호트는 가까스로 몇 마디를 알아들을 수 있었다. 애릭이 공격 당하고 침입자는 도망쳐 버렸다는 내용인 것 같았다.

그 순간 호트가 제일 먼저 생각한 것은 소피의 안전이었다. 하지만 그는 곧 소피가 학교에서 멀리 떨어진 그 늙은이의 탑에 있다는 사실을 기억해 냈다. 한동안 소피 생각을 잘 참아 왔는데 이런 일로 무너져서는 안 된다.

호트는 각자의 침대에서 자고 있는 채딕과 니콜라스를 흘끗 바라보았다. 저 잘생긴 얼굴에 홀려 여자아이들이 줄줄 따르던 때가 있었다.

호트는 능글맞게 웃음 지었다. 이제 여자들에게 가장 인기 있는 사람은 호트였다.

여학생들은 휘둥그레진 눈으로 그의 몸에 새로 붙은 근육을 바라보았고, 복도에서 마주치면 드러내 놓고 아양을 떨었다. 고기 평가하듯 그의 몸 구석구석에 대해 떠드는 것을 들은 적도 한두 번이 아니었다. 그는 악인이든 선인이든 이 학교 학생 누구와도 사귈 수 있었다.

하지만 호트는 창에 기대어 파란 숲 위로 우뚝 솟은 교장의 첨탑을 바라보면서, 또다시 소피를 생각하고 말았다. 저 탑에서 소피와 함께 살면 어떤 기분일까? 둘이 함께 악을 다스리고…… 그녀를 두 팔에 안고 뜨거운 키스를 나누고……. 그의 몸에서 무엇인가가 뜨겁게 타올랐다.

얼굴이 벌게진 호트는 땀을 문질러 닦았다.

'안 돼. 걔는 날 아프게 해. 늘 상처만 주잖아. 난 더 이상 그 아이를 사랑하지 않아.'

이를 악물고 숲에서 시선을 뗀 호트는 다시 침대에 벌렁 누웠다가 곧바로 자리에서 벌떡 일어났다.

교장의 창에서 점처럼 작은 금색 불빛이 번쩍였다.

그냥 금색이 아니었다. 호박과 아마빛의 중간 정도 되는 누런 놋쇠 느낌의 금색이었다.

호트가 이 색깔을 정확히 알아본 데에는 다 이유가 있었다. 그는 카멜롯의 왕자에 대해서라면 모르는 것이 없었고, 따라서 그의 손가락 불빛도 한눈에 알아볼 수 있었다.

하지만 왕자의 손가락 불빛이 왜 교장의 탑에서 번쩍이는지는 그도 알 수 없는 일이었다.

테드로스는 한 팔로 소피의 허리를 휘감고, 반짝이는 손가락을 그녀의 목에 가져다 댔다. "아가사를 해치면 소피도 무사하지 못해요." 그가 경고했지만 젊은 교장은 엑스칼리버를 아가사의 목에 더 깊숙이 들이밀었다.

"테드로스…… 그건 별로 좋은 생각이 아닌데……." 소피가 숨을 쉬려 애쓰며 말했다.

맨가슴을 드러낸 두 소년은 각자의 인질을 꼭 움켜잡고 서로를 노려보며 한 발짝도 물러서지 않았다.

아가사는 목을 찌르는 차가운 칼날을 느끼며 혼란에 빠져 몸서리쳤다. 그녀는 여기까지 오는 동안, 가장 친한 친구와 그녀의 왕자가 이 무시무시한 악당에게서 자신을 구해 줄 것이라고 믿었다. 하지만 왕자는 앞섶을 풀어헤쳤고, 소피는 그에게 자신의 왕자가 되어 달라고 청하고 있었다.

"아가사를 풀어 달라고요!" 테드로스가 다시 라팔에게 소리쳤다. 그의 맨가슴이 빨갛게 달아올랐다.

"아, 이제 와서 왕자 행세를 하시겠다고?" 아가사가 차갑고 창백한 교장의 맨가슴에 몸을 기댄 채 소리쳤다. "1초 전만 해도 새 공주를 맞이해 볼까 고민하고 있던 분께서?"

"그만해, 아가사." 테드로스는 불이 켜진 손가락을 소피의 목에 더 깊이 찔러 넣었다. "당장 아가사를 풀어 주지 않으면……."

"그러면 어쩔 건데?" 라팔이 차분한 목소리로 말하며 소피를 바라보았다. "저 아이를 구하러 여기까지 와 놓고 이제 와서 죽이겠다고? 너한테 영원한 사랑을 맹세하고 있는데?"

그의 얼굴에 분노나 복수심은 전혀 보이지 않았다. 그는 너무나 평온했고, 소피는 그래서 더욱 불안했다. "라팔, 미안해요." 소피가 교장을 향해 입을 열었다. "하지만 이번만큼은 옳은 선택을 해야만 했어요. 날 위한 선택 말예요."

"제일 친한 친구를 배신하는 게 옳은 선택이냐?" 아가사가 기다렸다는 듯이 소리치고는 다시 테드로스를 향해 고개를 돌렸다. "얼굴을 마주 보면서 얼마나 사랑하는지 구구절절 읊어 놓고, 헤어져 있는 순간에는 그런 사람 본 적 없는 것처럼 구는 게 옳은 선택이야?"

"난 소피가 하는 말을 들어 준 것뿐이야." 테드로스가 발끈해서 대꾸했다. "내가 기회를 한 번 더 주겠다고 약속하면 우리랑 같이 가겠다고 했단 말이야. 그 정도면 꽤 경청할 가치가 있는 요구잖아."

"기회를 줘?" 아가사가 비웃으며 대답했다. "지금까지 우리가 겪은 일이며 조금 전 헤스터 방에서 나눈 얘기가 있는데, 다른 사람에게 기회를 주겠다는 말이 나와?"

"그런 얘기가 아니잖아." 테드로스가 울화통이 터지는 듯 소리쳤다. "왜 이렇게 날 못 믿니? 우리 사이에 대한 믿음이 그렇게 없어?"

조용히 듣고 있던 라팔이 눈썹을 들썩 치켜올렸다. "나도 내 왕비에게 같은 질문을 던지고 싶군. 선인 소년과 이런 공감을 느끼기는 처음인데."

교장이 잘생긴 왕자를 향해 싱긋 미소를 지었지만, 왕자는 고개를 돌렸다.

네 사람 사이에 어색한 침묵이 흘렀다. 이야기꾼마저 누가 누구 편인지 헷갈리는 듯 갈피를 잡지 못하고 흔들렸다.

"난 괘념치 말아라." 라팔이 여전히 미소 띤 얼굴로 마침내 침묵을 깼다. "너희 셋이 어떤 사인데 악당이 낄 자리가 있겠니?"

"아가사, 저 사람 말 듣지 말고……." 테드로스가 다급하게 입을 열었다.

"나한테 믿음을 주고 싶으면 소피한테 똑바로 말해, 테드로스." 아가사가 낮은 목소리로 말했다. "네 공주는 영원히 나라고 지금 이 자리에서 말해."

테드로스는 전혀 말이 통하지 않는다는 듯이 낙담한 표정으로 아가사를 바라보았다.

"못 하는구나." 아가사가 기운 빠진 목소리로 속삭이듯 말했다.

"아가사, 우리 오랜만에 보는 거 알지만……." 소피가 불쑥 둘의 대화에 끼어들었다. "내가 남자를 좀 알잖아. 그렇게 최후통첩하듯이 말하면 남자들은 도망……."

"너랑 얘기하느니 여기서 죽는 게 낫겠어!"

아가사가 발끈하자 소피는 그대로 입을 다물었다.

"아가사, 난 널 사랑해." 테드로스가 분명하고 단호하게 말했다. "하지만 소피가 우리한테 바라는 건 최종적인 결말을 맺기 전에 한 번만 더 생각해 보라는 거야. 우리가 소피한테 요구한 것도 바로 그 거잖아. 공평하지 않아?" 테드로스는 소피를 향해 고개를 돌렸다. "내가 한 번 더 기회를 주면 반지를 파괴하겠다고 약속하지? 여기를 떠나는 즉시 파괴할 거지?"

소피는 라팔이 화를 내고 자신을 협박할 것이라고 생각하며 그를 바라보았다. 하지만 라팔은 오히려 즐거워 보였다.

"응, 약속해." 소피는 능글맞게 히죽거리는 교장의 표정이 마음에 걸렸지만 고개를 끄덕였다.

라팔은 코웃음을 쳤다.

"거 봐. 이제 난 내 진심을 따르기만 하면 돼. 그러면 모든 게 행복하게 끝날 거야." 테드로스가 아가사를 다그치듯 말을 쏟아 냈다.

아가사는 그의 얼굴에 불만이 가득한 것을 눈치챘다. 문제는 자신이 아니라 아가사라고 열변하는 그 표정에 마음이 더욱 아파 왔다. "그럼 내 마음은? 테드로스, 어떻게 아무렇지도 않게 내 눈을 똑바로 보면서……."

순간 아가사는 얼음이 된 것처럼 굳어 버렸다. 왕자의 파란 두 눈에 담긴 분명한 메시지를 드디어 읽어 낸 것이다.

그는 거짓말을 하고 있었다.

테드로스는 지금 거짓을 말하고 있다.

약속을 지키고 진실을 수호해야 하는 왕자가 그녀를 위해 거짓말을 하고 있었다.

테드로스는 소피가 듣고 싶은 말을 하고 있었다. 그들의 가장 친한 친구를 악의 손아귀에서 구해 내고 반지를 파괴하기 위해서 필요하다면 무슨 일이든 해야 했고, 따라서 소피에게 진짜로 기회를 한 번 더 주는 것처럼 행동하고 있었다.

테드로스는 지금껏 그녀에게 그 말을 한 것이다. 반지를 파괴하고, 선인 영웅들을 살리고, 가장 친한 친구를 구하고, 그리고 그녀의 왕자도 그대로 지킬 수 있다면 그 정도 거짓말은 해도 되지 않겠냐고…….

이제 아가사가 할 일은 확실해졌다. 왕자의 뜻을 따르는 것이다.

'100퍼센트 선한 인간 따위는 원래 없어.' 아가사는 당장 그에게 달려가 키스를 퍼붓고 싶었지만 꾹 참았다.

"무슨 말인지 알겠지?" 아가사의 표정이 변하는 것을 본 왕자가 미소 지으며 물었다.

"소피한테 기회를 한 번 더 주고, 네 진심을 따르기로 하자……." 아가사도 미소를 지으며 대답했다. 그녀의 얼굴이 밝게 빛났다.

아무것도 모르는 얼굴로 두 사람을 번갈아 보던 소피 역시 활짝 웃었다.

"내 진심이 향하는 사람이 미래 카멜롯의 왕비가 되는 거야." 테드로스가 아가사를 똑바로 바라보며 말했다.

순간 아가사의 얼굴에서 미소가 사라졌다.

'왕비.'

그 단어가 다시 등장했다. 아무리 들어도 익숙해지지 않는 단어였다.

숲에 돌아온 순간부터 아가사는 언젠가 카멜롯에 가게 될 것이라는 생각을 머리에서 지우다시피 했다. 테드로스와 그녀가 그 전에 헤어지거나, 소피를 구하다가 그녀가 죽거나, 혹은 숲이 어둠에 휩싸여 모두 죽을 것이라고 생각한 것이다. 실제로 소피에게 가까워질수록 테드로스와 그녀의 갈등은 깊어졌다. 마치 두 사람이 함께 카멜롯에 가는 일은 결코 없을 것이라고 운명이 그들에게 경고하는 것 같았다.

하지만 이제 그녀는 역사상 가장 유명한 왕국의 왕비가 될 상황에 직면했다. 테드로스의 어머니에게 상처 받은 백성들은 다음 왕비의 면모를 더욱 깐깐하게 따질 것이다. 그녀에게는 왕관의 명예를 회복시켜야 할 책임이 있기 때문이다.

이제 아가사와 그 왕관 사이에는 아주 소소하지만 엄청난 거짓말 하나가 있을 뿐이었다.

조금 전 그 자리에서 아가사는 테드로스가 두 사람의 미래를 의심한다고 비난했지만, 사실 그의 믿음은 바위처럼 단단했다……. 의심을 품은 사람은 오히려 아가사였다.

'내가 왕비가 된다고? 진짜 왕비?'

아가사의 얼굴이 어두워진 것을 본 테드로스는 미소를 거뒀다. 그녀가 마지막 장애물 앞에서 선뜻 걸음을 떼지 못하고 있음을 알아챈 것이다.

"아가사?"

소피의 목소리에 아가사는 고개를 들었다.

"난 여전히 왕비가 내 자리인 것 같아." 소피가 아가사의 표정을 살피며 조심스럽게 말했다. "내가 그런 기분이 드는 건 우리 이야기가 뭔가 잘못됐기 때문은 아닐까?"

아가사는 확고한 믿음으로 가득 찬 소피의 얼굴을 보며 더욱 머릿속이 복잡해졌다. '뭔가 잘못된 게 맞다.' 그녀의 마음은 자신이 절대 카멜롯의 왕비가 되지 못할 것이라고 소리치고 소피의 마음은 왕비가 되리라는 확신으로 가득한데, 어떻게 그녀와 테드로스가 행복한 결말의 주인공이 될 수 있겠는가?

그녀와 테드로스의 해피엔딩이 최종 결말로 이어지지 못한 것은 바로 그 때문인지도 모른다. 둘 사이에 문제가 있고, 그 문제는 누구도 고칠 수 없는 것이었다. 왜냐하면 그 문제는 바로…… 그녀이기 때문이다.

"음, 점점 흥미로워지는구나." 으스스한 목소리가 끼어들었다.

세 사람의 시선은 도톰한 입술로 일그러진 미소를 짓고 있는 교장에게 향했다.

"신사 숙녀 여러분, 악의 왕비께서 선의 왕좌를 차지하려고 열심이십니다!" 엑스칼리버의 칼날에 라팔의 얼굴이 비쳤다. "저 아이를 믿고 싶으면 믿으렴. 하지만 위험을 각오해야 할 거다. 저 아이는 결국 이곳으로 돌아올 테니까. 내 반지를 손에 끼고, 자신의 마음을 내게 바칠 거야."

소피는 교장의 차분한 눈을 바라보았다. 옆구리를 따라 굵은 땀이 흘렀다.

"앞으로 무슨 일이 일어날지는 아무도 모르는 거예요!" 아가사가 소피에게 시선을 고정한 채 소리쳤다.

"저런 살인마랑 이성적으로 대화를 해 보겠다는 거야?"

테드로스가 불쑥 끼어들었지만, 아가사는 소피에게서 눈을 떼지 않았다. "테드로스, 소피 말이 맞아. 우리가 진정한 해피엔딩에 이르려면 지금 우리의 해피엔딩에 대해서 진지하게 다시 생각해 봐야 할 것 같아."

소피가 깜짝 놀라 아가사를 바라보았다.

"잠깐…… 아가사, 너 정말 소피의 요구를 받아들이겠다는 거야? 내가 제안한 대로 해 보자고?" 테드로스의 얼굴이 확 밝아졌다.

"그래. 네 말대로, 우리 둘의 해피엔딩에 대해 다시 생각해 보자." 아가사가 소피를 바라보며 대답했다.

"다 잊고 처음부터 다시 시작하는 거야!" 소피가 아가사를 마주 보며 달뜬 목소리로 외쳤다.

"우리 셋이 함께, 비밀이나 숨기는 거 없이, 서로에 대한 죄책감도 가지지 말고 다시 해 보자. 두 눈을 크게 뜨고 진실이 이끄는 대로 결말까지 가야 해. 그렇게 해야만 우리 모두 진정으로 행복해지는 방법을 알게 될 거야." 아가사가 말했다.

테드로스가 멍한 표정으로 둘을 번갈아 바라보았다. "그래…….
무슨 말인지 다는 모르겠지만……." 그가 아가사를 사랑스러운 눈
으로 바라보며 미소 지었다. "네가 이해해 줄 줄 알았어."

아가사도 왕자를 향해 미소를 보였지만, 그 안에는 슬픔이 담겨
있었다.

왕자는 그녀가 한 말이 모두 진심이라는 사실을 전혀 모르고 있
었다.

저 멀리 학교에서 자정을 알리는 시계 종이 울렸다. 일을 마무리
할 시간이 된 것이다.

아가사는 숨을 깊이 들이마시고 왕자를 바라보았다. "새로 시작
하자."

테드로스가 공주를 향해 미소를 지었다. "그래, 새롭게 시작해."

두 사람은 동시에 소피에게 고개를 돌렸다.

소피는 미소 띤 얼굴로 테드로스를 바라보았다. "새로 시작하는
거야."

잠시 서로를 바라보던 세 사람이 라팔에게 시선을 돌렸다.

젊은 교장의 얼굴에는 능글맞은 미소가 사라지고 없었다. 그는
순식간에 아가사를 바짝 끌어당기더니 칼로 그녀의 목을 겨눴다.

"지금이야!" 테드로스가 소리쳤다.

소피는 맹렬하게 빛나는 핑크색 손가락으로 라팔의 손을 쏘았
고, 깜짝 놀란 그는 테드로스의 칼을 떨어뜨렸다. 아가사가 칼을 잡
아 칼자루로 그의 배를 힘껏 찌르자 교장은 비틀거리며 책장에 몸
을 부딪쳤다. 책장이 그를 향해 쓰러지자 꽂혀 있던 색색의 동화책
수백 권이 와르르 쏟아졌다. 아가사는 테드로스에게 엑스칼리버를

던졌고, 그는 칼날의 평평한 부분을 척추에 대고 칼자루를 반바지 뒤춤에 꽂아 넣었다. 세 사람은 즉시 뛰어가 창턱에 펄쩍 올라섰다.

"이제 선생님한테 가야 해. 방법은 변신뿐이야." 테드로스가 헐떡이며 말했다.

"테드로스, 교장도 날 수 있어. 금방 우리를 따라잡을 거야! 더 빠른 방법이 필요해." 아가사가 말했다. 라팔은 몸을 짓누른 책들을 마법의 힘으로 밀쳐 내고 있었다.

"탈출 계획도 없이 날 구하러 왔어?" 소피가 소리쳤다. 그들의 등 뒤에서 쓰러진 책장이 반으로 쪼개지는 소리가 들려왔다.

"탈출하기 전에 다 죽을 줄 알았지." 테드로스가 우물거리며 대답했다. "변신보다 빠른 방법이 뭐가 있을까?"

라팔의 몸을 누르고 있던 책장이 반으로 쪼개져 반대쪽 벽으로 날아가 부딪치며 산산조각 났다.

"교장이…… 일어나려고 해." 아가사가 다시 친구들을 향해 몸을 돌리고 더듬더듬 말했다. "지금 당장 나가야……."

순간 말을 멈춘 아가사의 두 눈이 튀어나올 듯이 커졌다. 표면이 곰팡이 같은 거무튀튀한 구름이 기차처럼 길게 늘인 상자 모양을 하고서, 숲 쪽에서 교장의 탑을 향해 다가오고 있었다. 그녀는 멀리서 불이 나 연기가 피어오르나 생각했지만, 이내 구름의 정체를 파악했다. 거대한 구름 구석구석에서 반짝이 점들이 희미하게 빛나고 있었다.

"요정 가루?" 아가사가 입을 딱 벌렸다.

요정 가루가 만든 거대한 구름 속에서 곧 익숙한 형체가 드러나기 시작했다. 흘러내리듯 느슨한 보라색 가운에 뾰족한 원통형 모자를 쓴 그는 세 학생이 기다리는 창으로 구름을 조종하기 위해 두 팔을 정신없이 퍼덕이고 있었다.

"너희가 오지 않으면 내가 오면 되지!" 마법사가 팡파르를 울리듯 소리치며 구름을 창턱 1미터 거리까지 가져다 댔다. "얘들아, 서둘러라! 팅커벨의 요정 가루가 얼마 안 남았어!"

아가사는 뒤를 흘끗 돌아보았다. 라팔이 천천히 몸을 일으키고 있었다. "요정 가루 속으로 뛰어야 해." 아가사가 친구들을 향해 말했다.

"뛰라고?" 소피가 창턱 아래를 흘끗거리며 꽥 소리 질렀다.

"셋에 뛰는 거다. 하나……." 아가사가 말했다.

"둘……." 테드로스가 뒤를 이었다.

"셋!" 세 친구가 동시에 소리쳤다.

창턱을 박차고 짙은 구름 속으로 뛰어든 아가사와 테드로스의 몸이 마법의 힘에 의해 공중에 붕 떴다. 마치 무게가 하나도 없는 존재가 된 것 같았다. 멀린은 구름 기차의 머리를 학교 정문 쪽으로 돌리기 시작했다. 아가사는 두 눈을 감고 아무런 무게가 느껴지지 않는 마법의 공간에 몸을 맡겼고, 테드로스는 궤도에서 벗어난 소행성처럼 공중에서 빙글빙글 재주넘기를 돌았다.

"이거 어떻게 멈춰요?" 테드로스가 소리쳤다.

"엉덩이 힘을 빼야지, 이 녀석아!" 멀린이 대답했다.

아가사는 구름 사이를 헤엄치듯 헤치고 가 왕자의 허리를 움켜잡았다. 마침내 회전을 멈춘 왕자는 안도한 듯 미소를 지으며 아가사를 바라보다가…… 갑자기 인상을 찌푸렸다.

"소피는 어디 있지?" 테드로스가 물었다.

그들은 동시에 교장의 탑을 향해 고개를 돌렸다. 유령처럼 하얗게 질린 소피가 창턱에 서서 점점 멀어져 가는 요정 가루 기차를 바라보고 있었다.

"소피, 뭐 하는 거야!" 아가사가 소리쳤다.

"어서 뛰어!" 테드로스도 거들었다.

겁에 질린 소피가 한 걸음 앞으로 나서 보았지만, 바로 그때 누군가가 뒤에서 그녀의 왼손을 꽉 움켜잡았다. 라팔이었다. 그는 그 어느 때보다 침착한 모습이었다.

"소피, 넌 결국 돌아오게 돼 있어. 지금 날 떠나면 용서를 빌며 돌아오게 될 거야."

소피의 얼굴이 비친 라팔의 차가운 눈동자는 확신에 가득 차 있었다. 소피를 잡은 그의 손에 힘이 들어갈수록, 소피의 손에서는 힘이 빠져나갔다…….

"소피, 어서 뛰어!" 왕자의 목소리가 들렸다.

소피는 구름 기차로 고개를 돌렸다. 맨가슴을 드러낸 금발 왕자가 반짝이는 구름에 매달려 그녀에게 손짓하고 있었다……. 두 사람이 처음 만난 바로 그날처럼…….

"라팔, 난 절대 당신 왕비가 되지 않을 거예요." 소피가 속삭이듯 말했다. 다시 찾아온 오래전 꿈에 가슴이 부풀어 오르고 있었다. 그녀는 젊은 교장을 똑바로 바라보았다. "난 다른 사람의 왕비가 될 거니까요."

소피의 손끝이 핑크색으로 빛나며 라팔의 반지 아래 숨어 있던 '테드로스'라는 글자를 환하게 밝혔다. 충격에 얼굴이 빨개진 교장은 힘이 빠져 소피의 손을 놓치고 말았다. 소피는 마침내 자유를 얻은 비둘기처럼 바깥을 등진 채 창틀에서 펄쩍 뛰어올랐다. 그리고 환하게 웃으며 요정 가루 기차의 마지막 칸에 살포시 착지했다.

아가사와 테드로스는 반짝이는 검은 구름 사이를 헤엄쳐 가 소피를 붙잡았다. 세 사람은 모래 폭풍에 휩쓸린 꽃송이처럼 공중에 붕 뜬 채 하프웨이 베이를 건넜고, 멀린은 이 마법의 구름 기차를 학교 정문으로 몰고 갔다.

테드로스는 구름 위에 붕 뜬 두 소녀에게 팔을 척 두르며 탄성을 질렀다. "우리 이제 함께야. 진짜 함께하게 됐어."

"드디어 다 같은 편이 됐고." 소피가 테드로스를 껴안았다.

소피와 테드로스가 친구가 된 모습을 처음 본 아가사는 미소 지었다. 안도감과 동시에 초조한 기분이 들면서…… 갑자기 아가사의 표정이 어두워졌다.

"왜 그래, 아가사?" 소피가 물었다.

아가사는 두 눈을 가늘게 뜨고, 머리가 새하얀 아름다운 소년이 가만히 창가에 서 있는 모습을 바라보았다. "우리를 쫓아오지 않네. 왜 안 쫓아오지?"

"음, 부하들한테 시킨 거 아닐까?" 테드로스의 말에 두 소녀가 고개를 돌렸다.

되살아난 악당 200명이 옛것의 학교에서 쏟아져 나오고 있었다. 남녀 마법사, 오거, 거인, 트롤 들은 구슬프게 우는 여자 유령처럼 날카롭게 포효하며 요정 가루 구름을 향해 돌진했다.

"더 빨리 가요!" 아가사가 구름 제일 앞에 서 있는 마법사의 등에 대고 소리쳤다.

"뭐, 뭐라고? 지금은 먹을 걸 챙겨 줄 여유가 없구나!" 멀린이 레몬 막대사탕을 빨아먹으며 우렁찬 목소리로 대답했다. "팅커벨의 가루가 지금까지 버텨 준 것만 해도 기적이야!"

"그게 아니라, 더 빨리 가야 한다고요!" 아가사가 다시 한 번 소리쳤다.

선과 악의 학교 3

하지만 구름 기차는 결국 쉭쉭 소리를 내며 털털거리기 시작하더니 열은 안개처럼 조각조각 흩어지고 말았다. 세 학생은 각자 작은 구름 줄기에 매달려, 모든 걸 녹여 버릴 듯이 부글거리는 하프웨이 베이를 가까스로 피해 기슭에 떨어졌다. 아연실색한 세 사람은 고개를 들어 하늘을 바라보았다. 멀린은 승객들이 떨어진 것도 모른 채 구름 한 조각을 몰고 정문을 향해 날아가고 있었다.

아가사는 뒤를 돌아보았다. 좀비 군대가 그들을 향해 돌진하고 있었다.

"뛰어!" 아가사는 맨발로 벌떡 일어서서 정문을 향해 달리기 시작했다.

소피와 테드로스도 그녀의 뒤를 따랐다. 세 학생은 멀린의 주의를 끌기 위해 손을 흔들며 소리 질렀다.

"이렇게 소리를 지르는데 왜 못 들으시지?" 아가사가 외쳤다.

"나이가 많으시잖아!" 테드로스가 큰 소리로 대답했다.

소피는 뾰족한 구두를 신은 탓에 두 사람보다 뒤처졌다. 오거 하나가 팔만 뻗으면 그녀를 잡을 정도로 가까워지자 소피는 오거의 머리를 향해 구두 한 짝을 휙 벗어 던졌고, 정확히 머리에 구두를 얻어맞은 오거는 빙글빙글 돌며 트롤 셋을 같이 쓰러뜨렸다. 소피는 하나 남은 구두마저 부글거리는 하프웨이 베이에 내던져 버리고 친구들의 뒤를 쫓아 열심히 달렸다. 하지만 그들은 이미 잘 보이지도 않을 만큼 멀어져 있었다. "기다려! 아직 학교에서 나가지도 않았는데 벌써 나만 따돌리는 거야?"

아가사와 테드로스는 나란히 서서 정문을 향해 달렸다. 소나무 숲 사이사이로 정문의 초록색 불빛이 보이기 시작했다. 하지만 정문이 그 모습을 완전히 드러낸 순간, 아가사는 공포에 휩싸여 두 눈을 휘둥그레 떴다. "막혔어, 테드로스!"

"더비 교수님 지팡이는 멀린 선생님한테 있는데!" 테드로스가 신음하며 대답했다.

두 사람은 고개를 길게 빼고 멀린을 바라보았다. 마법사는 얼마 남지 않은 짧은 구름 기차를 몰고 학교 정문을 지나 무사히 숲에 들어가려는 참이었다. 다급해진 테드로스는 손가락 두 개를 입에 말아 넣고 힘껏 휘파람을 불었다.

평온한 표정으로 흘끗 뒤를 돌아본 멀린는 그제야 산산조각 나버린 기차 뒷부분과 정문 안쪽에서 눈이 빠지게 그를 바라보고 있는 테드로스와 아가사를 발견했다.

"지팡이가 필요해요! 더비 교수님 지팡이요!" 아가사가 목청껏 소리쳤다.

멀린은 허둥지둥 모자를 벗어 그 안을 뒤지기 시작했다. 샴페인 병 하나를 홱 끄집어내고, 베개 몇 개를 내던지고, 텅 빈 새장 하나를 꺼내고…….

"맙소사!" 테드로스가 탄식하듯 내뱉었다.

아가사는 초조한 표정으로 뒤돌아보았다. 후크 선장과 잭의 거인, 빨간 망토의 늑대가 소피를 바짝 추격하고 있었다. 늑대는 소피의 엉덩이를 향해 입을 쩍 벌렸다.

"아가사아아아…… 나 헛것이이이이 보이나 봐아아아아아아!" 소피가 꽥 소리를 질렀다. "유명하아아안 악당들이이이이 날 쫓아와아아아!!!"

아가사는 다시 멀린을 향해 고개를 돌렸다. "빨리요!"

마법사는 캐슈너트 한 접시와 무지개색 크리스마스트리 장식 전구를 꺼내고 있었다. "오호, 이것 참 예쁘군!" 그때 소피의 비명이 울려 퍼졌다. 늑대가 친구들을 향해 미끄러지듯 달려가는 소피의 드레스 자락을 물어뜯은 것이다. 두 친구는 여전히 정문에 가로막혀 꼼짝도 못 하고 있었다.

이 모습을 지켜본 멀린은 입술을 오므리고 모자 깊숙이 손을 밀어 넣었다. 팔 전체를 모자 속에 넣고 휘저은 그는 마침내 더비 교수의 지팡이를 꺼내 들고 안도의 미소를 지었다. "이거 케이스를 하나 맞춰야지, 찾을 때마다 힘들어서 안 되겠다."

"마법사님!" 아가사가 목이 터져라 소리쳤다.

멀린은 홱 몸을 돌려 번쩍이는 초록색 정문을 향해 지팡이를 찌르듯 내밀었다. 정문이 스르륵 움직이기 시작했다…….

테드로스는 양팔로 아가사를 감싸 안고 재빨리 문 사이를 통과했다. 두 사람은 흙바닥에 얼굴을 처박으며 철퍼덕 쓰러졌다.

"문 닫아요!" 테드로스가 멀린을 향해 씩씩거리며 소리쳤다.

"안 돼요!" 아가사가 다급하게 외쳤다.

소피가 정문을 향해 달려오고 있었다. 늑대는 몇 번이나 더 그녀의 드레스 자락을 물어뜯었고, 다른 악당들도 늑대 뒤에 바짝 붙어 그녀를 추격했다. 그들은 모두 소피와 함께 학교 정문을 통과할 태세였다. **"거기 망부석처럼 그러고 있지 말고, 뭐라도오오 해 봐아 아아!"** 소피가 친구들을 향해 울부짖듯 소리쳤다.

테드로스는 칼을 꺼내 들었지만, 그의 두 손은 눈에 보일 정도로 떨리고 있었다. "수가 너무 많아." 왕자가 아가사를 바라봤다. 그는 도움을 청하듯 멀린을 올려다봤지만 마법사는 구름을 돌려 세우느라 정신없었다. "우린 뼈도 못 추릴 거야!"

아가사는 멀린의 얼굴에도 두려움이 비치는 것을 똑똑히 보았다. 왕자의 말이 옳았다. 멀린이 구름을 돌려 이곳에 오기 전에 그들은 이미 악당들의 손에 갈기갈기 찢기고 말 것이다. 세 사람은 지금 숨을 곳이 필요했다……. 저 악당들이 닿을 수 없는 곳…… 동굴이나 터널이나 혹은…….

"잠깐!" 소피가 마법사를 향해 손을 흔들며 소리쳤다. "망토 주세요!"

이번에는 멀린도 단번에 그녀의 말을 알아들었다. 그는 보라색 가운을 벗어 공중에 연처럼 내던지고, 더비의 지팡이로 가운을 쏘아 아가사의 손에 혜성처럼 날려 보냈다.

아가사는 열린 문 사이에 서서 멀린의 망토를 투우사처럼 활짝 펼쳤다. 망토 안감에 수놓인 어린아이 그림 같은 밤하늘이 달빛을 받아 반짝였다. 그녀와 테드로스가 망토 위에 올라서자 두 사람의 몸은 망토 속으로 반쯤 사라졌다. 그들은 굴속으로 들어가는 광부들처럼 양손으로 칼라를 움켜잡았다.

"소피, 빨리 와!" 아가사가 망토 안감이 닫히지 않게 붙잡고 소리쳤다.

소피는 정문을 향해 잔디 위를 비틀거리며 달렸다. 늑대는 날카로운 발톱으로 그녀의 속치마를 할퀴었고, 거인은 왼쪽에서 목을 향해 달려들었다. 오른쪽에서는 후크 선장이 갈고리를 들고 그녀를 덮치려 했다…….

맞은편 기슭에서 또 다른 그림자가 나타났다. 큰 키에 몸이 탄탄한 그 그림자는 믿을 수 없이 빠른 속도로 나무들을 헤치며 그녀를 향해 다가왔다. "어떡해! 그 사람이야!" 소피가 목멘 소리로 외쳤다. 그녀는 아가사와 테드로스를 향해 정신없이 손을 흔들며 마법의 망토를 향해 뛰었다. "살려 줘! 교장이 오고 있어!"

하지만 그림자는 교장이 아니었다.

검은 머리에 피부는 창백하고 몸은 족제비처럼 빠른 그 남자는 검은 두 눈에 불을 켜고 소피를 향해 질주했다.

남자의 정체를 눈치챈 아가사가 숨을 헉 들이마셨다. "호트, 안 돼!"

그녀가 소리치는 순간, 엄청난 힘이 망토를 들이받았다. 아가사는 아래로 떨어지기 시작했다. 겁에 질리고 정신이 가물가물했지만 그녀는 가까스로 눈을 뜨고 주변을 살폈다. 별이 빛나는 보라색 하늘에 네 개의 몸이 떨어져 내리고 있었다. 셋이 아닌 네 명이…….

그때 새하얀 햇빛이 폭발하듯 터지더니 온 세상이 깜깜한 암흑에 휩싸였다.

2권에서 계속됩니다.

옮긴이 신윤경

서강대학교에서 영어영문학과 불어불문학을 복수 전공하고, 같은 학교 대학원에서 석사학위를 받았다. 영국 리버풀 종합단과대학과 프랑스 브장송 CLA에서 수학했으며, 현재 프리랜서 번역가로 활동하고 있다. 주요 역서로 〈선과 악의 학교〉 시리즈, 《소문난 하루》, 《포드 카운티》, 《브림스톤》, 《호러 스토어》 외 다수가 있다.

선과 악의 학교 제3부—마지막 해피엔딩 1

초판 1쇄 인쇄 2020년 9월 1일
초판 1쇄 발행 2020년 9월 11일

지은이 | 소만 차이나니
옮긴이 | 신윤경
발행인 | 강봉자, 김은경

펴낸곳 | (주)문학수첩
주소 | 경기도 파주시 문발로 214-12(문발동 511-2) 출판문화단지
전화 | 031-955-4445(마케팅부), 4500(편집부)
팩스 | 031-955-4455
등록 | 1991년 11월 27일 제16-482호

홈페이지 | www.moonhak.co.kr
블로그 | blog.naver.com/moonhak91
이메일 | moonhak@moonhak.co.kr

ISBN 978-89-8392-832-0 04840
       978-89-8392-831-3 (세트)

「이 도서의 국립중앙도서관 출판예정도서목록(CIP)은 서지정보유통지원시스템 홈페이지(http://seoji.nl.go.kr)와 국가자료종합목록 구축시스템(http://kolis-net. nl.go.kr)에서 이용하실 수 있습니다. (CIP제어번호 : CIP2020034305)」